안나 카레니나 1

안나 카레니나 1

레프 니콜라예비치 톨스토이 지음 | 장영재 옮김

더클래식

제1부

1

행복한 가정은 모습이 다들 비슷비슷하지만 불행한 가정은 저마다 다른 이유가 있다.

오블론스키 집안은 모든 것이 만신창이였다. 아내는 남편이 집안의 가정교사였던 프랑스 여자와 부적절한 관계를 가졌다는 사실을 알고 더 이상 함께 살 수 없다고 남편에게 통보했다. 이런 관계가 사흘째에 이르자, 당사자 부부뿐 아니라 집안 식구들과 하인들마저도 괴로워졌다. 그들은 오블론스키 부부가 결혼 생활을 유지하는 것은 무의미하며, 여인숙에서 우연히 만난 사람들도 이들 부부보다는 사이가 좋을 거라고 생각했다. 아내는 자신의 방에 틀어박혔고 남편은 사흘째 집에 들어오지 않았다. 아이들은 부모 없는 고아처럼 온 집 안에서 날뛰었다. 영국인 가정교사는 가정부와 말다툼을 벌이고는 친구에게 새로운 일자리를 알아봐 달라는 편지를 부쳤다. 그 와중에 요리사는 어제저녁 식사 준비를 앞둔 시각에 집을 떠났으며, 가정부와 마부들도 급료를 계산해 달라고 재촉했다.

부부 싸움이 일어나고 사흘째 되던 날, 스테판 아르카지치 오블론스키 공작은—지인들은 그를 스티바라고 불렀다.—여느 때처럼 아침 여덟 시에 아내의 침실이 아닌 자기 서재 안의 모로코산 가죽 소파 위에서 눈을 떴다. 그는 건장한 몸뚱이를 소파의 스프링 위에서 뒤집어 반대로 눕더니 다시 잠에 빠지고 싶은지 베개를 꽉 안고서 뺨을 묻었다. 그러다가 별안간 벌떡 일어나 소파에 걸터앉아 눈을 떴다.

'그래, 그러니까 어떤 꿈이었지?'

그는 꿈의 기억을 다시 끄집어내려 애썼다.

'그러니까, 그래, 알라빈이 다름슈타트에서 만찬을 열었지. 아니야, 다름슈타트가 아니라 어딘지 미국풍 느낌이 났는데. 그렇지, 마치 다름슈타트가 미국 같았어. 알라빈이 유리 테이블 위에서 만찬을 베풀고, 그 유리 테이블들이 노래를 불렀어. '나의 보물' 소리였지. 아니, '나의 보물'이 아니라 더 멋진 노래였어. 유리 테이블 위에 놓인 작은 술병들은 얄팍하고 귀여웠지. 그 술병들은 여자였어.'

그는 꿈을 확실히 떠올렸다.

스테판 아르카지치의 두 눈이 밝게 빛나기 시작했다. 그는 만면에 미소를 머금고 생각에 잠겼다.

'그래, 정말 멋졌어. 굉장한 것도 많았고. 말로 다 표현할 수 없는, 현실에서는 상상조차 못 할 것들이 있었지.'

그는 나사 커튼 사이로 비치는 한 줄기 햇살을 보고는 소파 끝에 걸쳤던 다리를 내리면서 지난해 아내가 생일 선물로 손수 지어 준 금빛 모로코가죽 테가 둘린 슬리퍼를 더듬어 짚었다. 그러고는 지난 구 년 동안의 습관대로 자리에 앉은 채 침실에서 실내복을 집던 것처럼 손을 뻗었다. 그제야 그는 자신이 아내의 침실이 아니라 서재에서 잠들었다는 것을 떠올렸다. 그의 얼굴이 한순간에 굳었다.

'아, 아, 아아아!'

그는 그에게 벌어진 모든 일을 떠올리며 앓는 소리를 냈다. 그러자 아내와 말다툼을 벌인 일부터 사면초가에 빠진 자신의 입장과 자신의 잘못들이 하나하나 떠올랐다.

'그래! 그녀는 용서하지 않을 거야. 아니, 용서할 수 없겠지. 가장 끔찍한 건 모든 잘못이 다 나한테 있다는 것, 하지만 그렇다고 해서 모든 게 내 탓은 아니라는 거야. 여기에 모든 비극이 있지.'

그는 생각했다.

'아, 아, 아!'

그는 말다툼에서 가장 끔찍했던 순간이 떠올라 절망적인 목소리로 울부짖었다.

무엇보다 절망스러운 순간은 그때였다. 그가 아내에게 줄 큼지막한 배를 들고 기분 좋게 들어왔을 때 아내는 응접실에 없었다. 그녀가 서재에도 없자 그는 다급해졌다. 그리고 그는 결국 침실에서 모든 사실이 적힌 불행한 편지를 들고 있는 아내를 보았던 것이다.

그녀가, 언제나 사소한 일에도 신경을 곤두세우고 잔걱정을 해서 속이 좁다고 느꼈던 돌리가, 손에 편지를 꼭 쥐고 꼿꼿이 앉아 공포와 절망과 분노가 서린 얼굴로 그를 바라보았다.

"이게 뭔가요? 이건?"

그녀가 편지를 가리키며 물었다. 이 일을 떠올릴 때 스테판 아르카지치가 가장 괴로웠던 것은 사건 자체보다 자신이 아내에게 보인 태도였다.

그 순간, 갑자기 너무나 수치스러운 죄를 들켜 버린 사람들이 반사적으로 보이는 행동과 똑같은 일이 그에게도 벌어졌다. 그의 죄가 낱낱이 밝혀진 그때, 그는 아내 앞에서 어떠한 표정도 꾸며 낼 수가 없었다. 치욕스러움에 오히려 크게 화를 내거나 사실을 부정하고 변명을 하고 용서를 빌었다면, 아니면 태연스럽게 버텼다면.—그중 어떤 태도를 취했더라도 스테판 아르카지치가 보였던 것보다는 나았다.—하지만 스테판 아르카지치는 그저—유달리 생리학을 맹신하는 스테판 아르카지치는 '뇌신경의 반사작용'이라고 생각했다.—평소와 같은 실없는 미소를, 그 때문에 덜떨어져 보이는 미소를 지었다.

그 덜떨어져 보이는 미소는 그로서도 기가 막힐 노릇이었다. 그 미소를 본 돌리는 육체적인 고통을 느끼듯이 몸을 부들부들 떨면서 분노를 폭발시키며 독설을 내뱉고는 방에서 뛰쳐나갔다. 그녀는 그 후로 남편을 보려고 하지 않았다.

'이게 다 그 바보 같은 미소 때문이지.'

스테판 아르카지치는 생각했다.

'그러면 대체 어떻게 해야 하지? 어떻게 해야 하느냔 말이야.'

그는 절망에 빠져 읊조렸지만 어떤 답도 찾을 수 없었다.

2

스테판 아르카지치는 양심에 비추어 정직한 사람이었다. 그는 자기 자신을 속이면서까지 자신의 행동을 후회한다고 말할 수는 없었다. 육 년 전쯤, 그가 처음으로 부정을 저질렀을 때는 후회했지만 지금은 아니었다. 그는, 서른네 살의 나이에 출중한 외모, 다정다감한 성품을 가진 자신이 다섯 아이와 일찍 죽은 두 아이의 어머니이자 자신보다 한 살밖에 적지 않은 아내에게 더 이상 매력을 느끼지 못하는 것을 잘못이라고 생각하지 않았다. 그는 그저 자신의 행동을 아내 앞에서 노련하게 숨기지 못한 것을 후회했다. 그러나 그는 자신이 얼마나 한심한 지경이 되었는지를 실감했고, 아내와 아이들과 자기 자신이 가엾게 느껴졌다. 그 편지로 아내가 이렇게 충격받을 것을 알았다면 그는 자신의 죄를 미리 잘 숨겼을지도 모른다. 그는 그런 것을 깊이 생각하지 않았다. 그저 아내가 자신의 부정을 알면서도 모르는 척 넘기고 있다고 생각했다. 심지어 그는 이제는 나이도 들고 볼품없어져 아름다움의 기색이 가신 그녀가, 매력이라고는 전혀 찾아볼 수가 없는 평범한 가정주부에 불과한 그녀가 이런 일에 관대해야 한다고까지 여겼다. 그러나 현실은 정반대로 흘러갔다.

'아, 아아, 정말이지 끔찍하구나. 그야말로 끔찍해.'

스테판 아르카지치는 혼잣말을 되풀이했지만 아무런 대책도 떠올리지 못했다.

'이런 일이 벌어지기 전에는 모든 것이 얼마나 평안했던가, 우리들의 사이는 얼마나 좋았던가, 아내는 아이들을 자랑스러워하고 행복해했으며, 나는 아내의 뜻을 간섭하지 않고 그녀가 아이들의 교육과 살림에 몰두할 수 있도록 도왔지. 그래, 상대가 우리 집의 가정교사였다는 게 걸리는군. 최악이야. 자기 집의 가정교사와 관계를 맺었다는 것 자체가 저속한 일이었지. 하지만 그녀는 정말 멋졌어.—그는 마드무아젤 롤랑의 매력적인 검은 눈동자와 미소를 생생하게 떠올렸다.—그래도 그녀가 우리 집에 머물렀을 때는 나도 내 나름대로 자제했지. 그렇지만 무엇보다 잘못 흘러간 점은 그녀가 먼저……. 이 모든 것은 어쩌면 처음부터 계획되었는지도 몰라. 아, 아, 아아, 대체, 이 일을 어떡하지?'

뾰족한 수가 없었다. 아주 복잡하고, 더 이상 풀어낼 수 없는 인생의 어려운 문제들에 대해 삶이 주는 일반적인 대답이라는 것은 그랬다. 그것은 그날그날의 요구에 따라 사는 것, 즉 자기 자신을 잊어버리는 것이었다. 하지만 꿈을 꾸어 잊는 것은 늦은 밤이나 되어야 가능했고 더 이상 유리 술병 여인들이 춤을 추는 꿈속으로 도망갈 수는 없었다. 그러니 당장은 현실에서의 꿈으로 모든 것을 잊어야 했다.

'어떻게든 될 거야.'

스테판 아르카지치는 혼잣말을 하더니 자리에서 일어나 하늘색 명주로 안감을 댄 회색 가운을 걸치고 허리끈을 매고는 가슴을 크게 벌려 숨을 들이마셨다. 그러고는 그 건장한 몸을 튼튼히 받쳐 주는 두 다리로 힘차게 창가로 걸어가 커튼을 열고 벨을 눌렀다. 벨 소리가 나자, 오랜 시종 마트베이가 옷과 장화와 전보를 들고 왔다. 마트베이의 뒤로는 이발사가 면도 도구를 들고 따라왔다.

"관청에서 온 서류가 있나?"

전보를 손에 든 스테판 아르카지치가 거울 앞에 앉으며 물었다.

"책상 위에 있습니다."

마트베이는 호기심에 찬 눈으로 주인의 눈치를 살피며 말했다. 그러고 능글맞은 미소를 띠며 말을 이었다.

"삯마찻집에서 사람을 보냈습니다."

스테판 아르카지치는 대답을 하지 않고 거울에 비친 마트베이의 얼굴을 쳐다보았다. 거울 속에서 시선을 마주친 정도로도 그들은 서로를 얼마나 잘 이해하고 있는지 느꼈다. 스테판 아르카지치의 눈빛은 이랬다.

'그런 말을 하는 이유가 뭐냐? 정말 몰라서 그러느냐?'

마트베이는 코트 주머니 속에 두 손을 넣고 한쪽 다리를 조금 내민 자세로 선량해 보이는 약간의 미소를 띠며 주인을 마주 보았다.

"일요일에 오라고 해 두었습니다. 그리고 그때까지는 주인님 성가시게 쓸데없이 오가지 말라고 말했습니다."

그는 미리 말을 준비해 둔 것 같았다.

스테판 아르카지치는 마트베이가 싱거운 소리로 주의를 끌려 했다는 것을 알았다. 그는 전보 겉봉투를 뜯고는 늘 하던 대로 오자(誤字)를 고쳐 가며 읽어 내려갔다. 그의 얼굴이 곧 환해졌다.

"마트베이, 내 누이동생 안나 아르카지예브나가 내일 도착한다는군."

그는 그의 곱슬곱슬한 구레나룻 사이로 장밋빛 길을 내려는 이발사의 윤기 있고 두툼한 손을 잠시 물린 뒤 말했다.

"그것참 고마운 일이군요."

마트베이가 말했다. 그는 그의 동생 안나 아르카지예브나의 방문이 주인 내외의 화해를 도울 중요한 방문이라는 사실을 그의 주인인 스테판 아르카지치만큼이나 충분히 알고 있다는 것을 은근히 내세우려 했다.

"혼자 오십니까? 아니면 남편분과 함께 오시나요?"

마트베이가 물었다.

스테판 아르카지치는 이발사가 윗입술 근처를 다듬고 있어서 대답 대신에 손가락 하나를 위로 올려 보였다. 거울에 비친 마트베이가 고개를 끄덕거렸다.

"혼자 오시는군요. 이 층 방을 준비해 둘까요?"

"다리야 알렉산드로브나한테 어디에 준비를 해 두면 좋을지 물어봐."

"다리야 알렉산드로브나 마님께요?"

마트베이는 뭔가 찝찝한 표정으로 되물었다.

"그래, 물어봐. 이 전보를 전해 주고, 아내나 다른 사람이 뭐라고 하는지도 알아 와."

'마음을 한번 떠보려는 게군.'

마트베이는 주인의 속내가 훤히 보였지만, 그저 이렇게만 말했다.

"알겠습니다."

마트베이가 삐걱거리는 장화를 신고 주춤주춤 걸으며 전보를 들고 방으로 다시 돌아왔을 때, 스테판 아르카지치는 이미 세수를 마치고 빗질까지 끝낸 뒤 옷을 갈아입으려던 차였다. 이발사는 이미 돌아간 뒤였다.

"다리야 알렉산드로브나 마님께서는 외출을 하셔야 한다는군요. 그러니 그 일은 주인님 마음대로 하시라고 했습니다."

그는 엷은 미소를 띠며 말했다. 그리고 코트 주머니에 두 손을 넣고는 고개를 옆으로 기울인 채 주인의 반응을 살폈다.

"그렇군. 어떻게 생각하나, 마트베이?"

그가 머리를 좌우로 흔들며 말했다.

"다 잘될 겁니다."

마트베이가 말했다.

"그럴까?"

"당연한 말씀입니다."

"그래, 그렇단 말이지. 잠깐, 거기 누구야?"

스테판 아르카지치가 문밖에서 나는 옷자락 스치는 작은 소리를 듣고 외쳤다.

"저랍니다."

밝고도 명쾌한 여자 목소리가 들렸다. 곧이어 곰보 자국이 성성한 보모 마트료나 필리모노브나가 들어왔다.

"마트료나로군. 어쩐 일인가?"

스테판 아르카지치가 그녀 쪽으로 몸을 일으키며 물었다.

스테판 아르카지치의 잘못이었고 그 스스로도 그것을 알고 있었는데도 대부분의 집안 식구들은, 심지어 다리야 알렉산드로브나의 진실한 벗인 보모마저도 그의 편이었다.

"무슨 일이지?"

그가 무거운 표정으로 물었다.

"마님을 만나 보셔야죠. 한 번만 더 용서를 빌어 보세요. 하느님께서 틀림없이 도와주실 거예요. 마님께서는 무척 힘들어하고 계세요. 집안 식구들도 모두 마찬가지지요. 주인님, 아이들 생각도 해 주셔야죠. 주인님께서 용서를 비세요. 무슨 다른 수가 있겠어요. 그러면 모든 게 편안해질 거예요."

"그래, 하지만 아내가 그걸 거절한다면."

"그래도 주인님께서 하실 수 있는 건 해 보셔야죠. 하느님은 자비로우시지요. 하느님께 기도하세요. 주인님, 하느님께 제발 기도해 보세요."

"알겠어. 그러니 그만 나가 봐."

스테판 아르카지치가 얼굴을 붉히며 말했다.

"이제 옷을 입어 볼까?"

그는 마트베이 쪽으로 돌아서더니 가운을 확 풀어서 벗었다.

마트베이는 셔츠를 들어 눈에 보이지도 않는 작은 먼지들을 훅훅 불었다. 그리고 가식적인 미소를 지으며 주인의 몸에 재킷을 입혔다.

3

스테판 아르카지치는 옷을 갈아입은 뒤 향수를 뿌리고 셔츠 소매를 잡아당겨 반듯이 정리하고는 익숙한 동작으로 주머니에 담배, 지갑, 성냥, 장식이 달린 두 줄짜리 회중시계를 잘 챙겨 넣었다. 그러고는 그가 처한 불행한 사정에도 아랑곳 않고 향긋하고 깔끔하며 건강한, 그리고 육체적으로도 활기찬 기운을 느끼며 가벼운 발걸음으로 식당에 갔다. 그곳에는 관청에서 온 편지와 서류들이 이미 준비된 커피와 함께 나란히 놓여 있었다.

스테판 아르카지치는 테이블에 앉아 편지들을 모두 읽었다. 그중 하나는 무척 거슬렸다. 그 편지는 아내의 소유지에 있는 숲을 사려는 어느 상인이 보낸 것이었다. 물론 그 숲은 꼭 팔 작정이었다. 그러나 아내와 화해하기 전에는 어떤 판단도 내릴 수 없었다. 무엇보다 그가 불쾌해진 것은 아내와의 화해에 금전적 관계가 섞여 든 점이었다. 자신의 입장이 금전적 이유에 따라 좌우될 수 있다거나, 숲을 매각해야 한다는 이유로 아내와의 화해를 서둘러야 한다는 그런 생각들 자체가 그에게 모욕감을 주었다.

편지를 다 읽자 스테판 아르카지치는 관청에서 온 서류를 펼쳤다. 그중 두 개를 훑어보고 연필로 몇 군데 표시하고 나서 나머지 서류를 미뤄두고 커피 잔을 들었다. 그는 커피를 마시며 눅눅한 조간신문을 펼쳐 읽기 시작했다.

스테판 아르카지치는 자유주의 신문을 구독하고 있었다. 그의 자유주의 성향은 극단적인 정도는 아니었고 다수의 사람들이 지지하는 수준이었다. 그는 학문, 예술, 정치에 열렬하게 관심 갖지는 않았지만, 그런 분야에 대부분의 사람이 공유하는 의견이나 그런 신문에서 지지하는 의견을 따르려 했다. 만약 대다수가 의견을 바꾼다면 그 자신도 그들을 따라 바꿨다. 아니, 특별히 그가 의견을 바꿨다기보다는 그들의 변화에 별다른 저항 없이 그대로 따라갔다고 하는 게 옳을 것이다.

스테판 아르카지치는 어떤 정치적 입장이나 견해도 자주적으로 택한 적이 없었다. 오히려 사상과 견해가 그를 찾아왔다. 그것은 그가 모자나 프록코트를 남들이 입는 대로 비슷하게 맞추는 것과 비슷했다. 상류사회의 일원이 된, 나이가 들면서 어떤 사유나 신념을 갖춰야 할 입장이 된 그에게, 정치적 견해란 그저 모자를 택하는 일과 비슷했다. 그의 주변에 보수주의파가 더 많았음에도 그가 자유주의적인 입장에 마음이 기운 것은 자유주의가 더 합리적이라고 생각해서가 아니라 자신의 생활 방식에 잘 맞았기 때문이었다. 자유주의파는 러시아의 모든 것을 부정적으로 보았다. 실제로 스테판 아르카지치는 빚만 많고 돈은 넉넉하지 않았다. 자유주의파는 시대에 뒤떨어진 결혼 제도를 개혁해야 한다고 주장했다. 스테판 아르카지치에게 가정생활이란 만족감을 주지 않고 그의 천성에 반하는 거짓과 허위만을 낳게 하는 것이었다. 자유주의파에서는 종교를 야만적인 사람에게 채워야 할 재갈이라고 했다. 아니, 정확히 하자면 그것을 암시하고 있다는 것이 적절하다. 스테판 아르카지치는 짧은 기도를 드리는 순간에도 발이 저린 사람이었다. 게다가 이승의 즐거운 삶을 즐기는 데에 왜 저승에 대한 무시무시한 말을 들어야 하는지 이해할 수 없었다. 또한 순진한 사람들에게 자기 조상을 자랑하려면 류리크(러시아의 건국자_옮긴이) 따위로 끝낼 것이 아니라 인류의 시초가 원숭이라는 것 또한 부인해서는 안 된다고 장난치기를 좋아했다. 결국 자유주의 성향은 스테판 아르카지치의 습성처럼 되었고, 자신의 머릿속에 옅은 안개를 피어오르게 하는 조간신문을 그가 식후에 피우는 담배만큼이나 사랑하게 되었다. 그가 읽는 사설에는 급진주의가 대다수의 보수주의를 위협한다든가 정부가 혁명 운동을 잠재울 방도를 마련해야 한다든가 하는 것은 오늘날에는 완전히 무의미하며, '우리의 견해에 따르자면, 정말 위험한 것은 상상 속 혁명 운동이 아니라 진보에 반하는 인습의 지속성 속에 있다.'고 주장했다. 그는 경제면의 사설을 읽었다. 그 글은 벤담과 밀을 언급하며 재무부에 대한 신랄한 풍자를 담고 있었다. 그는 특유의 재빠른 판단력으로 그 글의 화살이 어디를 겨냥하는지, 어떤 사건을 말하는지를 알아챘고 거기에 큰 만족감을 느꼈다. 하지만 오늘은 그런 만족감도 마트료나 필리모노브나의 충고와 가정불화에 대한 생각으로 무뎌졌다. 그는 보이스트 백작이 소문대로 비스바덴으로 여행을 갔다는 소식과 앞으로는 거리에서 백발이 사라질 거라는 광고, 경륜마차 매각 광고, 어느 처녀의 구직 광고를 읽었다. 하지만 이런 소식들은 전처럼 그에게 평온하고 아이러니한 만족감을 주지 못했다.

신문을 다 읽고 나서 두 잔째 커피를 비우고 버터 바른 빵을 먹고 난 뒤 그는 자리에서 일어나 조끼에 흘린 빵 부스러기를 떨고 넓은 가슴을 쭉 펴며 즐거운 미소를 지었다. 그러나 그 미소는 마음에서 우러난 기쁨의 표현이 아니라 그저 편안한 소화감에서 유발된 생리적 쾌감에 의한 것일 뿐이었다. 즐거운 미소는 곧 모든 일을 떠올리게 했고, 그를 우울한 감정에 잠기게 했다.

문밖에서 두 아이의 목소리—스테판 아르카지치는 이 목소리가 막내아들 그리샤와 큰딸 타냐의 것임을 알았다.—가 들려왔다. 아이들이 무언가를 떨어뜨린 모양이었다.

"내 말이 맞지? 내가 지붕 위에 손님을 태우면 안 된다고 했잖아."

딸이 영어로 소리쳤다.

"얼른 주워!"

'죄다 엉망진창이로군.'

스테판 아르카지치는 생각했다.

'아이들이 집 안에서 저렇게 멋대로 뛰어다니다니.'

그는 문 쪽으로 가서 아이들을 큰 소리로 불렀다. 아이들은 기차놀이를 하던 상자를 내던지고는 아버지에게 달려갔다.

아버지의 사랑을 독차지하던 큰딸은 그를 끌어안고 구레나룻에서 풍기는 향수 냄새를 맡으며 목에 매달려 깔깔거렸다. 딸아이는 몸을 굽힌 탓에 금세 붉어진, 애정이 가득 어린 그의 얼굴에 입을 맞추고는 목에 감은 팔을 풀려 했다. 그러자 아버지가 아이를 잡았다.

"엄마는 뭘 하니?"

그는 딸의 매끈하고 보드라운 뺨을 매만지며 말했다. 그러고는 반가운 인사를 건넨 아들에게 "안녕?" 하고 웃는 얼굴을 보였다.

그는 아들을 아끼는 마음이 덜하다는 걸 알았기에 좀 더 공평히 그들을 대하려고 의식적으로 노력했다. 하지만 아들은 이미 그 사실을 알고 있었기에 아버지의 미소에 답하지 않았다.

"엄마요? 일어나 계세요."

딸아이가 말했다.

스테판 아르카지치가 한숨을 쉬었다.

'또 밤새 잠을 이루지 못한 모양이군.'

그는 생각했다.

"그래, 엄마는 기분이 좀 어떠니?"

딸아이는 부부 사이에 있었던 말다툼을 알고 있었으며, 엄마의 기분이 나쁜 것도, 아버지가 그것을 알면서도 모르는 척한다는 것도, 아무렇지 않은 척 표정을 꾸미고 있는 것도 알고 있었다. 그래서 아버지의 말을 듣고 얼굴빛이 붉어졌다. 그도 곧 그걸 알아채고 얼굴이 붉어졌다.

"몰라요. 엄마는 공부하라고는 안 하셨고 미스 굴리와 할머니 댁에 놀러 가라고 하셨어요."

딸아이가 대답했다.

"그래, 다녀오렴, 단추로치카. 아, 잠깐만."

그는 딸아이를 여전히 안고 부드럽게 쓰다듬으며 말했다.

그는 어제 벽난로 위에 두었던 과자 상자 안에서 딸아이가 좋아하는 초콜릿과 과자를 하나씩 꺼냈다.

"그리샤한테도?"

소녀가 초콜릿을 가리키며 말했다.

"그럼, 그럼."

그는 딸의 작은 어깨를 다시 매만지고 나서 머리와 목에 입을 맞추고는 놓아주었다.

"마차 준비가 다 되었습니다."

마트베이가 말했다.

"그런데 어떤 여자분이 청원을 오셨어요."

마트베이가 덧붙였다.

"오래 기다렸나?"

스테판 아르카지치가 물었다.

"삼십 분쯤 됐습니다."

"손님이 오시면 곧장 안내하라고 그렇게 미리 일러두었거늘!"

"커피 드실 시간 정도는 있으셔야 할 것 같아서요."

마트베이가 더 화를 내기 어렵게 만드는 천연덕스러운 말투로 답했다.

"어서 들어오시게 해."

오블론스키는 화를 버럭 내며 눈살을 찌푸렸다.

청원을 온 이등 대위의 과부 칼리니나는 불가능하고도 무의미한 일을 부탁했다. 그러나 스테판 아르카지치는 여느 때와 다르지 않게 그녀를 자리에 앉히고 그녀의 말을 일일이 주의 깊게 듣고 누구의 도움을 받으면 좋을지를 성의껏 일러 주었다. 그러고는 큼직하고 또박또박한 필체로 그녀를 위한 소개장을 정성스럽게 적어 주었다. 이등 대위 부인이 돌아가고 나자 스테판 아르카지치는 모자를 들고 더 남은 일은 없는지 다시 살피며 자리에서 일어났다. 그러나 떨쳐 버리고 싶은 아내와의 불화 외에는 아무것도 잊은 것이 없었다.

'휴, 그렇지.'

그는 고개를 떨어뜨렸다. 그의 잘생긴 얼굴에 침통한 기운이 비쳤다.

'가야 하나, 가지 말아야 하나.'

그는 조용히 중얼거렸다. 그의 양심은 아내에게 가지 말라고, 그것은 위선이라고, 이제 그들의 관계를 회복하는 것은 불가능하다고 했다. 그녀가 다시 사랑스럽고 매력적인 여자가 될 수는 없다. 게다가 자신이 사랑을 포기한 늙은이가 될 수도 없기 때문에 그 모든 노력은 거짓과 가식일 뿐이었다. 그것은 그의 천성을 거스르는 일이기도 했다.

"하지만 언젠가는 해결해야 할 일이야. 이대로 흘러가게 놔둘 수는 없어."

그는 마음을 다잡으며 중얼거렸다. 그는 가슴을 쭉 펴고 담배를 꺼내 불을 붙이고 몇 모금 빨다가 진주조개 재떨이에 비벼 끄고는 빠른 걸음으로 응접실을 지나 아내의 침실로 통하는 문을 열어젖혔다.

4

다리야 알렉산드로브나는 얇은 블라우스를 걸치고, 한때 아름답고 풍성했지만 이제는 볼품없어진 머리카락을 곱게 땋아 올린 모습을 하고 있었다. 그녀는 앙상하고 홀쭉한 얼굴 때문에 큰 눈이 더욱 도드라져 보였는데, 방 안의 흐트러진 물건들 사이에서 옷장 문을 열고 무언가를 찾고 있었다. 그때 밖에서 남편의 목소리가 들려오자 가만히 문 쪽에 귀를 기울이더니 이내 냉정하고 경멸스러운 표정을 지으려 애썼다. 그녀는 남편이라는 존재가 두려웠고, 그와 대면하는 상황 또한 거북했다. 지난 사흘 동안 그녀는 무수히 시도했던, 그러니까 자신과 아이들의 물건을 말끔히 챙겨 어머니께 가려던 일을 끝내 실행에 옮기지 못하고 있었다. 그러나 이제는 그 일을 더 이상 미룰 수가 없으며, 무슨 일을 벌여서라도 남편을 벌주고 모욕감을 안겨 자신이 겪은 크나큰 상처와 고통을 조금이라도 되돌려 주리라 다짐하고 있었다. 그녀는 여전히 남편 곁을 떠나리라 되뇌었지만 그것이 결국 불가능하다는 것도 잘 알았다. 그를 자신의 남편으로 여기고 사랑하던 것에서 헤어 나올 수 없었기 때문이다. 게다가 자신의 다섯 자녀들을 간신히 보살피고 있는 형편에 다른 곳으로 가면 아이들의 사정이 더 나빠질 것은 뻔해 보였다. 그렇지 않아도 지난 사

홀 동안 막내아들은 상한 수프를 먹고 배탈이 났고 어제는 다른 아이들까지 밥 한 끼도 제대로 먹지 못하고 있었다. 그녀는 자신이 떠날 수 없다는 것을 누구보다 잘 알고 있었다. 하지만 그런 자신의 사정을 잊어버리고 짐을 챙겨서 어디론가 달아나고 싶었다.

남편의 모습이 보이자, 그녀는 옷장 서랍을 뒤적여 무언가를 찾는 척하다가 그가 곁에 바짝 다가왔을 때에야 그를 쳐다보았다. 그녀는 최대한 냉정한 모습을 보이고 싶었지만 얼굴 가득 절망과 고통의 표정을 내보이고 말았다.

"돌리!"

그가 작고 망설이는 듯한 어조로 말했다. 그는 어깨 아래로 고개를 숙이고 가엾고 유순한 표정을 지으려 애썼지만 여전히 생기 넘치고 건강해 보였다.

그녀는 그의 활기 있는 모습을 머리끝에서 발끝까지 훑어보았다.

'그렇구나. 이 사람은 여전히 행복하고 만족스러워. 그런데 난?'

그녀는 생각했다.

'게다가 이 역겨운 친절함은 뭐지? 다른 사람들은 이 사람의 친절함을 좋아하고 칭찬하지만, 난 그의 이런 점이 혐오스러워!'

그녀는 입을 앙다물었다. 창백하고 신경질적으로 굳어 있던 오른쪽 뺨이 파르르 떨렸다.

"왜 오셨죠?"

그녀는 빠르게, 하지만 그녀답지 않은 낮은 목소리로 말했다.

"돌리!"

그는 떨리는 목소리로 다시 말했다.

"안나가 오늘 도착할 거요."

"그게 나와 무슨 상관이죠? 난 그녀를 맞을 기분이 아니에요."

그녀가 외쳤다.

"하지만, 여보……."

"나가 주세요. 나가요. 나가!"

그녀는 그의 눈길을 피한 채 외쳤다. 그녀의 외침은 마치 육체적인 고통에서 나오는 울림 같았다.

스테판 아르카지치는 아내를 만나기 전까지만 해도 평정심을 유지하고 있었다. 마트베이의 말처럼 모든 일이 잘 해결되리라 생각했고, 그래서 편안하게 신문도 읽고 커피도 마실 수 있었다. 그러나 막상 고통에 휩싸인 그녀의 얼굴과 분노가 가득한 목소리를 듣자 마음 깊숙한 곳에서 울컥하며 숨이 막혀 왔다. 그의 눈에 눈물이 맺혔다.

"아, 내가 도대체 무슨 일을 벌였단 말인가! 돌리! 내가 대체……."

그는 터져 나오는 울음을 멈출 수가 없었다.

그녀가 옷장 문짝을 쾅 닫고 그를 쳐다보았다.

"돌리, 내가 무슨 할 말이 있겠어. 그저 당신에게 용서를 빌 뿐이야. 제발 용서해 줘. 생각해 봐. 지금까지 구 년 동안 이어 온 결혼 생활에서 단 한 번의 실수도 용서할 수 없다는 거야?"

그녀는 바닥을 응시한 채 그가 어떻게든 그녀의 마음을 돌리려고 하는 소리들을 가만히 듣고 있었다.

"단 한 번…… 내가 잠시 마음을 빼앗겼던 그 단 한 번을……."

그는 계속 말을 이으려 했지만 그 말을 듣자마자 다시 육체적인 고통이 시작된 것처럼 그녀의 입술은 굳게 닫히고 오른쪽 볼은 일그러졌다.

"나가요! 여기서 당장 나가 버려요!"

그녀가 거세게 외쳤다.

"당신이 마음을 빼앗겼든 구역질을 했든 내 앞에서 입에 올리지 말아요!"

그녀는 방을 나가려고 했지만 몸이 비틀거리는 바람에 겨우 의자 등받이를 잡고 중심을 잡았다. 그의 얼굴이 달아올라 입술은 부풀어 오르고 눈에는 눈물이 고였다.

"돌리!"

그는 흐느끼면서 말을 이었다.

"제발 부탁이야. 아이들을 생각해 봐. 아이들에게 무슨 죄가 있지? 모두 내 잘못이야. 날 탓하고 내게 벌을 내려. 내가 지은 죄를 씻을 수만 있다면 무슨 일이든 다 하겠어. 내가 잘못했어. 그러니 제발 날 용서해 줘!"

그녀는 앉았다. 그는 그녀의 거친 숨소리를 듣고는 그녀가 말할 수 없이 가엾게 여겨졌다. 그녀는 몇 번이나 말을 꺼내기를 머뭇거렸다. 그는 기다렸다.

"당신이 아이들을 생각하는 건 놀아 줄 때뿐이죠. 나는 항상 아이들을 생각해요. 하지만 이젠 모든 게 끝났어요."

이 말은 아마 지난 사흘 동안 그녀가 속으로 수없이 반복했던 것 중 하나였다.

그를 당신이라고 부르는 그녀에게 고마운 마음이 들어 그녀를 바라보며 그녀의 손을 잡으려 몸을 틀었다. 하지만 그녀는 혐오감을 드러내며 몸을 피했다.

"난 아이들을 우선으로 생각해요. 그리고 아이들을 위한 일이라면 어떤 것이든 할 거예요. 하지만 아이들을 진정으로 위하는 길이 무엇인지 알 수 없군요. 아버지와 떨어뜨려 놓아야 할지 아니면 방탕한 아버지라도 곁에 두어야 할지요. 그래요, 방탕한 아버지요. 한번 말해 봐요. 그런 일을 겪고도 우리가 아무렇지 않은 척 지낼 수 있을까요? 정말 그럴 수 있겠어요? 말해 봐요! 할 수 있겠어요?"

그녀는 점점 목소리를 높이면서 같은 말을 되풀이했다.

"내 남편이자 내 아이들의 아버지가 가정교사와 불륜을 저질렀는데도……."

"그럼, 내가 어떻게 하는 게 좋겠어?"

그는 고개를 푹 숙이고 자신이 무슨 말을 하는지도 모르는 채 말했다.

"당신은 더러워! 당신과 있는 게 치욕스러워요."

그녀는 점점 더 흥분했다.

"당신의 눈물은 아무런 가치가 없어요. 당신은 날 진심으로 사랑한 적이 없지요. 당신에게는 심장도 품위도 없어요. 당신은 더럽고 역겨운 남이에요. 그래요, 남이라고요!"

그녀는 자기에게도 충격적인 남이라는 말을 고통에 북받쳐 외쳤다.

그는 그녀를 바라보았다. 그녀의 고통에 일그러진 표정이 그에게 공포감을 주었다. 그는 그녀에 대한 연민이 그녀에게 상처를 주었음을 알지 못했다. 그녀가 그에게서 느낀 것은 동정일 뿐 사랑이 아니었다.

'안 되겠어. 아내는 나를 증오하고 있어. 아내는 나를 용서하지 않을 거야.'

그는 생각했다.

"끔찍해! 정말 끔찍스럽군!"

그가 외쳤다.

그때 옆방에서 아이의 울음소리가 들렸다. 바닥에 넘어진 모양이었다. 다리야 알렉산드로브나는 조용히 귀를 기울였다. 그녀의 표정이 이내 부드러워졌다.

그녀는 이윽고 정신을 차렸다. 자신이 어디에 있었는지, 무엇을 했는지 잊은 사람 같았다. 그녀는 벌떡 일어나더니 문으로 걸어갔다.

'아내는 얼마나 아이를 사랑하고 있는가?'

그는 아이의 울음소리에 금세 얼굴빛이 변했던 그녀를 떠올리고 생각에 잠겼다.

'나의 아이를……. 그런데 어떻게 나를 증오할 수 있단 말인가?'

"돌리, 제발 조금만 내 말을……."

그는 그녀를 따라갔다.

"더 따라오면 하인들을 부르겠어요. 아이들도요. 모두에게 당신의 비열함을 밝히겠어요. 난 지금 당장 이 집을 떠날 거예요. 그러니 당신은 여기서 당신의 정부와 살아요."

그녀는 문을 쾅 닫고 나갔다.

스테판 아르카지치는 한숨을 쉬더니 얼굴을 닦고 조용한 걸음걸이로 방 안을 걸었다.

'마트베이는 모든 게 잘 해결될 거라고 했지만…… 다 틀어졌군. 잘될 것 같지 않아. 아, 그리고 너무나 끔찍해. 내게 소리까지 지르다니. 정말 한심스러운 지경이군!'

그는 아내가 소리를 지르던 광경과 비열하다느니 정부니 하는 말들을 떠올렸다.

'하녀들도 그 말을 들었겠지! 정말 끔찍하고 유치하군!'

스테판 아르카지치는 잠시 혼자 서 있다가 눈물을 닦고 숨을 한 번 크게 내쉬고는 방을 나섰다.

금요일이었기 때문에 식당에는 독일인 시계공이 와서 시계태엽을 감고 있었다. 스테판 아르카지치는 이 꼼꼼한 대머리 시계공에게 '평생 시계태엽을 감으려면 시계공의 몸에도 태엽이 감겨 있겠지.'라고 했던 자신의 농담을 떠올리자 웃음이 났다.

스테판 아르카지치는 이렇듯 가벼운 농담을 좋아했다.

'어떻게든 싹 해결되겠지! 어쨌든 싹 해결된다는 건 재미있는 말이야. 나중에 한번 써먹어 봐야겠군.'

그는 생각했다.

"마트베이!"

그는 소리쳤다.

"마리야와 함께 안나 아르카지예브나가 머물 소파가 있는 방을 정돈해 놔."

그는 가까이 온 마트베이에게 그렇게 일러두었다.

"네, 알겠습니다."

스테판 아르카지치는 외투를 걸치고 현관을 나섰다.

"식사는 집에서 안 하시고요?"

주인을 따라나서던 마트베이가 물었다.

"글쎄, 어떻게 될지 잘 모르겠군. 우선 받아 두게."

그는 지갑에서 십 루블을 꺼냈다.

"이걸로 충분하겠나?"

"충분하든 모자라든 잘 맞춰 봐야지요."

마트베이는 마차 문을 닫고 현관 계단으로 물러섰다.

다리야 알렉산드로브나는 아이를 달래러 갔다가 남편을 태운 마차가 떠나는 소리가 들리자 다시 침실로 돌아왔다. 그곳은 그녀를 둘러싼 막중한 집안일들로부터 도망칠 수 있는 유일한 장소였다. 방금 전만 해도 그녀가 아이들의 방에 들어갔던 그 짧은 순간에 영국인 여자와 마트료나 필리모노브나가 그녀를 성가시게 했다. 복잡하다고 미뤄 둘 수만도 없고 그녀가 아닌 다른 사람이 해결해 줄 수도 없는 그런 문제들이었다. 산책을 나갈 때 아이들에게 무엇을 입히죠? 우유를 먹어야 할까요, 말아야 할까요? 다른 요리사를 구하러 사람을 보내야 할까요, 말아야 할까요?

"아, 제발 나를 내버려 둬!"

그녀는 침실로 돌아와 남편과 이야기를 했던 그 자리에 다시 앉았다. 그리고 야윈 두 손을 맞잡고서 조금 전의 대화를 다시 떠올려 보았다. 뼈마디가 앙상한 그녀의 손가락에서 반지가 헐겁게 돌아갔다.

'나갔구나. 그런데 그 여자와는 이제 어떻게 됐을까? 완전히 끝낸 걸까? 왜 난 아무것도 물어볼 수 없었을까? 그래, 끝났어. 더 이상 함께 살 수는 없지. 설마 그렇게 된다고 해도 우리는 남남이야. 영원히!'

그녀는 자기 자신조차 감당하지 못할 무서운 말을 내뱉으며 계속해서 반복했다.

'아, 정말 알 수 없구나. 어떻게 이럴 수 있는지! 내가 얼마나 사랑했는데. 그토록 사랑했던 그를 이제는 사랑하지 않는 것일까? 아니면 그 어느 때보다 더 사랑하는 것인지도. 그렇다면 정말 끔찍하겠지.'

그녀는 알 수 없는 자신의 마음을 놔둘 수밖에 없었다. 마트료나 필리모노브나가 방 안으로 불쑥 들어왔기 때문이었다.

"저희 오라버니를 부르세요."

그녀가 말을 이었다.

"음식을 준비하려면 오라버니밖에 부를 사람이 없어요. 안 그러면 아이들이 어제처럼 여섯 시가 다 되도록 아무것도 먹을 수 없을 거예요."

"그래, 그게 좋겠어. 내가 가서 말해 두지. 그건 그렇고, 새로 우유를 가져오도록 사람을 보냈나?"

그렇게 다리야 알렉산드로브나는 집안일에 다시 집중하는 것으로 잠시 자신의 슬픔을 잊었다.

5

스테판 아르카지치는 타고난 머리 덕분에 공부는 잘했지만 게으르고 장난을 좋아했기 때문에 성적은 좋지 않았다. 그러나 그 방탕한 생활과 대단치 않은 관등과 젊은 나이에도 불구하고 모스크바 어느 관청의 봉급이 좋고 명예로운 최고 관리직에 올라 있었다. 그것은 그 관청이 속해 있는 부서의 고위직에 있던 누이동생 안나의 남편 알렉세이 알렉산드로비치 카레닌의 도움 때문이었다. 그러나 카레닌이 자기 처남에게 그 직책을 맡기지 않았더라도 스티바 오블론스키는 다른 형제나 누이, 사촌이나 부모의 형제들 중 영향력 있는 다수의 사람들로부터 연봉 육천 루블쯤 되는 비슷한 자리를 얻었을 것이다. 아내의 재산이 상당했음에도 씀씀이가 컸기 때문에 그 정도는 필요했던 것이다.

모스크바와 페테르부르크 사교계의 절반은 스테판 아르카지치의 친척이거나 친구였다. 그는 이 세상에서 막강한 권력을 가졌던 사람들 또는 그만한 영향력이 있는 사람들 사이에서 태어나고 자랐다. 국가 고위 관료의 삼분의 일은 아버지의 친구여서 어렸을 때부터 낯을 익혔으며, 다른 삼분의 일은 막역한 사이였고, 나머지 삼분의 일은 가까운 지인들이었다. 고위직, 부동산, 각종 이권을 차지한 이들은 모두 그의 친구였고 그를 외면하지 못했다. 오블론스키는 높은 직위를 차지하기 위해 특별히 노력할 필요가 없었다. 그저 남의 부탁을 거절한다든가 누구를 질투한다든가 싸운다든가 화를 낸다든가 하는 일만 벌이지 않으면 되었다. 그는 성품이 온순한 편이어서 그런 일을 벌인 적도 없었다. 만약 누군가가 오블론스키에게 필요한 봉급을 주는 직위를 얻지 못할 거라고 했다면 그는 오히려 그 사람을 우습게 생각했을 것이다. 그가 그 이상을 바라지 않기에 더욱 그러했다. 그는 단지 나이가 비슷한 동료들이 받는 정도를 원했고, 그에 맞는 자리쯤은 어렵지 않게 차지할 수 있었다.

스테판 아르카지치의 지인들은 그의 선량하고 유쾌한 성격과 솔직함 때문에 그를 좋아했다. 게다가 그의 잘생긴 외모와 빛나는 눈동자, 검은 눈썹과 머리카락, 또 하얀 얼굴색과 붉은 뺨은 그가 만나는 모든 사람에게 무의식적으로 호감을 주고 밝고 유쾌한 인상을 남겼다.

"오, 스티바! 자네 왔는가?"

그와 마주친 사람들은 항상 그렇듯 즐거운 미소를 띠며 그를 맞았다. 가끔씩 그와 대화를 하고 나서 딱히 즐거웠던 기억이 없었더라도 다음 날이면 또 그를 찾고 반기곤 했다.

모스크바의 어느 관청에서 삼 년째 책임자 지위에 있으면서 스테판 아르카지치는 동료나 부하들, 상관들, 그리고 업무상 관계된 여러 사람들에게서 사랑과 존경을 동시에 받았다. 그가 그런 관계를 지속할 수 있었던 것은 첫째로 스테판 아르카지치가 자신의 결점을 스스로 인정하는 겸손한 태도로 다른 사람에게도 극도의 관용을 베풀었기 때문이었다. 두 번째는 자유주의였는데, 그것은 신문 등을 읽고 정립해 나간 것이 아니라 그 자신의 피에 흐르는 기질이었다. 그는 타고난 자유주의로 인해 모든 사람을 신분이나 재산에 관계없이 공평하고 평등하게 대했다. 세 번째는 가장 주요한 이유라고도 할 수 있는데, 그는 그가 맡은 업무에 무관심했다. 그 결과 그는 결코 업무에 몰두하거나 실수를 저지르는 일이 없었다.

근무처에 도착한 스테판 아르카지치는 공손한 태도의 수위에게 안내를 받으며 서류 가방을 들고 자신의 작은 방에 들러 제복을 갈아입은 뒤 업무실로 향했다. 서기와 소속 직원들이 그를 향해 정중하고 쾌활하게 인사를 했다. 스테판 아르카지치는 늘 그랬던 것처럼 발걸음을 재촉해 자기 자리로 가서 동료들과 악수를 나눈 뒤 자리에 앉았다. 그는 예의에 벗어나지 않은 선에서 가벼운 농담을 몇 마디 건넨 뒤 업무를 시작했다. 이렇게 유쾌한 분위기로 업무를 시작하는 데에 필요한 자유로움, 솔직함, 공적인 태도의 경계를 스테판 아르카지치만큼 제대로 아우르는 사람도 별로 없었다. 어느 사무장이 스테판 아르카지치의 업무실 사람들이 모두 그런 것처럼 유쾌하면서도 예의 바른 태도로 서류를 가져와서 자유로운 어조로 이야기를 건넸다. 그의 태도와 말투에서는 스테판 아르카지치의 습성이 그대로 묻어났다.

"펜자 현청에서 보고가 들어왔습니다. 바로 이 보고서인데요. 어떻게 될지⋯⋯."

"드디어 왔군."

스테판 아르카지치가 손으로 서류를 짚으며 말했다.

"자, 그럼 시작하지⋯⋯."

그렇게 업무가 시작되었다.

'만약 이 사람들이 안다면⋯⋯.'

그는 고개를 숙인 채 생각에 잠겼다.

'불과 삼십 분 전에 자신들의 상관인 내가 큰 잘못을 지은 어린아이 꼴이었다는 걸.'

그런 생각 때문에 보고서가 낭독되는 내내 그의 얼굴에는 웃음이 번졌다. 업무는 두 시까지 쉼 없이 이어졌고, 두 시부터는 점심시간이었다.

두 시가 채 못 되었을 때 사무실의 커다란 유리문이 열리며 누군가가 들어왔다. 황제의 초상화 아래에 있던 사람들이나 정의 표시 뒤에 있던 사람들 모두 분위기를 전환해 줄 구경거리가 생겨 반기는 분위기였다. 그런데 문 앞에 있던 수위가 그를 내쫓고는 유리문을 쾅 닫아 버렸다.

보고서 낭독이 끝난 뒤, 스테판 아르카지치는 자리에서 일어나 기지 개를 한 번 켠 다음, 타고난 자유주의 기질을 발휘하여 담배 한 대를 들고 업무실로 향했다. 그의 보좌관인 선임 관리 니키친과 그리네비치가 그를 따랐다.

"점심 식사 후에 간단히 끝낼 수 있겠지?"

스테판 아르카지치가 말했다.

"그렇습니다!"

니키친이 말했다.

"그런데 이 포민이라는 사내는 아주 대단한 사기꾼이 분명합니다."

그리네비치는 그들이 맡은 사건에 연루된 사람에 대해 말했다.

스테판 아르카지치는 그리네비치의 말에 얼굴을 찌푸리고 아무 대답 도 하지 않았다. 섣부른 판단이 좋지 않다는 걸 조용히 내비치는 의미 였다.

"방금 전 들어왔던 사람은 누구지?"

그는 수위에게 물었다.

"누구인지 모르겠습니다, 각하. 제가 등을 돌리고 있을 때 허락도 없 이 들어와서요. 각하를 뵙겠다고 해서 다른 직원이 모두 나올 때 그때 뵈 라고……."

"그 사람은 어디에 있나?"

"현관으로 나갔는데요. 아, 저기 있군요."

수위가 곱슬머리에 어깨가 우람한 사내를 가리키며 말했다. 그는 양가 죽 모자를 쓰고 오래된 돌계단 위로 재빠르게 올라오고 있었다. 그때 마 침 서류 가방을 들고 아래층으로 내려가던 깡마른 관리 하나가 사내의 다리를 보고 못마땅한 표정을 짓더니 다시 오블론스키를 미심쩍은 눈초리로 쳐다보았다.

스테판 아르카지치는 계단 위에 있었다. 수놓은 제복의 깃 위에서 선량하고 환하게 빛나던 그의 얼굴이 계단을 뛰어 올라온 남자의 얼굴과 마주치자 더욱 밝아졌다.

"역시! 자네였군, 레빈! 어서 오게!"

그는 자기에게 다가 오는 레빈을 보고 반갑게 맞으면서도 장난스러운 웃음을 띠며 말했다.

"자네가 어떻게 이런 소굴까지 찾아왔나?"

스테판 아르카지치는 악수에 그치지 않고 친구에게 입을 맞추며 말했다.

"그래, 온 지는 오래됐나?"

"지금 막 왔다네. 자네가 보고 싶어서 말이야."

레빈은 수줍은 듯하면서도 두리번거리며 뭔가 화가 난 듯한 인상으로 말했다.

"어서, 내 방으로 가세."

스테판 아르카지치는 친구의 자존심 강하고 쉽게 화를 내는 내성적인 성격을 알고 있고 있었기 때문에 그렇게 말하면서 그의 손을 붙잡았다. 그러고는 마치 위험이 도사리는 곳을 가로지르듯 그를 데리고 앞장섰다.

스테판 아르카지치는 거의 모든 지인과 '너'나 '자네'와 같은 친밀한 호칭으로 불렀다. 그는 환갑노인이나 스무 살 먹은 젊은이와도, 배우나 상인들과도, 장관이나 시종장과도 격의 없이 어울렸다. 그와 친근하게 지내던 사람들은 서로 사회의 양극단에 위치한 사람들이었으므로 만약 자신들이 스테판 아르카지치에 의해 통해 있다는 걸 알았다면 무척 놀라워했을 것이다. 그는 샴페인 한 잔으로 모든 사람과 두루 친밀해질 수 있는 사람이었다. 그는 많은 사람들과 샴페인을 즐기며 혹여 자신의 부하 직원들과 함께 한자리에서 껄끄러운 지인을 만난다고 해도 유쾌한 재치를 발휘해 상황을 부드럽게 이끌어 나가곤 했다. 레빈은 껄끄러운 지인은 아니었다. 하지만 오블론스키는 혹시 레빈이 직원들 앞에서 자신의 모습을 드러내는 것을 꺼릴지도 모른다고 특유의 재치로 감지하고는 그를 조용히 자신의 방으로 데려갔다.

레빈은 오블론스키와 나이가 비슷했는데, 그들이 스스럼없는 사이가 될 수 있었던 것은 샴페인 때문만은 아니었다. 레빈은 청춘 시절을 함께 보낸 친구였다. 성격이나 취향이 달랐을는지는 모르지만 그들은 청년기를 함께 보낸 친구들이 그런 것처럼 서로 돈독한 사랑과 우정을 나누었다. 그러나 다른 분야를 다루는 사람들끼리는 늘 그렇듯 이성적으로는 상대방을 이해하면서도 속으로는 서로를 경멸하기도 했다. 그들은 각각 자신의 삶이 진정한 삶이고 친구의 삶은 망상일 뿐이라고 여겼다. 오블론스키로서는 레빈의 처지를 조금 가볍게 여길 수밖에 없었다. 그는 시골에서 모스크바로 올라온 레빈을 몇 차례 만나 왔다. 레빈은 시골에서 무슨 일인가를 하고 있었지만 오블론스키는 그 일이 정확히 어떤 일인지 알지 못했다. 게다가 제대로 이해할 관심도 의지도 없었다. 레빈은 모스크바에 올라올 때마다 조금 불안하고 초조해 보였다. 그는 사물에 대해 다소 둔했고 그런 자신의 둔감함을 탓했다. 오블론스키는 레빈의 그런 면을 비웃기도, 호감을 느끼기도 했다. 레빈은 레빈 나름대로 오블론스키의 도시적인 생활과 직업을 경멸했다. 그는 친구의 직업을 높이 평가하지 않았고 철저히 무시했다. 결국 둘 사이에 차이가 있다면 오블론스키는 친구를 여유 있게 대하며 비교적 선량한 태도로 비웃는 반면 레빈은 언제나 흥분을 감추지 못한다는 것이었다.

"어서 오게, 레빈."

스테판 아르카지치는 자신의 방으로 들어서며 레빈의 손을 놓았다. 마치 이런 식으로 이제 경계를 풀어도 된다는 듯한 인상을 주려는 듯했다.

"다시 만나 무척 반갑네."

그가 말을 이었다.

"그래, 그동안 어떻게 지냈나? 언제 도착했지?"

레빈은 오블론스키의 부하인 낯선 인상의 두 사람을 보고는 표정이 굳어 있었다. 특히 그리네비치의 우아하고 하얀 손, 끝이 구부러진 길고 노란 손톱, 루바슈카의 소매 끝에 달린 빛나는 커프스단추가 그의 모든 관심을 빼앗은 듯했다. 오블론스키는 그런 낌새를 알아채고는 지그시 미소를 지었다.

"이런, 소개가 늦었군. 이쪽은 필립 이바노비치 니키친, 그리고 이쪽은 미하일 스타니슬라비치 그리네비치일세."

그러고는 레빈을 가리키며 말했다.

"이쪽은 젬스트보(제정 러시아의 지방 자치 기관_옮긴이)의 유명 인사, 젬스트보의 이단아, 한 손으로 오 푸드를 들어 올릴 수 있는 장사이자, 목축업자이자, 사냥꾼인 내 친구 콘스탄친 드미트리치 레빈일세. 세르게이 이바노비치 코즈니셰프의 동생이지."

"이렇게 뵙게 되어 반갑습니다."

고참 관리가 인사했다.

"형님이신 세르게이 이바노비치를 만난 적이 있답니다. 무척 반갑군요."

그리네비치가 긴 손톱이 달린 가는 손을 내밀며 인사를 건넸다.

레빈은 인상을 찌푸리며 차갑게 악수를 하고는 이내 오블론스키 쪽으로 시선을 돌렸다. 그는 러시아가 떠들썩하게 이름을 떨친 작가인 자신의 동복형을 깊이 존경했지만, 지금과 같이 타인 앞에서 자기 자신이 아닌 코즈니셰프의 동생으로 불리는 것은 용납할 수 없었다.

"아닐세. 난 이제 젬스트보에서 활동하지 않는다네. 모든 의원들과 의견이 엇갈려 이제 더 이상 모임에 참여하지 않지."

그는 오블론스키에게 말했다.

"그래?"

오블론스키가 부드럽게 말했다.

"어째서 그렇게 됐지?"

"설명하자면 길어. 그 이야기는 나중에 하지."

레빈은 그렇게 말하면서도 곧 이야기를 덧붙였다.

"그러니까, 말하자면 말이지, 젬스트보가 아무런 활동도 없고 또 영향력도 없다는 확신이 들었기 때문이야."

그는 마치 방금 모욕이라도 당한 사람처럼 흥분하면서 말하기 시작했다.

"젬스트보는 허깨비나 마찬가지지. 의원들도 지금 젬스트보에서 장난질을 치고 있어. 하지만 나는 시간 낭비를 할 만큼 젊지도 늙지도 않았어. 어떻게 생각하면 젬스트보는 현 내의 놀음패들이 벌이는 돈벌이에 불과해. 예전에는 감독청이나 재판소가 그랬지. 이제는 젬스트보가 그리되었어. 그것도 뇌물 같은 게 아니라 봉급을 주는 모양새로 말이지."

그는 마치 반대 의견을 가진 사람 앞에서 반박하듯 조목조목 말했다.

"그렇군. 그러면 자네는 이제 새로운 입장에 놓인 게로군. 이번에는 보수주의 쪽인가?"

스테판 아르카지치가 말했다.

"하지만 이건 다음에 이야기하는 게 좋겠지?"

"그래, 그편이 좋겠어. 하지만 나는 자네를 만나야 했다네."

레빈은 그리네비치의 손에 불쾌한 시선을 던지며 말했다.

스테판 아르카지치가 엷은 미소를 지었다.

"그런데 말이야. 자네는 이제는 유럽식 복장 따위는 입지 않겠다고 하지 않았나?"

그는 프랑스 재단사의 손길로 보이는 레빈의 새 옷을 훑어보며 말했다.

"아, 그렇군. 새로운 입장 때문인 게로군."

레빈이 그 말에 얼굴을 붉혔다. 그 정도가 얼마나 심했는지 어른이 약간 인상을 찌푸리는 수준을 넘어섰다. 그의 얼굴은 마치 소년이 여러 사람들 앞에서 웃음거리가 되어 수줍음과 수치스러움에 울음을 터뜨리는 지경이나 된 듯 홍당무처럼 벌게졌다. 그의 늠름하고 총명한 얼굴이 그토록 우스꽝스럽게 변하는 것이 낯설어, 오블론스키는 그에게서 시선을 거두었다.

"그럼, 어디에서 만날까? 자네와 꼭 할 말이 있다네."

레빈이 말했다.

오블론스키는 잠시 머뭇거렸다.

"이러면 어떤가? 구린에 가서 식사를 하고 이야기도 거기서 나누세. 세 시까지는 한가해."

"그건 곤란하네."

레빈이 잠시 생각을 하더니 대답했다.

"또 들러야 할 곳이 있어."

"그래, 그럼 저녁 식사를 할까?"

"저녁 식사? 뭐, 대단한 이야깃거리는 아니야. 그저 두 마디면 끝날 이야기지. 뭐, 나중에 해도 되고."

"두 마디라면 지금 이야기해 보게나. 나머지 이야기는 저녁 식사를 하면서 하면 되니까."

"그 두 마디는 말일세."

레빈이 말을 이었다.

"그래, 특별한 이야기는 아닌데 말이지."

민망함을 감추려는 듯 그의 얼굴은 일그러지다 못해 화난 인상이 되었다.

"쉐르바츠키가의 사람들은 잘 지내나? 어떻게들 지내시나?"

그는 말했다.

스테판 아르카지치는 레빈이 오래전부터 자신의 처제 키티를 사랑하고 있음을 알았다. 그래서 이내 부드러운 표정을 지어 보였다. 그의 눈동자가 밝게 빛났다.

"자네는 두 마디를 말했지만 난 그렇게 간단히 대답하기 힘드네. 아, 잠시만 기다려 주게나."

그때 한 비서관이 나타나 모든 비서관이 으레 그렇듯, 오블론스키보다도 자신의 실무 능력이 뛰어나다는 듯한 자신감을 내보이며 공손하면서도 우월한 태도로 오블론스키에게 서류를 내밀고는 질문을 하는 척하면서 복잡한 문제를 이야기하기 시작했다. 스테판 아르카지치는 그의 말을 조금 듣다가 곧 비서관의 소매 위에 자신의 손을 부드럽게 얹었다.

"아닐세. 내가 지난번에 말한 대로 하는 게 좋겠어."

그는 질책 대신 따뜻한 미소를 건네며 그 문제에 자신의 견해를 짧게 말하고는 서류를 옆으로 밀어 놓았다.

"이렇게 하게나, 자하르 니키티치."

비서관은 당황한 채 자리를 떠났다. 레빈은 스테판 아르카지치와 비서관이 이야기를 나누는 동안 떨떠름한 기분에서 벗어나 두 손으로 의자를 짚고 자리에 서 있었다. 그들의 모습을 보고 있던 레빈의 얼굴에 차가운 기색이 어렸다.

"잘 모르겠어. 이해가 안 되는군."

그가 말했다.

"그게 무슨 소린가?"

오블론스키가 특유의 밝은 미소를 띠며 담배를 꺼냈다. 그는 레빈에게서 뭔가 이상한 말이 튀어나올 거라 예상하고 있었다.

"자네들이 하는 말들 말일세."

레빈이 어깨를 으쓱하며 말했다.

"자네는 어떻게 이런 일들을 심각하게 처리하지?"

"뭐가 말인가?"

"뭐라니! 발전성이 없잖나!"

"자네한테는 그렇게 보일지 몰라도 일은 무척 급박하게 돌아간다네."

"일이 아니라 서류만 그렇겠지. 하긴 자네는 이런 일에 잘 적응할 테니."

레빈이 말했다.

"그러니까 자네는 내게 무슨 잘못된 점이 있다고 생각하는군?"

"그럴 수도 있고."

레빈이 말했다.

"어쨌거나 나는 자네가 무척 뛰어나고 유능한 친구라고 생각한다네. 자네가 바로 내 친구라는 것도 자랑스러워. 하지만 자네는 아직 내 질문에 대답하지 않았군."

레빈이 오블론스키의 눈을 똑바로 응시하며 말했다.

"알겠네, 알았어. 자네도 곧 이렇게 될 거라고. 카람진 현에 삼천 제샤치나의 땅과 탄탄한 근육과 소녀 같은 푸릇함을 갖고 있으니 늘 생기가 넘치겠지. 하지만 자네도 곧 우리와 다르지 않을 거야. 그리고 자네의 질문은 말이지. 뭐, 달라진 건 없다네. 자네가 그렇게 오랫동안 여기에 오지 않은 건 유감이군."

"왜 그렇지?"

레빈이 놀라며 물었다.

"음, 그건 말이지."

오블론스키가 말을 이었다.

"나중에 이야기하세. 그건 그렇고 무슨 일로 온 겐가?"

"그것도 나중에 이야기하도록 하지."

레빈이 다시 벌게진 낯빛으로 말했다.

"그래, 알겠네. 그건 그렇고 자네를 집으로 초대하고 싶지만 지금 아내의 몸이 좋지 않아. 그래서 말인데 식구들을 만나고 싶다면 동물원으로

가 보게. 아마 오늘 네 시에서 다섯 시까지 모두 거기에 있을 테니. 키티
는 그곳에 스케이트를 타러 다니지. 그곳에 가 보게, 나도 들르겠네. 그리
고 이따 어디에 가서 저녁 식사라도 함께하세."

스테판 아르카지치가 말했다.

"그렇게 하세."

"이봐. 내가 자네를 잘 알아서 하는 말인데, 혹시나 또 깜빡 잊어버리
거나 시골로 내려가거나 하진 않을 테지?"

스테판 아르카지치가 미소 지으며 말했다.

"결코 아니네."

레빈은 문 앞까지 가서야 오블론스키의 부하들에게 인사하지 않았다
는 사실이 떠올랐지만 그냥 방을 나섰다.

"대단한 활동가로 보이시네요."

레빈이 나가자마자 그리네비치가 말했다.

"물론이지."

스테판 아르카지치가 부드럽게 고개를 끄덕였다.

"정말 행복하게 사는 친구이지! 카람진 현에 삼천 제샤치나의 땅을 가
졌고, 전도유망하고, 늘 생기가 넘쳐흐르지! 우리와는 달라."

"스테판 아르카지치, 당신 같은 분도 불만이 있으십니까?"

"추하다 못해 비루해."

스테판 아르카지치가 한숨을 크게 내쉬며 말했다.

6

오블론스키가 레빈에게 무슨 일로 방문했느냐고 물었을 때 레빈은 얼굴을 붉혔다. 그러고는 그 상황에 화를 냈다. 차마 '자네의 처제에게 청혼하러 왔네.'라고 말하지 못했기 때문이다. 오직 그 때문에 모스크바까지 왔으면서 말이다.

레빈 가문과 쉐르바츠키 가문은 모스크바의 오랜 귀족 가문으로서 서로 절친하게 지내 왔다. 이러한 관계는 레빈이 학생이었을 때 더욱 깊어졌다. 그는 돌리와 키티의 오빠인 젊은 쉐르바츠키 공작과 함께 대학 입시를 준비하고 대학에 입학했다. 그 시기에 레빈은 쉐르바츠키가에 드나들면서 그 집안의 매력에 흠뻑 취하게 되었다. 이상하게 여겨질는지는 모르겠으나, 아무튼 콘스탄친 레빈은 그 집안의 가족들, 그러니까 쉐르바츠키가의 여자들에게 완전히 빠져들었다. 레빈은 자신의 친어머니에 대한 기억이 없었고 누나가 한 명 있었지만 나이가 많이 차이 나 어울리지 않았다. 그는 아버지와 어머니의 부재로 인해 잃어버린 평화로운 가정환경과 귀족 문화를 쉐르바츠키가를 통해 접했다. 그에게는 모든 가족이 그렇지만, 유독 여인들은 어떤 신비스러운 베일에 싸여 있는 것처럼 보였다. 그리고 그는 그들에게서 어떠한 결점도 느끼지 못했으며 그들을 감싼 그 신비한 베일 뒤에는 더욱 고결하고 존귀한 감성과 다양한 완벽함이 존재하리라 상상했다. 왜 언제나 세 아가씨들은 정해진 시간에 두 남학생이 공부하는 이 층의 방까지 들리게 피아노 소리를 교대로 울리는지, 왜 프랑스 문학과 음악, 그림, 춤 등을 가르치는 교사들이 드나드는지, 왜 세 아가씨들이 정해진 시간에 새틴 코트—돌리는 긴 코트, 나탈리는 반코트, 키티는 짧은 코트—에 빨간 스타킹을 신고 리농과 마차를 타고 트베르스코이 가로수 길로 나가는지, 왜 모자에 금빛 휘장을 단 하인들과 그 길을 거니는지, 그 모든 것과 그 세계에 연관된 다른 것들이 그의 눈에는 신비스럽게만 보였다. 그러나 그는 그 모든 것을 아름답다고 인식했고, 그래서 이 신비로움에 정신을 잃었다.

그는 대학 시절에 맏딸 돌리에게 반해 사랑에 빠질 뻔했는데 그녀는 오블론스키와 결혼해 집을 떠났다. 그다음에는 둘째 딸을 사랑하게 되었다. 그는 마치 세 딸들 중 누구와 사랑을 해야 하는지 모르는 사람처럼 살았다. 하지만 나탈리도 사교계에 나가자마자 외교관인 리보프와 결혼을 해서 집을 떠났다. 레빈이 대학을 졸업했을 무렵, 키티는 자그마한 어린 소녀에 불과했다. 해군에 입대한 젊은 쉐르바츠키가 발트 해에서 숨진 뒤 그와 쉐르바츠키가의 관계는 조금씩 멀어졌다. 그와 오블론스키와의 우정만이 지속되었을 뿐이었다. 그런데 올해 초겨울, 레빈이 시골에서 일 년을 보내고 모스크바로 올라와 쉐르바츠키가의 사람들을 만났을 때 그는 자신이 세 아가씨들 가운데 누구와 사랑할 운명이었는지 깨달았다.

명망 있는 가문의 자제이자 부유한 편에 드는 서른두 살의 그가 쉐르바츠키 공작의 딸에게 구혼을 하는 것은 너무나 간단한 문제로 보일지도 모른다. 하지만 레빈은 진심으로 사랑에 빠져 있었고, 그에게 키티는 완전무결한 존재로 보였다. 그리고 그녀에 비해 자신은 너무나 지위가 낮아 다른 사람들이 그를 그녀의 배필로 인정하는 것은 너무나 어려운 일처럼 여겨졌다.

그는 키티와 인연을 맺기 위해 모스크바 사교계에 입성하여 두 달 동안 매일매일 그녀의 곁을 맴돌았지만 도저히 그녀를 얻을 수 없다고 여기고는 시골로 내려갔다.

레빈이 그렇게 생각한 이유는 그녀의 부모 눈에 자신이 아름답고 우아한 키티의 남편감으로 부족해 보일 뿐 아니라 키티 또한 자신을 마음에 들어 할 것 같지 않았기 때문이다. 딸을 가진 부모의 입장에서 보자면 그는 서른두 살이 되도록 직업적인 성공이나 사회적인 지위를 얻지 못한 남자였다. 그의 친구들은 진작에 대령, 시종무관, 교수, 은행장, 철도청장직에 있었고 오블론스키만 해도 관청장직을 맡고 있었다. 그는—다른 이들의 눈에 어떻게 보일지 스스로도 잘 알고 있었다.—소를 키우고 도요새를 사냥하고 건물을 증축하는 시골의 지주, 무능하다면 무능한 그리고 아무짝에도 쓸모없다면 쓸모없는 그런 시골의 사내일 뿐이었다.

아름답고 신비스러운 키티는 그 스스로도 잘난 면이라고는 찾아볼 수 없는 평범하디평범한 그를 마음에 들어 하지 않을 것이다. 게다가 옛날의 관계, 그러니까 키티의 오빠와 절친했던 그 어린 시절의 관계는 큰 장애물처럼 여겨졌다. 그는 스스로 자신을 못생기고 선량하다고 생각했는데, 친구로서 주변인에 머문다면 몰라도 키티의 남편감이 되려면 누구보다 잘생기고 뛰어나야 할 것만 같았다.

여자들은 못생기고 평범한 남자를 좋아하기도 한다고들 하지만 그는 그런 말을 믿을 수 없었다. 왜냐하면 입장을 바꾸어 봐도 자신이라면 키티 같은 예쁘고 사랑스러운 여자를 선택할 것이기 때문이었다.

그러나 시골로 돌아가 두 달쯤 보냈을 무렵, 그는 그가 품은 감정이 젊은 날 경험하는 풋사랑이 아니며 평온하고 잔잔한 끌림이 아님을 깨달았다. 그리고 그녀가 정녕 그의 배우자가 될 수 없는가 하는 문제를 해결하지 않고서는 어느 것에도 집중할 수 없음을 깨달았다. 그때까지의 낙담은 그의 상상일 뿐이었으며 그렇다고 거절당할 이유도 없었음이 명백해 보였다. 그는 정식으로 청혼을 하고 승낙을 얻으면 결혼을 하리라 굳게 결심하고 모스크바로 왔다. 그러나 만약 그가 거절당한다면 그 후에 어떻게 해야 할지는 전혀 생각할 수도 없는 형편이었다.

7

아침 기차를 타고 모스크바에 도착한 뒤 레빈은 동복형 코즈니셰프의 집으로 가서 짐을 풀었다. 그는 먼저 옷을 갈아입고는 자신이 온 이유를 말하고 몇 가지 조언을 듣기 위해 형의 서재로 갔다. 그런데 형은 혼자 있지 않았다. 서재에는 중요한 철학적 난제 앞에서 둘 사이에 생긴 오해를 풀기 위해서 하리코프에서 온 유명 철학 교수가 함께 있었다. 교수는 유물론자들을 향해 신랄한 비판을 했고, 세르게이는 그 논쟁을 관심 있게 보다가 교수의 최근 논문을 찾아 읽고 그에 대한 반박 편지를 직접 보냈다. 유물론자에 대한 교수의 태도가 적절하지 않다는 의견이었다. 교수는 즉각 이를 논의하기 위해 모스크바로 달려왔다. 그들은 인간이 심리적 현상과 생리적 현상을 과연 구분할 수 있는지, 만약 그게 가능하다면 어느 정도까지인지 하는 당대 널리 퍼져 있던 문제에 대해 의견을 나누었다.

세르게이 이바노비치는 평소 습관처럼 온화하고 여유로운 미소로 동생을 맞았고, 동생과 교수를 서로 소개한 뒤 대화를 이어 갔다.

교수는 체격이 작고 이마가 좁았는데 안경 쓴 얼굴은 누렇게 떠 있었다. 그는 인사를 마치자마자 이내 레빈이 자리에 없는 것처럼 본래의 논쟁으로 되돌아갔다. 레빈은 의자에 앉아서 교수가 돌아가기를 기다리다가 차츰 이들의 논쟁을 유심히 들었다.

레빈은 이미 여러 잡지에 실린 논문을 통해 그들의 논쟁에 관한 이야기를 읽은 적이 있었다. 더구나 그 논문들은 자신이 대학에서 전공하던 자연과학 분야의 연장선에 있다고 여겨 매우 흥미 있게 보았다. 그러나 인간의 기원, 반사작용이나 생물학, 사회학에 관한 과학적 결론을 삶과 죽음에 결부시켜 생각해 본 적은 없었다. 삶과 죽음의 문제는 최근 들어 조금씩 관심이 생긴 분야였다.

형과 교수의 논쟁을 들으면서 그는 그들이 과학적 문제와 정신적 문제를 잘 연관 짓다가도 핵심적인 주제에 닿으면 다시 주제에서 멀어지고, 복잡한 분석이나 주석, 인용, 암시 따위의 문제에 집중하는 것을 알아챘다. 그래서 그는 두 사람의 이야기를 제대로 이해하기가 무척 힘들었다.

"나는 인정하기 힘들군요."

세르게이 이바노비치가 특유의 카리스마 넘치는 단호한 태도로 우아하게 말했다.

"외부 세계에 대한 나의 모든 반응이 인상에서 나온다는 케이스의 이론에는 동의할 수 없습니다. 존재라는 것은 가장 근원적인 개념이지요. 그러니 감각을 통해 익히는 것이 아닙니다. 그것을 전달하는 기관은 없으니까요."

"그렇습니다. 그렇지만 부르스트, 크나우스트, 프리파소프는 당신의 의견에 이렇게 말할 겁니다. 존재에 대한 당신의 모든 의식은 모든 감각에서 비롯되며, 모든 인식 또한 감각의 결과라고요. 부르스트는 극단적으로 이렇게 표현하지요. 감각 없는 존재 개념이란 없다고요."

"그러나 내 생각은 완전히 반대입니다."

세르게이 이바노비치가 말을 잇기 시작했다.

그러나 레빈이 생각하기에 그들의 논쟁은 다시 핵심에서 멀어지고 있었다. 그는 교수에게 질문을 던져 보기로 했다.

"그렇다면 말입니다. 만약 감각이 모두 소멸되고 육체가 죽는다면 존재는 사라진다는 겁니까?"

그가 물었다.

교수는 대화가 끊기자 무척 신경질적인 반응을 띠며 질문을 던진 낯선 이에게 고개를 돌렸다. 그는 철학자와 거리가 먼, 마치 뱃사공처럼 보이는 그를 훑어보고는 세르게이 이바노비치를 쳐다보았다. 그의 눈빛은 마치 '이 사람은 왜 여기 끼어들지?'라고 말하는 듯했다. 하지만 세르게이 이바노비치는 교수처럼 일방적이고 고압적인 사람이 아니었다. 게다가 그는 교수와 대화를 이끌어 나가면서도 동시에 그런 질문이 나온 연유를 충분히 이해할 만한 사람이었다. 그는 미소 지으며 말했다.

"우리의 대화는 아직 거기까지는 미치지 못하겠군."

"충분한 자료가 없으니 말이죠."

교수는 그 점을 짚으며 아까 하던 말을 이어 갔다.

"아니지요. 내 말은 프리파소프가 강조하는 것처럼 감각이 인상을 기초로 한다면 우리가 이 두 가지를 확실히 다르게 이해해야 한다는 것입니다."

레빈은 더 이상 이야기에 집중하기를 그만두고, 교수가 얼른 자리를 뜨기만을 기다렸다.

8

교수가 돌아간 뒤 세르게이 이바노비치가 동생에게 말했다.

"이렇게 와 주다니 무척 기쁘구나. 얼마나 머물 예정이야? 영지는 어떠니?"

레빈은 형이 영지에 관심이 없으면서 그에게 말을 붙이려고 영지를 언급한 것을 알고 있었다. 그래서 그는 최근 밀을 판 것과 금전 상황에 대해 간단히 대답했다.

레빈은 형에게 결혼 문제를 의논하고 조언을 듣고 싶었다. 그러리라 굳은 결심까지 하고 왔다. 하지만 형을 만나 교수와 나누는 논쟁을 들은 데다 형이 마음에도 없는, 아직 분배하지 않은 어머니의 땅 이야기를 예의상 물어 오니, 그다지 결혼 이야기를 꺼내고 싶지 않았다. 게다가 형은 결혼 문제를 자신과는 다르게 생각할는지도 몰랐다.

"젬스트보 사정은 좀 어때?"

세르게이 이바노비치가 물었다. 그는 젬스트보에 큰 관심이 있었고 그 존재 의의를 크게 생각했다.

"글쎄 나도 잘 모르겠어."

"그럴 리가. 넌 자치회 의원이잖아."

"이젠 아니야. 사퇴했거든."

콘스탄친 레빈이 대답했다.

"더 이상 회의에도 참석하지 않아."

"정말 유감이구나!"

세르게이 이바노비치가 눈살을 찌푸리며 조용히 중얼거렸다.

레빈은 변명처럼 현의 모임이 어떻게 돌아가고 있는지 설명했다.

"항상 그런 식이지."

세르게이 이바노비치가 레빈의 말을 끊었다.

"러시아 사람들은 다 그래. 그게 우리의 장점일지도 모르지. 자기 단점을 간파하는 능력 말이지. 하지만 그 정도가 너무 지나쳐. 항상 속이 뒤틀려 있고 혀에는 가시가 돋쳐 있지. 만약 지방자치제도를 유럽에 주었다면 독일인이나 영국인들은 그것을 토대로 자유를 이루어 냈을 거야. 하지만 우리는 이렇게 냉담할 뿐이지."

"하지만 뾰족한 수가 없지."

레빈이 자책 섞인 어조로 말했다.

"나로서는 최선을 다한 결과야. 나는 못하겠어. 내 능력 밖이야."

"능력 때문이 아니야. 문제를 제대로 보지 않기 때문이지."

세르게이 이바노비치가 말했다.

"그럴 수도."

레빈이 어두운 낯빛으로 말했다.

"참, 너 니콜라이가 여기에 온 것 아니?"

니콜라이는 콘스탄친 레빈의 친형이었고, 세르게이 이바노비치와는 동복 관계였다. 그는 상속받은 재산을 모두 탕진한 뒤 이상한 사람들과 어울려 인생을 버리고 있었고 그로 인해 형제들과의 관계도 나빴다.

"뭐라고?"

레빈은 공포에 사로잡힌 듯 큰 소리로 외쳤다.

"그걸 어떻게 알았어?"

"프로코피가 길에서 마주쳤다더구나."

"여기에서? 모스크바에서? 세상에! 지금 어디에 있지? 형은 알아?"

레빈은 당장이라도 형을 만나러 갈 것처럼 자리에서 벌떡 일어났다.

"괜한 소리를 했군."

세르게이 이바노비치는 막냇동생이 흥분하는 모습을 보자 고개를 가로저었다.

"사람을 시켜서 니콜라이가 어디에 머물고 있는지를 알아냈어. 그리고 내가 트루빈에게 대신 갚아 준 어음을 보냈어. 이게 니콜라이한테서 온 답장이야."

세르게이 이바노비치는 서진 밑에 두었던 편지 한 장을 동생에게 건넸다.

레빈은 괴이하면서도 친숙한 필체의 편지를 읽어 갔다.

'날 좀 내버려 둬. 이게 형제들에게 바라는 내 마지막 소원이야.'

레빈은 편지를 다 읽고서도 책상에 내려놓지 못한 채 고개를 숙이고 세르게이 이바노비치 앞에 섰다.

그의 마음속에서는 이제 그 사나운 형을 잊어야 한다는 감성과 그렇게 하는 것은 옳지 않다는 이성이 소용돌이치고 있었다.

"그 녀석은 나를 모욕하려는 게 틀림없어."

세르게이 이바노비치가 말을 이었다.

"하지만 그렇게 놔둘 수 없어. 나는 그 애를 돕고 싶어. 불가능할 것 같지만 말이야."

"그렇지. 그렇지."

레빈이 말했다.

"모두 이해하고 난 그런 형의 태도를 존중해. 하지만 니콜라이 형을 만나 보고 싶어."

"그렇게 원한다면 가 봐야겠지. 권하고 싶지는 않지만 말이야."

세르게이 이바노비치가 말했다.

"그러니까 난 이런 일이 두렵진 않아. 그 녀석 때문에 우리가 멀어지는 일은 없어. 하지만 충고하자면, 넌 그 애를 도울 수 없을 테니 가지 않는 게 더 나을 거야. 어떻게 할지는 너에게 달렸지만 말이야."

"아마 내가 도와주기는 어렵겠지. 그렇다고 그냥 지나치면 내 마음이 더 불편할 것 같아."

"난 이해할 수 없구나."

세르게이 이바노비치가 말했다.

"하지만 한 가지는 알아. 바로 겸손의 문제이지. 난 니콜라이가 지금의 꼴이 된 뒤로 비열함에 대해 더 넓은 마음을 먹게 되었어. 그 녀석이 무슨 일을 벌였는지는 너도 알 거야."

"정말이지 끔찍해서."

레빈이 말했다.

레빈은 세르게이 이바노비치의 하인에게 니콜라이의 주소가 적힌 메모지를 받고 집을 나설 채비를 했다. 하지만 조금 더 생각해 보고는 저녁까지는 일단 미뤄 두기로 마음을 바꿨다. 마음을 편안히 하려면 무엇보다 그가 모스크바로 오게 된 결정적인 그 일을 해결해야 했다. 레빈은 형의 집을 나와서 바로 오블론스키가 일하는 관청에 가서 쉐르바츠키가의 사람들의 안부를 묻고는 키티를 만날 수 있다는 장소로 향했다.

9

오후 네 시쯤 동물원에 도착한 레빈은 두근거리는 심장박동을 느끼며 마차에서 내려 스케이트장으로 통하는 오솔길을 걸어갔다. 그는 그녀가 이미 거기에 와 있다는 것을 알았다. 입구에서 쉐르바츠키가의 마차를 보았던 것이다. 맑고도 얼어붙을 듯한 차가운 날씨였다. 마차를 세워 놓은 곳에는 사륜마차와 썰매, 삯마차와 헌병들이 줄지어 있었다. 깨끗이 쓸어 놓은 오솔길에는 잔뜩 멋을 부린 사람들이 나와 있었고, 따가운 햇살 아래 그들의 모자가 빛났다. 오솔길 사이에는 멋진 조각의 처마와 차양이 놓인 러시아식 오두막집이 보였다. 동물원의 무성한 자작나무 가지들은 눈의 무게에 눌려 축축 늘어져 있었고, 그 모습은 마치 새로 단장한 축제 의상처럼 보였다.

그는 오솔길을 따라 걸으며 혼잣말로 중얼거렸다.

'침착하자, 침착해. 도대체 왜 그래, 바보같이.'

그는 자신의 심장에 대고 말했다. 그러나 진정하려고 마음을 먹을수록 숨이 막혀 왔다. 그 와중에 레빈의 지인이 말을 걸어왔지만 그는 그가 누군지도 알아보지 못했다. 언덕에는 썰매를 끄는 쇠사슬 소리와 썰매 소리, 그리고 사람들의 함성 소리가 들렸다. 그가 몇 발짝 앞으로 다가서자 스케이트장의 전경이 보였다. 많은 사람들 속에서 키티의 모습도 보였다.

그녀를 보고서 그의 마음은 기쁨과 두려움이 교차했다. 그녀는 스케이트장 끝 쪽에서 어떤 부인과 이야기를 나누고 있었다. 그녀의 복장이나 몸짓에는 특별한 구석이 없었지만 레빈은 많은 사람 속에서도 한눈에 그녀를 찾아내는 것이 엉겅퀴 덤불에서 장미꽃을 찾는 것만큼이나 쉬웠다. 그녀가 있었기에 그녀 주위까지 환하게 빛났다. 그녀는 모든 것을 비추는 햇빛 같았다.

'내가 빙판에 들어가 그녀 앞에까지 가도 될까?'

그는 조용히 생각에 잠겼다. 그에게는 그녀가 딛고 선 얼음판이 절대 다가가서는 안 되는 성지처럼 느껴졌다. 순간 그는 그곳에서 달아날 뻔했다. 두려움이 극에 달했다. 하지만 그는 이성적으로 생각하자며 마음을 다잡았다. 그는 사람들의 움직임을 유심히 살피고서 자신도 스케이트를 신고 그쪽으로 가야겠다고 생각했다. 그는 그녀를 마치 태양빛을 피하듯 오래 쳐다보지 못하면서 언덕 아래로 내려갔다. 하지만 마치 태양이 그런 것처럼 그녀의 모습은 보지 않고서도 느낄 수 있었다.

매주 이 시간에는 같은 모임의 사람들이 빙판에 모였기 때문에 그들은 서로 다들 잘 아는 사이였다. 그들 중에는 선수급의 뛰어난 실력을 갖춘 사람들도 있었고 의자를 잡고 부들부들 떨며 발을 움직이는 초보자들이나 소녀들과 위생학적인 목적으로 스케이트를 타는 노인들도 있었다. 레빈에게는 그들 모두 그녀 곁에 있다는 이유로 복 받은 사람들처럼 보였다. 스케이트를 즐기는 무리들은 모두 일상적인 모습으로 그녀를 앞서거나 뒤서거나 했고 또 그녀와 이야기를 나누었다. 모두가 그녀를 의식하지 않고 자유롭게 시원한 빙판과 청명한 날씨를 즐겼다.

키티의 사촌 오빠인 니콜라이 쉐르바츠키는 짧은 재킷에 딱 달라붙는 바지 차림으로 스케이트를 신고 의자에 앉아 있다가 레빈을 보고는 소리쳤다.

"이보게. 러시아 최고의 스케이트 선수! 언제 왔나? 빙판이 좋은데 왜 스케이트를 신지 않고?"

"스케이트가 없어."

레빈은 그녀 옆에서 그렇게 대담하고 아무렇지 않은 척 행동하는 그를 보며 놀라 대답했다. 그는 그녀를 쳐다보지는 못했지만 한순간도 그녀를 시야에서 놓치지 않고 있었다. 그는 햇빛이 점점 가까워지는 것을 느꼈다. 그녀는 모퉁이를 돌다가 긴 부츠를 신은 가는 다리로 겁먹은 표정을 지으며 그에게 다가왔다. 러시아 전통 복장을 한 소년이 몸을 낮게 숙이고 두 팔을 휘저으며 그녀를 앞질러 미끄러져 갔다. 그녀는 너무나 불안정한 자세로 빙판 위에 있었다. 끈이 달린 작은 머프에서 두 손을 빼고 중심을 잡다 레빈을 알아보고는 그에게 자신의 두려움을 변명하듯 미소를 지었다. 그녀는 한 바퀴 다 돌고 나서 조그만 발로 빙판을 한 번 차더니 쉐르바츠키에게로 미끄러져 왔다. 그러고는 그의 손을 잡고 서서 레빈에게 살짝 고개를 끄덕였다. 가까이에서 보는 그녀는 그가 상상하던 모습보다 훨씬 아름다웠다.

그녀를 생각할 때마다 그녀의 모든 것, 특히 어린아이처럼 맑고 천진한 그 표정과 자그마한 얼굴과 여성스러운 가냘픈 어깨 위로 길게 늘어뜨린 금빛 머리칼의 아름다움이 떠올랐다. 그녀의 얼굴에 어린 앳된 표정은 날씬하고 아름다운 몸매와 어울려 그의 마음속에서 절정의 아름다움을 이루었다. 그러나 매번 그가 감탄했던 것은 바로 상냥하고 조용하고 진실한 그녀의 투명한 눈빛과 항상 레빈을 마법의 세계로 이끄는 그 미소였다. 그는 그 마법의 세계에 빠져 어린 시절에도 좀처럼 느껴 보지 못했던 감동과 부드러움을 느꼈다.

"이곳에 오신 지 오래되셨나요?"

그녀가 손을 내밀며 인사했다.

"감사합니다."

그가 그녀의 머프에서 떨어진 손수건을 주워 주자 그녀가 그렇게 덧붙였다.

"저요? 그리 오래되지는 않았습니다. 어제…… 아니, 그러니까…… 오늘 왔어요."

그는 너무나 흥분한 나머지 그녀의 질문을 잘 이해하지 못하고 횡설수설했다.

"그러니까 말이지요. 당신에게 온 거랍니다."

그는 순간적으로 자신이 그녀를 찾은 이유를 기억해 냈고 그대로 말해 버리고 말았다.

"당신이 스케이트를 타는 줄은, 게다가 이렇게 잘 타는 줄은 몰랐어요."

그녀는 그가 당황한 이유를 알고 싶은 듯 천천히 그를 바라보았다.

"당신이 해 주신 칭찬이니 믿고 싶군요. 이곳 사람들은 당신이 전설의 스케이터라는 것을 모두 알고 있으니까요."

그녀는 그렇게 말하며 검은 장갑을 낀 손으로 머프에 떨어진 서리를 떨어 냈다.

"네, 예전에는 저도 스케이트를 꽤나 열정적으로 탔죠. 완벽하게 해내고 싶었거든요."

"당신은 매사에 열정적인 분이신 것 같아요."

그녀가 미소를 띠며 말했다.

"당신이 스케이트를 타는 모습을 꼭 보고 싶어요. 함께 타지 않으시겠어요? 여기 이 스케이트를 신으세요."

'그녀와 함께 스케이트를 탄다고? 그게 가능할까?'

레빈은 그녀를 바라보며 말했다.

"당장 가서 스케이트를 신고 오지요."

그가 말했다. 그러고는 바로 스케이트를 신으러 갔다.

"무척 오랜만에 오셨군요."

스케이트장 직원이 레빈의 발 뒤쪽을 받치고 나사를 조이며 말했다.

"나리의 실력을 뛰어넘는 사람이 아직까지 나타나지 않았답니다. 이 정도로 당기면 될까요?"

그가 가죽끈을 팽팽히 조이며 말했다.

"좋았어. 그래, 조금만 빨리 해 줘."

레빈은 얼굴에 절로 떠오르는 미소를 간신히 참으며 말했다.

'좋아.'

레빈은 생각했다.

'이런 게 바로 인생이야. 이게 바로 행복이지. 그녀는 함께라고 말했어. 함께 타지 않으시겠어요? 지금 그녀에게 고백할까? 하지만 두려워. 지금의 이 행복이 깨어져 버린다면. 지금 난 행복해. 희망이 있어 더 행복하지. 고백하고 나면 어떻게 되는지. 아냐, 그래도 고백해야 해. 꼭 고백해야만 한다고! 약한 마음 따위는 물리쳐 버리자!'

레빈은 일어서서 코트를 벗고 오두막 옆의 거친 빙판을 전속력으로 미끄러지더니 아주 쉽게 스텝을 시작했다. 그는 속도도 마음껏 조절하고 방향도 마음대로 바꾸는 듯했다. 그는 그녀에게 다가가면서도 조금 두려운 생각이 들었지만, 그녀의 미소를 보고는 다시 평온을 되찾았다.

그녀가 그에게 손을 내밀었고, 그들은 나란히 얼음 위를 가르며 속도를 내기 시작했다. 속도가 점점 빨라지자 그녀는 더욱 손을 꼭 잡았다.

"당신에게 배우면 나도 스케이트를 잘 탈 수 있을 것 같아요. 당신에게는 믿음이 가요."

그녀가 말했다.

"당신이 나를 의지해 주다니, 나도 자신감이 생기는군요."

그는 이렇게 말하고 나서 자신이 한 말을 떠올리며 얼굴을 붉혔다. 사실 그가 이 말을 하자마자 태양이 구름 뒤로 숨듯이 그녀의 얼굴에 어려 있던 상냥함이 일순간 걷혔다. 레빈은 그녀의 얼굴에서 무언가 생각하고 있는 듯한 움직임을 발견했다. 그녀의 이마에 작은 주름이 잡혔던 것이다.

"뭔가 불쾌한 일이라도 있나요? 하긴, 제게는 그런 걸 물을 권리가 없습니다만."

그가 말했다.

"왜요? 그렇지 않답니다. 그리고 불쾌한 일 같은 건 없어요."

그녀는 조금 차갑게 대답하면서 이렇게 덧붙였다.

"리농을 만나 보셨나요?"

"아니요, 아직."

"그녀를 만나 보세요. 그녀는 정말 당신을 좋아한답니다."

'이게 무슨 소리지? 내가 이 여자의 심기를 건드렸나 보군. 오, 하느님. 저를 도와주소서!'

레빈은 생각에 잠긴 채 벤치에 앉은 회색 곱슬머리의 프랑스인 노파에게 다가갔다. 그녀는 틀니가 다 들여다보이게 활짝 웃으며 편하게 그를 반겼다.

"참, 한편에서는 피어오르고."

그녀는 키티를 보며 말했다.

"한편에서는 이렇게 늙어 가지. 작은 곰이 어느새 저렇게 커 버렸구먼."

프랑스 여인은 웃으며 그가 농담 삼아서 세 아가씨를 영국 민담에 나오는 곰 세 마리에 비유했던 이야기를 했다.

"기억하지? 당신이 예전에 그렇게 말했던 것을."

그는 전혀 기억해 내지 못했지만, 그녀는 그 농담을 십 년째 해 오고 있었다.

"자, 가서 어서 스케이트를 타요. 키티도 이젠 정말 잘 타는군요."

레빈은 다시 키티에게 갔다. 키티의 딱딱했던 표정이 훨씬 밝아져 있었다. 그녀는 처음처럼 상냥한 눈빛을 띠었다. 하지만 레빈은 그녀의 눈빛에서 뭔가 이상한, 일부러 꾸며 낸 듯한 분위기를 느꼈다. 그는 너무나 우울해졌다. 키티는 늙은 가정교사와 그녀의 이상한 성격에 대해 이야기하더니 레빈의 일도 물어 왔다.

"시골에서 겨울을 보내면 어떠세요? 지루하지는 않은가요?"

그녀가 말했다.

"아니요, 그렇지는 않답니다. 사실 굉장히 바쁘지요."

그는 자신이 그녀의 차분한 어조에 말려들고 있음을 느꼈다. 그는 초겨울에 그랬던 것처럼 이번에도 이것을 뒤집지 못할 것이다.

"이번에는 오래 머무실 건가요?"

키티가 물었다.

"글쎄요. 잘 모르겠어요."

그는 자신이 무슨 말을 하는지도 모르고 건성건성 대답했다. 문득 이런 고분고분한 말투로 받아친다면 결국은 아무 말도 못 한 채 그녀의 곁을 떠나게 될 것만 같았다. 그래서 그는 이러한 분위기를 좀 바꾸어 보고 싶었다.

"모른다니요?"

"몰라요. 그건 모두 당신에게 달려 있답니다."

그는 막상 말을 내뱉고는 몹시 두려워졌다. 그녀는 그의 말에 별로 관심이 없거나 아니면 못 들은 것처럼 보였다. 하지만 무언가 짚이는 것이 있는지 황급히 그 자리를 떠났다. 그녀는 리농에게 가서 몇 마디를 했고 부인들은 전부 스케이트를 갈아 신는 오두막으로 갔다.

'맙소사! 내가 무슨 일을 저지른 거지? 하느님, 제발 저를 도와주세요!'

레빈은 마음속으로 기도를 올리고는 격렬한 동작을 해 보이겠다는 욕구에 휘말려 얼음을 지치며 얼음 위에 원을 그리기 시작했다.

그때 스케이트장의 새로운 강자로 꼽히는 한 젊은이가 담배를 물고서

찻집에서 걸어 나왔다. 스케이트를 신고 있던 그는 힘껏 내달려 층계를 내려와서 그대로 빙판으로 미끄러져 들어왔다.

"오, 저게 새로운 묘기로군!"

레빈은 그렇게 말하고는 그 새로운 묘기를 해 보기 위해 앞으로 달려갔다.

"그러다 다친다고! 조심해!"

니콜라이 쉐르바츠키가 소리쳤다.

레빈은 발판으로 올라갔다가 전속력으로 아래로 내려왔다. 처음 해 보는 동작이라 균형을 잡기 매우 힘들었다. 마지막 계단에서 좀 걸렸지만 한 손이 잠깐 빙판에 닿을 뻔했을 뿐 그는 새로운 묘기를 성공적으로 마치고는 웃으며 내달렸다.

'아주 멋지고 훌륭한 사람이야!'

그때 리농과 오두막을 나가던 키티는 그의 모습을 바라보며 우애가 돈독한 오빠를 보듯 부드러운 미소를 지었다.

'내가 나쁜 걸까? 내가 저속한 일을 벌인 건 아니겠지. 흔히 교태라고들 하지. 난 저 사람을 사랑하지 않아. 하지만 그와 있으면 즐겁고, 그는 분명 멋진 사람이야. 그런데 대체 그는 왜 내게 그런 말들을 한 걸까?'

그녀는 생각에 잠겼다.

스케이트장을 떠나려는 키티와 계단에서 그녀를 맞는 어머니를 보며 레빈은 격렬한 운동으로 벌게진 얼굴로 생각에 잠겼다. 그는 스케이트를 얼른 벗고 동물원 출구쯤에서 그들 모녀를 따라잡았다.

"만나서 반갑군요."

공작 부인이 말했다.

"우리 집은 늘 그랬듯 목요일마다 손님을 초대해요."

"목요일이라면 오늘이군요."

"방문해 준다면 정말 기쁠 것 같아요."

공작 부인이 차가운 말투로 말했다.

그 차가운 말투에 키티는 마음이 쓰였다. 그녀는 어머니의 냉정한 태도를 조금 누그러뜨리고 싶어 고개를 돌려 미소 지으면서 말했다.

"다음에 다시 뵈어요."

그때 스테판 아르카지치가 모자를 비스듬히 쓰고는 얼굴과 눈동자를 빛내며 마치 개선장군처럼 위엄 있고 의기양양한 태도로 동물원에 들어왔다. 그러나 장모를 보고는 죄의식을 느끼는지 이내 우울한 낯빛을 띠우고는 돌리의 건강을 묻는 장모의 질문에 공손히 답했다. 그는 장모와 조용하게 이야기를 나눈 뒤 다시 가슴을 활짝 펴고는 레빈의 손을 붙잡았다.

"자, 그럼 가 보세!"

그가 말했다.

"줄곧 자네에게 신경이 쓰였지. 자네가 이렇게 와서 얼마나 기쁜지 몰라."

그는 레빈의 눈동자를 지그시 바라보며 미소 지었다.

"얼른 가세."

레빈이 부드럽게 말했다.

'다음에 다시 뵈어요.'라고 말했던 키티의 목소리가 귓가에 생생했고 그녀의 미소가 눈에 보이는 듯했다.

"앙글리아로 갈까? 아니면 에르미타쥬?"

"어느 쪽이든 난 좋네."

"그럼, 앙글리아로 가지."

스테판 아르카지치가 말했다. 그가 앙글리아를 택한 것은 에르미타쥬보다 앙글리아에 진 외상이 더 많았기 때문이다. 그는 외상 때문에 그 호텔을 피하고 싶지 않았다.

"자네의 삯마차가 있지? 잘됐어. 내가 타고 온 마차는 돌려보냈거든."

두 친구는 호텔로 가는 동안 말이 없었다. 레빈은 키티의 얼굴에서 보았던 작은 표정들을 다시 떠올리며 무슨 뜻이었는지를 생각하며 희망에 빠지기도 절망에 빠지기도 했다. 그러면서 자신의 희망이 얼마나 무력하고 어리석은가를 뼈저리게 느꼈다. 하지만 그는 키티에게 '다음에 다시 뵈어요.'라는 말을 들은 뒤 완전히 자신의 분위기가 달라졌다는 생각이 들었다.

스테판 아르카지치는 그 나름대로 저녁 메뉴에 관심이 가 있었다.

"자네, 가자미 좋아하나?"

호텔에 거의 다 왔을 때, 스테판 아르카지치가 물었다.

"뭐라고?"

레빈이 다시 말했다.

"가자미라고? 좋지! 난 가자미를 끔찍이 좋아한다고!"

10

오블론스키와 호텔에 들어섰을 때 레빈은 스테판 아르카지치의 얼굴과 몸 전체에서 광채와 같은 특별한 분위기가 풍겨 나온다는 인상을 받았다. 오블론스키는 모자를 비스듬히 쓴 채 코트만 벗고 식당으로 들어가더니 연미복 차림에 냅킨을 들고 그를 따르는 타타르인에게 몇 가지 사항을 주문했다. 그리고 어느 자리에서나 그렇듯이 그곳에서도 그를 반갑게 맞는 지인들에게 좌우로 당당한 인사를 하며 앞으로 걸어갔다. 그는 바에서 생선 안주에 보드카를 걸친 다음, 카운터에 있는 프랑스 여자에게 말을 건넸다. 짙은 화장에 곱슬머리를 하고 리본과 레이스로 치렁치렁 장식을 한 여자였다. 그의 이야기를 들은 프랑스 여자는 까르르 웃음을 터뜨렸다. 레빈은 그 프랑스 여자가 어찌나 거슬리는지 보드카는 입에도 대지 않았다. 그녀의 몸은 온통 머리카락들과 분칠과 향수로 이루어진 듯했다. 그는 타락한 장소를 빠져나오는 듯한 기분으로 그녀를 떠났다. 그의 마음은 오직 키티에 대한 기억으로 차 있었고 그의 얼굴에는 승리와 행복의 미소가 번졌다.

"이리로 오시지요. 여기는 시끄럽지 않습니다, 각하."

충실히 그를 응대하던 늙은 타타르인이 그를 안내했다. 그의 연미복

뒷자락은 큰 엉덩이 때문에 옆으로 벌어져 있었다.

"모자를 이리 주십시오, 각하."

그가 레빈에게 말했다. 스테판 아르카지치에 대한 대우로 그의 동행인 손님에게도 깍듯이 대했다.

어느새 그는 청동 조명 장식 아래 테이블보가 곱게 깔린 둥근 테이블에 새 테이블보를 깔고 스테판 아르카지치에게 벨벳 의자를 권해 주며 서 있었다. 그는 냅킨과 메뉴판을 들고서 지시를 기다렸다.

"각하, 별실을 따로 마련해 드릴까요? 골리친 공작님과 숙녀분께서 곧 퇴실하실 겁니다. 그리고 마침 신선한 굴을 마련했답니다."

"오! 굴이라고?"

스테판 아르카지치는 잠깐 생각에 잠겼다.

"레빈, 계획을 한번 바꾸어 보는 게 어떻겠나?"

그는 메뉴판에 손가락을 짚으며 말했다. 그의 얼굴에 진지하게 고민하는 기색이 어렸다.

"굴은 최상품인가?"

"플렌스부르크산입니다. 오스탕드산은 없습니다."

"플렌스부르크산? 좋아. 굴은 신선한가?"

"어제 들어왔습지요."

"그래, 굴로 시작하지! 그리고 다음 계획도 바꾸는 거야. 어떤가?"

"좋을 대로. 나는 양배추 수프와 죽을 즐기지만 그런 것은 여기에 없을 테니까."

"그렇다면 러시아식 죽이 어떠십니까?"

타타르인은 마치 어린아이를 보살피는 보모처럼 레빈 쪽으로 상체를 굽히며 말했다.

"아냐, 자네가 고르는 것이라면 뭐든 좋겠지. 스케이트를 좀 탔더니 배가 고프군."

그는 오블론스키의 얼굴에 나타난 불편한 기색을 살피며 덧붙였다.

"혹시 내가 자네의 선택을 존중하지 않는다고 생각한다면 그건 오해라네. 난 뭐든 잘 먹는 편이니까."

"물론! 자네가 뭐라고 하든지 이건 다 내 삶의 기쁨이라네."

스테판 아르카지치가 말했다.

"그럼, 굴을 스무 개, 아니지, 좀 적은 것 같아. 서른 개 갖다 주게. 야채 수프도 내오고."

"프랭타니에르 말씀이시지요?"

타타르인이 그의 말을 받았다. 그러나 스테판 아르카지치는 타타르인에게 군이 프랑스어로 요리 이름을 말할 기회를 주고 싶지 않은 듯했다.

"채소 뿌리가 든 것 말일세, 잘 알지? 그리고 진한 소스를 얹은 가자미와 로스트비프를 가져오게. 좋은 걸로 부탁하네. 닭 요리도 좋아. 과일 통조림도 조금 내오고."

타타르인은 요리 이름을 프랑스어로 말하지 않는 스테판 아르카지치의 습관을 기억해 내고는 그의 말을 다시 되묻지 않고 모든 주문을 다시 읽는 기쁨을 스스로 누렸다.

"수프 프랭타니에르, 튜르보 소스 보마르셰, 플라르드 아레스트라곤, 마세두안 드 프리."

그는 말을 마치고서 두꺼운 표지를 댄 메뉴판을 치우더니 포도주 리스트를 스테판 아르카지치에게 건넸다.

"뭘 마셔 볼까?"

"자네가 원하는 대로. 난 어차피 조금만 마실 테니 말이야. 샴페인도 좋네."

레빈이 말했다.

"흠, 처음부터? 아냐, 좋네. 그걸로 부탁해. 레빈, 자넨 흰색 봉인지가 붙은 걸 좋아하나?"

"카셰 블랑입니다."

타타르인이 말을 받았다.

"그럼, 굴과 함께 그걸 가져오게."

"알겠습니다. 식사용 포도주는 어떤 걸로 준비할까요?"

"뉴이가 좋겠네. 아니지, 클래식한 샤블리로 부탁하네."

"알겠습니다. 치즈는 늘 드시던 걸로 할까요?"

"그렇지, 파마산 치즈로 가져와. 아니면 다른 걸로 할까?"

"난 뭐든 좋다네."

레빈이 터져 나오는 웃음을 참으며 말했다.

타타르인은 커다란 엉덩이를 덮은 연미복 자락을 펄럭이며 물러가더니 오 분 후에 손가락 사이에 굴 접시와 술병을 끼고 잰걸음으로 걸어왔다.

스테판 아르카지치는 풀을 먹여 빳빳하게 다린 냅킨을 비벼서 조끼에 끼우고 두 손을 테이블에 얹고 굴을 먹기 시작했다.

"나쁘지 않군."

그는 은 포크로 진주빛 굴 껍데기에서 즙 많은 굴을 떼어 삼켰다.

"나쁘지 않아, 나쁘지 않아."

그는 빛나는 눈동자로 레빈과 타타르인을 번갈아 보며 말했다.

레빈도 굴을 먹었지만 치즈를 얹은 흰 빵이 더 입맛에 잘 맞았다. 그는 오블론스키를 감탄의 눈빛으로 쳐다보았다. 코르크 마개를 뽑자 하얀 거품이 이는 술을 얇고 오목한 잔에 따르던 타타르인도 무척이나 만족스러운 미소를 띠며 넥타이를 고쳐 매면서 스테판 아르카지치를 쳐다보았다.

"자네는 굴이 별로인가?"

스테판 아르카지치가 술을 한 잔 들이켜며 말했다.

"아니라면 다른 걱정거리가 있는 게로군. 맞나?"

그는 레빈이 자리를 만족스럽게 즐기기를 바랐다. 레빈은 자리가 만족스럽지 않은 것은 아니었지만 무언가 답답했다. 가슴속에 담아 둔 생각 때문이기도 했지만 귀부인들과 동석하는, 별실 가운데에 자리 잡은 시끄럽고 분주한 바에 있는 것이 어색했기 때문이었다. 청동 장식과 거울, 가스, 타타르인, 이런 모든 것이 그의 신경에 거슬렸다. 그는 자신의 영혼의 맑은 기운이 타락할까 봐 두려웠다.

"그래, 걱정이 있다면 있지. 하지만 꼭 그 때문이 아니라 여기 있는 모든 것이 날 좀 기운 없게 만드는군. 나 같은 시골 사람에게 이런 것들은 좀 야만스럽게 보여. 아까 그 사무실에서 본 신사의 손톱처럼. 자네는 상상할 수 없겠지만 말일세."

그가 말했다.

"알고 있네. 아까 그리네비치의 손톱에 자네가 유난히 신경 쓴 것을 말이야."

스테판 아르카지치가 웃으며 말했다.

"어쩔 수 없더군. 아마 자네가 내 속에 들어와서 시골 사람의 눈으로 보면 알 수 있을 거야. 우리는 시골에서 일하기 쉽게 손톱을 바짝바짝 깎지. 옷소매를 걷어 올리는 일도 많아. 그런데 여기 사람들은 손톱을 길게 기르고 소매엔 커다란 단추를 달고 다니지. 도무지 손으로는 아무것도 할 수 없게 만들어서 말이야."

레빈이 말했다.

스테판 아르카지치가 호탕하게 웃었다.

"그렇군. 그건 그가 거친 노동을 하지 않는다는 증거이기도 하다네. 그는 두뇌를 쓸 뿐이니까."

"그럴 수도 있지만 내게는 모든 게 다 야만스러워 보여. 지금 이 모습도 마찬가지야. 우리 시골에서는 빨리 식사를 끝내려고 하는데 여기 있는 자네와 나는 최대한 천천히 배를 채우려고 하잖나. 그래서 굴을 먹고 말일세."

"그렇군."

스테판 아르카지치가 말을 이었다.

"하지만 말일세. 결국 이런 모든 것은 교양 때문이지. 모든 것에서 쾌락을 얻어 내는 거야."

"음, 그런 게 교양이라면 난 야만의 길을 택하겠어."

"자넨 지금으로서도 야만스러워. 레빈가 모두가 그렇지 않나."

레빈은 한숨을 쉬었다. 그의 머리에 형 니콜라이가 떠올랐고, 수치심과 고통이 그의 가슴을 파고들었다. 그는 이맛살을 찌푸렸다. 그러자 오블론스키가 레빈의 관심을 끌 만한 이야기를 꺼내기 시작했다.

"그건 그렇고 말이야. 오늘 저녁에 우리 쉐르바츠키가로 갈 건가?"

그는 울퉁불퉁한 굴 껍데기를 한쪽으로 치우고 치즈 접시를 끌어당기며 말했다. 그의 눈동자가 번뜩였다.

"그럼, 싹 가야지!"

레빈이 말을 이었다.

"물론 공작 부인께서는 날 마지못해 초대한 것 같지만 말이야."

"무슨 소린가! 그건 정말 쓸데없는 생각이라네. 그분은 원래 그러시지. 잠깐만! 여기 수프를 좀 더 가져오게! 그러니까, 그건 그분의 방식이야. 귀부인의 방식이랄까? 나도 갈 거라네. 그 전에 바나나 백작 부인 댁에 들러서 합창 연습을 해야 하지만 말이야. 그건 그렇고 아무튼 자네가 어떻게 야만인이 아니라고 하지? 갑자기 모스크바에서 사라진 건 어떻게 설명할 텐가? 쉐르바츠키가의 모든 사람이 내게 그 이유를 묻더군. 모두들 내가 그걸 안다고 믿는 모양이야. 하지만 내가 아는 건, 자네는 언제나 남이 안 하는 짓을 한다는 것뿐이지!"

스테판 아르카지치가 말했다.

"맞아."

레빈이 천천히 말했다.

"자네 말이 맞아, 그래 나는 야만인이야. 하지만 그 이유는 내가 그렇게 떠났기 때문이 아니라, 바로 지금 여기에 왔기 때문이지. 내가 여기에 왔기 때문이야!"

"오! 자네는 행복한 사람일세!"

스테판 아르카지치가 레빈의 눈을 보며 말했다.

"뭐라고?"

"준마는 낙인으로 알아보고, 사랑은 젊은이의 눈빛으로 알아보는 법이지."

스테판 아르카지치가 마치 시 낭송을 하듯 말했다.

"자네는 자네 앞에 펼쳐진 모든 것을 가질 수 있어."

"그럼, 자네는 가질 수 없다는 겐가?"

"아니, 그건 아니지만 자네에게는 미래가 있고 내게는 현재가 있다는 말이지. 그나마 누리고 있는 현재도 복잡한 상태고 말이야."

"무슨 소린가?"

"흠, 좋지 않아. 내 얘기는 별로 하고 싶지 않네. 게다가 말로 모든 걸 설명한다는 건 애초에 불가능하니까 말이지."

스테판 아르카지치가 말했다.

"그런데 자네 정말 모스크바에 온 이유가 뭔가? 여기! 이것 좀 치워 가게!"

스테판 아르카지치가 타타르인을 불렀다.

"자넨 알고 있잖나."

레빈은 마음속 깊은 곳에서 터져 나오는 불안을 머금은 눈빛으로 스테판 아르카지치를 바라보며 말했다.

"눈치는 채고 있지만 내가 먼저 이야기를 꺼내기는 그렇지. 자네도 내가 제대로 추측하고 있는지 아닌지 모를 테고."

스테판 아르카지치가 묘한 웃음을 띠며 레빈을 쳐다보았다.

"자네 생각은 뭔가?"

레빈이 떨리는 목소리로 물었다. 그의 모든 얼굴 근육이 떨려 왔다.

"자네는 이 문제를 어떻게 생각하지?"

스테판 아르카지치는 레빈을 마주 보며 샤블리 잔을 천천히 비웠다.

"나 말인가?"

스테판 아르카지치가 말을 이었다.

"나야 좋지! 내게 일어날 수 있는 일 중에 최상이야!"

"확실한가? 내가 무슨 말을 할지 정말 알고는 있는 겐가?"

레빈은 상대방을 뚫어지게 쳐다보며 말했다.

"자네는 그게 가능하다고 보는가?"

"당연하지. 그럼 불가능하다는 겐가?"

"아니, 정말 그렇게 보나? 가능하다고 생각해? 자네의 생각을 전부 듣고 싶군. 음, 나는 거절당할지도 몰라. 이미 난 그렇게 확신하고 있어."

"왜 그렇게 생각하나?"

스테판 아르카지치가 흥분하는 레빈을 보며 미소를 지으며 말했다.

"그야 이 모든 일이 그녀와 나 모두에게 엄청난 사건이 될 테니까."

"글쎄, 아가씨들에게 청혼받는 일은 별로 대단한 일이 아니야. 어떤 여자든지 청혼받는 것을 자랑스럽게 여기니까."

"그래, 그렇겠지. 하지만 그녀는 아니야."

스테판 아르카지치는 미소를 지었다. 그는 레빈의 감정을 너무나 잘 헤아리고 있었다. 그리고 레빈의 눈에 이 세상 모든 아가씨가 두 부류로 나뉜다는 것도 잘 알고 있었다. 한 부류는 그녀를 제외한 모든 아가씨가 속한 부류로, 그녀들은 인간적인 결점을 지닌 평범한 여자들이다. 또 한 부류는 오직 그녀만이 속한 부류이다. 그녀는 어떤 결점도 없으며 모든 인간적인 면모를 초월한 여자이다.

"잠깐, 소스를 뿌려야지!"

그는 소스병을 옆으로 치우는 레빈의 손을 막았다.

레빈은 순순히 소스를 뿌렸으면서도 스테판 아르카지치에게 먹을 틈을 주지 않았다.

"아냐, 조금만 기다리게."

레빈이 말했다.

"이해해 주게나. 이 일은 내게 생사만큼이나 중요한 일이야. 난 이 일을 누구에게도 말하지 않았네. 우리는 모든 면에서 다르지. 취향도 관심도 모든 게 다 달라. 하지만 나는 그래서 자네를 좋아하네. 하지만 이번에는 숨김없는 솔직한 생각을 듣고 싶네."

"이미 내 생각을 솔직하게 모두 말했잖은가."

스테판 아르카지치가 미소 지었다.

"한 가지 더 이야기해 줄까? 내 아내는 정말 놀라운 여자야."

스테판 아르카지치는 아내를 떠올리다 한숨을 쉬었다. 그는 잠시 침묵하다가 말을 잇기 시작했다.

"그녀는 미래를 예측하는 능력이 있어. 그녀는 사람 속을 꿰뚫어 보지. 아니, 이건 말로는 부족해. 그녀는 무슨 일이 일어날지 알고 있어. 특히 결혼 문제에는 귀신같아. 그녀는 언젠가 샤호프스카야가 브렌첼른과 결혼하게 될 거라고 했어. 아무도 그 말을 믿지 않았지만 결국은 그렇게 됐지. 그런데 그녀가 자네 편이라네."

"무슨 말인가?"

"그녀는 자네를 신뢰한다네. 게다가 이렇게 말하기까지 했지. 키티는 아마도 자네의 아내가 될 거라고 말일세."

그러자 레빈의 얼굴이 환하게 바뀌었다. 마치 감동의 눈물이라도 흘릴 듯했다.

"그녀가 정말 그렇게 말했나?"

레빈이 소리쳤다.

"내가 말한 적 있지, 자네 부인은 정말 훌륭한 여자라고 말이야. 음, 고맙네. 이걸로 이야기는 충분한 것 같군."

그는 자리에서 일어서며 말했다.

"하지만 아직 수프가 나오지 않았네."

하지만 레빈은 그대로 앉아 있을 수 없었다. 그는 일어서서 좁은 실내를 왔다 갔다 하더니 눈물이 차오르는 것을 막으려 몇 번이나 눈가를 문지르고는 다시 자리에 앉았다.

"이해해 주게."

그는 말했다.

"이건 사랑이 아닐세. 나도 사랑에 빠진 적이 있지만, 이건 그런 것과 달라. 이건 내 스스로의 감정이 아니라 어떤 외부의 힘에 의한 거야. 내가 이곳을 떠난 건 그런 일이 불가능할 거라고 생각했기 때문이지. 하지만 내 안의 것들과 충돌하면서 이 문제를 해결하지 않고서는 그 어떤 것도, 내 삶까지도 존재할 수 없다는 걸 깨달았어. 나는 결심을 해야 했어."

"왜 떠났던 건가?"

"아, 너무도 많은 생각이 떠오르는군. 물어볼 말도 한두 개가 아니야. 자네는 상상도 못 하겠지? 자네의 말이 내게 얼마나 큰 힘을 주는지. 난 정말 행복하다네. 나 자신이 혐오스러울 만큼 말일세. 모든 걸 잊고 있었군. 오늘 니콜라이 형이, 자네도 형을 알지? 형이 이곳에 있다는 걸 알게 됐어. 그런데 형을 까맣게 잊고 있었군. 마치 형까지 행복한 삶을 산다고 느껴져. 이건 마치 광기 같군. 하지만 두려운 게 있어. 자네는 이미 결혼을 했으니 잘 알겠지만 우리처럼 나이 먹은, 그러니까 이미 과거가 있는 남자들이, 그러니까 사랑이 아니라 죄악의 과거 말이야. 갑자기 깨끗하고 순결한 존재와 가까이한다는 게 두려워. 그게 스스로 혐오스러워서나 자신이 경멸스럽군."

"자네의 죄는 그리 크지도 않잖나."

"그렇다고 해도. '나 역시 내 삶을 보며 혐오에 찬 눈으로 두려워하고 저주하고 한탄할 수밖에 없도다.' 난 그렇다네."

레빈이 말했다.

"그런들 어쩌겠나? 이 세상이 다 그런 것을."

스테판 아르카지치가 말했다.

"내가 좋아하는 기도문 중에 이런 문구가 있다네. '나를 공적으로 용서하지 마시고 자비로 용서하소서.' 내 유일한 위안이기도 하지. 그녀가 나를 용서할 수 있는 유일한 방법이기도 하고 말이야."

11

레빈은 잔을 모두 비웠다. 두 사람은 잠시 동안 말이 없었다.

"자네에게 더 해 줄 말이 있어. 자네 혹시 브론스키를 아는가?"

스테판 아르카지치가 레빈에게 물었다.

"아니, 그런데 그걸 왜 묻지?"

"한 병 더 가져오게."

스테판 아르카지치가 타타르인을 쳐다보았다. 그는 술병을 들고 두 사람 사이에 서서 잔이 빌 때마다 조금씩 술을 따르고 있었다.

"브론스키를 아느냐니? 그건 어째서 묻는 건가?"

"자네가 알아야 할 사람이니까. 그는 바로 자네의 경쟁자일세."

"브론스키가 도대체 누구인가?"

어린아이처럼 천진난만하게 빛나던 레빈의 표정이, 방금 전 오블론스키가 넋 놓고 바라보던 그 표정이 갑자기 차갑게 굳었다.

"브론스키는 키릴 이바노비치 브론스키 백작의 아들인데, 페테르부르크 귀공자들 중에서도 멋진 부류에 속하지. 트베리에서 근무했을 때 그를 알게 되었어. 그는 신병 모집 때문에 와 있었지. 부유하고 인맥 좋은 시종무관으로 아주 잘생긴 데다 매력이 넘치지. 또 교양이 있고 아주 총명해. 그는 앞으로 더 크게 성공할 사람이라네."

레빈은 표정이 굳은 채 아무 말도 하지 못했다.

"그러니까, 자네가 떠난 지 얼마 안 됐을 때 그가 나타났지. 내 생각에 키티는 그에게 푹 빠져 있어. 그리고 자네도 알다시피 키티의 어머니는……."

"미안하지만 이해하기 힘들군."

레빈은 눈썹을 찌푸리며 우울한 목소리로 말했다. 그 순간 그의 뇌리에는 니콜라이 형이 떠올랐고, 그는 그 자신이 니콜라이 형만큼이나 혐오스럽게 느껴졌다.

"잠깐만!"

스테판 아르카지치가 미소 지으며 그의 손을 맞잡았다.

"난 자네에게 내가 아는 것을 알려 주었을 뿐이네. 말해 두건대 내 생각에 이 복잡 미묘한 문제에서 기회는 자네의 편인 것 같아."

레빈이 의자에 몸을 기댔다. 낯빛이 창백했다.

"가능하면 빨리 이 문제를 해결 짓는 게 나을 것 같네."

오블론스키가 레빈의 잔에 술을 따르며 말했다.

"고맙지만 더는 못 마시겠군."

레빈은 잔을 옆으로 밀어 놓았다.

"더 마셨다가는 취할 것 같군. 그건 그렇고, 자네는 어떻게 지냈나?"

그는 화제를 바꾸고 싶어 하는 게 분명했다.

"내가 한마디만 더 충고하자면 어쨌든 빨리 이 문제를 해결하는 게 최선이야. 그럼, 오늘은 더 이상 그 문제를 거론하지 않겠네."

스테판 아르카지치가 말했다.

"내일 아침에 찾아가서 정식으로 청혼하게. 하느님이 자네를 축복해 주실 게야."

"자네는 항상 우리 집에 사냥하러 오고 싶어 하지 않았나? 어떻게 된 거지? 봄이 오거든 꼭 오게나."

레빈이 말했다.

레빈은 스테판 아르카지치와 이런 대화를 나눈 것을 뼈저리게 후회하고 있었다. 그의 들뜬 마음은 페테르부르크 출신의 어느 장교와 스테판 아르카지치의 추측과 충고들로 일그러져 버리고 말았다.

스테판 아르카지치는 부드럽게 미소 지었다. 그는 레빈의 마음속에 일어난 변화를 알아차리고 있었다.

"시간을 내어 한번 가겠네."

그가 말했다.

"친구여, 여자들이란 나사 같은 거야. 그 위에서 모든 게 돌아가지. 내 사정도 그리 좋지 않다네. 완전히 망가졌지. 다 여자들 때문이지. 솔직히 말해 줄 수 있겠나?"

그는 시가를 꺼내 들고 한 손으로 잔을 쥐며 말을 이었다.

"자네의 충고를 듣고 싶네."

"도대체 무슨 일인가?"

"말하자면 이런 걸세. 그러니까 자네가 결혼을 했고 아내를 사랑하고 있는데 다른 여자에게 끌린다면……."

"나로서는 이해하기 힘들군. 마치 배부른 사내가 빵집 앞을 지나다 빵을 훔친다는 것 같아."

스테판 아르카지치의 눈이 날카롭게 빛났다.

"그러면 안 되는가? 빵이 마침 참을 수 없이 맛있는 냄새를 풍긴다면 말이야.

얼마나 좋을까, 내가
지상의 욕망을 이기면
그러나 그렇게 하지 못해도

나는 여전히 더없는 행복을 맛보리라! (요한 슈트라우스, 오페레타 〈박쥐〉의 일부_옮긴이)"

오페레타 한 구절을 읊으며 스테판 아르카지치는 묘한 웃음을 지었다. 레빈도 따라 웃었다.

"아닐세. 농담은 그만하고……."

오블론스키가 말을 이었다.

"매력적이고 착하고 사랑스러운 데다가 불쌍하고 외로운 여자가 있어. 여자는 모든 걸 희생했지. 그런데 이미 일은 벌어졌는데, 나의 이런 표현을 조금만 이해해 주게. 그러니까 그녀를 버릴 수 있을까? 가정 파괴를 막기 위해 그녀와 헤어진다고 하더라도 그녀에게 살길을 마련해 주고 그녀를 달래 주는 게 나쁜 걸까?"

"글쎄, 자네도 알다시피, 난 모든 여자가 두 부류로 나뉜다고 생각한다네. 말하자면 한쪽에는 여자가 있고, 다른 한쪽에는 머리카락은 고불고불하고 얼굴에는 화장을 떡칠한 카운터 앞의 프랑스 여자 같은 여자들이 있지. 내 눈에는 그런 여자들이 벌레로 보여. 타락한 여자들 역시 마찬가지지."

"복음서에 나오는 여자들은 뭔가?"

"그만해. 만약 그게 악용될 줄 알았다면 그리스도께서는 그런 말을 하지 않았을 거야. 복음서 전체에서 그런 말만 기억하다니. 내가 말한 건 내 느낌이야. 난 타락한 여자들이 혐오스러워. 자네는 거미 따위를 무서워하지 않겠지만 나는 파충류들이 무섭다고. 자네는 아마 거미의 특성을 잘 모르겠지, 그건 나도 마찬가지지만."

"자네가 그렇게 말한다면, 그건 곤란한 질문은 모두 왼손으로 잡아 오른쪽 어깨 너머로 던져 버리는 디킨스 소설에 나오는 신사와 같은 태도와 같지. 하지만 사실을 부정한다고 해결되는 건 없어. 도대체 어떻게 해야 좋을까? 자네가 한번 답해 보게. 어떻게 하면 좋겠는가? 아내는 점점 늙어 가고 자네의 혈기는 넘쳐 난다면? 미처 감당해 낼 겨를도 없이 자네는 이미 아내를 더는 사랑할 수 없다고 느낀 거야. 아무리 아내를 존중한다고 해도 말이야. 그때 갑자기 새로운 사랑이 다가온다면? 그럼 자네라고 무너지지 않을까? 무너질 거야. 그럴 수밖에 없어!"

스테판 아르카지치가 우울한 어조로 말했다.

레빈이 부드럽게 웃었다.

"그래, 무너질 거야."

오블론스키가 계속 말을 이었다.

"그럼 어떻게 해야 하느냐고."

"빵을 훔치지 않으면 될 게 아닌가."

스테판 아르카지치가 실소를 터뜨렸다.

"과연 그럴 수 있을까? 두 여자가 있다고 해 보세. 한 여자는 자신의 권리만 말하지. 그건 도저히 자네가 어쩔 수 없는 사랑을 뜻해. 다른 여자는 자네를 위해 모든 걸 감내하면서도 그 무엇도 요구하지 않아. 자네라면 어떻게 하겠나? 어떻게 행동하겠나? 바로 여기에 비극이 있는 게야."

"만약 그에 대한 내 대답을 듣고 싶다면 말하겠네. 난 거기에 비극이 있다고 생각하지 않아. 그 이유는 이렇다네. 사랑이란⋯⋯. 혹시 기억하나? 플라톤이 《향연》에서 정의한 두 가지 사랑 말일세. 이 두 가지는 모든 사람에게 표본과도 같지. 어떤 이들은 한쪽만 알고 다른 이들은 그 반대쪽만 알지. 육체적 사랑만 말하는 사람들은 비극을 말하지. 그런 사랑에는 드라마틱함이 없어. 비극이란 기껏해야 '덕분에 즐거웠어, 안녕.' 정도지. 플라토닉한 사랑도 마찬가지야. 플라토닉한 사랑은 모든 것이 분명하고 순수하니까."

그때 레빈은 자신의 과거와 내면의 갈등이 떠올랐다. 그러자 그는 이렇게 덧붙였다.

"어쩌면 자네 말이 맞을는지도 모르지. 그럴지도 모르겠어. 그래, 나로서는 모르겠군."

"그것 봐."

스테판 아르카지치가 말했다.

"자네는 순수해. 그게 자네의 미덕이지만 반대로 결점이 되기도 해. 자네는 순수하고 또 인생이 순수의 결정체가 되길 원하지? 하지만 그럴 수만은 없어. 자네는 공무 활동을 부정하지? 자네는 행동과 목적이 일치되기를 원하잖나. 하지만 그런 일은 불가능해. 자네는 인간의 활동에 목적이 뚜렷하고 사랑과 가정생활이 일치하기를 바라지만, 그건 불가능하다고. 인생의 변화와 매력, 아름다움, 그 모든 것에는 빛과 그림자가 따르기 마련이야."

레빈은 탄식만 할 뿐 아무 말도 없었다. 그는 자기의 일을 생각하느라 오블론스키의 말을 놓치고 있었다.

그러다가 그 둘은 깨달았다. 친구 사이인 그들이 식사 자리에서 술을 즐기고 있으니 이 모든 상황이 서로를 더 즐겁게 하고 절친하게 해 줘야 마땅할 텐데 실제로는 각자의 생각에 빠져서 상대를 생각하지 못하고 있었다. 오블론스키는 식사 후에 서로 절친해지기보다 더 멀어지는 경우를 몇 번 경험했기 때문에 이제 어떻게 행동해야 할지 잘 알았다.

"계산서를 내오게!"

그는 그렇게 소리치고 홀로 나갔다. 마침 알고 지내던 부관을 만난 오블론스키는 그와 함께 어느 여배우와 그의 애인에 대한 이야기를 나누었다. 부관과 이야기를 하면서 오블론스키는 마음이 편해지는 것을 느꼈다. 레빈과 대화를 나누면 그는 항상 정신과 영혼이 소진되는 기분을 느꼈다.

타타르인이 이십육 루블에 팁이 추가된 계산서를 갖고 왔다. 레빈은 여느 때 같았으면 시골 사람처럼 자기 몫으로 십사 루블이 적힌 계산서를 보고 깜짝 놀랐을 테지만 지금은 그다지 신경 쓰지 않고 얼른 계산을 하고는 집으로 돌아왔다. 옷을 단정히 갈아입고 그의 운명을 쥐고 있는 쉐르바츠키가로 갈 작정이었다.

12

공작의 딸 키티 쉐르바츠카야의 나이는 열여덟이었다. 그녀는 올해 겨울에 처음으로 사교계에 데뷔했다. 그녀는 사교계에서 친언니 이상으로 성공을 거두었다. 공작 부인이 기대했던 것 이상이었다. 모스크바의 여러 무도회에서 키티와 춤을 춘 남성들은 모두 그녀의 매력에 빠졌고 벌써 두 명의 구혼자가 나타났다. 레빈과, 그가 모스크바에 자리를 비우자마자 나타난 브론스키 백작이 그들이다.

초겨울에 있었던 레빈의 빈번한 방문은 누가 생각해도 키티를 향한 구혼이었다. 키티의 부모는 딸의 장래를 처음으로 진지하게 의논하기 시작했고 공작과 공작 부인의 갈등은 그때부터 시작되었다. 공작은 레빈을 신뢰했으며, 키티의 짝으로 그만한 배필은 없다고 생각했다. 하지만 공작 부인은 문제를 미뤄 두는 여성적인 회피의 방식으로, 키티는 아직 어리고 레빈도 정식으로 자신의 의사를 밝힌 적이 없으며, 정작 키티가 그에게 별 관심이 없다는 이유를 들어 레빈을 반대했다. 사실 그보다 더 중요한 이유는 그녀가 키티에게 어울리는 더 나은 짝을 기다린다는 데에 있었다. 그녀는 레빈이 성에 차지 않았고 자신은 도저히 레빈을 받아들이고 싶지 않았다. 그래서 레빈이 모스크바를 떠났을 때 공작 부인은 무척 기뻐하며 남편에게 자신 있게 쏘아붙였다.

"그것 봐요. 내 말이 맞았잖아요?"

그리고 브론스키가 나타나자, 그녀는 더욱 자신감을 얻고는 키티가 그냥 괜찮은 짝이 아니라 최고로 좋은 배우자를 만나야 한다는 생각을 단단히 굳혔다.

브론스키와 레빈을 함께 비교하는 것은 키티의 어머니에게는 말도 안 되는 일이었다. 키티의 어머니가 레빈을 싫어한 이유는 그의 묘하고 삐딱한 비판 정신과 사교계에서 드러낸 서툰 태도 때문이었다. 그녀는 그 모든 것이 레빈의 오만함과 시골에서 가축을 돌보고 농부를 부리는 야만성에서 비롯되었다 생각했다. 특히 그녀가 그렇게 생각하는 것은 그가 그녀의 딸에게 마음을 빼앗겨 거의 한 달 반 동안을 들락거리면서도 섣부르게 청혼을 했다가 자신의 명예가 실추될까 망설이면서 혼기를 맞는 딸이 있는 집에는 제대로 된 의사표시를 하는 게 예의라는 걸 모른다는 점이었다. 그는 애매한 태도를 취하다가 아무 말도 없이 홀연 사라졌다.

'그렇게 우유부단하니 키티가 좋아하질 않지! 차라리 잘됐어!'

키티의 어머니는 그렇게 생각했다.

그에 비해 브론스키는 딱 그녀의 마음에 차는 상대였다. 그는 훌륭하고 부유한 가문에서 성장했으며 매우 총명한 시종무관으로 앞길이 창창한 데다 아주 매력적이었다. 그녀로서는 더 바랄 게 없을 정도였다.

브론스키는 여러 무도회에서 키티를 따라다니며 그녀에게 춤을 청했고, 그녀의 집에도 자주 드나들었기에 그의 속내와 그 의도를 의심할 필요가 없었다. 그런데도 키티의 어머니는 겨울 동안 지독한 불안함을 느꼈다.

공작 부인 자신은 삼십여 년 전 친척 부인의 중매로 결혼을 했다. 약혼자가 약혼녀의 집으로 찾아왔고, 그녀의 집안사람들과 약혼녀에게 인사를 했다. 중매인 친척 부인이 양쪽에 서로의 의사를 물어 양가에 전했다. 서로에게 좋은 인상을 받았다. 그리고 다음 약속에서 약혼자가 그녀의 집안에 청혼을 건넸고, 부모는 이를 수용했다. 모든 것은 일사천리로 흘러갔다. 적어도 공작 부인 자신은 그렇게 느꼈다. 하지만 그녀는 자신의 딸들을 시집보내면서는 혼사가 절대 쉬운 게 아니라는 사실을 뼈저리게 느꼈다. 맏딸 다리야와 둘째 딸 나탈리를 결혼시킬 때 그녀는 얼마나 힘들었으며 고통받았던가! 돈은 밑 빠진 독에 물 붓듯 들어갔으며 남편과는 얼마나 큰 갈등을 빚었던가? 그녀는 막내딸을 사교계에 내보내면서 예전의 고통이 되살아나 두려움을 느꼈다. 지금은 예전에 남편과 겪은 갈등보다 더 심한 갈등을 빚고 있었다. 공작은 세상의 모든 아버지와 마찬가지로 자기 딸의 명예와 순결에 까다롭게 굴었다. 그는 자신이 가장 사랑한 막내딸 키티를 곱게 키워 내기 위해 온 신경을 기울였고, 공작부인이 섣불리 딸의 명예를 떨어뜨리지는 않을까 노심초사했다. 공작 부인은 맏딸을 결혼시킬 때부터 그에 따른 부부 갈등을 겪어 왔지만, 최근들어서는 공작의 까다로운 태도도 이해가 갔다. 사회는 급변해 가고 어머니 노릇을 한다는 것은 점점 어려워져 갔다. 그녀는 키티 또래의 처녀들이 소모임을 만들어 강의를 들으러 가고, 남자들과 자유롭게 어울리거나 교제하고 혼자서 길을 돌아다니고, 인사를 할 때 무릎조차 굽히지 않는 것을 보았던 것이다. 무엇보다 키티 또래의 처녀들은 남편감을 고르는 것이 부모가 아닌 자신들의 일이라고 생각했다.

'요즘 처녀들은 예전 사람들처럼 결혼하지 않는다.'

모든 젊은 처녀들, 심지어 노인까지 그렇게 믿었다. 그러나 요즘 처녀들이 어떻게 결혼하는지 낱낱이 말해 주는 이는 없었다.

부모가 자녀의 운명을 결정하는 프랑스의 관습은 이제 비난의 대상이 되었다. 딸에게 완전히 자유를 주는 영국의 관습도 마찬가지로 받아들여지지 않았으며, 러시아에서는 아예 불가능했다. 중매결혼을 하는 러시아의 관습은 교양 없다고 여겨졌고, 공작 부인도 이를 비웃었다. 하지만 그래서 그들이 어떻게 결혼을 하는지는 아무도 알지 못했다. 공작 부인과 이에 대해 이야기를 나누던 사람들은 한결같이 이렇게 떠들어 댔다.

"그런 구태의연한 관습은 버려야 해요. 결혼을 하는 건 부모가 아니라 젊은이들이지요. 그러니 자신의 결혼 문제는 스스로 택하게 내버려 두는 게 옳아요."

하지만 그 사람들은 딸이 없으니 그렇게들 말하는 것이다. 공작 부인은 처녀가 남자들과 가깝게 어울리다가는 사랑에 빠진다는 사실을, 게다가 결혼할 뜻이 없거나 남편감이 못 되는 남자와 사랑에 빠질 수 있다는 사실을 잘 알고 있었다. 그래서 공작 부인은 젊은이들이 스스로 결혼 상대를 정해야 한다는 말을 많이 들어 봤어도 그 말을 믿을 수는 없었다. 그건 마치 다섯 살짜리 어린아이에게 장전된 총을 맡기는 것처럼 여겨졌다. 공작 부인은 위의 두 딸을 결혼시킬 때보다 키티의 혼사에 훨씬 더 신경이 많이 쓰였다.

지금 그녀는 브론스키가 자기 딸을 따라다니다 그만둘까 봐 걱정되었다. 그녀는 딸이 그를 사랑하게 된 것을 알고 있었다. 그는 성실하고 믿음직하니 그러지는 않을 거라며 스스로를 위로했다. 하지만 그녀는 지금처럼 교제가 자유로운 시대에 젊은 아가씨의 마음을 빼앗는 게 얼마나 쉬운 일인지, 또 남자들이 이런 잘못을 얼마나 가볍게 저지르는지를 잘 알고 있었다. 지난주에 키티는 브론스키와 마주르카를 추다 나눈 이야기를 그녀에게 들려주었다. 그 이야기를 듣고 공작 부인은 조금은 안심을 했다. 그러나 그녀가 완전히 마음을 놓은 것은 아니었다. 브론스키는 키티에게 자기 형제들은 어머니의 뜻에 순종하며 어머니의 뜻을 거스르는 일은 한 적이 없다고 말했다고 했다.

"나는 아주 특별한 행복을 기다리는 마음으로 페테르부르크에서 어머니가 오실 날을 기다리고 있답니다."

브론스키는 그렇게 말했다.

키티는 그의 말에서 별다른 뜻을 유추해 내지 못한 듯했지만 그녀는 그 말을 그녀 나름대로 해석했다. 사람들은 노부인이 오기만을 기다리고 있고, 노부인은 아들의 선택을 기쁘게 받아들일 것이다. 그런데 브론스키는 왜 어머니의 뜻을 거스를까 봐 걱정하며 청혼을 미루는 것인지 그녀는 조금 의아했다. 하지만 그녀는 결혼이 성사되기를 간절히 원했으며 또 온갖 근심 걱정에서 벗어나고 싶었으므로 그런 생각을 넘겼다. 남편과 헤어지기를 바라는 불행한 맏딸 돌리를 생각하면 가슴이 아팠지만 지금 막내딸의 운명만큼 중요한 일은 없었다. 게다가 오늘 레빈이 나타났다는 소식에 그녀의 근심은 새롭게 시작되었다. 그녀는 레빈에게 호감을 가져 온 딸이 정직함 때문에 브론스키를 거절하지는 않을지, 레빈의 도착으로 인해 애써 여기까지 온 이 혼사가 위태로워지거나 미뤄지지는 않을지 걱정스러웠다.

"그 사람은 언제 도착했다던?"

키티가 집에 돌아오자마자 공작 부인이 물었다.

"오늘 왔대요, 엄마."

"그에 대해 한 가지 말해 둘 게 있단다."

공작 부인이 말했다.

키티는 어머니의 진지한 태도를 보고 무슨 말이 이어질지 눈치챘다.

"엄마."

그녀는 얼굴을 붉히더니 재빨리 어머니를 돌아보며 말했다.

"부탁이에요. 그 얘기는 하지 말아 주세요. 저도 다 아니까요."

그녀도 어머니와 같은 생각이었지만, 어머니의 의도가 그녀에게 심한 모욕감을 주었다.

"내가 말하고 싶은 건, 단지 한 사람에게만……."

"엄마, 그만하세요. 저는 그런 이야기를 하는 게 무서워요."

"그래, 알겠다."

어머니는 딸의 눈에 고인 눈물을 보았다.

"하나만 묻자. 넌 나에게 아무것도 숨기지 않겠다고 약속했지?"

"네, 약속했어요. 엄마."

키티는 얼굴을 붉히며 어머니를 바라보았다.

"하지만 지금은 말하고 싶지 않아요. 할 말이 있다 해도 무슨 말을 어떻게 해야 할지도 모르겠고요. 전 정말 모르겠어요."

'그래, 그런 눈망울로 어떻게 거짓말을 하겠니.'

어머니는 딸의 태도와 눈빛을 보고는 안심했다. 공작 부인은 지금 가없은 딸아이의 마음속의 혼란이 그녀에게 얼마나 심각하고도 중요할까를 헤아리며 미소를 지었다.

13

저녁 식사가 모두 끝나고 야회가 시작될 때까지 키티는 마치 전투를 앞둔 병사나 된 듯한 심정이 되었다. 어찌나 심장이 뛰는지 그 무엇도 차분히 생각할 수 없었다.

그녀는 두 사람이 처음 만나게 될 오늘 밤의 야회에서 그녀의 운명이 결정 날 것이라 생각했다. 그녀는 마음속에 두 사람을 하나씩 떠올려 보기도 하고, 함께 그려 보기도 했다. 그동안의 일을 떠올려 보면, 따스하고 포근했던 기억에서는 레빈이 떠올랐다. 어린 시절에 있었던 즐거운 일들, 죽은 오빠와 레빈의 우정은 그와 그녀의 관계에서도 어떤 시적인 아름다움을 발했다. 그녀를 향한 그의 사랑은, 그러니까 키티가 확신했던 그 사랑은 그녀에게 만족감과 기쁨을 안겨 주었다. 레빈에 대한 생각을 하자 한결 마음이 가벼웠다. 브론스키는 아주 사교적이고 차분한 사람이었지만, 그에 대한 기억을 떠올리면 레빈에 비해서 무언가 복잡한 기분이었다. 레빈을 떠올리면 깔끔하고 담백한 느낌이 드는데, 브론스키를 떠올려 보면 그가 아무리 깔끔하고 담백한 사람이라 하더라도 무언가 자신에게 어떤 위선이 있는 것처럼 느껴졌다. 하지만 브론스키와의 미래를 상상했을 때는 그녀 앞에는 화려하고 찬란한 광경이 펼쳐졌지만, 레빈과의 미래를 생각하면 안개에 흐린 칙칙한 광경일 뿐이었다.

야회복을 입으려고 이 층으로 올라가다 거울에 비친 자신을 보고는 오늘이야말로 그녀의 인생에서 가장 빛나는 날 중 하나이며, 자신이 어느 때보다 생기 있고 아름답다는 것을 알고 기뻤다. 그녀는 자신의 몸동작에서 편안함과 자유로움, 그리고 우아함이 풍긴다고 느꼈다.

일곱 시 반에 그녀가 응접실로 내려가자, 하인이 콘스탄친 드미트리치 레빈이 왔다고 알려 왔다. 공작 부인은 아직 방 안에 있었고, 공작은 모습을 비치지 않았다.

'역시 그렇구나.'

그녀는 온몸의 피가 심장으로 솟구치는 것을 느꼈다. 그녀는 거울을 들여다보고서 창백해진 얼굴을 보고 놀랐다.

지금 그녀는 분명히 알았다. 그가 이렇게 일찍 온 것은 그녀가 혼자 있을 때를 틈타 청혼하기 위해서였다. 그래서 그녀는 이 문제를 다시 한번 천천히 따져 보았다. 이것은 그녀에게 '나는 누구와 결혼해야 행복할까, 나는 누구를 사랑하지?' 따위의 혼자서 생각할 수 있는 문제에 그치지 않는다. 당장 그녀는 상대방을 모욕해야 한다. 아주 지독하게 그래야 한다. 그건 그가 그녀에게 반했다는, 사랑에서 약자인 입장 때문이다. 이건 어쩔 수 없는 일이었다. 그럴 수밖에 없었다. 그러지 않으면 안 된다.

'아, 내가 이런 이야기를 그에게 직접 전해야 하나?'

그녀는 잠시 생각에 잠겼다.

'뭐라고 말하지? 난 당신을 사랑하지 않는다고? 그건 사실이 아니잖아. 그럼 뭐라고 할까? 다른 사람을 사랑한다고? 아냐, 그런 건 안 돼. 달아나야겠다. 달아나야 해.'

그녀는 이미 문 쪽을 향해 걷고 있었다. 그때 그의 발소리가 들려왔다.

'아냐! 그건 정직하지 못해. 내가 왜 피해야 하지? 난 아무런 죄도 짓지 않았어. 아무렇게나 돼라 나는 사실을 말해야 해. 그와 이렇게 불편하게

지낼 수는 없으니까. 그가 오고 있다!'

그녀는 그의 훤칠하지만 주눅 든 모습과 그녀에게 보내는 빛나는 눈빛을 보며 마음속으로 다짐했다.

"제가 너무 일찍 왔나요? 그런 게 아닌지……."

그가 텅 빈 응접실을 둘러보며 말했다. 그의 생각처럼 그의 말을 방해할 사람이 없는 것을 보며 그의 얼굴은 더욱 어두워졌다.

"그렇지 않아요."

키티가 테이블 앞에 서며 말했다.

"사실 나는 당신이 혼자 있기를 바랐답니다."

그는 용기를 잃지 않기 위해 자리에 앉지도 그녀를 바라보지도 않았다.

"곧 어머니가 나오실 거예요. 어머니께서는 어제 무척이나 피곤하셨어요. 어제는……."

그녀는 자기가 무슨 말을 하는지도 모르면서 주저리주저리 말을 꺼냈고, 감싸 안는 듯한 눈길을 그에게서 떼지 못했다.

그가 그녀를 바라보자, 그녀는 얼굴을 붉히고는 입을 다물고 말았다.

"제가 모스크바에 오래 머물지 어떨지는 잘 모른다고…… 그건 당신에게 달려 있다고 말했지요."

그녀는 점점 다가오는 일을 어떻게 받아들여야 할지 몰라 고개를 푹 숙였다.

"그건 당신에게 달려 있어요."

그가 같은 말을 반복했다.

"그러니까 내가 당신에게 하려는 말은…… 그건 바로…… 그러니까 당신에게 하려는 말은……. 난 그 말을 하러 여기에 왔습니다. 당신이 바로…… 당신이 내 아내가 되어 줬으면 합니다."

그는 자신이 무슨 말을 했는지도 모르는 채 말을 끝냈다. 하지만 가장 두려워하던 말은 했다고 느끼며 그녀를 바라보았다.

그녀는 그를 바라보지 못하고 무겁게 숨을 내쉬었다. 그녀는 터질 듯한 기쁨을 느꼈다. 행복감이 그녀의 정신을 가득 감쌌다. 그녀는 그의 입에서 흘러나온 사랑 고백이 이토록 강렬할지는 상상조차 못 했다. 비록 한순간이었지만 말이다. 그녀는 진실하고 맑은 눈빛으로 레빈을 바라보았다. 그러고 그의 절망적인 얼굴을 보며 대답했다.

"그럴 수는 없답니다. 용서해 주세요."

일 분 전만 해도 그녀는 그에게 얼마나 가엾고 귀중한 존재였는가! 또 그의 삶에서 얼마나 소중한 존재였는가! 그러나 지금은 얼마나 멀고 다가갈 수 없는 사람이 돼 버렸는가!

"그럼, 어쩔 수 없겠군요."

그는 그녀를 쳐다보지도 못하고 말을 끝냈다. 그는 허리를 굽혀 정중하게 인사를 하고 방을 나설 참이었다.

14

그때 공작 부인이 들어왔다. 두 사람이 함께 있는 광경과 그들의 얼굴에 서린 혼란스러운 분위기를 보고서 그녀의 낯빛도 어두워졌다. 레빈은 고개를 푹 떨어뜨리고 아무 말도 없었으며, 키티도 시선을 아래로 둔 채 아무런 말도 하지 않았다.

'그에게 청혼을 받고 거절했구나. 다행이로구나.'

그렇게 생각한 공작 부인의 얼굴은 목요일 손님맞이에 어울리는 온화한 낯빛으로 바뀌었다. 그녀는 자리에 앉더니 레빈에게 시골 생활에 대해 이것저것 물었다. 그때 손님들이 몰려와 레빈은 자신이 조용히 자리에서 뜰 수 있을 때까지 기다리기로 했다.

오 분쯤 지나자 작년에 결혼한 키티의 친구인 노르츠톤 백작 부인이 도착했다. 그녀는 앙상하게 마르고 얼굴이 누렇게 뜬 데다 검은 눈을 번뜩이는 고약하고 신경질적인 여자였다. 그녀는 키티를 무척 좋아했다. 그리고 키티에 대한 애정은 유부녀가 아가씨들에게 다들 그렇듯, 자기가 희망하는 행복의 크기만큼 키티의 결혼을 부추기려는 열망으로 나타났다. 그녀는 키티를 브론스키와 맺어 주려고 애썼다. 초겨울 무렵 키티의 곁을 서성거린 레빈 따위는 그녀에게 아주 불쾌한 존재였다. 그래서 그녀는 레빈을 볼 때마다 조롱을 해 댔다.

"난 그 잘난 체하는 자가 나를 힐끔 볼 때나 재미있는 대화가 수준 낮은 나 때문에 멈출 때나 선심 쓰는 듯하며 내 수준에 맞춰 줄 때가 좋더라. 정말 곤란하다는 식으로 나한테 깍듯이 예의를 차리는 그 태도가 마음에 들어! 그러다가 더 이상 나를 참지 못하는 그럴 때 참 기쁘지!"

그녀는 레빈에 대해 그렇게 말했다.

그녀의 말은 사실이었다. 레빈은 그녀를 몹시 싫어했으며 그녀가 내세우고 자랑하고 미덕으로 칭하는 것들을 경멸했다. 그는 그녀의 신경질에서부터 일상의 모든 것을 우아하게 모욕하고 무시하면서 경멸했던 것이다.

노르츠톤 백작 부인과 레빈과 같은 관계는 사교계에서는 흔했다. 두 사람은 겉으로는 가까워 보이지만 상대방에게 진술하지도 않았고, 그렇다고 모욕을 안길 수도 없을 만큼 지독히 경멸했다.

노르츠톤 백작 부인이 레빈에게 말했다.

"어머나! 콘스탄친 드미트리치! 우리의 망해 가는 바빌론으로 다시 와 주시다니!"

그녀는 그에게 누렇고 작은 손을 내밀며 초겨울의 모스크바는 바빌론이라고 했던 레빈의 말을 상기시켰다.

"바빌론 사정이 좋아졌나요? 아니면 당신이 망해 가나요?"

그녀는 그렇게 말하고는 차가운 표정으로 키티를 돌아보았다.

"백작 부인, 제 말을 기억하고 계셨군요. 정말 영광입니다."

레빈은 겨우 정신을 차리고서 그동안의 습관에 기대 노르츠톤 백작 부인과 거친 말장난을 주고받기 시작했다.

"그 말이 당신의 뇌리에 깊이 박혔나 봅니다."

"그럼요. 난 무엇이든 잘 메모해 두지요. 참, 키티, 스케이트 타러 갔었다며?"

그녀는 키티에게 말을 걸었다. 이때 자리를 뜨는 것이 모양새가 이상할지라도 레빈은 계속해서 자신의 시선을 피하는 키티를 오래도록 지켜보는 것보다는 무례한 짓을 하는 게 나을 것 같았다. 그가 자리에서 일어서려 했을 때 공작 부인이 말을 걸었다.

"모스크바에 온 지 얼마나 됐죠? 젬스트보에서 활동하면 여기에 오래 있지 못할 텐데요."

"아니요. 저는 이제 젬스트보에서 일하지 않는답니다, 공작 부인. 여기에는 이삼일 정도 머물 작정으로 왔지요."

그가 대답했다.

'오늘 저 사람에게 무슨 일이 있었던 게 분명해.'

노르츠톤 백작 부인은 그의 진지하고 말끔한 얼굴을 보며 생각에 빠졌다.

'왜 구구절절한 논쟁을 벌이지 않지? 내가 한번 시작해 봐야겠군. 키티 앞에서 그를 골탕 먹이는 것만큼 속 시원한 일이 없으니. 좋았어.'

"콘스탄친 드미트리치."

그녀가 그에게 말했다.

"이게 무슨 뜻인지 아세요? 내게 설명 좀 해 주세요. 당신은 이에 대해 잘 아실 테니까요. 아루 칼루가 영지에서 농부들과 아낙들이 죄다 술독에 빠져 재산을 탕진하고 아무것도 지불하지 않아요. 이걸 대체 어떻게 해석해야 하죠? 당신은 언제나 농부의 편을 들었지요?"

이때 어느 부인이 응접실로 들어섰다. 그러자 레빈은 일어섰다.

"실례하겠습니다, 백작 부인. 저는 그에 관해 아는 게 없으니 해 드릴 말도 없군요."

그는 그렇게 말하고는 부인을 따라 들어온 군인을 쳐다보았다.

'저자가 브론스키일 테지.'

레빈은 자신의 생각이 맞는지 알아보려고 키티를 쳐다보았다. 그는 이미 브론스키를 눈으로 보고 다시 레빈을 보던 중이었다. 레빈은 그저 반짝이는 그 눈망울만으로도 그녀가 그를 사랑하고 있음을 알았다. 그것은 그녀가 직접 말하기라도 한 것 같은 진실이었다. 하지만 저 남자는 대체 어떤 사람일까?

레빈은 이렇게 되자 어떻든 간에 자리에 남아 있을 수밖에 없었다. 그녀가 사랑하는 남자가 대체 어떤 사람인지 알아내고 싶었다.

세상에는 모든 것을 갖춘 대단한 적수를 만나면 즉시 그 사람의 장점은 무시하고 단점만 찾으려는 사람들이 있다. 반대로 그 행복한 경쟁자가 승리할 수 있었던 장점을 찾아내고 가슴이 시리도록 아픈데도 그에게서 좋은 점을 찾아보려 하는 사람이 있다. 레빈은 후자였다. 브론스키에게서 멋진 점을 찾아내는 것은 그리 어렵지 않았다. 그런 점들은 금세 눈에 띄었다. 브론스키는 훤칠한 키에 탄탄한 몸을 갖고 있었으며 매우 선하고 아름답고 부드러우면서도 강한 느낌의 얼굴을 하고 있었다. 얼굴과 몸매, 짧고 검은 머리카락과 깨끗이 다듬은 턱수염, 그리고 여유 있게 재단한 새 군복, 그 모든 게 우아하고 단정했다. 브론스키는 응접실로 들어오던 부인에게 길을 안내한 뒤 공작 부인에게 가서 정식으로 인사를 하고 키티에게 갔다.

그녀에게로 간 순간, 그의 아름다운 눈동자가 특별한 광채를 띠었다. 그리고 행복한 미소가 아렴풋하게 피어올랐다. 그것은 레빈의 눈에는 겸손한 승리자의 표정처럼 보였다. 그는 정중한 태도로 그녀에게 몸을 굽히며 커다란 손을 내밀었다.

그는 모든 사람과 두루 인사를 나누고 말을 주고받고서 자리에 앉았다. 하지만 정작 그에게 눈길을 보내는 레빈에게는 한마디도 하지 않았다.

"인사하시지요."

공작 부인이 레빈을 가리키면서 말했다.

"콘스탄친 드미트리치 레빈이에요. 이쪽은 알렉세이 키릴로비치 브론스키 백작이지요."

브론스키는 자리에서 일어나 레빈의 눈을 부드럽게 처다보며 말했다.

"올겨울에 당신과 만나게 되리라 생각했습니다."

그는 시원스러운 미소를 지으며 말했다.

"그런데 당신이 갑자기 시골로 떠났지요."

"콘스탄친 드미트리치는 도시나 도시 사람을 경멸하는 분이지요."

노르츠톤 백작 부인이 말했다.

"내 말을 주의 깊게 들었던 모양이군요. 그런 말을 잘 기억해 내는 걸 보면."

레빈은 자기가 했던 말을 떠올리며 얼굴을 붉혔다.

브론스키는 레빈과 노르츠톤 백작 부인을 번갈아 보며 미소 지었다.

"늘 시골에 계시나요?"

그가 물었다.

"겨울에는 어떻습니까? 좀 지루할 것 같은데요."

"그렇지 않습니다. 할 일이 많으니까요. 게다가 자기 자신의 문제에 집중해 있을 때는 지루할 틈이 없지요."

레빈이 흥분한 어조로 말했다.

"나도 시골을 좋아합니다."

브론스키는 레빈의 뜻을 눈치채고도 모르는 척 말했다.

"하지만 백작님, 저는 당신이 시골에 정착하시지는 않으면 좋겠어요."

노르츠톤 백작 부인이 말했다.

"글쎄요, 시골에 오래 있어 본 적은 없어서요. 그런데 이상한 기분이 들었던 경험을 한 적이 있어요."

그가 말을 이었다.

"니스에서 어머니와 겨울을 보냈던 날이었죠. 그때 시골이, 특히 러시아의 시골이 몹시 그리워지더군요. 나무껍질로 신발을 만들어 신은 농부들이 있는 그곳 말입니다. 니스는 여러분도 아시다시피 무척 따분한 곳이죠. 나폴리와 소렌토도 마찬가지예요. 잠시 머물기엔 좋았지만 러시아의 시골만 한 곳은 없죠."

그는 부드러운 눈빛으로 키티와 레빈을 번갈아 보았다. 머릿속에 떠오르는 대로 대충 둘러대는 게 분명했다.

그는 노르츠톤 백작 부인이 말하려 하는 걸 알고는 자기 이야기를 끝내고 부인의 이야기를 들었다.

대화는 계속 이어졌다. 그래서 혹시 화제가 떨어질 때를 대비해 언제나 두 개의 대포, 즉 고전 및 실무, 병역의 의무화라는 두 개의 주제를 마련해 놓은 공작 부인은 이야기를 꺼내 보지도 못했다. 노르츠톤 백작 부인 역시 레빈을 조롱할 틈이 없었다.

레빈은 대화에 끼고 싶었지만 그럴 수가 없었다. 그는 마음속으로 '이제는 그만 가야지.'라고 생각하면서도 자리를 뜨지 못한 채 무언가를 계속 기다렸다.

이제 화제는 회전하는 테이블과 영혼으로 흘러갔다. 그러자 심령술을 굳게 믿는 노르츠톤 백작 부인이 자신이 체험한 기적에 대한 이야기를 꺼냈다.

"오, 백작 부인! 나를 거기에 데려가 주시지요. 나도 열심히 여기저기 찾아가 보기는 했는데 신기한 일을 겪은 적은 없어서요."

브론스키가 부드럽게 말했다.

"좋아요. 다음 주 토요일은 어떤가요?"

노르츠톤 백작 부인이 이렇게 대답하고는 레빈에게 말을 붙였다.

"콘스탄친 드미트리치, 심령술을 믿나요?"

"왜 내게 그런 질문을 하시죠? 내가 뭐라고 답할지 뻔히 아실 텐데요."

"당신의 의견이 몹시 궁금하군요."

"내 생각은 간단합니다. 그 회전하는 테이블은 교양 있는 사람들이 농부들보다 나을 게 없다는 걸 보여 주죠. 농부들은 눈을 믿고 주문과 마력을 믿지요. 하지만 우리는…….”

“당신은 믿지 않는군요.”

“믿을 수 없습니다.”

“내가 직접 봤다니까요.”

“농부의 아낙들도 집 안에서 자기의 두 눈으로 고블린을 똑똑히 봤다고 합니다.”

“지금 내가 거짓말을 한다는 건가요?”

그녀가 불쾌한 표정을 지었다.

“아냐, 마샤, 콘스탄친 드미트리치는 자신의 의견을 말했을 뿐이야.”

키티가 얼굴을 붉히며 말했다. 그러자 레빈은 더욱 화가 나서 백작 부인에게 몇 마디 더 쏘아붙여 주려 했다. 그때 브론스키가 호탕하게 웃으며 불행하게 치닫는 대화의 끝을 잘 맺으려 했다.

“당신은 그 가능성을 전면 부인하시는 겁니까?”

그가 계속 물었다.

“왜 그렇죠? 우리는 전기에 대해 잘 모르지만 그것의 존재는 인정하지요. 우리가 미처 모르는 새로운 것이 있을지도 모릅니다.”

“전기의 발견이라면…….”

레빈은 재빠르게 말을 받았다.

“전기가 일어나는 현상만 알고 있을 뿐이지 전기가 어디에서 발생하고 어떻게 오는지는 몰랐지요. 수백 년이 지나서야 겨우 사람들은 전기의 응용 방법을 연구했습니다. 그런데 심령술을 믿는 사람들은 테이블이 글로 사람에게 무언가를 알려 준다거나 영혼이 사람을 찾아온다는 이야기에서부터 시작하며, 마침내는 이것이 영험한 힘이라고 설명하지요.”

브론스키는 레빈의 말을 주의 깊게 들었다. 그는 레빈의 말에 흥미를 느끼는 듯했다.

"그런가요? 하지만 심령술을 믿는 사람들은 이렇게 말합니다. 지금 우리는 그 힘의 실체는 모르지만, 그 힘은 분명히 존재하며 어떤 조건 아래에서 작용한다고 말입니다. 그 원리를 밝혀내는 것은 과학자들의 몫이겠지요. 나는 그것을 새로운 힘으로 인정하지 않는 이유가 정말 궁금하군요. 그 힘이라는 것은……."

"그건……."

레빈이 말을 받았다.

"수지로 털실을 문지르면 전기는 매번 일정하게 일어납니다. 그러나 심령술은 다르지요. 심령술은 자연현상이 아닙니다."

응접실의 대화로는 지나치다고 생각했는지 브론스키는 더 이상 말을 덧붙이지 않았다. 그러고는 다른 화제로 분위기를 돌리려 애써 유쾌한 표정을 지으며 부인들을 바라보았다.

"지금 한번 시험해 볼까요, 백작 부인?"

그가 말했다. 그러나 레빈은 끝까지 자기의 생각을 밝히고자 했다.

"제 생각은 그렇습니다. 심령술을 믿는 사람들이 자기가 보았다는 그 기적을 새로운 힘이라고 말하는 것은 큰 오류입니다. 그들은 정신 영역에 취해서 그것을 물리적인 실험으로 증명하려고 들죠."

모두가 그의 말이 끝나기를 바랐고, 레빈도 이내 그것을 느꼈다.

"내 생각에 당신은 타고난 영매예요."

노르츠톤 백작 부인이 말했다.

"당신은 쉽게 무아지경에 이르는 기질이 있어요."

레빈은 입을 열어 무언가를 말하려다가 그만 얼굴을 붉히며 입을 닫았다.

"자, 공작의 따님, 테이블로 실험을 해 보시지요."

브론스키가 말했다.

"공작 부인, 괜찮으시겠지요?"

브론스키가 자리에서 일어나 테이블을 찾아 두리번거렸다.

키티는 테이블을 가져오려고 일어서려다 옆에 있던 레빈과 눈이 마주쳤다. 그녀는 견딜 수 없이 그가 안쓰러웠다. 그를 불행하게 만든 게 그녀 자신이었기 때문에 더욱 그랬다.

'부디 나를 용서하세요. 제발!'

그녀의 눈이 그렇게 말하는 듯했다.

'나는 이렇게 행복하니까요.'

'나는 모든 게 증오스럽습니다. 당신도 그리고 나 자신도.'

그의 눈은 그렇게 대답했다. 그는 모자를 집었다. 하지만 운명은 그를 자리에 머물게 했다. 사람들이 테이블 주위에 앉고 레빈이 나가려던 그 순간, 공작이 들어와 부인들과 인사를 나눈 뒤 레빈에게 다가왔다.

"자네!"

그는 기쁨에 넘치는 표정으로 반갑게 레빈을 맞았다.

"언제 왔는가? 자네가 온 줄은 몰랐군. 무척 반갑네!"

늙은 공작은 레빈을 '자네'나 '그대'라고 불렀다. 그는 레빈을 끌어안더니, 브론스키가 온 건 알은체 않고 레빈과 한참 이야기를 나누었다. 브론스키는 자리에서 일어나 공작이 말을 걸 때까지 내내 기다렸다.

키티는 이런 상황에서 레빈이 아버지의 따뜻한 관심을 받는 것은 더욱 힘들어질 뿐이라고 생각했다. 그녀는 또한 아버지가 브론스키를 냉대하는 모습을 보고 무안해졌다. 그녀는 브론스키가 공손하면서도 당혹스러운 얼굴로 그녀의 아버지를 보며 왜 자신을 없는 사람 취급하는 것인지 생각하다가 얼굴을 붉히는 것을 보고 말았다. 키티 또한 얼굴이 붉어졌다.

"공작님, 콘스탄친 드미트리치를 그만 여기로 보내 주세요."

노르츠톤 백작 부인이 말했다.

"저희는 지금 실험을 하려던 참이었거든요."

"실험이라니? 설마 테이블 돌리는 실험을 말하나? 실례지만 여러분, 그것보다는 고리 던지기가 더 재미있을 것 같군요."

공작은 브론스키를 보고 그 실험이 브론스키의 의도임을 눈치챘다.

"고리 던지기도 재미있겠지요."

브론스키가 감탄하는 표정으로 공작을 바라보았다. 그리고 미소를 지으며 노르츠톤 백작 부인에게 다음 주에 열릴 성대한 무도회에 대한 이야기를 하기 시작했다.

"당신도 오겠죠?"

그가 키티에게 물었다.

레빈은 연로한 공작이 다른 사람들에게 간 틈을 타서 응접실을 빠져나왔다. 이날 그가 마지막으로 본 것은 무도회에 대해 물어본 브론스키에게 미소를 띤 얼굴로 답하는 키티의 행복한 얼굴 표정이었다.

15

파티가 끝나고 나서 키티는 어머니에게 레빈과 있었던 일을 이야기했다. 그녀는 레빈에게 크나큰 연민을 느끼는 한편으로 청혼을 받았다는 생각에 마냥 기뻤다. 그녀는 자신이 적절하게 처신했다고 굳게 믿었다. 하지만 침대에 눕고도 오랫동안 잠을 이루지 못했다. 아버지의 이야기에 귀를 기울이면서도 그녀와 브론스키를 무척 의식하던 레빈이 마음에 걸렸다. 눈썹을 찌푸리고 말없이 그들을 보던 쓸쓸한 눈빛. 그러자 그가 너무나 가엾게 느껴져 눈물이 핑 돌았다. 하지만 그녀는 자신이 레빈 대신 선택한 다른 남자를 떠올렸다. 남자다운 강한 얼굴, 점잖고 차분한 태도, 그리고 누구를 만나든 어떤 일이 있든 언제나 친절하고 부드러운 성품이 떠올랐다. 그녀는 사랑하는 남자가 자신에게 보여 준 사랑을 떠올려보았다. 그러자 그녀의 영혼은 다시 행복해졌다. 그녀는 행복에 겨워 미소 지으며 베개를 고쳐 베고 누웠다.

'너무나 가엾고 불쌍하구나. 하지만 어쩔 수가 없는걸. 그건 내 잘못이 아니야.'

그녀는 이렇게 생각했다. 하지만 마음속 깊은 곳에서 이런 생각이 일었다. 자신이 후회하는 일이 레빈을 유혹한 것인지, 그의 청혼을 거절한 것인지 확실하지 않았다. 그녀의 행복은 다시 그런 마음속의 갈등으로 깨져 버렸다.

'주여, 자비를 베푸소서. 주여, 자비를 베푸소서. 주여, 자비를! 자비를 베푸소서!'

그녀는 계속 이렇게 중얼거리다 잠이 들었다.

그때 아래층에 있는 공작의 서재에서는 사랑하는 막내딸을 두고 부모 사이에 되풀이되던 일이 다시 벌어지고 있었다.

"왜냐? 내가 이야기해 주지!"

공작은 손을 흔들어 대다가 하얀 할라트의 앞섶을 여미며 소리쳤다.

"당신에게는 자존심이나 품위가 없어. 당신은 천박하고 어리석은 혼담으로 딸의 인생을 수치스럽게 하고 아예 그 아이의 인생을 망칠 셈이야?"

"어떻게 그런 말씀을 하세요. 여보, 대체 제가 뭘 잘못했다고 그러세요."

공작 부인은 울먹였다.

그녀는 딸의 이야기를 들은 뒤 매우 흡족한 마음으로 공작에게 잘 자라는 인사를 하려했다. 그녀는 남편에게 레빈의 청혼과 키티가 거절 의사를 표한 이야기를 할 마음은 없었다. 단지 키티와 브론스키의 혼사가 잘 이루어질 듯하며 그의 어머니가 오는 대로 속히 해결될 것이라고 넌지시 알렸다.

그러자 공작은 불같이 화를 내며 날카롭게 소리를 질러 댔다.

"당신이 무슨 일을 벌였는지 알아? 첫째로 신랑감을 꾀어 냈다고 모스크바 전체가 입방아를 찧어 댈 거야. 그래야 마땅할 테지. 파티를 하려면 점찍어 둔 구혼자만이 아니라 모두를 불러들여. 모스크바의 젊은 멍청이들은 모두 부르라고. 오늘처럼 신랑감들만 부르지 말고 악사까지 불러서 단체로 춤이라도 추게 하란 말이오. 아주 추하고 역겨워. 당신은 딸아이의 마음을 달뜨게 만들었어. 레빈은 아주 훌륭한 청년이야. 페테르부르크에서 왔다는 그 날라리 같은 녀석이라면 길에도 널려 있소. 그런 놈들은 다 똑같아. 쓰레기들이지. 그 녀석이 왕실의 피를 물려받았다고 해도 소용없어. 내 딸이 뭐가 아쉬워서 그런 쓰레기와."

"도대체 내가 뭘 했다는 거죠?"

"뭘 했는지 정녕 모른다고?"

공작이 소리를 질렀다.

"당신 말만 듣는다면."

공작 부인이 말을 이었다.

"영영 우리 딸을 시집보낼 수 없어요. 그러다간 시골로 가는 수밖에요."

"차라리 그게 낫지."

"그만하세요. 제가 바람이라도 넣었나요? 난 그런 적이 없어요. 다만 그 청년이 우리 딸을 좋아하고, 우리 딸도 그러니."

"당신은 그렇게 생각하겠지. 하지만 우리 딸이 정말로 그런 작자를 사랑하는데 그 작자가 당신의 생각보다 결혼 생각이 없다면 어쩔 거야? 상상하기조차 끔찍하군. '세상에나, 심령술, 어머나, 니스, 오, 무도회……'"

공작은 아내의 말을 흉내 내면서 한마디 할 때마다 무릎을 굽혔다.

"만일 우리가 카첸카에게 불행의 씨앗을 심고 있다면 어쩔 거요? 카첸카가 마음속에 그런 생각을 갖고 있다면……."

"왜 그런 생각을 하세요?"

"생각이 아니라 이미 알고 있는 거요. 그것을 꿰뚫어 볼 수 있는 건 여자들이 아니라 우리 남자들이오. 나는 진지한 사람이 눈에 보여. 그건 레빈이지. 그리고 잠시 장난질을 치려는 미운 메추리 새끼도 알아볼 수 있소."

"자꾸 그렇게만 생각하신다면……."

"당신이 내 말을 기억하고 땅을 치고 후회할 날이 올 것이오. 하지만 그땐 되돌릴 수 없겠지. 가엾은 다셴카를 생각해 보시오."

"알았어요. 그만, 이제 그만 이야기해요."

공작 부인이 말을 돌렸다. 그는 가련한 맏딸 돌리가 떠올라 견딜 수 없었다.

"좋소. 잘 주무시오."

그들은 성호를 긋고 입을 맞추었다. 그러나 여전히 의견이 갈리고 있음을 절실히 느꼈다.

공작 부인은 오늘의 파티가 키티의 운명을 결정짓고 브론스키의 마음도 확실하다고 느꼈지만 남편의 말을 듣고는 자신이 없어졌다. 자기 방으로 돌아온 그녀는 키티와 마찬가지로 다가올 미래에 불안을 느끼며 몇 번이나 같은 말을 되풀이했다.

'주여, 자비를 베푸소서. 주여, 자비를 베푸소서. 주여, 저의 기도를 들어주소서!'

16

브론스키는 평범한 가정생활이라고는 전혀 알지 못하는 사람이었다. 그의 어머니는 젊었을 적 사교계의 여왕이었으며 결혼한 뒤에도 숱한 스캔들을 달고 살았다. 미망인이 된 후에는 더욱 그랬다. 그녀의 연애라면 사교계의 모든 사람이 줄줄 외우고 있을 정도였다. 그는 아버지에 대한 기억이 거의 없었고, 어린 시절을 유년 학교에서 보냈다.

그는 젊고 멋진 장교로 성장했고 학교를 졸업한 뒤에는 페테르부르크의 부유한 군인들과 비슷한 길을 걸었다. 가끔 페테르부르크의 사교계에 얼굴을 비치기도 했지만 연애는 사교계 밖에서 벌였다.

페테르부르크에서 방탕하고 화려한 시절을 보내던 그는 모스크바 사교계에서 처음으로 순수하고 단정하며 자신을 사랑하는 아가씨와 교제하는 꿈같은 나날을 만났다. 그는 자신이 키티 곁에 머무름으로써 말썽이 일어날 거라고는 생각하지 않았다. 그는 키티의 집에 드나들었고 무도회에서도 늘 그녀와 춤을 추었다. 그리고 사교계의 시시콜콜한 이야기들을 그녀와 함께 나누었다. 그러면서 그 이야기들이 그녀에게 특별한 의미가 있음을 본능적으로 넌지시 알려 주곤 했다. 모든 사람 앞에서 말할 수 없는 은밀한 대화가 있었던 것은 아니지만 그는 그녀가 그에게 점점 의존해 간다는 것을 느꼈다. 그는 그럴 때마다 만족감을 느꼈고 그녀에 대한 감정도 좋아졌다. 그는 자신이 키티에게 하는 것들이 어떤 명칭을 갖고 있으며, 결혼할 의사 없이 아가씨를 유혹하는 것이 나쁜 행실임을 전혀 모르고 있었다. 그는 자신이 성취감과 만족감을 얻을 수 있는 그 어떤 일을 만들어 냈다고 생각했다. 그는 그런 현실을 마음껏 즐기고 있었다.

만약 그가 그날 키티의 부모들이 나눈 대화를 들었다면, 그가 가족과의 관계를 생각하고 키티와 결혼하지 않으면 그녀가 불행해진다는 사실을 알았다면, 그는 너무 놀란 나머지 그 사실을 인정하지 않았을 것이다. 그는 자신과 그녀에게 그처럼 커다란 만족감을 주는 일이 나쁜 일일 수 있다는 것을 생각하지 못했다. 그리고 자신이 그녀와 결혼해야 한다는 것도 생각할 수 없었다.

그는 결혼하겠다는 생각을 해 본 적이 없는 사람이다. 그는 가정생활을 신뢰하지 않았다. 게다가 독신자의 삶을 누리는 자유로운 남자의 입장에서 보았을 때 가정이라는 것은, 특히 남편이라는 존재는 부정적이고 낯선 데다가 우습기까지 했다. 브론스키는 키티의 부모가 나눈 이야기를 상상조차 하지 못했지만 그날 밤 쉐르바츠키가를 나오면서 자신과 키티와의 관계가 너무나 깊어졌다는 생각이 들어 뭔가 대책을 세워야겠다고 결심했다. 그러나 어떤 대책을 어떻게 세워 해결해야 할지에 대해서 아무 생각도 떠오르지 않았다.

'정말 황홀해.'

그는 쉐르바츠키가에서 돌아오면 늘 산뜻함을 느꼈다. 그건 장시간 담배를 피우지 않은 데서 오는 느낌일 수도 있었지만, 그는 그녀의 순수한 사랑 앞에서 큰 황홀함을 느꼈다.

'정말이지 황홀해! 나와 그녀는 아무런 말도 하지 않았지만, 눈빛과 목소리만으로도 그것을 충분히 느낄 수 있지. 오늘 그녀는 그 어느 때보다 내게 빠져 있었어. 얼마나 순수한 사랑인가! 그렇게 사람에게 쉽게 빠져 버리다니! 나 자신마저 깨끗해진 느낌이야! 내 안에도 심장이 있고 이런 좋은 점들을 누릴 수 있구나! 사랑에 빠진 그녀의 순수한 눈망울! '그래 요, 정말!'이라고 그녀가 말할 때는 진정!'

'하지만 그렇다고 해서 내가 뭘 어째야 해? 나도 좋았고 그녀도 좋았으면 그뿐 아닌가?'

그는 오늘 밤은 어떻게 마무리할까 생각했다.

그는 밤에 갈 만한 장소를 생각해 보았다.

'클럽에 들르는 것도 좋겠지. 베지크 카드놀이나 하면서 이그나토프와 샴페인을 마시는 게 좋겠어. 아냐, 그것보다는 바가 낫겠어. 거기서 오블 론스키를 만나서 프랑스 노래를 듣고 캉캉 춤을 보는 거야. 아니, 그것도 이젠 슬슬 지겨워. 그래서 깔끔한 쉐르바츠키가 사람들이 맘에 들지. 그 들과 어울리면 나마저도 그런 착한 사람이 된 듯한 착각이 들거든. 오늘 은 이만 숙소로 가야겠다.'

그는 듀소에 있는 호텔로 돌아와 밤참을 주문했다. 그런 후 옷을 갈아 입고는 베개에 머리를 대자마자 깊고 편안한 잠에 빠져들었다.

17

다음 날 오전 열한 시, 브론스키는 페테르부르크 철도역에 어머니를 마중하러 나갔다. 그는 큰 계단에서 누이를 기다리고 있던 오블론스키를 우연히 만났다.

"이보게. 백작 나리!"

오블론스키가 외쳤다.

"누구를 마중 나왔지?"

"어머니가 오신다네."

오블론스키와 마주친 사람은 누구나 그렇듯 브론스키도 활짝 웃으며 그를 맞았다.

"오늘 어머니께서 페테르부르크에 도착하신다네."

"어젯밤 두 시까지 자네를 기다렸다네. 대체 쉐르바츠키가에서 나와서 어디로 갔나?"

"숙소로 갔다네."

브론스키가 대답했다.

"솔직히 말하자면 어제 쉐르바츠키가에서 보낸 좋은 시간을 망가뜨리고 싶지 않았거든."

"준마는 낙인으로 알아보고, 사랑은 젊은이의 눈빛으로 알아보지."

스테판 아르카지치는 지난번 레빈에게 했던 말을 브론스키에게도 똑같이 흘렸다.

브론스키는 그 말을 부정하지는 않는다는 듯 별로 동요하지 않았지만 금세 화제를 돌렸다.

"그런데 자네는 누구를 마중 나왔지?"

그가 물었다.

"나? 아주 아름다운 여인을 마중 나왔다네."

오블론스키가 말했다.

"그래?"

"그것을 악하다고 생각하는 자는 부끄러울지어다! 내 여동생 안나를 기다리고 있지."

"아, 카레니나 부인?"

브론스키가 물었다.

"내 동생을 아는가?"

"그런 것 같아. 글쎄, 말하자니 자신이 없군. 기억이 잘 안 나."

브로스키는 카레니나 부인이라는 이름에서 따분하고 거만한 인상이 떠올라 무심하게 답했다.

"하지만 내 매제 알렉세이 알렉산드로비치는 알고 있겠지? 둘째가라면 서러울 유명 인사이니 말이야."

"물론 알고 있다네. 총명하고 학식이 뛰어나고 또 매우 도덕적인 사람으로 알려져 있다. 하지만 자네도 알다시피 나는 그런 쪽과 거리가 멀어. 한마디로 나랑 잘 안 맞아서."

브론스키가 말했다.

"그래, 그는 참 대단한 사람이지. 좀 보수적인 면이 있지만 그만하면 훌륭하다 할 수 있어."

스테판 아르카지치가 다시 한 번 강조했다.

"아주 훌륭한 사람이야."

"응, 그와 퍽 어울리는 말이군."

브론스키가 웃으며 말했다.

"아, 자네도 왔나?"

그가 입구에 서 있던 키 큰 하인에게 말했다. 그는 어머니의 하인이었다.

"이리 들어오게."

요즘 들어 브론스키는 스테판 아르카지치에게 보통 때보다 더 깊은 애착을 느꼈다. 그것은 브론스키가 스테판 아르카지치와 키티를 자꾸 연결해 생각할 수밖에 없었기 때문이었다.

"그건 그렇고, 일요일에 만찬을 열어야 하지 않겠어?"

브론스키가 그를 잡으며 미소 지었다.

"그래 내가 사람들을 모아 보지. 그런데 자네, 어제 내 친구 레빈을 만났나?"

스테판 아르카지치가 물었다.

"물론. 그런데 그는 서둘러서 자리를 뜨더군."

"그는 참 훌륭한 젊은이지."

오블론스키가 말을 이었다.

"어땠나?"

"글쎄, 잘 모르겠군."

브론스키가 답했다.

"모스크바 사람들은 다들 왜 그렇지? 물론 지금 내 앞에 있는 사람은 빼고 말이야."

그는 웃으며 덧붙였다.

"다들 좀 경직되어 있고 낯선 느낌이 들어. 다들 신경질적이고 화가 난 듯 보이고 말이야. 마치 상대방을 압박하려는 것 같은……."

"그래, 그런 면이 있지."

스테판 아르카지치가 유쾌하게 웃었다.

"열차가 곧 도착합니까?"

브론스키가 역무원에게 물었다.

"그렇습니다."

역무원이 답했다.

역사는 점점 분주해졌다. 짐꾼들이 뛰어다니고 역무원과 헌병들이 바쁘게 움직이는 데다 마중 나온 인파가 점점 많아지는 것으로 보아, 곧 열차가 도착할 시간이 다가온다고 느껴졌다. 차갑게 피어오르는 수증기 속에서 반코트를 입고 펠트 부츠를 신고서 선로를 뛰어다니는 인부들이 눈에 띄었다. 멀리서 기관차의 기적 소리와 둔중한 움직임 소리가 들렸다.

"아냐."

스테판 아르카지치가 말했다. 그는 브론스키에게 키티를 향한 레빈의 마음을 알리고 싶었다.

"레빈에 대한 자네의 평가는 옳지 않아. 그는 다소 신경질적이고 다른 사람을 불편하게 만들기도 하지만 아주 좋은 사람임은 확실해. 그는 놀랍도록 순수하고 진실한 성품을 가졌지. 그리고 고고한 이상을 지녔어. 어제는 다른 불편한 일이 있었던 모양이지."

스테판 아르카지치가 눈웃음을 치며 말했다. 그는 어제 자신의 절친한 친구를 만나 함께 나누었던 이야기는 금세 잊고서 이제는 브론스키에게 마음이 향하고 있었다.

"어제 그는 천당과 지옥을 오갔으니."

브론스키가 걸음을 멈추고 물었다.

"그렇다면 뭔가? 어제 그자가 자네의 처제에게 청혼이라도 했다는 겐가?"

"아마 그럴걸."

스테판 아르카지치가 말했다.

"내가 보기엔 왠지 어제 무슨 일이 있었던 모양이었어. 게다가 기분도 안 좋아 일찍 자리를 뜬 걸 보면 그 일이 분명해. 그는 아주 오래전부터 키티를 마음에 담고 있었지. 참 안쓰럽게 됐군."

"그랬군! 하지만 그녀 정도라면 그자보다 더 나은 배우자를 생각하고 있지 않을까."

브론스키는 그렇게 말하고는 가슴을 당당히 펴고 걷기 시작했다.

"난 그자를 잘 모르네만 말이야."

그가 덧붙였다.

"아무튼 상황이 나빴군. 그래서 사람들이 다들 클라라 같은 여자와 관계를 맺는 게 낫다고 생각하는 거야. 그쪽에서 실패하면 돈이 부족해서라고 생각하지만 이쪽에서 실패하면 존엄성이 다치기 마련이니까. 저기에 기차가 들어오고 있군!"

멀리서 기적 소리가 들렸다. 그리고 얼마 뒤에는 플랫폼이 울리기 시작했다. 기차는 차가운 공기 속으로 증기를 내뿜으며 천천히 바퀴의 지렛대를 올렸다 내리면서 역사로 들어왔다. 목도리로 얼굴을 칭칭 감은 기관사가 허옇게 서리가 낀 채 고개를 숙여 인사를 했다. 탄수차 뒤에는 개를 실은 수하물차가 플랫폼을 더욱 뒤흔들며 속도를 줄이며 들어왔다. 그리고 뒤를 이어 객차가 들어와 가볍게 진동하다가 멈추었다.

용감하게 생긴 차장이 호각을 불며 아직 달리고 있던 기차에서 뛰어내렸다. 그러자 성격 급한 승객들이 하나둘씩 따라 내리기 시작했다. 근엄한 표정으로 주위를 둘러보는 근위 장교, 짐 보따리를 들고서 호탕하게 웃는 상인, 어깨에 큰 자루를 멘 농부들.

브론스키는 오블론스키와 나란히 서서 객차와 플랫폼에서 내리는 승객들을 찬찬히 둘러보다가 어머니의 일은 잊고 말았다. 방금 키티에 대해 새롭게 알게 된 사실들이 그를 흥분하게 했다. 가슴이 탁 벌어지고 눈이 맑아지는 듯했다. 마치 승리자가 된 기분이었다.

"브론스카야 백작 부인이 이 객실에 타 계십니다."

용감하게 생긴 차장이 브론스키에게 알렸다.

그는 차장의 말에 겨우 현실감을 되찾고 어머니를 떠올렸다. 그는 어머니를 진심으로 존경하지 않았고, 그 자신도 미처 깨닫지 못했지만 어머니를 사랑하지도 않았다. 그는 자신이 속했던 집단이나 학교에서 가르친 대로 어머니에게 공손하고 정중하게 예의를 지키고자 했고 다른 입장을 보이는 것은 상상도 못 했다. 그래서 마음속에서 어머니에 대한 존경과 사랑이 사라질수록 더욱 어머니에게 공손하고 깍듯하게 대했다.

18

브론스키는 차창을 따라서 객차로 들어가다가 어느 부인에게 길을 비켜 주려고 입구 앞에 멈춰 섰다. 사교계의 취향이 몸에 밴 브론스키는 부인의 외모를 보고서 한눈에 그녀가 상류사회의 일원임을 눈치챘다. 그는 다시 객차 안으로 들어가려다가 그녀를 한 번 더 보아야겠다는 충동을 느꼈다. 그녀가 대단한 미인이어서도 그녀에게서 풍겨 나오는 기품 있고 우아한 아우라 때문에서도 아니었다. 그녀의 사랑스러운 얼굴 표정에서 느껴지는 사람의 마음을 뒤흔드는 그 무언가 때문이었다. 그가 뒤돌아보자 그녀도 고개를 돌려 이쪽을 보았다. 짙은 속눈썹 사이로 빛나는 회색 눈동자가 마치 그를 알아보기라도 하듯이 유심히 그를 바라보았다. 그러고 곧 다른 사람을 찾아서 수많은 군중들 속으로 눈길을 돌렸다. 브론스키는 그 짧은 순간에 그녀의 얼굴에 드리워진 절제된 활기를 느낄 수 있었다. 붉은 입술 윤곽이 그리는 빛나는 미소와 맑은 눈동자 사이에서 퍼지는 생기 있는 표정이 그의 마음을 사로잡았다. 그녀 스스로 그런 분위기를 만들어 내려고 노력하는 게 아니라 마치 보이지 않는 힘에 휩싸여 있는 듯 자연스러웠다. 그녀는 일부러 빛을 꺼 버렸지만 그 빛은 그녀의 의지와 상관없이 다시 환하게 빛나기 시작했다.

브론스키는 객차로 들어섰다. 검은 눈동자에 곱슬머리를 한 야윈 노부인이 가는 눈을 뜨고 아들을 보며 희미한 미소를 지었다. 그녀는 자리에서 일어나 하녀에게 손가방을 주고서 야윈 손을 아들에게 내밀어 입을 맞추게 한 뒤 아들의 고개를 들어 올려 뺨에 입을 맞추었다.

"전보는 받았니? 그동안 잘 지냈지?"

"여행은 어떠셨어요?"

아들이 어머니 옆에 앉으며 말했다. 그러다 문밖에서 들리는 여인의 목소리에 고개를 돌렸다. 입구에서 마주친 그 부인의 목소리 같았다.

"난 찬성할 수가 없군요."

"마님, 그건 페테르부르크의 방식입니다."

"페테르부르크식이 아니라 한 여자의 생각이에요."

그녀가 말했다.

"그럼, 마님의 손에 입을 맞추는 것을 허락해 주십시오."

"잘 가세요, 이반 페트로비치. 참, 오빠가 나와 계신지 찾아봐 주시겠어요. 이쪽으로 좀 불러 주세요."

부인은 입구에서 말을 마치고 다시 객실로 들어왔다.

"오빠를 찾았나요?"

브론스카야 백작 부인이 물었다.

브론스키는 그제야 그녀가 카레니나 부인임을 알았다.

"당신의 오빠는 여기 와 있습니다."

그는 자리에서 일어나서 말을 이었다.

"실례했습니다. 미처 부인을 알아보지 못했군요. 당신과 보낸 시간이 너무 짧아서요."

브론스키가 인사를 건넸다.

"아마 절 기억하지 못하실 겁니다."

"그럴 리가요."

그녀가 말했다.

"저야말로 먼저 알아봤어야 했지요. 여기에 오는 동안 당신의 어머니와 함께 당신의 이야기만 나눈 것 같아요."

그녀는 마침내 밖으로 나오고 싶어 꿈틀거리고 있던 생기를 미소로 내보이며 말했다.

"그런데 오빠가 아직 오시지 않네요."

"알료샤, 네가 다녀와라."

연로한 백작 부인이 말했다.

브론스키는 플랫폼으로 나가 소리를 쳤다.

"오블론스키! 이리 오게! 여기야!"

그러나 카레니나는 오빠를 끝까지 기다리지 못하고, 그를 보자마자 단박에 객실을 나갔다. 그리고 오빠가 가까이 오자, 옆에서 지켜보던 브론스키가 놀랄 만큼 우아하고 대담하게 왼팔을 오빠의 목에 감더니 자기 쪽으로 끌어당기며 입을 맞췄다. 브론스키는 넋 놓고 그녀를 쳐다보다가 그만 씩 웃고 말았다. 하지만 그를 기다리고 있을 어머니가 생각나 얼른 객실 안으로 들어갔다.

"정말이지 사랑스러워, 그렇지 않니?"

백작 부인이 카레니나를 보며 말했다.

"그녀의 남편이 내 옆자리에 그녀를 앉게 했지. 그래서 참 기뻤단다. 우리는 줄곧 이야기를 나누었어. 그건 그렇고 사람들이 하는 소리를 들었단다. 네가 아주 이상적인 사랑을 하고 있다던데. 그게 좋지. 내 아들아, 아주 좋구나."

"어머니, 무슨 말씀이신지 잘 모르겠군요."

아들이 냉정하게 말을 이었다.

"그만 숙소로 가시죠."

카레니나는 백작 부인에게 인사를 하려고 다시 객실로 왔다.

"백작 부인은 드디어 아드님을 만나셨고, 저는 또 오빠를 만났네요."

그녀가 밝게 웃으며 말했다.

"게다가 이제는 이야깃거리도 다 떨어졌고요."

"아니에요, 귀하고도 사랑스러운 부인!"

백작 부인이 그녀의 손을 마주 잡으며 말했다.

"당신과 함께라면 어디를 가도 외롭지 않을 거예요. 이야기를 나누든 그렇지 않든 함께 있기만 해도 좋은 사람이 있죠. 당신이 바로 그런 사람이에요. 참, 아들 걱정은 그만해요. 평생 아들과 함께 살 수는 없으니까요."

카레니나는 몸을 단정하고 꼿꼿하게 세우고 서 있었지만 눈빛은 미소를 머금고 아른거렸다.

"안나 아르카지예브나는……."

백작 부인이 아들에게 말했다.

"여덟 살짜리 아들의 어머니란다. 한 번도 아들을 떼어 놓은 적이 없어서 지금 무척 걱정하고 있지."

"네, 백작 부인과 그 이야기를 하면서 왔어요. 저는 제 아들 이야기를, 백작 부인은 부인의 아드님 이야기를요."

카레니나가 말했다. 그러자 다시 한 번 그녀의 얼굴이 미소로 반짝 빛났다. 그 따사로운 미소는 그를 향하고 있었다.

"어머니와 이야기하시느라 무척 지루하셨죠?"

그는 그녀가 던진 이야기를 얼른 받아쳤다. 하지만 그녀는 더 이상 부드러운 말투는 자제하겠다는 사람처럼 백작 부인 쪽으로 돌아섰다.

"감사합니다, 백작 부인. 정말 즐거운 여행길이었어요. 안녕히 가세요."

"잘 가요, 안나."

백작 부인이 답했다.

"당신의 아름다운 얼굴에 입 맞춰도 될까요? 나야 나이 든 노인이니 솔직하게 말하겠어요. 나는 당신에게 반했답니다."

카레니나는 이런 상투적인 말투를 무척 기쁘게 받아들이는 듯했다. 그녀는 얼굴을 붉히더니 살짝 몸을 구부려 얼굴을 백작 부인의 입술에 댔다. 그리고 다시 몸을 펴고 입술과 눈동자가 만들어 내는 미소를 브론스키에게 건네며 손을 내밀었다. 그는 그녀의 작은 손을 잡았다. 그러자 그의 손을 힘 있게 끌어당기는 그녀의 정열적인 악수에서 무언가 특별한 느낌을 발견하기라도 한듯이 그의 마음속은 기쁨으로 가득 찼다. 그녀는 재빨리 걸어갔다. 그 발걸음은 그녀의 풍만한 몸을 신기할 정도로 가뿐하게 옮겼다.

"정말이지 사랑스러워."

노부인이 말했다.

그녀의 아들 역시 그렇게 느꼈다. 그는 그녀의 우아한 몸짓이 보이지 않을 때까지 넋 놓고 그녀를 바라보았다. 그녀의 미소가 눈앞에 아른거렸다. 그는 창밖으로 오빠에게 다가가 손을 마주 잡고 활기차고 다정하게 이야기하는 그녀를 바라보았다. 브론스키 자신과는 상관없는 이야기를 하는 게 분명한 그 모습을 보던 그는 무언가가 좀 서운하고 억울하게 느껴졌다.

"어머니, 모두들 잘 계시지요?"

그가 어머니에게 돌아서며 말했다.

"그렇단다. 모두들 잘 있어. 알렉산드르는 무척 귀여운 아이야. 마리도 아주 예쁘게 컸단다. 모두 사랑스러운 아이들이지."

그리고 노부인은 최근의 가장 큰 관심사인 손자의 세례식과 군주가 맏아들에게 베푼 은총에 대해 이야기하기 시작했다.

"라브렌치가 왔군요."

브론스키가 창을 내다보며 말했다.

"자, 이제 우리도 나갈까요?"

백작 부인을 모시고 온 늙은 집사가 나갈 채비를 모두 마치자 노부인은 자리에서 일어섰다.

"자, 갑시다. 이제 사람들도 모두 돌아간 듯하군요."

브론스키가 말했다.

하녀가 손가방과 애완견을 안았고, 집사와 인부도 짐가방을 들었다. 브론스키는 어머니의 팔을 잡았다. 그런데 그때 몇몇 사람들이 괴성을 질렀다. 모자를 쓴 역장도 황급히 뛰어갔다. 분명 무슨 일이 벌어진 게 분명했다. 열차에서 내린 사람들이 뒤쪽으로 달려갔다.

"무슨 일이지? 대체 뭐가……? 어디에서……? 뛰어들었다고? 기차에 치여……?"

사람들은 저마다 소리를 질러 댔다.

여동생과 함께 놀란 표정이 된 스테판 아르카지치도 군중을 피해 객차 입구에 섰다.

부인들은 객차 안으로 다시 들어갔고, 브론스키와 스테판 아르카지치는 이 불행한 사고가 어떻게 일어난 것인지 알아보기 위해 열차 뒤로 뛰어갔다.

술에 취한 탓인지 지독한 추위로 두껍게 껴입은 탓인지 한 경비원이 기차가 선로 바꾸는 소리를 듣지 못하고 기차에 치여 버렸다.

부인들은 브론스키와 오블론스키가 돌아오기 전에 집사에게 이 상황에 대한 이야기를 전해 들었다.

오블론스키와 브론스키는 기차에 치여 끔찍한 모습을 한 시체를 보았다. 오블론스키는 괴로운 듯 얼굴을 찌푸렸다. 금방이라도 눈물을 흘릴 듯한 표정이었다.

"정말 소름 끼치더군! 안나, 네가 그 모습을 보지 않아서 다행이야. 정말 끔찍했어!"

그가 계속 말을 했다.

브론스키는 아무 말이 없었다. 그의 잘생긴 얼굴은 진지해 보였지만 너무나 평온했다.

"아, 백작 부인, 어찌나 끔찍하던지요……."

스테판 아르카지치가 말했다.

"그 사람의 부인도 옆에 있었는데 어찌나 안쓰럽던지요. 남편의 시체를 끌어안고……. 사람들 말에 의하면 그 남자가 대가족을 먹여 살렸다고 하더군요. 정말 어떻게 이런 일이……."

"그 여자분에게 도움을 드릴 수 없을까요?"

카레니나가 공포에 질린 낮은 목소리로 말했다.

브론스키는 그녀의 얼굴을 살피고는 객실 밖으로 뛰어갔다.

"어머니, 금방 돌아올게요."

그녀는 입구에서 어머니를 돌아보며 이렇게 외쳤다.

몇 분 후 그가 객실에 돌아왔을 때 스테판 아르카지치는 이미 백작 부인에게 신인 여가수에 대해 말하는 중이었다. 그러나 백작 부인은 아들을 기다리느라 초조한 모습이었다.

"자, 이제 가요!"

브론스키가 들어오며 말했다. 그들은 함께 객실을 나갔다. 브론스키는 어머니와 함께 앞서 걸었고 카레니나는 오빠와 함께 뒤따랐다. 출구에 가자 역장이 브론스키에게 달려왔다.

"당신이 제 조수에게 이백 루블을 주셨더군요. 어느 분께 전달해 드릴지 다시 한 번 짚어 주시겠습니까?"

"미망인에게 부탁합니다."

브론스키가 겸연쩍은 듯 말했다.

"그걸 굳이 말할 필요가 있나요?"

"자네가 돈을 줬어?"

오블론스키가 외쳤다. 그리고 누이의 손을 잡으며 말을 이었다.

"정말 멋지군! 대단해! 정말 훌륭한 친구야! 존경을 보냅니다, 백작부인!"

그러고서 그는 누이와 함께 하녀를 찾느라 서성거렸다.

그들이 역사 밖으로 나왔을 때 브론스키의 마차는 이미 떠난 뒤였다. 역에서 나온 사람들은 그때까지도 방금 전의 사고에 관해 이야기하고 있었다.

"너무나 비참한 죽음이야!"

어떤 신사가 그들을 앞서 가며 말했다.

"몸이 두 동강이 났다지?"

"글쎄, 하지만 순식간에 죽었으니 어쩌면 편안했을지도."

다른 사람이 말했다.

"어째서 그런 일이 일어났을까?"

또 다른 사람이 말했다.

카레니나는 마차에 올랐다. 스테판 아르카지치는 그녀가 입술을 파르르 떨며 눈물을 참고 있는 모습을 보며 놀랐다.

"왜 그러니, 안나?"

마차가 역에서 한참 멀어지자 그가 물었다.

"뭔가 불길해요."

그녀가 대답했다.

"쓸데없는 소리! 그렇지 않다!"

스테판 아르카지치가 말했다.

"중요한 건 네가 오늘 도착했다는 거야. 나는 네게 희망을 걸고 있다. 얼마나 네 도움이 필요했는지 모른다."

"오빠는 브론스키와 오래전부터 알고 지내셨나요?"

"그래, 우리는 그가 키티와 결혼할 거라고 생각한단다."

"그렇군요."

안나가 말을 이었다.

"그럼 이제 오빠의 이야기를 들려주세요."

그녀는 마치 어지러운 정신을 수습하고 맑게 하려는 듯 머리를 흔들며 말했다.

"오빠의 문제를 이야기해요. 오빠의 편지를 받고 이곳까지 왔잖아요."

"그래, 고맙다."

스테판 아르카지치가 말했다.

"그러니 모두 이야기해 주세요."

스테판 아르카지치가 이야기를 시작했다.

마차가 집 앞에 도착하자 오블론스키는 누이를 내려 준 후 고개를 떨어뜨리고 그녀의 손을 꼭 잡았다. 그러고 나서 관청으로 향했다.

19

안나가 집 안으로 들어갔을 때 돌리는 응접실에 앉아서 아마 빛 머리카락을 반짝이는 포동포동한 아들의 프랑스어 읽기 공부를 봐주고 있었다. 어린 아들은 아버지의 모습을 꼭 닮아 있었다. 소년은 책을 읽으면서 연신 윗도리에 붙은 단추를 손으로 잡아당겼다. 어머니가 몇 번이나 손을 떼 놓았지만 그 작고 포동한 손은 자꾸 단추를 만졌다. 어머니는 아예 단추를 떼어서 자신의 주머니 속에 넣었다.

"그리샤, 손을 얌전히 두어야지."

그녀는 이렇게 말하고는 예전부터 짜 오던 모포를 집어 들었다. 그녀는 손가락으로 코를 세어 가며 조금은 신경질적으로 모포를 짜기 시작했다. 어제는 남편이 시누이를 데려오든 말든 자신은 관심이 없다고 했지만 이미 시누이를 맞을 준비를 끝내 놓고 그녀를 기다리고 있었다.

돌리는 깊은 절망에 빠져 있었다. 그러나 그녀는 시누이 안나가 페테르부르크의 최고 고위층 중 한 사람의 아내이자 페테르부르크의 귀부인이라는 것을 알고 있었다. 그래서 남편에게 말한 대로 그녀를 홀대하지는 않을 생각이었다. 그녀는 시누이가 곧 도착한다는 것을 기억하고 있었다.

'안나에게는 아무 잘못도 없는걸.'

돌리는 생각했다.

'나는 그녀의 장점밖에 몰라. 그녀는 언제나 날 상냥하고 다정하게 대했지.'

돌리는 페테르부르크의 카레닌 집에서 환대받았던 기억을 떠올렸다. 물론 집안 분위기가 퍽 마음에 들었던 건 아니었다. 그들의 집에는 무언가 불편하고 가식적인 기색이 흘렀다.

'하지만 그녀에게 냉정하게 대해서는 안 돼. 다만 섣부르게 나를 위로하지는 않아 줬으면 좋겠어!'

돌리는 생각했다.

'말로 떠드는 위로나 충고에서 그리스도적인 용서까지, 모든 걸 다 생각해 봤지만 아무런 위안도 얻지 못했어.'

지난 며칠 동안 돌리는 아이들에 집중했다. 그녀는 자신의 슬픔에 대해 입 밖에 내지 않았고, 슬픔에 푹 빠진 채 다른 이야기를 하고 싶지도 않았다. 그녀는 어쨌든 안나에게 모든 것을 털어놓게 되리라 생각했다. 그녀는 그 사실이 기대도 되고 마음이 놓이기도 했지만, 한편으로는 남편의 여동생인 그녀에게 자신의 수치를 드러내야 하고, 그녀에게서 뻔한 위로와 충고를 들어야 하는 상황이 원망스러웠다.

종종 있었던 일이기도 하지만, 그녀는 시계를 계속 바라보며 시누이를 기다리다가 막상 손님이 도착했을 때는 다른 일을 하느라 벨 소리를 듣지 못하고 말았다.

문가에서 옷자락 스치는 소리와 발소리가 들려오자 그녀는 뒤를 돌아보았다. 슬픔과 괴로움에 젖은 그녀의 얼굴에는 반가움보다는 놀라움이 보였다. 그녀는 자리에서 일어나 시누이를 맞이했다.

"언제 왔어요?"

그녀는 시누이에게 입을 맞추며 말했다.

"돌리, 이렇게 만나 정말 기뻐요!"

"나도 그래요."

그녀는 힘없이 웃으며 안나의 표정에서 그녀가 얼마만큼 알고 있는지를 살폈다.

'모를 리가 없겠지.'

그녀는 안나의 표정에서 동정의 눈빛을 읽었다.

"자, 가요. 방으로 안내할게요."

그녀는 되도록 그 일에 관한 주제를 피하고 싶은 마음에 계속 다른 이야기를 했다.

"이 아이가 그리샤 맞지요? 어머나, 이제는 다 컸구나!"

안나는 돌리에게 시선을 두며 그리샤에게 입을 맞추고는 얼굴을 붉혔다.

"아니, 여기 있어도 좋아요."

그녀는 숄과 모자를 벗다가 검은 머리카락이 끼어 버리는 바람에 머리를 흔들어 머리카락을 빼냈다.

"안나는 무척 건강하고 행복해 보여요!"

돌리는 질투 어린 눈빛으로 말했다.

"내가요? 그래 보이나요?"

안나가 말했다.

"세상에, 타냐! 우리 세료쟈와 동갑이지?"

그녀는 응접실로 뛰어 들어온 소녀에게 말했다. 그녀는 타냐의 손을 잡고 입을 맞추었다.

"정말 귀엽구나! 너무나 사랑스러워! 아이들을 모두 만나 보고 싶어요."

그녀는 아이들의 이름을 하나하나 불러 주었다. 그녀는 이름뿐 아니라 생일과 성격, 앓던 질병까지 기억하고 이야기했다. 돌리는 그녀의 그런 면모를 보며 감탄하지 않을 수 없었다.

"자, 애들 방으로 갈까요?"

그녀가 말했다.

"바샤가 자고 있어서 너무 아쉽군요."

아이들을 모두 만나 본 뒤 그들은 이제 커피 테이블 앞에 나란히 앉았다. 안나가 찻잔을 들다가 내려놓고 말을 꺼냈다.

"돌리."

그녀가 말했다.

"오빠에게서 모두 전해 들었어요."

돌리는 차가운 표정으로 안나를 바라보았다. 그녀는 가식과 동정에 얽힌 말들을 떠올리며 그런 얘기들을 하겠거니 생각했다. 그러나 안나는 그런 말은 입에도 담지 않았다.

"돌리, 아름답고 사랑스러운 돌리! 난 오빠 편을 들 생각은 없어요. 당신에게 섣부른 위로를 건넬 생각도 없고요. 그래서는 안 되겠죠. 하지만 나는 당신이 너무나 가엾게 느껴져요. 그래서 내 마음까지 너무나 아프군요."

그녀가 말했다.

반짝이는 눈망울의 짙은 속눈썹 아래에 눈물이 맺혔다. 안나는 올케 옆에 바짝 다가앉으며 생기 넘치는 작은 손으로 그녀의 손을 마주 잡았다. 돌리는 시누이를 피하지는 않았지만, 차가운 표정은 그대로였다. 그녀가 말했다.

"나를 애써 위로하지 마요. 그 일이 일어난 이상 모든 건 끝났어요. 모든 게 무너져 버렸지요."

그녀는 그 말을 내뱉고 메말랐던 표정이 조금은 풀렸다. 안나는 돌리의 야위고 차가운 손을 들어 올려 입을 맞추고 말했다.

"돌리, 앞으로 어떻게 하려고요? 어떻게 할 생각이죠? 이런 어려운 상황에서 어떻게 하는 게 최선일까요? 그걸 생각했으면 해요."

"모든 게 무너졌어요. 아무것도 남아 있지 않죠."

돌리가 말했다.

"더 비참한 것은, 아마 당신도 이해하리라 생각해요, 그를 버릴 수 없다는 거예요. 아이들이 있으니 나는 그에게 묶인 셈이지요. 그렇다고 이대로 함께 살 수도 없어요. 남편을 보는 것만으로도 너무나 고통스러워요."

"돌리, 오빠에게 이야기를 듣긴 했지만 나는 당신에게도 이야기를 듣고 싶어요. 그러니 내게 처음부터 이야기를 해 주세요."

돌리는 의심스러운 눈빛으로 안나를 쳐다보았다.

안나의 얼굴은 순수하고도 맑았다.

"그럴게요."

그녀가 말했다.

"처음 이야기로 되돌아가 볼까요? 내가 어떻게 결혼했는지 잘 알 거예요. 난 어머니의 교육 때문에 어리석고 순진한 여자로 자랐어요. 난 숙맥이었죠. 사람들의 말로는 남편은 아내에게 자신의 과거를 고백해야 한다고 했죠. 하지만 스티바는……."

그녀는 말을 멈추더니 다시 고쳐 말했다.

"스테판 아르카지치는 아무런 이야기도 해 주지 않더군요. 믿을 수 없겠지만 나는 그에게 여자는 나 하나인 줄 알고 살았어요. 그렇게 팔 년을 살았지요. 이게 중요해요. 그동안 난 그가 부정을 저지를 거라고는 상상조차 못 했어요. 그렇게 살아온 내가 어느 날 갑자기 이런 일을 당했으니…… 내 마음이 어떻겠어요? 내 행복을 조금도 의심하지 않았는데, 하루아침에 이렇게……."

돌리는 울음을 간신히 참으며 말을 이었다.

"편지를 발견했어요. 그가 애인에게, 그러니까 우리 집 가정교사에게 편지를 썼던 거예요. 정말 너무나 끔찍해서 견딜 수가 없었어요."

그녀는 손수건을 꺼내 얼굴을 덮었다.

"나도 마음을 홀리는 게 무언지는 알아요."

그녀는 말을 멈추었다가 다시 시작했다.

"하지만 그는 정말 치사하고 교활했어요. 그는 나를 속였어요. 뒤로는 그 여자와 만나면서 내 남편 노릇을 하다니……. 정말 치가 떨려요. 당신은 모르겠지요? 당신은 모를 거예요."

"오, 그럴 리가요. 나는 당신을 이해해요. 사랑하는 돌리, 나는 당신을 이해해요."

안나가 그녀의 손을 맞잡으며 말했다.

"그럼, 그가 이렇게 고통당하는 내 마음을 알기나 할까요?"

돌리가 말을 이었다.

"그는 아무것도 깨닫지 못했죠. 여전히 기세등등해요!"

"오, 말도 안 돼요!"

안나가 대답했다.

"오빠도 무척 상심하고 있어요. 후회로 고통당하고 있답니다."

"그는 후회할 사람이 아니에요."

돌리가 시누이의 얼굴을 무심히 바라보았다.

"아니요. 난 오빠를 잘 알아요. 오빠도 마찬가지로 너무나 가여운 지경에 있어요. 우리 둘 다 오빠에 대해 잘 알죠. 오빠는 착하지만 자존심이 세죠. 그런 오빠가 지금 얼마나 수치심에 떨고 있는지 아세요? 무엇보다 제가 그렇게 생각한 이유는—그 대목에서 안나는 돌리의 마음을 달랠 방법을 알아냈다.—오빠가 아이들 볼 낯이 없어 괴로워하고 있고 또 오빠가 당신을 사랑하면서도…… 그토록 사랑하면서도 당신을……."

안나는 돌리가 말을 막으려 하자 재빨리 다음 말을 이었다.

"당신을 고통에 빠지게 해서 괴로워한다는 거예요. 오빠는 '그녀는 나를 용서하지 않을 거야, 아마 그럴 거야.'라는 말만 되풀이했죠."

돌리는 시누이의 말을 들으면서도 생각에 잠긴 듯 먼 곳을 바라보았다.

"그래요. 죄를 지은 사람의 마음이 훨씬 더 고통스럽겠죠."

그녀가 말을 이었다.

"하지만 모든 불행이 자신의 탓이라고 생각한다면, 그렇다면 내가 왜 그를 용서해야 하죠? 그런 일을 겪고도 예전처럼 아내로 살라고요? 그와 함께 사는 것은 그저 고통일 뿐이에요. 내가 예전과 같이 그를 사랑하고, 또 그와 함께 살아온 지난날을 사랑하니까……."

그녀는 울먹이기 시작했다.

그러나 그녀는 마음이 진정될 때마다 다시 분통을 터뜨리게 했던 이야기를 꺼냈다.

"그 여자는 참 젊고 예쁘더군요."

그녀가 계속 말했다.

"안나, 내가 내 젊음과 아름다움을 모두 누구에게 바쳤는지 아나요? 바로 남편과 아이들이에요. 난 지난날 내 모든 것을 바쳐서 그를 뒷바라지했어요. 그런데 이제 와서 그는 젊고 싱싱한 여자를 원해요. 그들은 틀림없이 나에 관해 이러쿵저러쿵 이야기를 했을 거예요. 반대로 아무 말도 하지 않았을지도 모르겠어요. 그편이 더 나쁘지만요……. 이제 내 마음을 알겠어요?"

다시 돌리의 눈빛이 증오심으로 활활 타올랐다.

"그가 내게 진실을 고백한다고 해도 난 믿을 수 없을 거예요. 절대 신뢰할 수 없어요. 모든 건 끝났어요. 나의 기쁨이자, 노고에 대한 보람이자 고통이었던 그 모든 것이……. 이제 알겠어요? 난 방금 전까지 그리샤에게 공부를 가르쳤죠. 전에는 이런 일들이 즐거웠지만 이제는 고통스러워요. 내가 왜 이렇게 고생해야 하죠? 왜 이렇게 힘겹게 아이들을 키워야 하죠? 이런 마음이 드는 게 소름 끼치게 무서워요. 내게는 사랑의 기쁨이 아니라 그에 대한 증오만 남았어요. 그래요, 증오심이요. 난 그를 죽여버릴 거예요. 그리고……."

"돌리, 진정해요. 그래도 스스로를 학대하지는 말아요. 당신은 지금 너무나 큰 상처를 받아서 많은 것이 제대로 보이지 않을 거예요."

돌리는 마음을 진정시켰다. 그들은 몇 분간 아무 말도 하지 않았다.

"안나, 어떻게 할까요? 어떻게 하면 되죠? 날 구해 줘요. 몇 날 며칠을 생각해 봤지만 답이 없어요. 정말 나는 어떻게 해야 할지 모르겠어요."

안나는 아무 말도 하지 못했다. 하지만 그녀는 올케의 말과 표정에 깊게 공감하고 있었다.

"한 가지는 확실해요."

안나가 입을 열었다.

"난 오빠의 동생이고 오빠의 성격을 누구보다 잘 알아요. 오빠는 모든 걸 쉽게 잊고 유혹에도 쉽게 빠지죠. 그리고 또 금방 후회해요. 오빠는 지금 자신이 왜 그런 짓을 벌였는지 황당해하고 있어요."

"아니에요. 나는 그를 잘 알아요. 잘 안다고요!"

돌리가 말을 끊었다.

"당신은 내 마음을 몰라요. 지금 이 상황을 내가 어떻게 견디고 있는지 알기나 해요?"

"돌리, 솔직히 말할게요. 나는 오빠에게 이야기를 먼저 전해 들었을 때 당신의 마음을 지금처럼 이해하지는 못했어요. 난 오빠가 가여웠고 또 가족들이 떠올라 괴로웠어요. 하지만 당신의 이야기를 듣자, 다른 것들을 생각하게 됐어요. 당신의 고통을 내 눈으로 직접 보니 뭐라 말할 수 없을 만큼 괴롭고 슬퍼요. 그리고 당신이 너무나 가여워요! 사랑하는 돌리, 난 당신의 고통을 이해할 것 같아요. 그런데 한 가지는 정말 모르겠어요. 당신의 마음속에 오빠에 대한 사랑이 있는지, 그걸 알 수 없군요. 당신은 알고 있지요? 오빠를 용서할 수 있을 만큼의 사랑이 남아 있나요? 그렇다면 오빠를 용서해 줘요."

"그럴 수 없어요!"

돌리가 대답했다. 그러자 안나는 그녀의 말을 막더니 그녀의 손에 입을 맞추며 이야기를 시작했다.

"난 당신보다 세상을 더 잘 알고 있어요."

안나가 말을 이었다.

"난 오빠 같은 사람들을 알고, 또 그들이 어떻게 이런 일을 해결하는지도 알아요. 당신은 오빠가 그 여자와 당신의 이야기를 했을 거라고 생각하지만 그런 사람들은 부정을 저지르면서도 자기 가족을 신성하게 여긴답니다. 왜 그런 건지는 나도 모르겠지만 그 사람들은 그런 여자들을 경멸해요. 그런 여자들은 가정을 넘볼 수 없지요. 그 사람들은 가정과 그런 여자들을 뚜렷이 구분해요. 나도 잘 모르겠지만, 그들은 그렇답니다."

"그렇다죠. 하지만 그 여자에게 키스를 하면서……."

"돌리, 내 말을 들어 보세요. 나는 당신을 따라다니던 스티바를 기억한답니다. 그때 기억나요? 오빠는 울면서 내게 당신 이야기를 했죠. 당신은 오빠가 접근하기에 너무나 아름답고 존귀한 사람이었어요. 난 알고 있어요. 당신과 오빠는 함께 많은 날들을 살아왔고, 당신은 더욱 존귀한 사람이 되었다는 것을요. 오빠는 종종 이렇게 말하죠. '돌리는 놀라운 여자야!' 그래서 우리는 그걸 놀려 대곤 했지만요. 당신은 오빠에게 신성한 존재랍니다. 이번에 오빠가 벌인 일은 그의 진심이 아니에요."

"그러면 어쩌면 좋죠? 다시 이런 일을 저지를지도……."

"내 생각에 그럴 리는 없을 거예요."

"당신이 나라면, 그를 용서하겠어요?"

"글쎄요. 어렵군요. 용서……해야겠죠."

안나는 잠시 생각을 하더니 말을 이었다.

"용서할 수 있어요. 그렇고말고요. 나는 용서할 거랍니다. 똑같은 경우를 겪어 보지는 않았지만 나라면 용서하겠어요. 아무 일도 없었던 것처럼 용서하겠어요."

"그렇군요."

돌리는 안나의 말을 끊었다. 그녀는 차마 입이 떨어지지 않았지만 숨을 고르고 말을 꺼냈다.

"그게 진정한 용서겠지요. 용서를 하려면 깨끗이, 아주 깨끗이 해 줘야겠죠. 자, 갈까요? 당신이 머물 방으로 데려다 줄게요."

돌리는 이렇게 말하며 일어섰다. 그리고 안나를 꼭 끌어안았다.

"소중하고 귀한 사람, 이렇게 와 줘서 정말 고마워요. 내 마음은 한결 가벼워졌어요. 그래서 정말 기뻐요."

20

그날 안나는 종일 오블론스키의 집에 있었다. 몇몇 지인들이 그녀의 방문 소식을 듣고 집으로 찾아왔으나 그녀는 아무도 만나지 않았다. 안나는 오전 내내 돌리와 아이들과 함께 시간을 보냈다. 그러고는 오빠에게 저녁 식사에 꼭 참석하라는 쪽지를 보냈다.

"집으로 돌아오세요. 하느님은 자비로우신 분입니다."

그녀는 쪽지에 이렇게 적었다.

오블론스키는 저녁 식사에 참석했다. 일상적인 대화가 오갔고, 아내는 조금은 누그러진 태도로 그를 대했다. 남편과 아내의 관계는 여전히 멀었지만 별거에 대한 이야기는 더 이상 나오지 않았다. 스테판 아르카지치는 조금이나마 화해의 가능성이 있음을 깨달았다.

식사가 끝나 갈 무렵, 키티가 집에 찾아왔다. 그녀는 안나 아르카지예브나를 알고 있었지만 고작 얼굴 정도만 알던 차였다. 그래서 그녀는 언니의 집에 오면서 모두가 입이 마르게 칭송하는 페테르부르크 사교계의 귀부인이 자신을 어떻게 대할지 무척 걱정했다. 하지만 걱정과는 달리 안나 아르카지예브나는 그녀를 반갑게 맞이했고 그녀는 그제야 마음이 놓였다. 안나는 키티의 싱그러움과 아름다움에 매혹된 듯 보였다. 키티

또한 마찬가지였다. 키티는 안나의 아름다움에 반했고, 이미 그녀에게 영향을 받기 시작했다. 그러한 호감은 젊은 아가씨들이 결혼한 귀부인들에게서 느끼는 사랑의 감정이었다. 안나는 사교계의 귀부인으로는 보였지만 여덟 살짜리 아들을 둔 어머니로는 생각되지 않았다. 키티의 마음을 끌어당기긴 했지만, 만약 그 진지하고 슬퍼 보이는 눈빛이 없었다면 그녀는 스무 살의 아가씨처럼 보였을지도 모른다. 그녀의 우아한 동작, 밝은 모습, 얼굴에 넘치는 건강함, 미소와 눈빛에서 느껴지는 활기는 영락없는 스무 살 아가씨 같았다. 키티의 눈에 안나는 무척 진실하고 솔직한 사람처럼 보였다. 그리고 내면 깊숙한 곳에는 자신이 감히 다가가지 못할 성숙함과 우아함과 시적인 아름다움이 있을 것 같았다.

저녁 식사가 끝나고 돌리가 방에서 나가자, 안나는 재빨리 시가를 피우던 오빠에게 다가갔다.

"스티바!"

그녀는 발랄하게 한쪽 눈을 찡긋하며 그에게 성호를 그어 주고, 문을 가리켰다.

"어서 가 보세요. 하느님이 도와주시기를……."

그녀의 말을 들은 그는 담배를 비벼 끄고 방을 나갔다.

스테판 아르카지치가 나가자, 안나는 소파로 돌아가 앉았다. 그녀는 아이들과 어울려 놀고 있었다. 아이들은 엄마가 고모와 사이가 좋은 것을 알아서인지, 고모가 마음에 들어서인지 위의 두 아이와 다른 아이들까지 고모에게 들러붙어 저녁 식사 때까지 떨어지지 않았다. 아이들은 고모를 두고 서로 가까이 가려고 놀이를 벌였다. 고모의 옆에 서로 더 가까이 가려고 하거나, 그녀의 옷자락을 당기거나, 손을 잡고 거기에 입을 맞추려 하거나, 반지를 빼려고 아우성이었다.

"자, 얘들아. 얌전히 앉자꾸나."

안나 아르카지예브나가 자리에 앉으며 말했다.

그러자 그리샤가 그녀의 겨드랑이에 머리를 밀어 넣고 머리를 기대고는 사랑스러운 미소를 지었다.

"그런데 참, 무도회가 언제 열리죠?"

그녀가 키티에게 말했다.

"다음 주요. 아주 멋진 무도회예요. 그 무도회라면 언제 가도 즐겁죠."

"언제 가도 즐거운 무도회라…… 그런 무도회가 있나요?"

안나가 믿을 수 없다는 듯 부드럽게 웃으며 말했다.

"조금 이상하죠? 하지만 있답니다. 보브리셰프가의 무도회는 항상 즐거워요. 니키친가의 무도회도요. 메슈코프가의 무도회는 항상 따분하지만요. 그렇지 않으세요?"

"아뇨, 아름다운 아가씨. 이미 저한테는 즐거운 무도회가 없답니다."

안나가 말했다. 그때 키티는 그녀의 눈빛에서 특별한 기운을 느꼈다.

"나에게는 덜 힘들고 덜 지겨운 무도회가 있을 뿐이죠."

"당신 같은 분이 무도회가 따분하다고 여기시다니, 놀랍군요."

"왜 내가 무도회를 좋아할 거라고 생각하죠?"

안나가 물었다.

키티는 자신의 대답을 안나가 이미 잘 알고 있으리라 생각했다.

"당신은 언제나 모든 이들 중에서 가장 아름다울 테니까요."

안나는 얼굴이 쉽게 붉어지곤 했다. 안나의 얼굴이 이번에도 별안간 붉게 물들었다.

"그럴 리가요. 그리고 그렇다 해도 그게 무슨 소용이겠어요."

"이번 무도회에 오시는 거죠?"

키티가 물었다.

"그래야겠죠? 그래, 가져가렴."

그녀는 자신의 가느다란 손가락에서 반지를 빼내려고 애쓰는 타냐에게 말했다.

"당신이 온다면 정말이지 기쁠 거예요. 무도회에서 꼭 뵙고 싶어요."

"그래요. 어차피 가야 하니, 당신에게 기쁨을 줄 수 있다는 것을 기억하고 위안 삼으면 되겠네요. 그리샤, 살살 잡아당겨. 내 머리카락이 다 뽑히겠구나."

그녀는 그리샤가 헝클어 놓은 머리카락을 매만졌다.

"당신은 아마 라일락 같은 연보라색을 입을 것 같아요."

"왜죠?"

안나가 웃으며 물었다.

"얘들아, 미스 굴리가 차 마실 시간이라는구나. 어서 가렴."

그녀는 아이들을 식당으로 들여보냈다.

"난 알아요. 당신이 왜 날 무도회에 부르려는지요. 아마도 당신은 무도회에 많은 기대를 하고 있을 테죠. 그리고 모두가 그곳에 모이기를 바라고 있고요."

"그렇답니다. 그런데 어떻게 아셨죠?"

"아! 그땐 다 그렇죠."

안나가 말을 이었다.

"난 그 시절은 마치 하늘빛 안개 같았죠. 마치 스위스 산을 덮은 안개 말이에요. 그 안개는 행복한 어린 시절을 아름답게 감싸 안죠. 하지만 그 거대하고 행복한 원에 한줄기 길이 생기고, 길은 점점 좁아지고, 마침내 거기에 들어가려고 하면 두려워지죠. 아무리 눈부시게 아름답다고 하더라도 말이에요. 누구나 그 길을 지나야 하지요."

키티가 조용히 미소 지었다.

'이분도 과연 그런 길을 지나왔을까? 이분의 로맨스를 듣고 싶어.'

키티는 안나의 남편 알렉세이 알렉산드로비치의 평범한 외모를 떠올리며 생각에 잠겼다.

"나도 조금은 알아요. 스티바에게 이야기를 들었어요. 축하해요. 저도 그분을 무척 좋아한답니다."

안나가 말을 이었다.

"기차역에서 브론스키를 만났어요."

"어머, 그분이 역에 나갔나요?"

키티가 얼굴을 붉히며 물었다.

"스티바가 뭐라고 했죠?"

"모든 걸 알려 주던데요? 그렇게 된다면 나도 무척 기쁠 거예요. 어제 기차에서 브론스키의 어머니와 같은 칸을 타고 왔답니다."

그녀가 말을 이었다.

"그분은 계속 아들 이야기를 해 주셨어요. 그는 어머니께 깊은 사랑을 받고 있더군요. 어머니란 존재가 얼마나 극진히 자식을 사랑하는지는 나도 잘 알지만……."

"어머니께서는 무슨 이야기를 해 주셨죠?"

"여러 이야기요. 그는 어머니의 극진한 사랑을 받는 아이이기도 하지만 기사처럼도 보이더군요. 그의 어머니께서 이런 이야기를 하셨어요. 그가 형에게 재산을 모두 양보하려 했고, 어렸을 때는 물에 빠진 여자를 구할 정도로 용감했다고요. 그야말로 영웅이에요."

안나는 그가 역에서 미망인에게 이백 루블을 건넸던 것을 기억하고 미소 지었다.

하지만 이 자리에서 그 이야기를 꺼내고 싶지는 않았다. 왠지 그 일을 떠올리는 것이 거북했고, 그 속에 그녀와 관련된 무언가 꺼림칙한 게 남아 있는 것만 같았다.

"어머니가 방문해 달라고 하시더군요."

안나가 말을 이었다.

"나도 노부인과 함께 이야기 나눈 것이 무척 즐거웠어요. 그래서 내일 찾아뵐까 한답니다. 그런데 스티바가 돌리의 방에 꽤 오래 있네요?"

안나가 말을 돌리며 일어섰다. 그것은 키티의 눈에는 좀 불만스러웠다.

"내가 먼저야! 아냐, 나라니까!"

차를 다 마신 아이들이 다시 고모의 품속으로 뛰어들었다.

"모두 모여라!"

안나는 아이들을 모두 끌어안고는 함께 뒤로 넘어졌다.

21

어른들의 차 마실 시간이 되자, 돌리는 방에서 나왔다. 스테판 아르카지치는 뒷문으로 먼저 나간 듯 보였다.

"이 층이 좀 추울 것 같아 걱정이군요."

돌리가 안나에게 말했다.

"방을 아래층으로 옮겨야겠어요. 그러면 우리 방과도 더 가까워지고."

"괜찮아요. 제 걱정은 마세요."

안나는 돌리의 얼굴을 보며 그들이 화해를 했는지 살폈다.

"여기가 더 환할 거예요."

올케가 말했다.

"전 어디서든지 겨울잠 자는 쥐처럼 잘 잔답니다."

"무슨 이야기지?"

스테판 아르카지치가 서재에서 나오며 물었다.

키티와 안나는 아르카지치 부부가 화해한 것을 알아차렸다.

"안나의 방을 아래층으로 옮기려고요. 우선 커튼부터 갈아야겠어요. 할 만한 사람이 없으니 아무래도 내가 직접 해야겠어요."

돌리가 말했다.

'깨끗이 잘 화해한 건가?'

안나는 그녀의 조용한 말투를 다시 한 번 떠올려 보았다.

"그래, 돌리. 당신은 늘 일을 만들지."

남편이 말을 이었다.

"정 그렇다면 내가 할게."

'됐어. 완전히 화해한 거야.'

안나는 생각했다.

"당신이 해 주리라 생각했지요."

돌리가 대답했다.

"당신은 하기 싫은 일은 죄다 마트베이한테 시키지요. 그러면 마트베이는 모조리 엉망으로 만들고……."

그녀가 말하는 순간, 살짝 비웃는 듯한 그녀 특유의 표정이 얼굴에 떠올랐다.

'결국 화해했구나. 다행이다!'

안나는 생각했다.

'정말 다행이야!'

안나는 자신이 부부의 화해를 도왔다는 생각에 기뻐서 돌리에게 다가가 입을 맞추었다.

"천만에! 당신은 왜 나와 마트베이를 항상 무시하지?"

스테판 아르카지치가 수줍은 듯 웃으며 아내를 바라보았다.

저녁 내내, 돌리는 항상 그랬듯이, 남편을 살짝 무시하는 말투로 대했고, 스테판 아르카지치는 매우 유쾌하고 밝아 보였다. 그러나 용서를 받았다고 해서 자신의 죄를 완전히 잊은 것처럼 보이지는 않았다.

아홉 시 반, 오블론스키 가의 테이블을 둘러싼 소소하고 유쾌한 가족차 모임은 우연히 벌어진 어떤 일 때문에 산산조각 나 버렸다. 그 우연한 일은 모든 사람에게 기이하게 여겨졌다. 그들이 모두 알던 그 페테르부르크 지인에 관한 이야기가 나왔을 때 안나는 자리에서 벌떡 일어섰다.

"내 사진첩에 그 여자의 사진이 있으니 가져올게요."

그녀가 말을 이었다.

"우리 세료쟈의 사진도 보여 드리죠."

그녀는 아이의 어머니로서의 만족감을 드러내며 이렇게 말했다.

열 시가 다 되어 가고 있었다. 보통 때라면 그녀는 이 시간에 아들에게 잘 자라는 인사를 하거나 무도회에 가기 위해 아들을 재웠을 것이다. 그녀는 지금 아들과 멀리 떨어져 있다는 사실이 슬펐고, 사람들이 무슨 이야기를 하든지 그녀의 마음은 모두 아들에게 가 있었다. 그녀는 아들의 사진을 가져와 어서 빨리 아들 이야기를 하고 싶었다. 그래서 그녀는 말이 나온 김에 곧장 자리에서 일어나 재빨리 사진첩을 가지러 갔다. 이 층에 있는 그녀의 방으로 이어지는 계단은 현관 앞의 중앙홀부터 연결되었다.

그녀가 응접실에서 나왔을 때 마침 벨이 울렸다.

"누구지?"

돌리가 말했다.

"나를 데리러 오기에는 좀 이르고, 손님이 오기에는 좀 늦은 시간이네요."

키티가 말했다.

"빠뜨린 서류가 있었던 모양이군."

스테판 아르카지치가 말했다. 안나가 계단 옆을 지나갈 때 하인이 손님이 왔다는 것을 알리러 이 층으로 올라왔고, 손님은 램프 옆에 있었다. 안나는 아래를 내려다보다가 그 손님이 브론스키라는 것을 알았다. 그녀의 마음속에 기이한 만족감과 동시에 불길한 마음이 일었다. 그는 외투를 입은 채 호주머니에서 무언가를 꺼냈다. 그녀가 계단 중간까지 갔을 때 그가 그녀를 쳐다보았다. 그는 소스라치게 놀란 듯했다. 그녀는 고개를 숙여 가볍게 인사를 하고 자리를 떠났다. 그러자 그녀 뒤에서 손님을 들어오라고 하는 스테판 아르카지치의 큰 목소리와 이를 거절하는 브론스키의 목소리가 들렸다.

안나가 사진첩을 갖고 돌아왔을 때 그는 이미 자리에 없었다. 스테판 아르카지치는 브론스키가 무도회에 참석할 명사들을 위해 이곳에 대해 잠시 알아보려고 들렀다고 했다.

"왜 그러는지 들어오려고 하지 않더군. 뭔가 이상했어."

스테판 아르카지치가 말했다.

키티는 얼굴을 붉혔다. 그녀는 그가 왜 왔고, 무슨 이유 때문에 들어오지 않았는지 자신만이 정확히 알고 있을 거라고 생각했다.

'그는 우리 집에 갔었나 봐.'

그녀는 생각했다.

'그런데 내가 보이지 않자 여기까지 온 거지. 들어오기에는 시간도 늦고 안나도 있고 해서 그냥 돌아간 거야.'

모두들 아무 말 하지 않고서 안나가 들고 온 사진첩을 보았다.

내일의 만찬회 사정을 알아보려고 저녁 아홉 시 반에 친구 집에 잠깐 들렀다가 되돌아간 것은 그리 특별하거나 이상한 점이 없었다. 하지만 모든 사람이 그것을 불편하고 이상하게 여겼다. 게다가 누구보다 불안한 마음에 휩싸인 것은 바로 안나였다.

22

무도회가 막 시작되었을 때, 붉은 카프탄을 잘 차려입은 하인들과 아름다운 꽃들이 주위를 둘러싸고 있는 정면 계단 앞에 키티와 그녀의 어머니가 입장했다. 안쪽의 여러 홀에서는 마치 벌집처럼 웅성대는 소리가 들렸다. 두 사람이 층계참의 나무 사이에 걸린 거울을 보며 머리를 매만지는 동안 홀에서 첫 번째 왈츠곡을 알리는 오케스트라의 바이올린 소리가 또랑또랑하게 들려왔다. 옆 거울 앞에서는 문관 제복을 입은 노인이 향수 냄새를 잔뜩 풍기며 구레나룻을 만지고 있었다. 그는 층계참에서 두 모녀와 마주치고는 잘 모르는 숙녀인 키티의 아름다움에 감탄하며 길을 양보해 주었다. 쉐르바츠키 공작이 얼간이라고 부르던 청년 중하나가 앞섶이 깊게 파인 조끼를 입고 흰 넥타이를 고쳐 매다 두 사람에게 인사를 건넸다. 그러고는 앞으로 뛰어가다가 키티에게 카드리유(네 사람이 한 조로 사방에서 서로 마주 보며 추는 프랑스 춤_옮긴이)를 청하러 다시 왔다. 첫 번째 카드리유는 브론스키와 추기로 약속했기 때문에 그녀는 그와 두 번째 카드리유를 약속했다. 어느 군인은 장갑 단추를 끼우다 길을 비켜섰다. 그는 콧수염을 매만지다가 장밋빛으로 아름답게 꾸민 키티의 모습을 넋을 놓고 쳐다보았다.

키티는 무도회를 위해서 장밋빛 페티코트 위에 하늘거리는 실크 드레스를 입고, 화장과 머리를 비롯해 모든 것을 심혈을 기울여 정성스럽게 준비했다. 장미꽃 장식 하나하나와 레이스들, 그리고 우아한 옷자락이 황홀하게 멋스러웠지만, 그녀는 이 모든 것은 그저 별것 아니라는 듯이 마치 자신은 날 때부터 실크 드레스를 입고 머리에는 장미 꽃송이를 얹고 태어난 것처럼 자연스럽고 순수한 웃음을 지으며 무도회장으로 들어왔다.

공작 부인이 홀 입구에서 그녀의 허리띠 리본 장식을 고쳐 매어 주려고 하자 키티는 몸을 살짝 피했다. 그대로 자연스럽게 두는 게 훨씬 세련되어 보이기 때문에 굳이 고칠 필요가 없다고 생각한 것이다.

키티는 인생의 가장 화려한 나날 중 하루를 보내고 있었다. 드레스는 그녀의 몸에 딱 맞아 아름다운 몸매를 한층 살려 주었고, 레이스 깃은 흐트러짐이 없었고, 장미꽃 장식도 제 모양을 유지하고 있었다. 굽이 높고 여성적인 장밋빛 구두는 발가락을 아프게 하기는커녕 쾌활한 느낌을 주었다. 길게 땋은 금발 장식은 진짜 그녀의 머리카락처럼 얼굴빛에 잘 어울렸다. 긴 장갑에 나란히 달린 세 개의 단추도 빛이 났다. 그 장갑은 그녀의 손 모양을 고스란히 살려 주며 포근히 감싸고 있었다. 로켓을 단 검은 벨벳 리본은 무척 고혹적이었다. 키티는 집에서 거울을 보면서도 그 벨벳 리본이 말을 하는 것 같다고 생각했다. 다른 것들은 몰라도 그 벨벳 리본만은 절정의 아름다움을 내뿜었다. 키티는 무도회에 와서도 거울에 벨벳 리본을 비춰 보며 만족감을 느꼈다. 맨살을 드러낸 키티의 어깨와 팔에는 대리석 같은 차가운 느낌이 났다. 그것은 그녀가 특히 좋아하는 분위기였다. 눈동자는 맑게 빛났고, 붉은 입술은 그녀의 매력을 내뿜으며 미소를 지었다. 그녀는 홀에 들어가 실크와 리본과 레이스와 꽃들로 꾸미고 남자들의 춤 신청을 기다리는 부인들의 무리에 가까이 가기도 전에 이미 왈츠를 추자는 신청을 받았다. 더군다나 왈츠를 신청한 사람은 최고의 남자였다. 그는 무도회에서 서열상 최고 위치에 있는 유명한 무도회 지휘자로 잘생기고 멋진 유부남으로, 연회의 사회자이기도 한 예고르슈카 코르순스키였다. 그는 바냐 백작 부인과 첫 왈츠를 추고서 춤을 추는 몇 쌍을 둘러보다가 홀로 들어오는 키티를 보았다. 그는 무도회 지휘자 특유의 능청스러운 걸음으로 그녀에게 다가가 정중히 인사한 다음, 그녀에게 묻지도 않고서 그녀의 허리를 안으려 했다. 그녀는 부채를 누구에게 맡길까 둘러보았고, 그것을 눈치챈 이 집의 여주인이 방긋 웃으며 부채를 받아 주었다.

"당신이 제때에 나타나니 한층 더 빛나 보이는군요!"

그가 그녀의 허리를 감싸며 말했다.

"요즘 숙녀들은 지각하는 데 재미 들려 있죠."

그녀는 왼팔을 굽혀서 그의 어깨에 올려놓았다. 장밋빛 구두를 신은 작은 두 발이 음악에 맞춰 반짝반짝한 마루 위를 경쾌하고 민첩하게 움직이기 시작했다.

"당신과 왈츠를 추니 마음이 한결 상쾌해지는군요."

그는 발동작을 맞추며 그녀에게 말했다.

"정말 잘 추시는데요? 아주 경쾌하면서도 정확해요."

그는 늘 가까운 이들에게 해 오던 말을 그녀에게도 했다.

그녀는 그의 칭찬에 미소로 답하며 어깨 너머로 무도회에 온 인사들을 둘러보았다. 그녀는 무도회의 모든 사람을 다 똑같이 생긴 매력쟁이로 착각하는 애송이가 아니었다. 그렇다고 모든 사람의 얼굴을 익히 알아서 무도회를 따분히 여기는 쪽도 아니었다. 그녀는 두 부류의 중간에 가까웠다. 그녀는 무도회의 분위기를 마음껏 즐기면서도 주위를 둘러볼 수 있을 정도의 판단력이 있었다. 그녀는 홀의 왼쪽에 사교계의 여성들이 모여 있는 것을 보았다. 그곳에는 아주 과감하게 노출을 시도한 아름다운 리디, 즉 코르순스키의 부인도 있었고, 이 집의 여주인도 있었다. 그리고 사교계의 꽃이 있는 곳이라면 어디라도 마다 않고 달려가는 대머리 크리빈의 모습도 보였다. 청년들은 감히 그곳까지 가지 못하고 바라보기만 하고 있었다. 그녀는 거기서 스티바를 발견했고, 검은 벨벳 드레스를 입은 안나의 아름다운 모습과 머리를 보았다. 그의 모습도 보였다. 키티는 레빈의 고백을 거절하고 나서 아직 그를 보지 못하고 있었다. 키티는 그를 알아보았고, 그가 그녀를 바라보고 있다는 것도 알았다.

"어떻습니까? 한 곡 더 할까요? 힘든가요?"

코르순스키가 거친 숨을 몰아쉬며 물었다.

"아뇨, 그만 출게요. 감사합니다."

"어디로 모실까요?"

"카레니나 부인이 저기에 계시군요. 저기로 가겠어요."

"당신이 원하시는 곳이라면 어디라도 모셔야지요."

코르순스키는 왈츠를 추면서 홀의 왼쪽 끝으로 갔다. 그는 부인들에게 일일이 '실례합니다, 부인.'이라고 말하면서 작은 깃털 하나 건드리지 않고 실크와 레이스, 리본과 꽃 사이를 빠져나갔다. 그가 파트너를 한 바퀴 돌리자, 그녀의 늘씬한 두 다리가 드러났다. 그녀의 긴 치맛자락이 펼쳐지며 크리빈의 무릎에 닿았다. 코르순스키는 정중하게 인사를 하고는 그녀를 안나 아르카지예브나에게 인도하며 한쪽 팔을 뻗었다. 키티는 붉어진 얼굴로 크리빈의 무릎 위에 덮인 치맛자락을 끌어당기고는 안나를 찾아 두리번거렸다. 그녀는 여러 부인과 남자들에게 둘러싸여 이야기를 나누고 있었다. 안나는 키티가 바랐던 라일락 빛깔 옷이 아니라 깊게 파인 검은 벨벳 드레스를 입었다. 그 드레스는 마치 상아 조각처럼 보이는 그녀의 풍만한 어깨와 가슴, 둥근 팔, 작고 가느다란 손을 눈에 띄게 해 주었다. 드레스의 끝은 베네치아산 레이스로 장식되어 있었다. 가발 장식이 섞이지 않은 그녀의 검은 머리 위에는 팬지꽃을 엮은 작은 화환이 있었고, 허리에 두른 검은 리본에도 흰 레이스 사이로 같은 장식이 있었다.

그녀는 머리에는 그다지 신경 쓴 것 같지 않았다. 그녀의 목덜미와 관자놀이에 구불거리는 머리카락과 작은 고리 장식이 보일 뿐이었다. 하지만 이것들은 그녀를 한층 빛나 보이게 했다. 칼로 조각한 듯한 그녀의 목에는 진주 목걸이가 걸려 있었다.

키티는 그녀의 매력에 푹 빠져 있었고, 언제나 라일락 빛깔 옷을 입은 그녀의 모습을 상상했다. 그러나 지금 검은 벨벳 드레스를 입은 안나를 보면서 자신이 그녀의 매력을 제대로 알지 못했다는 것을 깨달았다. 그녀의 눈에 안나는 완전히 새롭게 보였다. 키티는 안나가 라일락 빛깔 따위의 옷을 입을 리가 없다는 것을, 그녀의 매력은 그녀의 치장을 넘어선다는 것을, 어떤 옷이든 그녀가 입으면 그녀보다 빛나지 않는다는 것을 알았다. 화려한 레이스가 달린 검은 옷도 그녀가 입으니 빛이 바랬다. 그것은 껍데기에 불과했다. 눈에 띄는 것은 오직 그녀였다. 단아하면서도 싱그럽고 우아한 그녀만이 보였다.

그녀는 여느 때처럼 몸을 곧게 펴고 당당한 자세로 서 있었다. 키티가 가까이 갔을 때 그녀는 이 집의 주인 쪽으로 고개를 돌린 채 그와 이야기를 나누고 있었다.

"아니요, 저라면 결코 돌을 던지지 않을 거예요."

그녀는 주인을 보며 대답했다.

"물론 저로서는 잘 이해가 가지 않지만요."

그녀는 어깨를 으쓱해 보이더니 곧 온화한 미소를 지으며 키티를 돌아보았다. 그녀는 빠르게 다른 이의 패션 감각을 살피는 여성 특유의 시선으로 키티를 살펴보더니 눈에 띄지 않게 고개를 약간 끄덕였다. 그러나 키티는 안나가 자신의 치장을 칭찬했다는 것을 단박에 알아차렸다.

"당신은 홀에 들어오자마자 춤을 추더군요."

그녀가 말했다.

"이분은 내가 가장 믿는 조력자들 중 한 분이시지요."

코르순스키가 첫 대면인 안나 아르카지예브나에게 허리를 굽혀 공손히 인사했다.

"공작 영애는 이 무도회를 한층 빛나게 해 주셨지요. 안나 아르카지예브나, 저와 한 곡 추시겠습니까?"

그가 허리를 굽히며 춤을 청했다.

"서로 아시는 사이였나요?"

주인이 물었다.

"우리가 아느냐고요? 저와 제 아내는 하얀 늑대지요. 우리는 누구와도 안답니다."

코르순스키가 답했다.

"안나 아르카지예브나, 한 곡 추시지요!"

"전 특별한 경우가 아니라면 춤은 추지 않습니다."

그녀가 답했다.

"하지만 오늘 밤은 그렇지 않을 겁니다."

코르순스키가 답했다.

이때 브론스키가 가까이 다가왔다.

"오늘 밤은 춤을 추지 않으면 안 된다고 하니 어쩔 수 없네요."

그녀는 브론스키의 인사를 피하며 재빨리 코르순스키의 어깨에 손을 올렸다.

'그녀는 왜 그를 피하는 거지?'

키티는 안나가 브론스키의 인사를 거절한 것을 보고 생각에 빠졌다. 브론스키는 키티에게 첫 번째 카드리유를 추기로 한 약속을 다시 말하며 그동안 만나지 못해 유감이라고 말했다. 키티는 그의 말을 들으며 왈츠를 추는 안나를 뚫어지게 쳐다보았다. 키티는 브론스키가 바로 왈츠를 청할 줄 알았지만 그는 가만히 있었고, 그녀는 당황스러운 나머지 그를 빤히 쳐다보았다. 그녀의 시선에 그는 얼굴을 붉히며 왈츠를 청했지만, 그가 그녀의 허리를 안고 발동작을 시작하자마자 음악이 멈췄다. 키티는 그의 얼굴을 바라보았다. 그 후 아주 오랫동안, 몇 년의 시간이 흐른 뒤에도, 그것은 아주 고통스러운 기억으로 남아 그녀를 괴롭혔다. 그녀가 사랑이 가득 찬 눈으로 그를 보았음에도 그는 무표정하게 그녀를 바라보았던 것이다.

"왈츠! 왈츠를 더 연주해!"

코르순스키가 홀 저편에서 크게 외치고는 맨 처음 본 아가씨의 허리를 끌어안고 춤을 추기 시작했다.

23

브론스키는 키티와 여러 차례 왈츠를 추었다. 왈츠가 끝나자, 키티는
어머니 옆으로 다가가 노르츠톤 백작 부인과 이야기를 나누려 했다. 그
러자 브론스키는 그녀에게 다가와 첫 번째 카드리유를 추자고 청했다.
카드리유를 추면서 특별한 말은 오가지 않았다. 그저 코르순스키 부부
이야기나 앞으로 개관할 대중 극장 이야기를 했을 뿐이었다. 브론스키는
코르순스키 부부를 사랑스러운 사십 대 커플이라며 유쾌하게 웃었다. 그
리고 그녀의 마음을 아프게 하는 발언도 덧붙였다. 레빈에 대한 이야기
를 꺼낸 것이다. 그는 레빈이 무도회에 왔는지 묻더니, 자신은 그가 참 마
음에 들었다고 말했다. 키티는 카드리유에 많은 것을 기대하지 않았다.
그녀는 마음을 졸이며 마주르카를 기다렸다. 거기에서 모든 것이 결판날
것 같았다. 그녀는 카드리유를 출 때 그가 자신에게 마주르카를 청하지
않은 것이 신경 쓰이지는 않았다. 예전의 무도회에서 그렇듯이 그와 마
주르카를 출 것이 뻔했기 때문에 다른 다섯 사람의 춤 신청도 거절했던
터였다. 마지막 카드리유를 추기 전까지만 해도 그녀는 무도회의 즐거운
분위기와 아름다운 색채와 음악, 매혹적인 몸동작들에 매혹되어 있었다.
그녀는 너무 지쳤을 때를 빼고는 쉬지 않고 춤을 추었다. 하지만 그녀는

시시한 청년들 중 도저히 거절하기 곤란했던 한 사람과 카드리유를 추면서 우연히 브론스키와 안나를 마주 보게 되었다. 그녀는 춤을 추는 동안 안나와 마주 본 적이 없었다. 그런데 지금까지 몰랐던 안나의 새로운 모습을 또 목격한 것이다. 그녀는 안나에게서 승리자의 미소를 보았다. 그녀는 안나가 스스로 원했던 황홀함에 취해 있다는 것을 알았다. 그녀는 그런 느낌을 잘 알았고, 그 증상도 마찬가지였다. 안나는 바로 그렇게 보였다. 전율하며 타오르는 눈동자와 입술 곡선에서 나타나는 행복한 미소, 우아하고 정확한 동작들이 그랬다.

'누구지?'

그녀는 생각해 보았다.

'모두를 향한? 아니면 한 사람?'

그녀는 자신과 함께 춤을 추는 시시한 청년이 대화의 흐름이 뚝뚝 끊겨 당황하는 것을 알면서도 그대로 놔두었다. 그리고 모든 이들에게 '커다란 원'이나 '사슬'을 만들도록 외치는 코르순스키의 말에 열심히 따르는 척했다. 그녀는 주위를 살피면서 점점 더 초조해졌다.

'아냐, 그건 군중의 시선을 한 몸에 받아 거만해진 그런 표정이 아니었어. 한 남자가 자신의 마음을 홀렸기 때문이야. 그게 누굴까. 설마, 그게 브론스키?'

브론스키가 안나에게 말을 건넬 때마다 그녀의 눈에서는 환희의 미소가 흘러 나왔고 입술 곡선은 붉게 타올랐다. 그녀는 터져 나오는 기쁨을 숨기기 위해 애를 쓰는 듯 보였다. 그러나 그 증상들은 고스란히 그녀의 얼굴에 드러났다.

'그렇다면 그는 어떨까?'

키티는 그를 보고서 공포감에 몸을 떨었다. 키티는 안나의 얼굴이라는 거울을 통해 본 모습을 그의 얼굴에서도 생생히 보았다. 언제나 빈틈 없고 침착하고도 무심하게 고요했던 모습은 어디로 사라진 걸까? 그의 눈은 그녀를 향할 때마다 그녀 앞에 뛰어들 듯이 고개를 숙이고 얌전한 복종의 눈빛을 하고 있었다. '나는 당신을 모욕하고 싶지 않아요.' 그의 눈은 그렇게 말하고 있었다. '다만 스스로 구원받고 싶을 뿐입니다. 나는 어떻게 해야 될까요?' 키티가 한 번도 보지 못했던 표정들이 그의 얼굴에 드러났다.

두 사람은 둘 다 알고 있는 지인들을 들며 지극히 평범한 이야기를 나누고 있었다. 그러나 키티에게는 그들의 대화가 그들과 자신의 운명을 가르는 이야기처럼 생각되었다. 기이하게도 그들은 이반 이바노비치의 프랑스어가 우스꽝스럽다거나 옐레츠카야가 더 좋은 짝을 만나야 한다든지 하는 다소 엉뚱한 이야기들을 했지만 그것 하나하나가 그들에게 중요한 의미가 되었다. 그들 역시도 키티만큼이나 야릇한 기분을 느꼈던 것이다. 키티의 마음속에서 무도회는 온통 안갯속이 되어 버렸다. 그녀는 오직 그녀가 익혀 온 예의범절의 힘으로 그 자리를 버텨 냈다. 춤을 추고 질문에 대답을 하고 떠들고 웃는 것까지 모두 그런 힘으로 해냈다. 그러나 마주르카를 시작하기 위해 사람들이 의자를 치우고 몇몇이 큰 홀로 자리를 옮겨 가자 키티는 절망의 나락에 빠지고 말았다. 그녀는 이미 다섯 명의 신청을 거절했고, 이제 함께 마주르카를 출 사람은 남아 있지 않았다. 다른 사람의 신청도 더는 없을 터였다. 그녀는 사교계에서 빛나는 꽃이었기 때문에 마주르카를 출 사람이 없을 거라고는 상상도 못 했었다. 그녀는 어머니에게 아프다고 하고 집으로 돌아가고만 싶었다. 하지만 그럴 힘마저 남아 있지 않았다. 그녀는 자신이 한없이 초라하게 느껴져 견딜 수가 없었다.

그녀는 작은 응접실의 가장자리에 놓은 안락소파에 앉았다. 하늘하늘한 스커트가 그녀의 몸 주위에 구름처럼 부풀어 올랐다. 맨살을 드러낸 가느다란 한쪽 팔이 장밋빛 튜닉의 주름 속에 묻혔다. 그녀는 다른 손으로 부채를 쥐고 화끈거리는 얼굴에 부채질을 했다. 그녀는 이제 막 풀잎에 붙어 날개를 말리는 나비의 모습을 하고 있었지만 그녀의 심장은 공포로 꺼져 버릴 듯했다.

'내가 착각했는지도 몰라. 아무 일도 없을지도 모른다고!'

그녀는 방금 전까지 있었던 일을 하나하나 떠올렸다.

"키티, 왜 이러고 있지?"

노르츠톤 백작 부인이 조용히 그녀 곁으로 다가왔다.

"이럴 수가!"

키티의 아랫입술이 파르르 떨렸다.

"키티, 마주르카는?"

"안 춰."

그녀가 눈물을 머금고 말했다.

"그가 내 앞에서 그녀에게 마주르카를 청하더라고."

노르츠톤 백작 부인은 키티에게 '그'와 '그녀'라고 말했다. 그렇게 표현해도 키티가 이해할 거라고 생각했던 것이다.

"그녀가 말하던데? '당신은 쉐르바츠카야 공작 영애와 출 것 아닌가요?'라고."

"다 상관없어."

키티가 말했다.

그녀 말고는 그 누구도 그녀의 입장을 알지 못했다. 어제 그녀가 어쩌면 그녀 스스로는 깨닫지 못하고 있지만 사랑하고 있을지도 모를 한 남자의 고백을 거절했다는 것과 그 이유가 다른 남자를 한 치의 의심 없이 믿고 있기 때문이라는 것은 아무도 알 길이 없었다.

노르츠톤 백작 부인은 자신과 마주르카를 춘 코르순스키를 찾아 키티와 한 곡 춰 달라고 부탁했다.

키티는 첫 번째 조가 되어 춤을 추었다. 다행스럽게도 그녀는 아무 말도 할 필요가 없었다. 코르순스키가 춤을 추며 사람들을 지휘하느라 정신이 없었기 때문이었다. 브론스키와 안나는 그녀의 맞은편에 있었다. 시력이 좋은 그녀는 그들을 계속해서 뚫어지게 바라보았고, 조가 교차될 때는 가까이에서 그들을 보기도 했다. 그러나 보면 볼수록 키티는 자신의 운명이 불행해지고 있음을 인정할 수밖에 없었다. 그녀는 홀 안에서 아무도 없이 그저 자신들 두 사람만 있는 것처럼 행동하는 그들을 보았다. 언제나 차갑고 딱딱해 보이던 브론스키의 얼굴에서 복종과 순종의 표정을, 마치 영리한 개가 잘못을 저질렀을 때 짓는 그런 표정을 읽고서 키티는 얼음처럼 얼어붙었다.

안나가 웃으면 그도 따라 웃었다. 그녀가 생각에 잠기면 그도 생각에 잠겼다. 어떤 거부할 수 없는 힘이 키티의 눈동자를 안나에게 향하게 했다. 평범한 검은 드레스를 입고도 그녀는 매혹적이었다. 팔찌를 낀 풍만한 팔도, 진주 목걸이를 한 목덜미도, 구불거리는 머리카락도, 손과 발의 작고 우아한 동작들도 매력적이었고, 생기 넘치는 환한 얼굴도 매력적이었다. 하지만 무엇보다 그녀의 매력에는 잔혹한 구석이 있었다.

키티는 그녀에게 빠져들수록 점점 더 고통스러웠다. 키티는 무너져 가는 자기 자신을 느꼈고, 그녀의 표정에서 이를 여실히 드러냈다. 마주르카를 추다가 그녀와 마주친 브론스키가 한눈에 그녀를 알아채지 못할 정도였다.

"정말 멋진 무도회군요."

그는 뭐라도 말해야 할 것 같아 이렇게 말했다.

"네."

그녀가 답했다.

마주르카가 절정에 이르자, 안나는 코르스키가 지휘하는 복잡한 모양을 되풀이하면서 원 가운데로 나와 두 남자 파트너를 안에 두고서 어느 부인과 키티를 불렀다. 키티는 깜짝 놀라 그녀에게 다가갔다. 안나는 가늘게 뜬 눈으로 그녀를 지그시 바라보며 그녀의 손을 잡고 미소 지었다.

하지만 키티의 얼굴에 절망과 공포가 서려 있는 것을 알아채고는 곧 고개를 돌려 다른 부인과 이야기를 나누었다.

'뭔가 악마적인 분위기가 풍겨.'

키티는 이렇게 생각했다.

안나는 만찬에 가지 않으려고 했지만 주인은 한사코 그녀를 붙잡았다.

"거절은 안 돼요. 안나 아르카지예브나!"

코르순스키가 그녀의 팔을 자신의 연미복 소매 아래로 끌어당기며 말했다.

"내게 코티용(네 사람 혹은 여덟 사람이 한 조로 추는 프랑스의 궁정 무용_옮긴이)에 대한 근사한 아이디어가 있답니다."

그는 조금씩 안나를 끌며 만족스러운 미소를 지었다.

"아니에요. 전 돌아가겠어요."

안나가 미소 지으며 답했다. 환한 웃음에도 코르순스키와 주인은 그녀의 단호한 말투를 보고 더는 붙잡을 수 없다는 것을 깨달았다.

"아니에요. 페테르부르크에서 겨울 내내 춘 것보다 오늘 밤에 더 많이 춘 것 같군요."

안나는 브론스키를 보며 말했다.

"먼 길을 가야 하니 좀 쉬고 싶습니다."

"내일 떠나셔야 합니까?"

브론스키가 물었다.

"그럴 생각이에요."

안나는 그의 질문에 약간 놀란 것 같았다. 그러나 그녀가 그렇게 대답할 때 그녀의 눈망울에 서린 어떤 불꽃이 그의 마음속에 불을 피웠다.

안나 아르카지예브나는 만찬에 남지 않고 서둘러 자리를 떴다.

24

'그래, 나한테는 사람들을 밀어내는 불쾌한 기운이 있어.'

레빈은 쉐르바츠키가를 나와서 형의 집으로 향하며 생각에 잠겼다.

'도무지 다른 사람들과 잘 맞지 않아. 남들은 내가 거만하다고 하지만, 내게는 그럴 만한 자부심도 없어. 자존심이라도 지켰다면 그렇게 되지는 않았을 텐데.'

그는 마냥 행복하게 보였던 총명하고 차분한 브론스키를 떠올렸다. 그는 오늘 밤 레빈이 겪은 그런 끔찍한 일 따위는 겪어 보지 않았을 것이다.

'그래, 그녀가 그런 선택을 한 것도 당연한 일이지. 그래야 맞아. 나는 그 누구도 그 무엇도 탓할 수 없어. 모든 게 내 잘못이니까. 난 도대체 무슨 권리로 내 삶과 그녀의 삶을 결합할 수 있을 거라 생각했을까? 내가 뭔데? 도대체 나 따위가 뭔데? 아무짝에도 쓸모없는 하찮은 인간에 불과한 내가.'

그러자 갑자기 니콜라이 형이 떠올랐다. 그는 즐거운 기억을 떠올렸다.

'이 세상이 더럽고 추한 곳이라는 형의 말이 맞을는지도 모르지. 과연 사람들이 형을 비판한 것이 옳은 판단에서였을까? 지금에 와서도 그럴 수 있을까? 그래, 누더기 같은 옷을 걸치고 술에 찌든 형을 본 프로코피는 형을 무시할 수 있겠지. 하지만 나는 형의 다른 모습을 알고 있어. 나는 형의 영혼을 알고 내가 형과 비슷하다는 것도 알아. 그런데 나는 형을 찾기는커녕 다른 곳에서 식사나 하고 있었으니.'

레빈은 가로등 아래에서 지갑 안의 니콜라이 형의 주소가 적힌 편지를 꺼내 보고는 삯마차를 불렀다. 형을 찾아가는 동안, 그는 니콜라이 형의 생애에 대해 자신이 아는 것들을 찬찬히 떠올려 보았다. 형은 대학 시절과 졸업 후 일 년 동안 친구들의 조롱도 무시하고 수도사처럼 살았다. 형은 종교적인 의식과 예배와 계율을 지켰고, 모든 향락 특히 여자를 피했다. 그러다 어느 날 갑자기 무슨 일인지 추한 사람들과 어울리며 방탕한 나날을 보내기 시작했다. 레빈은 형이 시골에서 소년을 데려왔던 것을 기억해 냈다. 형은 소년을 교육한다고 했지만 어느 날 발작을 하는 것처럼 소년을 심하게 구타했다. 형은 소년을 불구로 만든 죄로 고소를 당했다. 또 형은 사기꾼과 도박을 하다가 모든 돈을 잃은 후 어음까지 쓰고는 그에게 속았다며 고소를 하기도 했다. 세르게이 형이 물어 준 돈이 바로 그 돈이었다. 유치장에서 하루를 보낸 적도 있었고, 세르게이 이바노비치 형을 상대로 소송을 건 적도 있었다. 니콜라이 형은 세르게이 형이 어머니의 영지에서 나온 수입 중에서 자기 몫을 빼돌린 것처럼 주장했다. 마지막으로 큰 사건은 니콜라이 형이 지방 복무 중에 상사를 구타해서 법정에 선 일이었다. 그 모든 일은 추악하고 소름 끼치는 것뿐이었다. 하지만 레빈은 니콜라이 형의 영혼과 그의 과거를 모르는 사람의 눈에 비친 것만큼 형을 나쁘게 생각하지는 않았다.

레빈은 니콜라이 형이 수도사처럼 반듯한 생활을 하고 예배와 계율을 지키면서 자신의 정열적인 본성에 대한 답을 종교에서 찾을 때 그 누구도 그를 지지해 주지 않았으며, 심지어는 모든 사람이 그를 비웃었던 일을 똑똑히 기억했다. 사람들은 경건한 삶을 사는 그를 비웃고 노아며 수도사라며 놀려 댔던 것이다. 막상 그가 타락하자 사람들은 누구도 나서서 그를 구원하려 하지 않았고, 두려움과 혐오감을 극도로 드러내며 등을 돌렸다.

레빈은 니콜라이 형이 바닥까지 추락한 삶을 살고 있지만 그의 마음과 그의 영혼은 그를 무시하고 비웃었던 사람보다 선할 거라고 생각했다. 그가 충동적인 기질과 악으로 치닫기 쉬운 정신을 타고난 것은 그의 탓이 아니었다. 그는 늘 좋은 사람이 되기를 바랐다.

'형에게 모든 것을 말하고, 또 형이 모든 것을 말해 주기를. 내가 형을 사랑하고 또 모든 것을 이해한다는 걸 알려 주고 싶어.'

열한 시경 마차가 메모에 적힌 주소의 호텔에 다다랐을 때 레빈은 자신에게 굳게 다짐했다.

"이 층의 십이 호와 십삼 호입니다."

수위가 레빈의 질문에 대답했다.

"지금 안에 계신가?"

"그럴 겁니다."

십이 호실의 문이 반쯤 열려 있는 게 보였다. 거기서 새어 나온 빛을 타고 진한 담배 냄새가 흘러나왔다. 레빈이 들어 본 적 없는 낯선 목소리도 들렸지만 레빈은 금세 형이 방 안에 있다는 걸 알았다. 형의 기침 소리가 들렸던 것이다.

그가 문 안으로 들어섰을 때 낯선 목소리가 이렇게 말했다.

"모든 것은 그 일을 얼마나 이성적이고 의식적으로 해내느냐에 달렸지요."

콘스탄친 레빈은 안을 들여다보았다. 소매 없는 코트를 입은 긴 머리의 젊은 사내가 말을 하고 있었다. 소파에는 얼굴이 상한 젊은 여자가 소매 없는 모직 옷을 입고 앉아 있었다. 형의 모습은 보이지 않았다. 형이 이런 사람들과 섞여 살고 있다고 생각하니 마음 한구석이 아려 왔다. 아무도 콘스탄친이 왔다는 것을 눈치채지 못했다. 그는 반코트를 입고서 덧신을 벗고 있는 한 신사의 이야기에 귀를 기울였다. 그는 어느 기업에 대해서 떠들어 대고 있었다.

"쳇, 그런 윗대가리들은 지옥으로 꺼지라지!"

기침을 하며 낮게 읊조리는 형의 목소리도 들렸다.

"마샤! 밤참을 내와! 술도 좀 가져와! 없으면 나가서 사 오라고."

여자는 자리에서 일어나 밖으로 나오다가 콘스탄친 레빈을 보았다.

"어떤 신사분이 찾아오셨어요. 니콜라이 드미트리치."

그녀가 말했다.

"누구를 찾아왔지?"

니콜라이 레빈의 거친 목소리가 들렸다.

"나야."

콘스탄친 레빈이 밝은 곳으로 들어오며 말했다.

"나라니, 그게 누구야?"

아까보다 더 화를 내며 니콜라이가 소리쳤다. 급히 일어나다 무언가에 부딪히는 듯한 소리가 나더니 문 옆에 선 레빈 앞에 니콜라이 형의 모습이 나타났다. 매우 낯익은 얼굴이지만 전과 다르게 난폭하고 병약한 인상인 데다 야위고 등이 굽은 모습이었다. 형은 소스라치게 놀란 듯 눈을 크게 떴다.

콘스탄친 레빈이 그를 마지막으로 만난 것은 삼 년 전이었다. 그는 그때보다 훨씬 더 야위어 있었다. 단이 짧은 프록코트를 입어서인지 손의 굵은 뼈마디가 더욱 커 보였다. 머리숱은 몰라보게 적어졌고, 콧수염은 예전처럼 입술을 덮고 있었다. 그의 변함없는 눈동자는 조금 의심스럽다는 듯이 그러나 순박하게 그를 바라보았다.

"코스챠!"

그는 동생을 알아보고 소리쳤다. 그의 눈은 기쁨의 눈빛으로 차올랐다. 하지만 그는 이 젊은이를 유심히 보더니 마치 넥타이에 목이 졸린 것처럼 머리와 목을 부들부들 떨면서 콘스탄친이 익히 보아 왔던 격렬한 움직임을 보였다. 그 후에는 방금 전까지와는 전혀 다른 잔인함과 비통함의 표정이 얼굴 가득히 떠올랐다.

"난 분명히 너와 세르게이 이바노비치에게 편지를 보냈어. 난 이제 너희들을 몰라. 너희들에 대해 알고 싶지도 않고. 그런데 이렇게 찾아온 이유가 뭐지?"

그런 그의 모습은 레빈이 기대하는 것과 너무도 달랐다. 콘스탄친 레빈은 그를 떠올릴 때마다 그의 성격 중 가장 잔혹하고 더러운 부분, 그와의 관계를 어지럽게 한 그 부분을 간과하곤 했다. 그런데 지금 경련처럼 머리를 흔들어 대는 그의 모습을 보고서 콘스탄친은 그의 성격이 한번에 모두 떠올랐다.

"아무것도 바라지 않아."

그는 겁을 먹은 듯 떨리는 말투로 말했다.

"난 그저 형을 만나고 싶어서 왔을 뿐이야."

동생의 태도를 보자 니콜라이는 조금은 마음이 누그러진 듯했다. 그 역시 입술을 파르르 떨었다.

"그런가? 그래."

그가 말을 이었다.

"그럼, 여기 앉아. 너도 밤참을 먹겠니? 마샤, 삼 인분을 가져와. 아냐, 잠깐만. 너 이 사람이 누군 줄 모르지?"

그가 소매 없는 코트를 입은 신사를 가리키며 말했다.

"이 사람은 크리츠키야. 내가 키예프에 있을 때부터 친구였지. 아주 훌륭한 사람이야. 물론 지금은 경찰에게 쫓기는 신세긴 하지만 그건 이 사람이 비열하지 않다는 증거지."

그러고 나서 그는 늘 하던 대로 방 안에 있는 모든 사람을 쭉 훑어보았다. 그는 문가에 있던 여자가 나가려고 하자 소리를 질렀다.

"거기 서 있으란 말이야!"

그는 다시 사람들을 쭉 둘러보고는 콘스탄친이 익히 알아 왔던 어리숙하고 앞뒤 안 맞는 말솜씨로 동생에게 크리츠키의 경력을 읊어 대기 시작했다. 그가 가난한 학생을 위한 후원회와 일요 학교를 만들어서 대학에서 퇴학당한 일, 민중 학교의 교사가 되었다가 쫓겨난 일, 재판을 받은 일 등등이었다.

"당신은 키예프 대학에 다녔나요?"

콘스탄친 레빈은 한참 끊어진 대화 분위기를 수습하려고 크리츠키에게 물었다.

"네, 키예프 대학에 있었지요."

크리츠키가 얼굴을 찌푸리며 화난 목소리로 대답했다.

"그리고 저 여자는 말이지……."

니콜라이 레빈이 마샤를 가리키며 말했다.

"내 인생의 동반자 마리야 니콜라예브나야. 내가 그녀를 어느 집에서 끌어냈다고."

그는 그렇게 말하면서 몸을 떨었다.

"하지만 난 저 여자를 사랑하고 또 존중하지. 그러니 나를 알고 지내는 사람이라면 누구나……."

그는 점점 큰 목소리로 눈을 찡그리며 말했다.

"저 여자를 사랑하고 존중해야 해. 저 여자는 내 아내와 같아. 그럼 이제 네가 어떤 사람들과 어울려야 하는지 잘 알아들었겠지? 이게 모욕적이라면 저 문밖으로 꺼져."

또다시 그의 눈동자가 모든 사람을 쭉 둘러보았다.

"내가 왜 모욕을 느낄 거라고 생각해? 정말 이해하기 힘들군."

"좋아. 그럼 마샤, 밤참 삼 인분을 가져와. 그리고 보드카와 와인도 내와. 아냐…… 기다려 봐. 아니지…… 그래 됐어. 가 봐."

25

"저게 뭔지 알겠어?"

니콜라이 레빈은 오만상을 찌푸리고 몸을 부들부들 떨며 겨우 말을 이었다. 그에게는 어떤 말을 하고 행동을 할지 생각하는 것조차 무척 힘들어 보였다.

"너도 봐서 알겠지만……."

그는 방 귀퉁이에 삼노끈으로 묶어 놓은 철물을 가리키며 말했다.

"저것 말이야. 저게 바로 우리가 새롭게 착수하려는 일이야. 생산 협동조합 말이지."

콘스탄친은 그의 말을 흘려듣고 있었다. 그는 폐병에 걸린 형의 얼굴을 보며 마음이 아파 견딜 수 없었다. 그래서 형이 협동조합 이야기를 하는 것을 집중해서 들을 수 없었다. 그는 이 협동조합이라는 것이 그가 자기혐오로부터 벗어나려 발버둥치는 수단임을 알았다. 니콜라이 레빈이 말을 이었다.

"너는 자본이 노동자를 억압한다는 것을 잘 알겠지? 이 나라의 노동자와 농민은 모든 노동의 짐을 떠맡고 있어. 아무리 일해 봤자 자기들이 기르는 가축보다 못한 생활을 하면서 말이야. 그들은 귀한 노동의 대가로 자신들의 더 나은 삶과 교육을 보장받아야 하지만 자본가들은 그들의 모든 이윤과 잉여를 앗아 가지. 그토록 많은 노동자와 농민들이 일을 하면 할수록 상인과 지주는 부유해지지만 노동자와 농민은 착취당하는 노예로 전락하고 만 사회가 만들어진 거야. 그러니 이제 우리는 그걸 뒤엎어야 해."

그가 말을 마치고서 동생을 노려보았다.

"물론이야."

콘스탄친은 형의 광대뼈 밑의 홍조를 응시하며 말했다.

"그게 우리가 금속 협동조합을 만들려는 이유야. 거기서는 생산, 이윤, 생산도구 그 모든 것을, 이게 중요한 데 말이지 바로 모든 조합원들이 그걸 공유하게 되는 거야."

"협동조합을 어디에 만들 건데?"

콘스탄친 레빈이 물었다.

"카잔 현의 보즈드료마 마을."

"왜 시골을 택했지? 시골은 농사일로 바쁜데, 왜 금속 협동조합을 시골에 세우려는 거야?"

"농민들의 실정은 예전의 노예와 다를 게 없어. 게다가 너나 세르게이 이바노비치는 농민들이 노예 상태를 벗어나는 걸 원치 않을 거야. 그것도 이유라면 이유겠지."

니콜라이 레빈이 동생의 말에 흥분을 하며 말했다.

콘스탄친 레빈은 어둡고 음침하고 더러운 방을 둘러보며 한숨을 쉬었다. 그러자 이 한숨이 니콜라이의 화를 돋우었다.

"너나 세르게이 이바노비치 같은 귀족들의 생각은 다 똑같아. 이 세상에 뿌리내린 악을 정당화하기 위해서 골몰하고 있다는 것도!"

"그건 사실이 아니야. 그건 됐고, 왜 대체 세르게이 이바노비치 형 이야기를 꺼내는 거지?"

레빈이 웃으며 말했다.

"세르게이 이바노비치! 그럴 만한 이유가 있지."

니콜라이 레빈은 세르게이 이바노비치란 이름을 듣자 괴성을 질렀다.

"왜냐고? 왜냐하면…… 그래, 그거야. 근데, 넌 왜 여기에 왔지? 넌 이 모든 걸 증오하고 있어. 좋을 대로. 이제 그만 여기서 나가. 신과 함께 꺼지시지?"

"증오하지 않아."

콘스탄친 레빈이 겁먹은 듯한 떨리는 말투로 말했다.

"형과 실랑이를 벌일 생각도 없고."

그때 마리야 니콜라예브나가 돌아왔다. 니콜라이 레빈은 화를 내면서 그녀를 째려보았다. 그녀가 그에게 다가와 뭐라고 속삭였다.

"건강이 나쁘다 보니 걸핏하면 짜증이 나는군."

니콜라이 레빈은 분을 삭이며 한숨을 내쉬었다.

"게다가 세르게이 이바노비치와 그 논문에 대한 이야기를 하자니……. 그 논문은 죄다 사기로 쓰인 지독한 자기 망상이야. 정의를 모르는 인간이 정의에 관한 글을 쓴다는 게 말이 되나? 당신, 그 논문을 읽어 봤나?"

그는 크리츠키에게 말을 걸면서 테이블 앞에 앉았다. 그리고 테이블 위에 놓여 있던 담배들을 한쪽 구석으로 밀었다.

"읽어 보지 않았어요."

크리츠키가 낮은 목소리로 말했다. 그는 대화에 끼어들고 싶지 않은 듯했다.

"왜 그랬지요?"

니콜라이 레빈이 크리츠키를 보며 화를 냈다.

"그런 것을 읽느라 굳이 아까운 시간을 낭비할 필요가 없을 듯해서요."

"미안하지만, 그게 시간 낭비일지는 어떻게 알았소? 그 논문은 보통 사람들이 읽기에는 다소 어렵지요. 난 다르지만, 난 그 사상을 읽을 만큼이

되는 데다 어느 부분이 약한지도 아니까."

모두 아무 말도 하지 않았다. 크리츠키가 모자를 집고 자리에서 일어났다.

"밤참은 하지 않겠소? 그럼, 이만 가 보시오. 내일 금속 직공을 데리고 이리로 오시오."

크리츠키가 나가자마자, 니콜라이 레빈이 쓴웃음을 지으며 한쪽 눈을 찡긋거렸다.

"졸렬한 자식 같으니라고. 난 다 알지."

그가 말했다.

그런데 크리츠키가 문가에서 그를 불렀다.

"왜 그러오?"

그는 이렇게 말하고는 그가 있는 복도 쪽으로 나갔다. 마리야 니콜라예브나와 둘만 남게 된 레빈은 그녀에게 말을 걸었다.

"형과 오래 지내셨나요?"

그가 물었다.

"네. 벌써 이 년째로군요. 저분의 건강이 많이 안 좋아져서 무척 걱정스러워요. 술을 어쩌나 많이 마시는지."

그녀가 말했다.

"얼마나 드시죠?"

"보드카를 마셔요. 저분에게 보드카는 좋지 않은데도요."

"그렇게 많이 마십니까?"

레빈이 작은 목소리로 말했다.

"네."

그녀가 문밖을 내다보며 걱정스러운 듯 말했다. 그때 니콜라이 레빈이 문가로 들어섰다.

"무슨 얘기들을 하고 있지?"

그가 얼굴을 찡그리며 두 사람을 번갈아 보았다.

"왜들 그래?"

"아무것도 아니야."

콘스탄친 레빈이 말했다.

"말하고 싶지 않으면 관둬. 그런데 저 여자랑 말할 필요는 없어. 저 여자는 매춘부고 너는 신사니까."

그가 목을 떨며 말했다.

"나도 다 알아. 이미 넌 모든 것을 보았고 판단했겠지. 그리고 이제는 나를 동정 어린 눈빛으로 보고 있어."

그가 점점 목소리를 높였다.

"니콜라이 드미트리치, 니콜라이 드미트리치."

마리야 니콜라예브나가 그에게 다가가 귓속말을 했다.

"그래, 좋았어! 그런데 밤참은? 아, 이제야 가져오는군."

그는 쟁반을 들고 오는 하인을 보며 말했다.

"여기다 놓아."

그는 거친 목소리로 말하면서 보드카를 들어 술잔에 따라 마시기 시작했다.

"너도 할래?"

술을 마시고 기분이 금세 누그러진 니콜라이가 동생에게 말했다.

"이제 세르게이 이바노비치 이야기 따윈 그만두자. 그래도 널 만나니 기분이 좋군. 네가 무슨 말을 어떻게 지껄이든 우린 남이 아니야. 자, 한잔해라. 넌 요즘 어떻게 살고 있지?"

그는 빵 한 덩이를 게걸스럽게 씹으며 술을 따랐다.

"어떻게 지내느냐?"

"형이 아는 것처럼 시골에서 영지를 돌보면서 혼자 지내지."

콘스탄친 레빈은 형이 음식을 게걸스럽게 먹는 것을 안쓰럽게 바라보며 표정을 흘뜨리지 않으려고 무진 애를 썼다.

"결혼은?"

"아직 기회가 없었지."

콘스탄친 레빈이 얼굴을 붉히며 간신히 대답했다.

"그럴 리가. 나야 망한 인생이지만…… 난 완전히 끝났어. 전에도 말했고 앞으로도 그렇겠지만, 내가 필요했을 때 제때 내 몫의 재산을 받았다면 난 이렇게 망하지 않았을 거야."

콘스탄친 드미트리치가 갑자기 말을 돌렸다.

"형이 데리고 있던 바뉴슈카 말이야. 그는 포크로프스코예에 있는 내 사무실에 있어."

그가 말했다.

니콜라이가 목을 경련하듯 떨며 생각에 잠겼다.

"그렇군. 포크로프스코예는 어떻지? 집은 예전처럼 그대로 있지? 자작나무들과 우리가 다니던 학교는? 정원사 필리프는 아직 살아 있나? 그 정자와 벤치가 눈에 선하구나. 집 안에 있는 건 그 무엇도 달라지지 않게 해라. 신경을 부지런히 써. 빨리 결혼해서 옛날처럼 집을 꾸며라. 그런다면 내가 널 찾아가지. 물론 네가 아주 착한 부인을 얻는다면 말이야."

"지금 당장 와도 좋아."

레빈이 말을 이었다.

"우리 둘이 살 수도 있잖아."

"거기서 세르게이 이바노비치와 뭔 일이 일어나지 않을 거라는 확신이 들면 그때 가지."

"그럴 일은 없어. 난 형에게서 완전히 독립했으니까."

"그래, 좋아. 하지만 어쨌든 넌 나나 그중 한 사람을 선택해야 해."

그는 조금은 망설이는 투로 동생의 눈을 보며 말했다. 그런 약한 모습이 콘스탄친의 마음을 움직였다.

"솔직한 이야기를 듣고 싶다면 지금 말할게. 형과 세르게이 이바노비치 형이 싸운다면 난 누구의 편도 들 수 없어. 둘 다 나쁘니까. 겉보기에는 형이 나쁘고, 알고 보면 세르게이 이바노비치 형이 나쁘거든."

"오, 네가 그걸 알고 있었다니! 맙소사!"

니콜라이가 기쁨에 젖어 탄성을 질렀다.

"형이 알고 싶다면 더 이야기해 줄게. 난 솔직히 말해서 형과의 관계를 더 중요하게 생각해. 그건……."

"왜지?"

콘스탄친은 니콜라이를 더 소중히 여기는 게 그의 불행한 삶 때문이라고는, 그에게 우정이 필요하기 때문이라고는 밝힐 수 없었다. 하지만 니콜라이는 콘스탄친의 속내를 간파했고, 그는 다시 보드카 병을 들었다.

"그만둬요, 니콜라이 드미트리치!"

마리야 니콜라예브나가 맨살을 드러낸 살찐 팔을 술병으로 뻗으며 말했다.

"날 가만히 내버려 둬. 날 귀찮게 했다가는 가만두지 않겠어."

그가 소리 질렀다. 마리야 니콜라예브나가 맑고 선한 미소를 지었다. 그러자 니콜라이도 진정을 되찾았다. 그녀는 보드카 병을 빼앗았다.

"넌 저 여자가 아무것도 모를 거라고 생각하겠지?"

니콜라이가 말했다.

"사실 저 여자는 모든 걸 알아. 우리보다 더 잘 알지. 게다가 그녀에게는 아주 선하고 순수한 면이 있어."

"당신은 모스크바에 머물렀던 적이 한 번도 없나요?"

콘스탄친이 무슨 이야기를 꺼내려고 그녀에게 물었다.

"저 여자에게 '당신'이라고 부르지 마. 저 여자는 그런 말을 무서워하니까. 저 여자에게 '당신'이라고 부른 사람은 여태까지 치안판사밖에 없었어. 매춘 굴에서 빠져나오려다가 재판을 받았지. 이 세상 모든 것이 아무 의미 없는 놀음이야."

갑자기 그가 큰 목소리로 외쳐 댔다.

"새로운 제도나 치안판사, 젬스트보! 이게 다 무슨 장난질이지?"

그러더니 그는 새로운 제도 때문에 얽혔던 일을 들려주기 시작했다.

콘스탄친 레빈은 그의 말을 진중히 들었다. 그는 형의 말을 들으며 그동안 자신도 사회제도의 의미를 부정하고 그런 생각을 직설적으로 표현하기도 해 왔지만, 형의 입으로 그 말을 다시 들으니 기분이 썩 내키지는 않았다.

"저세상에 가면 그 모든 걸 다 알게 될까?"

레빈이 웃으며 말했다.

"저세상? 저세상이라니! 그런 건 입에도 담지 마! 듣기 싫으니!"

니콜라이가 겁에 질린 눈으로 동생을 쩨려보았다.

"추하고 더러운 것들로부터 벗어날 수 있다면 얼마나 좋을까. 그게 내 것이든 남의 것이든 상관없어. 하지만 죽음은 싫군. 소름 끼치도록 무서워."

그는 몸을 떨었다.

"자, 뭐든 마시자. 샴페인을 할까? 아니면 어디로 갈까? 집시들에게 갈까? 너도 내가 집시와 러시아 민요를 얼마나 좋아하는지 알고 있지?"

그는 횡설수설했다. 대화는 이 이야기에서 저 이야기로 마구 튀었다. 콘스탄친은 마샤의 도움으로 형에게 집에 머무는 게 낫다고 잘 설득한 뒤 고주망태가 된 형을 자리에 눕혔다.

마샤는 무슨 문제가 생기면 콘스탄친에게 편지를 보내고, 니콜라이 레빈에게 동생의 집에 가서 살도록 설득하겠다고 약속했다.

26

콘스탄친 레빈은 아침에 모스크바를 출발해 저녁쯤 집에 도착했다. 돌아오는 기차 안에서 그는 옆자리에 앉은 이들과 정치와 새로운 철도에 관한 이야기를 활발히 나누었다. 그러나 이번에도 모스크바에 있을 때처럼 극심한 혼란스러움, 자기 자신에 대한 불만과 막연한 수치심이 마음을 무겁게 눌러 왔다. 그러나 목적지 기차역에 도착해서 카프탄 깃을 세운 애꾸눈 마부 이그나트를 만나고서, 기차역 창문에서 흘러가는 빛 속에서 양탄자를 깐 썰매와 꼬리를 술로 묶고 고리 달린 마구를 씌운 말을 보고서, 썰매에 오르자 마부 이그나트가 그간의 마을 소식을 들려주고 건축업자가 다녀간 일과 파바가 송아지를 낳았다고 말해 주면서 점차 흐릿했던 정신이 맑아지고 자신에 대한 염려와 불안이 사라지는 것을 느꼈다. 그는 이그나트와 말을 보자마자 그런 감정을 느꼈다. 그러나 이그나트가 가져온 두터운 모피를 입고 썰매에 앉아서 담요로 무릎을 감싼 채 집으로 가면서 앞으로 처리해야 할 일들을 생각하며 끌채를 매지 않은 말을 물끄러미 바라보았다. 한때 승마용이었던 그 말은 돈 지방에서 자랐으며 위풍당당했다. 그는 여러 가지 생각을 하며 말을 보다가 자신이 겪은 일련의 사건들을 다른 시각으로 되짚어 보았다. 그는 자기 존재에 확신이 있었으며 다른 존재가 되고 싶지는 않았다. 그는 그저 앞으로 더 나은 사람이 되고 싶었을 뿐이었다. 첫째, 그는 이제 결혼을 해서 얻을 수 있는 행복들에 다른 희망을 품지 않고 자신의 현재를 폄하하지 않겠다고 생각했다. 둘째, 그는 앞으로 두 번 다시 사랑 놀음에 빠지지 않겠다고 생각했다. 그가 청혼하려고 마음먹었을 때 추악한 정욕에 사로잡혔던 것처럼 어리석은 열정 때문에 괴로움에 빠지지 않겠다고 결심했다. 그리고 니콜라이 형을 생각하면서, 그를 항상 기억하고 그가 어려움에 처했을 때 언제라도 도움을 줄 수 있도록 잘 살펴야겠다고 생각했다. 그는 가까운 장래에 그런 일이 벌어질 거라고 생각했던 것이다. 코뮤니즘에 대해 형과 나눈 대화는 그를 깊은 생각에 잠기게 했다. 형과 이야기를 할 때에는 코뮤니즘을 가볍게 생각했었다. 경제적인 개혁은 그에게 허튼소리로 들렸던 것이다. 하지만 그 역시 가난한 민중의 사정을 돌이켜 보면 자신이 누리는 부가 정당한가에 대한 자책이 들었다. 그래서 그는 자신의 삶의 정당성을 지켜 내기 위해 더욱 근면하게 일하고 사치하지 말아야겠다고 마음먹었다. 물론 예전부터 맡은 일을 성실하게 해내고 사치와 먼 생활을 했지만 말이다. 그는 이 모든 것에 행복하게 낙관하며 밝은 마음으로 돌아왔다. 그는 밤 여덟 시가 넘었을 무렵, 새로운 미래에 대한 기대로 가득 차 활기찬 모습으로 집에 도착했다.

그의 집에서 살림을 맡아서 챙기고 있는 늙은 보모 아가피야 미하일로브나의 방 창문에서 새어 나오는 빛이 저택 앞의 눈 덮인 마당을 환히 비추었다. 아직 잠자리에 들지 않았던 그녀는 쿠지마를 깨웠다. 잠이 덜 깬 쿠지마는 맨발로 현관 계단까지 달려 나왔다. 사냥개 라스카도 마치 쿠지마를 넘어뜨릴 듯이 사납게 짖으며 뛰어나와 뒷발로 서서 앞발로 레빈의 가슴을 치며 버둥댔다.

"이렇게 빨리 돌아오시다니요."

아가피야 미하일로브나가 말했다.

"집이 너무 그리웠어요. 아가피야 미하일로브나! 손님 대접을 받는 것도 좋지만 내 집만 한 곳이 없더라고요."

그는 이렇게 말하고 서재로 갔다.

그가 들고 온 호롱불이 비추자 서재는 환해졌다. 서재 안의 낯익은 풍경들이 눈에 들어왔다. 사슴뿔과 책장들, 거울에서부터 오래전 고장 나 버린 통풍구 달린 스토브, 아버지의 소파와 큰 책상, 펼쳐져 있는 책들, 깨진 재떨이, 공책. 그 물건들을 보자, 그의 마음속에는 방금 전까지 기대한 새로운 미래에 대한 생각들이 과연 실현될 수 있는지 두려움이 일었다. 그의 삶을 보여 주는 작은 흔적들은 마치 그에게 이렇게 속삭이는 듯했다.

'네가 우리에게서 벗어날 수 있을 줄 알고? 넌 절대 다른 사람이 될 수 없어. 결국은 예전처럼 살아가게 될 거야. 의심과 자책, 자신의 현실을 돌파해 보려는 헛된 노력과 실패, 그리고 지금까지 가져 본 적 없고 앞으로도 가질 수 없을 행복에 대한 영원한 기대, 그런 것들을 평생 안고서!'

그러나 그것은 물건들의 말일 뿐이었다. 마음속의 목소리가 과거에 연연하지 말라고, 너는 무엇이든 해낼 수 있다고 외쳤다. 그는 그 목소리에 의지하며 일 푸드짜리 아령이 놓인 방구석으로 갔다. 그리고 다시 한 번 활력을 찾기 위해 아령 운동을 했다. 이때 문밖에서 누군가의 발소리가 들려 그는 얼른 아령을 내려놓았다.

집사가 들어와 그동안 모든 일들이 순조로웠다고 말한 뒤 새 건조기에 말린 메밀이 조금 탔다고 전했다. 레빈은 이 소식을 듣고 좀 움찔했다. 레빈은 새 건조기를 설치했을 뿐 아니라 기계의 고안에도 관여했던 것이다. 집사는 새 건조기에 반대했기 때문에 메밀이 탔다고 말하면서도 기분이 좋은 듯 보였다. 레빈은 메밀이 탄 이유라면 오직 한 가지, 자신의 설명을 제대로 따르지 않았기 때문이라고 생각했다. 그는 집사에게 화를 내며 잔소리를 했다. 하지만 중요하고 기쁜 소식도 있었다. 파바가 새끼를 낳은 것이다. 파바는 박람회에서 높은 값을 치르고 사 온 이 집에서 가장 훌륭한 암소였다.

"쿠지마, 털외투 좀 가져와. 그러고 사람들에게 등불을 가져오라고 해. 내가 직접 가서 볼 테니."

그가 집사에게 말했다.

축사는 저택 뒤편에 자리 잡고 있었다. 그는 라일락 나무 옆에 쌓인 눈 더미를 지나서 안마당을 가로질러 축사로 향했다. 차가운 문을 열자, 거름 더미에서 따뜻한 기운이 느껴졌다. 암소들이 낯선 등불에 놀라 새로 깔아 준 짚 위에서 울어 댔다. 검은 얼룩이 있는 네덜란드산 암소의 넓은 등판이 눈에 띄었다. 황소 베르쿠트는 코뚜레를 하고 누워 있다가 일어나려는 기척을 보였다. 하지만 생각을 바꾸었는지 사람들이 지나가는 동안 숨만 몇 번 헐떡거렸다. 하마처럼 크고 붉은빛이 나는 아름다운 소 파바는 사람들을 보자 궁둥이를 돌려 새끼를 감쌌다.

레빈은 칸막이 안으로 들어가서 파바를 살폈다. 그러고 붉은 얼룩이 있는 송아지를 일으켰다. 파바는 흥분을 했는지 울어 대다가, 레빈이 암송아지를 가까이 끌어다 주자 다시 얌전하게 굴었다. 그러고 다시 숨을 고르더니 까끌까끌한 혀로 송아지를 핥았다. 송아지는 코로 어미의 허벅지를 몇 번이나 받더니 꼬리를 살랑거렸다.

"여기를 비춰 봐. 표도르, 이쪽으로 등불을 비추게."

레빈이 송아지를 살펴보면서 말했다.

"어미를 쏙 빼닮았지? 털 색깔은 아비를 닮았지만, 참 훌륭한 송아지야. 다리가 길고 옆구리도 탄탄해. 바실리 표도로비치, 어떤가? 이만하면 훌륭하지?"

그가 집사에게 말했다. 그는 송아지를 본 기쁨이 어찌나 큰지 메밀이 타 버린 이야기는 깡그리 잊고 말았다.

"어느 쪽을 닮든지 좋지요. 그런데 주인님, 출발하셨던 그날에 건축업자 세묜이 다녀갔습니다. 그와 계약 조건을 이야기해 봐야 할 것 같습니다, 콘스탄친 드미트리치."

집사가 말했다.

"아까 그 기계에 대해 말씀드린 바와 같이……."

이 일은 영지 경영이라는 복잡하고 큰 문제 속으로 다시 레빈을 끌고 들어갔다. 그는 암소 축사에서 나와서 사무실로 가서 건축업자 세묜을 불러 집사와 함께 회의를 한 뒤 저택으로 돌아와 이 층에 있는 응접실로 올라갔다.

27

크고도 고풍스러운 저택이었다. 레빈은 혼자 살면서도 집 전체에 난방을 하고 모든 공간을 사용했다. 그는 이런 것이 낭비임을 알고 있었으며, 과도할 뿐 아니라 자신의 새로운 계획과도 맞지 않는다는 생각도 들었다. 하지만 이 집은 레빈에게는 하나의 세계였다. 이 집은 아버지와 어머니가 살다가 떠난 세계였다. 그들은 레빈에게 완전히 이상적이라고 생각되는 삶을 살아갔던 것이다. 또한 이 집은 레빈이 훗날 아내를 맞이하고 가족을 꾸려 이루어 내겠다고 생각했던 그런 세계이기도 했다.

레빈은 어머니에 대한 기억이 거의 없었다. 그에게 어머니라는 개념은 신성한 것이었다. 따라서 훗날 아내가 될 여자는 아름답고 신성하고 이성적인 여성, 즉 자신의 어머니이자 그런 여인의 부활이어야 했다.

그는 결혼과 분리된 사랑과 교제는 생각해 본 적이 없었다. 그는 언제나 가정을 먼저 생각한 다음 그런 가정을 함께 꾸릴 수 있는 여성을 생각했다. 그의 결혼관은 그가 아는 다른 대부분의 사람들과는 조금 달랐다. 그들 다수에게 결혼이란 사회생활의 흐름 중 하나에 지나지 않았지만, 레빈에게는 결혼이 인생에서 가장 중요한 문제이자 인생의 모든 행복이 걸려 있는 문제였다. 그런데 이제 그는 그것을 포기해야 하는 것이다.

그는 차를 즐겨 마시던 작은 응접실에 들어가 책을 한 권 펼쳐 들고 안락의자에 편안하게 앉았다. 그러자 아가피야 미하일로브나가 차를 들고 들어와 "도련님, 저도 여기 앉겠어요."라고 하며 창가 쪽 의자에 앉았다. 그 순간, 그는 자신이 그 꿈을 아직 버리지 않았고 앞으로도 그 꿈 없이는 살 수 없겠다는 생각이 들었다. 그녀든 그녀가 아니든 그 꿈은 이루어질 것이다. 그는 책을 읽으면서 방금 읽은 내용을 다시 생각하기도 하고, 옆에서 조잘대는 아가피야 미하일로브나의 이야기를 듣기도 했다. 그러는 동안 영지 경영과 자신의 결혼 등 온갖 장면들이 머릿속에 펼쳐졌다. 그는 영혼 깊숙한 곳에서 무언가가 조금씩 정리되고 바로잡혀 가는 것이 느껴졌다.

그는 아가피야 미하일로브나에게서 프로호르가 하느님을 잊고서 레빈이 말을 사라고 준 그 돈으로 술을 마시고 아내를 폭행한 이야기를 들었다. 그는 이야기를 듣고 책을 읽을 때 머릿속에 일어난 생각의 꼬리들을 전부 떠올렸다. 그 책은 틴들(영국의 물리학자_옮긴이)이 열에 관해 쓴 것이었다. 그는 틴들이 자신의 실험에 만족할 뿐 철학적 사고가 부족하다고 했던 자신의 주장을 떠올렸다. 그러다 갑자기 즐거운 생각이 들었다.

'이 년 뒤에는 축사에 네덜란드산 소가 두 마리 있을 거야. 파바도 그때까지 살아 있을지도 모르지. 베르쿠트에게서 얻은 젊은 암소 열두 마리, 그리고 이 세 마리를 더해 보면…… 정말 멋지군!'

그는 다시 책을 읽었다.

'좋아, 전기와 열은 같으니까. 하지만 문제를 풀 때 하나의 양을 다른 양으로 대치할 수는 없을까? 안 된다면, 그럼 어떻게 하지? 자연에 존재하는 모든 힘, 그 사이의 것들은 충분히 감지할 수 있어…… 파바의 새끼가 붉은 얼룩이 있는 암송아지여서 얼마나 잘된 일인지! 가축들 사이에 세 마리가 섞여 들어간다면…… 생각만 해도 멋지군! 아내와 손님들을 데리고 축사로 가는 거야. 아내는 이렇게 말할 테지. 코스챠와 난 이 송아지들을 자식처럼 돌봤답니다. 그럼 손님이 묻겠지? 어떻게 그렇게 일에 빠져서 지냈습니까? 남편이 좋아하는 일이라면 저도 따르게 되더라고요. 그런데 내 아내가 될 사람은 누구일까?'

그러자 모스크바에서 있었던 일들이 모두 스쳐 지나갔다.

'아, 내가 어떻게 해야 했을까⋯⋯. 난 아무 잘못이 없어. 하지만 이제 모든 것을 새롭게 꾸려 갈 거야. 운명이 가로막았다거나 과거로부터 벗어날 수 없다는 것은 다 쓸데없는 소리야. 더 나은 삶을 살기 위해, 더 잘 살아가기 위해 최선의 노력을 해야 해⋯⋯.'

그는 고개를 약간 기울인 채 생각에 빠졌다. 주인이 돌아왔다는 기쁨에 아직도 흥분을 가라앉히지 못한 사냥개 라스카가 안마당을 뛰어다니며 꼬리를 흔들어 댔다. 그러고는 차가운 바깥 공기를 끌고 들어와 그의 손 밑에 머리를 대고 낑낑거리며 만져 달라고 졸랐다.

"말만 못 할 따름이지요."

아가피야 미하일로브나가 말했다.

"하지만 개들은⋯⋯ 주인이 돌아왔다는 것도 또 주인이 우울해하는 것도 모두 안답니다."

"내가 왜 우울해하겠어요?"

"제가 모를 거라고 생각하세요, 도련님? 저는 주인님을 안답니다. 어릴 때부터 주인님의 가문과 함께해 왔는걸요? 아무 걱정 마세요, 도련님. 몸을 건강하게 하고 깨끗한 정신으로 살아간다면⋯⋯."

레빈은 그녀가 그의 생각을 꿰뚫고 있는 것에 소스라치게 놀라 그녀의 얼굴을 빤히 바라보았다.

"차를 한 잔 더 내올까요?"

그녀는 이렇게 말하고 찻잔을 들고 방을 나갔다.

라스카는 레빈의 손 밑으로 계속 머리를 밀어 댔다. 그가 라스카의 머리를 쓰다듬어 주자, 라스카는 그의 발치에 몸을 동그랗게 말고 누웠다. 그러고는 모든 것이 만족스럽고 평화롭다는 표시로 입을 살짝 벌리고 입맛을 다시고는 이빨 주위에 끈적거리는 입술을 착 붙이고 행복에 잠겼다. 레빈은 라스카의 마지막 동작을 유심히 보았다.

'저게 바로 내 모습처럼 보이는구나.'

그는 속으로 혼잣말을 되풀이했다.

'저게 바로 내 모습이라고! 좋아……. 모든 게 다 좋아!'

28

무도회에서 돌아오자마자, 안나 아르카지예브나는 아침 일찍 남편에게 모스크바를 떠나겠다는 전보를 보냈다.

"아니요. 난 가야 해요. 가야 한다고요."

그녀는 마치 셀 수 없이 많고 복잡한 일정들을 생각하는 듯한 말투로 새언니에게 일정을 갑자기 바꾼 것을 변명했다.

"오늘 가는 게 나을 것 같아요!"

스테판 아르카지치는 집에서 점심 식사를 하지는 않았지만 여동생을 역까지 데려다 주러 일곱 시까지 집에 돌아오겠다고 했다.

키티는 머리가 아프다는 편지를 보내왔다. 돌리와 안나는 아이들과 영국인 가정교사와 함께 점심을 먹었다. 아이들은 너무 어려 기분이 들쭉날쭉한 탓인지, 지금의 안나가 그때 그렇게 매달리며 좋아하던 그날의 안나가 아니며 더 이상 자기들에게 관심을 보이지 않는 것 같아서인지 갑자기 고모와 놀지도 매달리지도 않았으며 고모가 떠나든 말든 관심이 없었다. 안나는 오전 내내 짐을 싸느라 바빴다. 그녀는 모스크바의 지인들에게 편지를 쓰고, 수첩에 지출 내역을 꼼꼼히 기록하고 짐을 챙겼다. 돌리에게는 그녀가 갑자기 진정하지 못하고 안절부절못하는 것처럼 보였다. 돌리는 경험상 그런 변화가 무엇 때문인지 알 것 같았다. 그것은 대부분은 심리적인 이유로, 자기 자신에 대한 불만 때문인 경우가 많다. 식사 후 안나는 옷을 갈아입기 위해 방으로 갔고, 돌리는 안나를 따라갔다.

"오늘 어딘지 모르게 이상하군요."

돌리가 말했다.

"내가요? 내가 그렇게 보이나요? 난 이상하지 않은데. 난 좀 못된 사람이지요. 종종 이러니까요. 그냥 좀 울고 싶어지네요. 너무 바보 같지만 곧 괜찮아지겠죠."

안나는 빠르게 말하면서 나이트캡과 손수건들을 정리해 둔 작은 주머니 쪽으로 붉어진 얼굴을 돌렸다. 그녀의 눈동자가 반짝거리더니 기어이 눈에 눈물이 고였다.

"페테르부르크를 떠날 때부터 선뜻 마음이 가지 않더니 이제는 어서 떠나고 싶네요."

"당신이 와 주어서 큰 도움이 됐어요."

돌리가 안나를 물끄러미 쳐다보며 말했다.

안나는 눈물 고인 눈으로 돌리를 바라보았다.

"아니에요, 돌리. 내가 한 것도 없고 뭔가 할 수도 없었죠. 난 가끔 다른 사람들이 왜 나를 괴롭히는지 견딜 수가 없어요. 내가 뭘 할 수 있겠어요? 내가 무엇을 했다는 거죠? 당신의 마음속에는 용서를 할 수 있는 사랑이 있었으니……."

"당신이 없었다면 그러지 못했을 거예요. 당신은 내게 행운을 준 여자예요, 안나!"

돌리가 말했다.

"당신의 마음속에 있는 모든 것은 분명 훌륭해요."

"모든 사람의 마음속에는 영국인들이 말하는 것처럼 자신만의 해골이 있지요."

"당신도 해골을 갖고 있나요? 당신의 모든 것은 정말 명백해요."

"갖고 있을 테죠!"

안나가 말했다. 그 순간 눈물을 흘렸다고는 생각되지 않을 만큼 날카롭고 교활한 미소가 입가에 드리워졌다.

"그렇다면 당신의 해골은 우울한 게 아니라 재미있겠군요."

"아니요. 아주 음침해요. 내가 왜 내일이 아니라 지금 당장 떠나려 하는 줄 아세요? 이런 걸 털어놓는 것은 무척 고통스럽죠. 하지만 이야기하고 싶어요. 당신에게는 말할게요."

안나는 안락의자에 몸을 기대고는 돌리의 눈을 응시했다. 돌리는 안나가 귀에서부터 검은 곱슬머리가 닿아 있는 목까지 붉게 물드는 모습을 보고 깜짝 놀랐다.

"그렇게 해요."

안나가 말을 이었다.

"키티가 오늘 왜 점심 식사에 오지 않았는지 알아요? 나를 질투해서예요. 내가 다 망가뜨렸어요……. 어젯밤의 무도회는 그녀에게 기쁨이 아니라 고통이었어요. 모든 게 나 때문이지요. 하지만 난 정말이지 아무런 잘못도 없어요. 잘못이 있다고 하더라도 아주 조금밖에 없다고요."

그녀는 '아주 조금'이라는 말을 천천히 하면서 가냘프게 외쳤다.

"어머, 그 말은 꼭 스티바가 하는 말과 똑같군요!"

돌리가 웃으며 말했다.

안나는 그 말에서 모욕감을 느꼈다.

"아뇨, 그렇지 않아요. 난 스티바와 달라요."

그녀가 얼굴을 찌푸리며 말했다.

"내가 이런 말을 꺼낸 이유는 단 한순간이라도 내 자신에게 떳떳하다는 걸 보이기 위해서예요."

안나가 말했다.

그러나 그녀는 그 말을 하면서 그게 아니라는 생각이 들었다. 그녀는 자기 자신을 의심하고 있었고 브론스키를 생각할 때마다 얼굴이 붉어졌다. 그녀가 예정을 앞당겨 빨리 떠나려고 하는 것은 더 이상 그와 마주치지 않기 위해서였다.

"그래요. 스티바가 알려 주더군요. 당신이 그와 마주르카를 추었고, 또 그가……."

"그 일이 얼마나 우스운 일이었는지 아마 상상도 못 할 거예요. 난 그 두 사람을 이어 주려고 했는데, 일이 완전히 반대로 가고 말았어요. 정말 내 의지와는 정반대로……."

그녀가 얼굴을 붉히며 말을 끊었다.

"그들도 그렇게 생각할 테죠."

돌리가 말했다.

"하지만 만일 그 순간이 그에게 진심이었다면 나는 정말 절망에 이를 거예요."

안나가 말을 이었다.

"그래도 모든 건 금세 잊힐 거예요. 그러면 키티도 더 이상 나를 피하지 않겠죠."

"안나, 솔직히 말해서 나는 키티를 생각했을 때 이 결혼을 찬성하고 싶지 않아요. 브론스키가 하루 만에 당신에게 마음이 기우는 그런 남자라면 이 혼담은 깨어지는 게 나아요."

"아, 하느님! 제가 얼마나 어리석은지요!"

안나가 말했다. 그녀의 마음속을 짓누르던 그 가혹한 말을 다른 사람의 입을 통해 듣는 순간, 그녀의 입가에는 만족한 듯한 미소가 떠올랐다.

"그렇게 나는 키티를 적으로 만들고 떠나는군요. 아, 그녀는 정말 얼마나 사랑스러운 아가씨인지 몰라요! 돌리, 당신이 이 일을 잘 수습해 줘요."

돌리는 새어 나오는 웃음을 겨우 참아 냈다. 그녀는 안나를 좋아했지만 그녀의 약점을 잡게 되자 마음 한구석이 즐거워졌다.

"적이라니요. 그렇지 않아요."

"난 내가 당신들을 좋아하는 것처럼 당신들도 나를 좋아해 주길 바랐답니다. 난 당신들을 더욱 좋아하게 됐어요."

안나가 눈물을 흘리며 말했다.

"아, 내 모습이 왜 이렇게 바보 같은지."

그녀는 손수건으로 눈물을 닦고는 옷을 갈아입기 시작했다.

스테판 아르카지치는 출발 시각에 맞추어 불콰해진 얼굴로 술 냄새를 풍기며 시가를 들고 돌아왔다.

안나의 눈물이 돌리의 마음을 움직였다. 돌리는 마지막으로 시누이를 안아 주며 이렇게 말했다.

"꼭 기억할게요, 안나. 당신이 나를 이렇게 도와준 것을 잊지 않을 거예요. 당신은 내 가장 좋은 벗이에요. 당신을 늘 생각하고 앞으로도 영원히 사랑할 거랍니다."

"왜죠?"

안나가 그녀에게 입을 맞추고 눈물을 닦으며 말했다.

"당신은 내 마음을 이해해 주었고, 지금도 이해하고 있잖아요. 잘 가세요. 나의 아름다운 친구여!"

29

'이젠 모든 게 잘 끝났어. 다행이다!'

마지막 세 번째 종소리가 들릴 때까지 객실 안에 서 있던 오빠와 작별 인사를 한 뒤 안나 아르카지예브나의 머릿속에 가장 먼저 떠오른 생각은 그것이었다. 그녀는 하녀 안누슈카와 나란히 앉아 어두침침한 침대 칸을 둘러보았다.

'내일이면 세료쟈와 알렉세이 안렉산드로비치를 만나겠구나. 그리고 난 예전처럼 모범적이고 안정적인 생활로 돌아가겠지.'

안나는 온종일 마음속을 짓눌렀던 근심 속에서도 분명하고 즐겁게 떠나는 길을 준비했다. 그녀는 작고 재빠른 손으로 빨간 손가방을 열고 작은 방석을 꺼내서 무릎에 얹고 다리에 두른 뒤 자리에 앉았다. 쇠약해 보이는 부인은 벌써 잘 준비를 하고 있었다. 다른 두 부인은 안나에게 말을 건넸고 뚱뚱한 부인은 몸을 감싸며 춥다고 불평을 해 댔다. 안나는 부인들에게 대꾸를 해 주면서도 왠지 대화가 내키지 않아 안누슈카에게 등불을 꺼내게 해서 그것을 좌석 손잡이에 걸어 놓고 작은 손가방에서 페이퍼 나이프와 영국 소설책을 꺼냈다. 처음에는 글이 읽히지 않았다. 주위의 소란스러움과 사람들의 쿵쿵거리는 발소리가 그녀의 신경을 거슬리게 했다. 기차가 움직이기 시작하자 기차 소리가 그녀의 독서를 방해했다. 그다음에는 왼쪽 창문을 치면서 유리창에 달라붙는 눈, 두툼한 옷을 껴입고 눈을 맞고 다니는 사람들의 모습과 바깥에 불어닥친 매서운 눈보라에 대해 나누는 말소리가 그녀의 주의를 흩뜨렸다. 그 뒤로는 똑같은 풍경이 계속 이어졌다. 덜커덩거리는 기차 소리와 문 여닫는 소리, 창밖에 쏟아지는 눈, 급하게 달아오르다 식는 실내 온도, 어두움 속에서 간혹 보이는 얼굴들, 똑같은 목소리들. 그러는 사이에 안나는 어느새 책에 집중해서 내용에 푹 빠졌다. 안누슈카는 한쪽에 구멍이 난 장갑을 낀 커다란 두 손으로 무릎 위에 빨간 가방을 놓고 붙들고서 졸고 있었다. 안나 아르카지예브나는 집중해서 책을 읽어 내려갔지만 책을 읽는다는 것, 그러니까 책 속의 다른 사람들의 삶을 그대로 쫓아가 보는 체험이 그리 달갑지 않았다. 그녀는 자신의 진정한 삶 속을 살아 보고 싶었다. 소설 속 여주인공이 환자를 간호하는 장면을 읽을 때면 그녀는 자신이 직접 발돋움을 하고 병실을 거닐어 보고 싶은 마음이 들었고, 어떤 의원이 연설을 하는 장면을 읽을 때면 자신도 연단에 나서서 연설을 하고 싶어졌다. 레이디 메리가 말을 타고 사냥을 하거나 새언니를 골리는 발칙한 행동으로 주변 사람들을 경악하게 할 때면 그녀도 직접 메리처럼 해 보고 싶었다. 하지만 그녀가 할 수 있는 것은 아무것도 없었다. 그녀는 그 작은 손으로 매끄러운 페이퍼 나이프를 만지작거리며 책을 읽어 나가려 애를 썼다.

소설의 남자 주인공은 영국인으로서 행복을 만끽하며 남작의 지위와 영지를 얻어 냈다. 안나는 그와 함께 그 영지에 가 보고 싶었다. 그러다 그녀는 남자 주인공이 무척 수치스러운 기분이 들 거란 생각이 들었다. 그녀가 생각해도 그건 수치스러운 일이었다. 하지만 그는 도대체 왜 수치스러워하는 것일까?

'난 또 왜 수치스러움을 느끼는 거지?'

그녀는 모욕감과 놀라움을 느끼며 자문해 보았다. 그녀는 책을 포개고 좌석 등받이에 기대서 페이퍼 나이프를 양손으로 꼭 쥐었다. 부끄러운 일은 아무것도 없었다. 그녀는 모스크바의 기억을 하나둘 떠올려 보았다. 모든 것이 즐거웠고 유쾌했다. 그녀는 무도회장을 떠올리고 브론스키의 얼굴, 사랑에 빠졌던 순종적인 그의 얼굴과 그와의 모든 것을 떠올렸다. 수치스럽게 생각할 부분은 하나도 없었다. 그런데도 단 한 가지가 마음에 걸렸다. 그녀가 브론스키를 떠올린 그 순간, 그녀 마음 깊숙한 곳에서 목소리가 들려왔다.

'따뜻해. 아주 따뜻해. 타 버릴 듯 뜨거워.'

'그래서 어떻다고?'

그녀는 자리에 고쳐 앉으며 스스로에게 물어보았다.

'도대체 이것들이 다 무슨 생각이람? 난 이것을 바로 보는 것이 두려운 걸까? 도대체 어떻게 된 거지? 나와 그 애송이 장교 사이에 단순히 아는 사이를 뛰어넘은 다른 게 있다는 거야? 과연 그런 게 가능할까?'

그녀는 경멸 어린 미소를 띠며 다시 책을 집어 들었다. 그러나 책 내용이 눈에 들어오지 않았다. 그녀는 페이퍼 나이프를 유리창에 대고 그어 보고는 차갑고 매끄러운 유리 표면에 뺨을 갖다 댔다가 갑자기 유쾌해진 기분이 들어 소리 내어 웃을 뻔했다. 그녀는 자신의 온 신경이 마치 감개에 걸린 현처럼 팽팽해지는 것을 느꼈다. 그녀는 자신의 눈동자가 더욱 커지고, 손가락과 발가락이 경련하듯 떨리고, 가슴속에서 무언가가 쿵쾅대고, 덜컹거리는 어둠 속의 모든 사물과 소리들이 그녀의 마음에 또렷한 인상을 남기는 것을 느꼈다. 기차가 앞으로 가는지 아니면 뒤로 가는지, 그도 아니면 멈춰 버렸는지, 그런 생각이 끊임없이 그녀를 괴롭혔다. 내 옆에 있는 사람이 안누슈카가 맞는지, 아니면 내가 모르는 다른 사람인지? 저기 손잡이에 걸린 게 뭐지? 털외투? 아니면 산짐승? 그리고 여기 있는 나는 누굴까? 나 자신일까, 아니면 내가 모르는 다른 사람? 그녀는 이런 생각에 자신을 내맡기고 있는 게 무서웠다. 하지만 무언가 보이지 않는 힘이 강하게 그녀를 이끌었다. 그녀는 스스로의 힘으로 그것에 의지할 수도 또 그것을 피할 수도 없었다. 그녀는 평정심을 되찾으려고 자리에서 일어나 덮개를 치우고 외투의 목도리를 떼어 내고 숨을 가다듬었다. 그저 단추가 하나 떨어진 긴 외투 차림으로 객실에 들어온 마른 남자가 화부라는 것, 그가 온도계를 보았다는 것과 남자의 뒤쪽 문 틈새로 눈보라가 들이친다는 것을 깨달았다. 하지만 다시 모든 것이 뒤죽박죽이 되어 버렸다. 허리가 긴 그 남자는 벽 안에서 무언가를 긁고, 노부인은 객실의 길이만큼 다리를 뻗어 객실 안에 검은 구름을 채웠다. 그다음엔 누군가 갈기갈기 찢는 것처럼 날카로운 소리와 쿵쿵 울리는 소리가 들렸다. 그러자 빨간불이 켜지더니 모든 것들이 벽 속으로 숨어 버렸다. 안나는 밑으로 떨어지는 것 같은 느낌이 들었다. 하지만 그 모든 것이 무섭기보다는 유쾌하게 생각되었다. 눈 속에 빠진 사람들이 그녀에게 소리쳤다. 그녀는 자리에서 일어나 정신을 가다듬었다. 그녀는 기차가 역에 가까이 왔고, 소리 지른 사람이 차장이라는 것을 알았다. 그녀는 안누슈카에게 목도리와 숄을 달라고 한 뒤 그것을 걸치고 문으로 갔다.

"나가시려고요?"

안누슈카가 물었다.

"그래, 찬바람을 좀 쐬고 올게. 여긴 너무 더워서."

그녀는 문을 열었다. 눈보라가 세게 몰아쳐서 그녀는 문을 두고 눈보라와 싸우는 모양새였다. 그래도 그녀는 이런 것들이 재미있었다. 그녀는 문을 열고 마침내 밖으로 나갔다. 바람은 그녀를 기다렸다는 듯이 거세게 휘몰아쳐 그녀를 쓸어 가려고 했다. 하지만 그녀는 차가운 쇠기둥을 부여잡고 옷깃을 여미며 플랫폼으로 가서 객실의 뒤쪽으로 향했다. 승강구에는 바람이 셌지만 객실 뒤편은 잠잠했다. 그녀는 즐거운 마음으로 눈 날리는 차가운 공기를 훅 들이마시고는 객실 옆에 서서 플랫폼과 불이 환하게 켜진 역사를 바라보았다.

30

눈보라가 거세게 몰아치며 객실 바퀴 사이, 기둥 위, 역 구석구석에서 바람 소리를 냈다. 객실, 기둥, 사람 할 것 없이 모두 한쪽이 눈에 덮였고, 그 위로 더 많은 눈이 쌓였다. 눈보라는 조금 잠잠해지는 것 같더니, 그녀가 버틸 수 없을 만큼 다시 거세게 휘몰아쳤다. 하지만 그러는 동안에도 사람들은 여기저기 유쾌하게 뛰어다니며 이야기를 나누고 플랫폼의 널빤지 위를 구르면서 장난을 치고 큰 문을 여닫곤 했다. 사람들의 휘어진 그림자들이 그녀의 발밑으로 와 사라졌고, 쇠망치 두드리는 소리가 들렸다.

"전보를 주게!"

눈보라 치는 어둠 저편에서 화난 목소리가 들렸다.

"이리 오십시오. 이십팔 호입니다."

다른 사람들의 목소리도 들리고, 옷을 두툼하게 껴입은 사람들이 눈을 맞으며 앞으로 달려갔다. 담배를 문 두 신사가 그녀 옆을 지나갔다. 그녀는 다시 한 번 공기를 크게 들이마시기 위해 숨을 쉬었다. 그러고 객차 기둥을 잡고서 앞으로 가려고 머프에서 손을 뺐다. 그때 군인 외투를 입은 사람이 그녀 옆으로 다가와 등불을 가로막았다. 그녀는 그를 보자마자 그가 브론스키라는 것을 알아챘다. 그는 모자 차양에 손을 올리더니 허리를 굽히며 뭔가 도와줄 일은 없는지 물었다. 그녀는 오래도록 아무 말 없이 그를 뚫어지게 쳐다보았다. 그는 어두운 그늘 쪽에 서 있었지만, 그녀는 그의 얼굴과 눈빛을 보았다. 아니 그 모든 것을 또렷이 본 것처럼 느꼈다. 그것은 어제 그녀에게 보여 줬던 그 순종적인 표정이었다. 그녀는 지난 며칠 동안 그리고 지금 이 순간에도 브론스키가 어디에서나 볼 수 있는 그런 사람이라고 생각하면서 그에 대해 다시는 생각하지 않으리라 다짐했다. 그러나 그를 다시 만나자 첫 순간부터 기쁨과 만족감이 뒤엉켜 그녀 가슴을 파고들었다. 그녀는 왜 그가 여기 있는지 잘 알고 있었다. 마치 그의 입을 통해 그가 그녀 앞에 있는 이유를 고백받기라도 한 듯 그녀는 모든 것을 명백하게 알았다.

"당신이 이 기차에 타고 계신 줄은 몰랐네요. 왜 모스크바를 떠나시죠?"

그녀가 기둥을 잡고 있던 손을 내리면서 말했다. 그녀의 얼굴은 기쁨으로 생기 있게 빛났다.

"왜 내가 떠나느냐고요?"

그는 그녀의 눈을 지그시 바라보며 말했다.

"그건 당신도 알고 있잖아요. 당신이 머무는 곳에 함께 있고 싶어서 그렇다는 것을요."

그가 말했다.

"나로서는 그걸 참을 수 없었습니다."

바로 그때 마치 벽을 관통하기라도 한 듯 바람이 객실 지붕의 눈을 날려 버리고 어디선가 뜯긴 쇳조각을 마구 흔들어 댔다. 그리고 앞쪽에서 기관차의 구슬프고 음울한 기적 소리가 울려 퍼졌다. 거센 눈보라가 지금 그녀에게는 그 무엇보다 아름답게 느껴졌다. 그는 그녀의 영혼이 꿈꾸던 그 말을, 그녀의 이성이 피해 온 바로 그 말을 꺼냈다. 그녀는 아무 말도 하지 않았다. 그는 그녀의 얼굴에서 극심한 내면의 갈등을 느꼈다.

"제 말이 심히 불쾌하게 했다면 사과드리고 싶습니다."

그가 정중한 어조로 말했다. 그가 너무나 공손하고 신사답게 그러면서도 확실하고 강하게 말했기 때문에 그녀는 분위기를 흩뜨리고 이야기를 꺼낼 수가 없었다.

"듣기 곤란하군요. 그러니 당신이 좋은 분이시다면 지금 그 말을 잊어주세요. 저도 잊겠습니다. 부탁할게요."

그녀가 어렵게 입을 열었다.

"저는 당신의 말 한마디, 몸짓 하나도 잊을 수 없는걸요."

"그만! 제발 그만해 주세요!"

그녀는 이렇게 소리치며 욕망에 타오른 뜨거운 눈빛으로 쳐다보는 그의 얼굴을 차갑게 대하려 애썼다. 그러고는 차가운 기둥을 잡고서 승강구에 올라 얼른 객차로 향하는 통로로 들어섰다. 하지만 그녀는 자리에 멈춰 선 채 방금 전 있었던 일들을 생각했다. 비록 자신이 한 말도 그가 한 말도 떠오르지 않았지만, 그녀는 그 짧은 순간의 대화로 자신들이 무척 가까워졌다는 것을 깨달았다. 그녀는 그 사실이 두려웠으면서도 한편으로는 만족감을 느꼈다. 그녀는 몇 초 동안 그 자리에 머물다가 얼른 정신을 차리고 객실로 들어가서 앉았다. 그러자 다시 그녀를 괴롭혔던 내면의 갈등이 다시 시작되었다. 그것은 점점 더 심해져서 그녀는 자기 안의 무언가가 툭 부러져 나가지나 않을까 하는 공포에 사로잡힐 정도였다. 그녀는 밤새 뒤척였다. 하지만 자는 동안 마음속에 긴장감이나 공포감은 없었다. 오히려 산뜻하고 강렬하고 흥분을 주는 그 무언가가 있었다. 새벽 무렵, 안나는 의자에 앉아 졸기 시작했다. 그녀가 눈을 떴을 때 창밖은 눈부시게 빛났고 기차는 페테르부르크에 거의 도착한 상태였다. 그러자 집안일들과 남편, 아이에 대한 생각과 오늘부터 며칠간 부딪혀야 할 내면의 고통이 떠올라 그녀의 마음을 복잡하게 만들었다.

기차가 페테르부르크 역에 정차하여 그녀가 객실 밖으로 나왔을 때 가장 먼저 눈에 띈 것은 그녀 남편의 얼굴이었다.

'아, 그이의 귀는 얼마나 잘생겼는지!'

그녀는 듬직하고 당당한 그의 모습, 특히 둥근 모자 가장자리를 떠받친 모양이 강렬하게 인상적이었던 귀의 연골을 보며 생각에 빠졌다. 그녀를 발견한 그는 평소 습관처럼 입을 굳게 다문 채 장난치는 듯한 미소를 보이며 커다란 눈으로 그녀를 똑바로 바라보면서 그녀 앞으로 다가왔다. 그의 강하고도 피곤한 듯한 시선과 마주치자 어떤 통증이 그녀의 심장을 관통하는 듯했다. 마치 그녀가 그에게서 다른 모습을 기대했던 것처럼……. 특히 그녀가 놀란 것은 그를 만난 순간 스스로에게 느낀 불만스러움이었다. 사실 그 감정은 오래전부터 느꼈던 것으로 일종의 위선이었다. 그녀는 남편과의 사이에서 종종 그런 감정을 느끼곤 했다. 그녀는 그런 감정을 예전에는 실감하지 못했지만, 지금은 분명 고통스럽게 의식하고 있었다.

"자, 당신의 눈앞에, 자상한 남편이, 결혼한 지 이 년밖에 안 되는 자상한 남편이, 당신이 너무 보고 싶어서 이렇게 왔어."

그는 가늘고 높은 목소리로 천천히 말했다. 그는 그녀에게 거의 그런 말투로 말하곤 했다. 특히 지금은 다른 누가 그렇게 말한다면 놀려 주고 싶을 만한 그런 말투였다.

"세료쟈는 잘 있죠?"

그녀가 말했다.

"고작 그게 내가 온 것에 대한 보상이란 말이야? 건강하게, 건강하게 잘 있고말고."

31

브론스키는 그날 밤을 꼬박 새웠다. 그는 자기 자리에 앉아 정면을 뚫어지게 바라보기도 했고 드나드는 사람들의 모습을 보기도 했다. 원래의 그가 인상적일 만큼 차분한 모습으로 다른 사람을 놀라게 하고 흥분시키는 사람이었다면, 지금의 그는 더욱 거만하고 자기 자신의 모습에 만족하는 것처럼 보였다. 그는 마치 사물을 대하듯 감정 없이 사람들을 쳐다보았다. 그의 맞은편에는 지방 재판소에서 일하는 예민한 청년이 있었는데, 그는 브론스키의 그런 태도 때문에 브론스키를 싫어했다. 청년은 브론스키에게 자신이 사물이 아니라 사람임을 인식시키려고 그에게 담뱃불을 빌리고 말을 걸어 보기도 하고 심지어 그를 쿡쿡 찔러 보기도 했다. 하지만 브론스키는 그를 등불 바라보듯 대할 뿐이었다. 그러자 청년은 자신을 사람 대접하지 않고 무시하는 그의 태도에 화가 나서 얼굴을 찌푸렸다. 그 때문에 그는 잠을 잘 수 없었다.

브론스키는 그 무엇도 그 누구도 보지 않았다. 그는 마치 자신이 차르(제정 러시아 때 황제의 칭호_옮긴이)가 된 것처럼 느껴졌다. 그가 안나에게 깊은 인상을 남겼다는 확신 때문은 아니었다. 그는 스스로 그것을 의심하고 있었다. 그러나 그녀에게서 받은 느낌이 행복감과 자신감을 주었다.

이제 어떤 결과가 나올지는 그 스스로도 알지 못했으며 생각조차 하지 않고 있었다. 그는 지금까지 떨어져 있던 모든 힘이 한곳으로 응축되어 놀라운 에너지를 내며 행복을 향해 가고 있다고 생각했다. 그래서 그는 행복했다. 그는 자신이 그녀에게 진심을 말했고, 자신이 그녀 곁으로 가고 있으며, 이제 자신은 그녀를 보고 오직 그녀에게서만 삶의 행복과 모든 의미를 찾을 수 있다는 것을 깨달았다. 그는 젤테르 광천수를 보려고 볼로고예 역에서 내렸다. 안나를 만났을 때 툭 내뱉은 그의 첫마디는 그의 생각을 너무나 직설적으로 그녀에게 전달해 버렸다. 그는 그녀에게 자신의 속마음을 고백한 것이 기뻤고, 이제는 그녀가 그의 마음을 전달받고 그에게 몰입하게 될 것이 기뻤다. 그는 긴긴 밤을 꼬박 새웠다. 객실로 돌아온 그는 그녀를 만났을 때의 모든 일과 그녀의 말들을 하나하나 떠올려 보았다. 그의 섣부른 상상 속에서 앞으로 일어날 수도 있는 꿈같은 일들이 펼쳐지자 그의 심장은 멈춰 버릴 듯했다.

페테르부르크 역에 도착해서 객실에서 내렸을 때, 그는 밤을 새워 지친 몸이었지만 차가운 물로 가득 채워진 욕조에서 방금 나온 것처럼 상쾌하다는 생각이 들었다. 그는 자기가 타고 온 객실 옆에 서서 그녀가 오길 기다렸다.

'한 번 더 만나고 싶어.'

그는 미소를 지으며 마음속으로 말했다.

'그녀의 얼굴과 그녀의 걸음걸이를 봐야지. 그녀가 내게 말을 건넬 수도 있어. 어쩌면 나를 바라보고는 미소를 지을지도 몰라.'

그러나 그녀를 만나기 전에, 그는 역장이 사람들 틈으로 그녀의 남편을 정중히 안내하는 것을 보았다.

'아, 그렇군! 남편!'

브론스키는 그녀에게 남편이 있다는 사실을 그제야 실감했다. 그는 그녀에게 남편이 있다는 것을 분명히 알았지만 그것을 실감하지는 못하고 있었다. 그런데 남편의 얼굴과 어깨와 검은 바지를 입은 다리를 보자, 그는 비로소 남편의 존재를 믿게 되었다. 그가 자신의 소유물을 대하듯이 그녀의 손을 다정하게 잡는 것을 보자, 그는 그의 존재를 더욱 분명히 깨달았다.

페테르부르크 사람다운 혈기 있는 얼굴, 강하고 당당한 모습, 둥근 모자와 약간 굽은 등, 그런 모습의 알렉세이 알렉산드로비치를 보고서 브론스키는 그의 존재를 너무나 분명히 인식한 나머지 불쾌감이 들었다. 그것은 갈증에 시달리다가 가까스로 샘을 찾은 사람이 샘물 속에서 개나 양, 돼지를 보고서 이 가축들이 물을 똑같이 마신다는 것을 알았을 때 느낄 법한 감정과 비슷했다. 브론스키는 골반과 다리를 흔들며 걷는 알렉세이 알렉산드로비치 특유의 걸음걸이를 보면서 모욕감을 느꼈다. 그는 그녀를 사랑할 수 있는 단 한 사람이 자신이라고 생각했던 것이다. 하지만 그녀의 모습만은 그대로였다. 그녀의 외모는 여전히 그에게 깊은 떨림을 주었고, 그의 육체를 들뜨게 했으며, 그의 영혼을 흥분시켜 행복이 넘치게 만들었다. 그는 이등칸에서 뛰어온 독일인 하인에게 짐을 가져가라고 한 뒤 그녀에게 갔다. 그는 남편과 아내의 상봉을 지켜보다가 사랑을 하고 있는 남자만의 예리한 감각으로 그녀가 남편에게 하는 말이 다소 억지스럽다는 것을 알아냈다.

'그래, 그녀는 남편을 사랑하지 않는 거야. 사랑할 수 없겠지.'

그는 그렇게 단정 지었다.

브론스키가 안나 아르카지예브나 뒤를 따라가고 있을 때 그녀는 그의 기척을 느끼고 주위를 살피다 그를 알아보고는 얼른 남편 쪽으로 고개를 돌렸다. 그는 그 모습을 보자 무척 만족스러웠다.

"밤새 안녕하셨는지요?"

브론스키는 그녀와 그녀의 남편에게 허리를 굽혀 인사를 했다. 그러고는 알렉세이 알렉산드로비치가 그 인사를 어떻게 받아들이든 상관없다는 투로 서 있었다.

"아주 잘 왔습니다. 감사합니다."

그녀가 말했다.

그녀는 무척 피곤해 보였다. 그리고 그녀의 미소 속에서 빛나던 눈동자 속의 생기도 지금은 전혀 남아 있지 않았다. 하지만 그를 바라보는 그녀의 눈동자에 무언가가 살짝 비쳤다. 그것은 금방 사라졌지만 브론스키는 그 순간을 본 것만으로도 황홀했다. 그녀는 남편이 브론스키를 아는지 보려고 남편을 쳐다보았다. 알렉세이 알렉산드로비치는 뚱한 표정으로 브론스키를 보면서 냉정한 태도로 그가 누군지 생각하고 있는 중이었다. 브론스키의 차분함과 자신만만함이 마치 돌에 내리꽂은 낫처럼 알렉세이 알렉산드로비치의 강한 자신감과 맞부딪혔다.

"브론스키 백작이에요."

안나가 말했다.

"아! 우리 아는 사이 맞지요?"

알렉세이 알렉산드로비치가 손을 내밀며 차가운 말투로 말했다.

"갈 때는 어머니와 갔다가 올 때는 그의 아들과 같이 왔군."

그는 말 한마디에 루블을 지불하기라도 하듯 매우 정확하고 또박또박하게 말했다.

"휴가를 갔다 오는 길이시오?"

그는 이렇게 말하고는 대답할 틈도 주지 않고 장난스러운 말투로 아내에게 말했다.

"여행은 어땠지? 모스크바에서 작별을 할 때는 대성통곡을 했겠어."

그는 아내 쪽으로 몸을 돌리며 브론스키를 향해 아내와 둘이서 이야기하고 싶다는 뜻을 내비쳤다. 그는 브론스키 쪽을 보며 모자에 손을 댔지만 브론스키는 안나 아르카지예브나 쪽을 바라보았다.

"댁에 방문할 수 있다면 영광이겠습니다."

그가 말했다.

알렉세이 알렉산드로비치는 지친 표정으로 브론스키를 바라보았다.

"그렇게 말해 주시다니 기쁩니다."

그는 냉정한 어투로 말했다.

"우리 집은 매주 월요일에 손님을 맞이하지요."

그는 브론스키를 물러나게 한 뒤 아내에게 말했다.

"삼십 분 정도 여유가 있어 다행이지? 당신을 이렇게 마중도 나오고 자상한 남편 노릇도 하고 말이야."

그는 여전히 농담하는 듯한 말투였다.

"당신은 늘 자상함을 강조하죠."

그녀는 똑같이 농담하듯 말하면서 그들을 뒤따르는 브론스키의 발소리에 귀를 기울였다.

'하지만 이제는 나와 상관없지.'

그녀는 그렇게 생각하면서 자기가 모스크바에 머무는 동안 세료쟈가 어떻게 지냈는지 남편에게 물었다.

"잘 지냈어. 마리에트가 그러는데 그 애가 아주 잘 지냈다고 하더군. 그리고…… 당신이 들으면 퍽 섭섭하겠지만 당신 남편만큼 당신을 그리워하진 않던데? 하지만 말해 주고 싶어. 정말 고마워. 나의 벗! 하루 일찍 와 주니 더 고맙군. 우리의 사랑스러운 사모바르가 기뻐할 거야. 그녀가 당신을 여러 번 찾았지. 아, 내가 하나 말해 준다면, 아마 오늘이라도 그녀를 만나 보는 게 좋을 거야. 그녀는 정말 온갖 일에 신경 쓰고 싶어 하는 사람이니까. 지금도 그녀는 자기 일은 내버려 두고 그저 오블론스키 부부를 화해시키는 일에 신경 쓰고 있을 거야."

리디야 이바노브나 백작 부인은 안나 남편의 친구이자, 페테르부르크 사교계의 유력 인사였다. 안나는 남편을 통해 그 모임과 교류하며 아주 가까운 관계에 있었다.

"그녀에게 편지를 보냈는걸요?"

"하지만 무엇이든 확실히 해야 직성이 풀리는 사람이잖아. 사랑하는 나의 벗이여! 너무 피곤하지 않다면 한번 만나 봐. 콘드라치가 마차를 내어 줄 테니. 그럼 난 이쯤에서 위원회에 가 봐야겠어. 오늘부터는 혼자서 식사하는 일이 없겠지?"

알렉세이 알렉산드로비치가 말했다. 하지만 더 이상 농담 투가 아니었다.

"당신은 아마 모르겠지만 내가 그동안 얼마나 혼자 먹는 데 익숙해졌는지……."

그는 오랫동안 그녀의 손을 꼭 잡더니, 미소를 지으며 그녀를 마차에 태웠다.

32

집에서 안나를 가장 먼저 맞은 사람은 그녀의 아들이었다. 아이는 가정교사가 말리는 데 아랑곳하지 않고 계단을 뛰어 내려오면서 기쁨에 취해 소리쳤다.

"엄마! 엄마!"

그녀 앞까지 뛰어온 아이는 그녀의 목에 매달렸다.

"내가 말했잖아요, 엄마가 왔다고!"

아이는 가정교사에게 외쳤다.

"난 다 알고 있었다고요!"

그런데 막상 아들을 만나니 안나의 마음속에는 남편을 만났을 때와 비슷한 환멸이 느껴졌다. 그녀는 지금보다 더 멋지고 귀여운 아들을 상상했던 것이다. 그녀는 자신의 눈앞에 있는 아들의 모습에 만족하기 위해 상상을 거둬야만 했다. 하지만 곱슬곱슬한 금발머리와 하늘색 눈동자, 무릎 양말을 신은 통통한 다리 등 지금 보고 있는 아들의 모습도 충분히 귀여웠다. 그녀는 아들을 꽉 안을 때의 감촉에서 육체적인 쾌락에 가까운 만족감을 느꼈다. 아이의 천진난만하고 남을 순순히 따르는 사랑스러운 눈빛을 보고 아이의 엉뚱한 질문에 답하면서 정신적인 평화로움을 느꼈다. 안나는 돌리의 아이들이 보낸 선물을 풀면서 아들에게 모스크바의 타냐라는 소녀에 대해 알려 주었다. 그리고 타냐가 책도 잘 읽을 뿐 아니라 다른 아이에게 책 읽는 법도 가르쳐 준다고 이야기해 주었다.

"그럼, 내가 그 애보다 못해요?"

세료쟈가 물었다.

"엄마에게는 우리 세료쟈가 최고지!"

"나도 알아요."

세료쟈가 싱긋 웃었다.

안나가 커피를 마실 새도 없이 하인이 리디야 이바노브나 백작 부인이 왔다고 알려 왔다. 리디야 이바노브나 백작 부인은 키가 크고 뚱뚱했고, 얼굴은 누래서 아픈 듯 보였지만 깊고 검은 눈동자는 무척 아름다웠다. 안나는 그녀를 좋아했다. 하지만 안나는 오늘 처음으로 그녀의 모든 결점을 한꺼번에 본 듯한 기분이 들었다.

"나의 벗이여, 어떻게 되었나요? 올리브 나뭇가지를 가져왔나요?"

리디야 이바노브나 백작 부인이 방으로 들어오자마자 물었다.

"네, 아주 잘 마무리되었어요. 우리가 걱정했던 것만큼 그런 큰일은 아니었어요."

안나가 말을 이었다.

"우린 너무 보수적인 사람들이니까요."

그런데 리디야 이바노브나 백작 부인은 자기와는 상관도 없는 먼 이야기에는 관심을 가지면서도 정작 그녀의 흥미를 끈 이야기는 전혀 듣지 않는 경향이 있었다. 그녀는 안나의 말을 가로막았다.

"그래요. 세상에는 이토록 많은 슬픔과 악이 있죠. 오늘은 너무 힘들었답니다."

"왜요?"

안나가 웃음을 참으며 겨우 말했다.

"난 진리를 위한 부질없는 투쟁에 지치고 말았어요. 어떤 때는 아무 의욕이 없지요. 자매회의 일은 잘되어 간답니다. 하지만 그 신사들과는 더는 그 무엇도 할 수 없겠어요."

리디야 이바노브나 백작 부인이 자포자기한 듯한 표정으로 말했다.

"그들은 신념에 너무 집중한 나머지 그것에 빠져서 신념을 왜곡하고 이제는 그것을 너무나 저급하게 논하고 있답니다. 당신의 남편을 포함해 두어 명 정도만 이 일의 의의를 알고 있죠. 다른 사람들은 일의 품격을 떨어뜨리고 있어요. 어제 프라브진에게 편지를 받았는데……."

프라브진은 외국에 사는 범슬라브주의자였다. 리디야 이바노브나 백작 부인은 그가 보낸 편지의 내용을 말해 주었다. 그러고 나서 백작 부인은 교회의 통합이라는 최종적 목표를 방해하는 것들을 이야기하고는 어떤 모임의 회의와 슬라브 위원회에 참석해야 한다며 서둘러 집으로 돌아갔다.

'이 모든 것은 전에도 똑같았지. 그런데 왜 예전에는 전혀 몰랐을까?'

안나는 속으로 말했다.

'아니면 그녀가 오늘만 유달리 짜증을 낸 걸까?

생각해 보면 참 우습구나. 그녀의 목적은 선의 실천에 있어. 그녀는 그리스도교 신자야. 그런데 늘 화만 내지. 게다가 그녀의 주변은 모두 적이야. 모든 것이 그리스도교 정신과 선행을 위협하는 적들일 뿐이야.'

리디야 이바노브나 백작 부인이 돌아간 뒤, 안나의 절친한 친구인 국장 부인이 와서 그간의 페테르부르크 사정을 전해 주었다. 세 시가 다 되었을 즈음 그녀는 만찬에 참석하겠다고 하고는 집으로 돌아갔다. 알렉세이 알렉산드로비치는 관청에서 돌아오지 않고 있었다. 혼자 남은 안나는 만찬 전까지 아들의 식사를 지켜봐 주기도 하고, 잡다한 물건을 정리하기도 하고, 테이블 위에 있는 편지를 다시 읽거나 답장을 쓰면서 시간을 보냈다.

그녀가 여행에서 느낀 뭔지 모를 수치감과 흥분은 완전히 사라진 것 같았다. 익숙한 자신의 생활로 돌아오니 그녀는 다시 성실하고 완벽한 그녀 자신으로 돌아온 것만 같았다.

그녀는 어제의 자신을 떠올려 보며 놀라워했다.

'대체 무슨 일이 있었다고 그래? 아무 일도 없었다고. 브론스키가 이상한 소리를 했지만 그건 그대로 잊을 일이야. 게다가 난 사리에 맞는 대답을 했잖아. 그 일은 남편에게 말할 필요가 없어. 말해서도 안 되지. 그 일을 괜히 입에 담아 봤자 별것 아닌 일을 큰일로 부풀리기만 할 뿐이지.'

그녀는 페테르부르크에서 남편의 젊은 부하가 자신에게 고백 비슷한 말을 했을 때 남편에게 그대로 이야기했던 일을 기억해 냈다. 그때 알렉세이 알렉산드로비치는 이렇게 말했다. 살다 보면 어떤 여자든지 그런 상황에 처할 수 있다고. 하지만 자신은 그녀의 지혜로움을 알고 있기에 그녀와 자신을 파멸시키는 일은 없을 거라고.

'그러니까 그에게 말할 필요는 없어. 그런 데다 이야기할 만한 것도 없고.'

그녀는 그렇게 중얼거렸다.

33

알렉세이 알렉산드로비치는 네 시쯤 관청에서 돌아왔다. 흔히 그랬듯, 그는 곧장 아내의 방으로 올 수 없었다. 그는 서재로 가서 그를 기다리고 있던 청원자들을 만나고 지배인이 들고 온 서류들에 서명을 했다. 카레닌가에서는 늘 지인 서너 사람과 함께 저녁 식사를 즐겼으므로 만찬 시간에 맞추어 친구들이 도착했다. 오늘은 알렉세이 알렉산드로비치의 늙은 사촌 누이, 국장 부부, 알렉세이 알렉산드로비치의 추천으로 관청에서 일하는 청년 한 명이었다. 안나는 손님을 맞으러 응접실로 나왔다. 정각 다섯 시, 표트르 대제 청동 시계가 괘종을 다섯 번 치기 직전에 알렉세이 알렉산드로비치가 서재에서 나왔다. 그는 하얀 넥타이를 매고 프록코트에 별 모양 훈장을 두 개 달고 있었다. 식사 후 곧바로 다시 나가야 했기 때문이었다. 알렉세이 알렉산드로비치는 하루를 분 단위로 쪼개 써야 할 만큼 바빴다. 매일 자신이 수행해야 하는 일들을 위해 그는 아주 엄격하게 정확성을 따졌다. '너무 서두르지 않을 것, 너무 쉬지 말 것'이 그의 좌우명일 정도였다. 그는 이마를 닦으면서 식당으로 들어와 모두에게 인사를 건네고는 아내를 보며 미소를 지었다.

"아, 내 외로운 생활도 이제 끝났군. 당신은 잘 모르겠지만 혼자 식사를 하는 게 너무나 어색했지."

그는 유난히 어색하다는 말을 강조했다.

식사를 하면서 그는 아내와 모스크바의 일을 이야기하고, 냉정한 태도로 스테판 아르카지치에 대해서 물었다. 그러나 대화의 주된 화제는 페테르부르크 관청과 사회에 대한 이야기였다. 식사 후 그는 손님들과 삼십 분가량 더 대화를 나누다 미소 가득한 얼굴로 아내에게 인사를 건넨 다음 회의에 참석하러 다시 집을 나섰다.

그날 밤, 안나는 그녀의 도착 소식을 듣고 야회에 초대한 벳시 트베르스카야 공작 부인에게 가지 않았으며, 특별석을 예약해 둔 극장에도 가지 않았다. 일단 그녀가 그 모임에 줄줄이 참석하지 않은 이유는 그녀가 맡긴 옷이 아직 완성되지 않았기 때문이었다. 안나는 손님들이 모두 돌아간 뒤 몸치장을 하다 기분이 상하고 말았다. 대체로 너무 비싸지 않은 비용으로 옷을 잘 차려입는 안나는 모스크바로 가기 전에 옷 세 벌을 수선하기 위해 재봉을 맡겼다. 옷은 이미 사흘 전에 말끔히 고쳐져 있어야 했다. 그런데 옷 두 벌은 전혀 고친 흔적이 없었고, 한 벌은 안나가 원하는 대로 고쳐지지 않았다. 재봉사는 실컷 변명을 늘어놓으며 자신이 고친 게 더 낫다고 우겨 댔다. 그래서 안나는 나중에 생각해도 기분 나쁠 만큼 심하게 화를 냈다. 그녀는 마음을 좀 가라앉히려고 아이 방으로 가서 저녁 시간을 아들과 보내며 직접 아들을 재우고 성호를 긋고 이불을 덮어 주었다. 그녀는 아무 데도 가지 않고 조용히 이 밤을 보낼 수 있게 된 것이 기뻤다. 그녀는 마음이 아주 가벼워지고 편안해진 것이 다행스러웠다. 기차를 타고 오는 동안 묵직하게 마음을 내리눌렀던 것들은 사교계에서 왕왕 벌어지는 흔한 일들이며, 그렇기에 누구 앞에서라도, 그 자신 앞에서도 당당하다는 확신이 들었다. 안나는 영국 소설책을 들고 난롯가에 앉아서 남편이 오기를 기다렸다. 아홉 시 삼십 분에 벨 소리가 울리더니 이윽고 그가 방으로 들어왔다.

"어서 오세요."

그녀가 그에게 손을 내밀었다.

그는 그녀의 손에 입을 맞추고는 옆자리에 나란히 앉았다.

"당신의 여행은 아주 성공적이었던 모양이지?"

그가 말했다.

"그럼요, 대성공이었지요."

그녀는 이렇게 대답하며 그에게 모스크바에서 있었던 모든 일을 들려주었다. 그녀는 브론스카야 백작 부인과의 여행길과 도착, 철도에서 일어난 사고 이야기를 해 주었다. 그리고 처음에는 오빠에게, 나중에는 돌리에게 느꼈던 연민의 감정을 이야기했다.

"그런 사람을 용서한다는 게 가능하지는 않을 듯싶어. 비록 당신 오빠의 일이지만 말이야."

알렉세이 알렉산드로비치는 단호하게 말했다.

안나는 미소 지었다. 그녀도 알고 있었다. 그가 이런 말을 하는 것은 아무리 가까운 친척 사이라도 자신의 솔직한 의견을 표현하는 것에는 예외가 없다는 것을 보여 주기 위해서였다. 그는 남편의 그런 성격을 알고 있었고 그 점을 좋아했다.

"모든 일을 잘 마무리하고 당신이 이렇게 돌아와서 정말 기쁘군."

그가 말을 이었다.

"참, 내가 의회에서 통과시킨 법령과 관련해서는 별말이 없었나?"

안나는 그에 관해서는 별로 들은 것이 없었다. 그녀는 남편의 중요한 일을 자신이 너무 소홀히 생각한 것 같아 부끄러운 마음이 들었다.

"그쪽과 달리 여기서는 꽤 파장이 컸지."

그는 만족스럽게 웃으며 말했다.

안나는 알렉세이 알렉산드로비치가 그에 관해 자신이 기분 좋을 말을 듣고 싶어 한다는 것을 눈치챘다. 그래서 그녀는 여러 가지 질문을 하면서 그쪽으로 화제를 돌렸다. 그는 만족스럽게 웃으며 그 법령을 통과시킬 때 자신에게 쏟아진 칭찬과 박수에 대해 이야기했다.

"아주 기뻤지. 드디어 우리나라에서도 이런 문제를 이성적이고 건설적으로 바라보게 된 거니까."

크림 바른 빵과 함께 두 번째 찻잔을 비우고 나서 알렉세이 알렉산드로비치는 서재로 향했다.

"그런데 당신은 집에 있었나 보군. 심심하지는 않았어?"

그가 말했다.

"전혀요!"

그녀는 그를 따라 서재까지 갔다.

"지금 읽는 책은 뭐예요?"

그녀가 물었다.

"음, 요즘은 드 릴 공작의 《지옥의 시》를 읽는 중이야. 아주 괜찮은 책이지."

안나는 사랑하는 사람들의 약점을 알아채고 미소를 지을 때처럼 웃었다. 그러고는 남편의 팔짱을 끼고서 그를 서재 문 앞까지 바래다주었다. 그녀는 밤마다 책을 읽는, 이제는 필수적인 일과가 된 그의 습관을 알고 있었다. 그리고 관청 근무를 하느라 하루 온종일 매달리면서도 지식 분야의 훌륭한 저서 읽기를 게을리하지 않는 것도 잘 알고 있었다. 그녀는 그의 관심을 끄는 분야가 정치, 철학, 신학이라는 것과 예술 쪽과는 기질이 완전히 다르다는 것, 하지만 그 때문에 그가 그 분야에 관한 일들을 모조리 섭렵한다는 것을 알고 있었다. 그녀는 알렉세이 알렉산드로비치가 정치와 철학, 신학에는 관심을 갖고 때로 어떤 문제에 의문을 갖고 그것을 파헤치기도 하지만, 예술과 문학, 특히 음악에서는 아주 명확한 견해를 갖고 있음을 알았다. 심지어 그는 음악에 이해력이 부족했는데도 말이다. 그는 셰익스피어와 라파엘로, 베토벤, 시와 음악의 새로운 유파 이야기를 즐겼다. 그리고 그런 것들은 그의 머릿속에서 너무나 명백하게 구분되었다.

"그럼, 하느님이 당신을 지켜 주시기를."

그녀는 서재 앞에서 그렇게 말했다. 거기에는 그를 위한 촛불과 물병이 안락의자 옆에 나란히 준비되어 있었다.

"그럼, 난 모스크바로 보낼 편지를 쓰러 갈게요."

그는 그녀의 손을 잡고 그녀에게 입을 맞추었다.

'그는 좋은 사람이야. 아주 정직하고 성실하고 선량해. 자신의 분야에서도 탁월하지.'

그녀는 자기 방으로 오면서 혼잣말을 했다. 마치 남편을 비난하면서 그를 사랑해서는 안 된다고 설득하는 사람들에게 남편을 옹호하듯이.

'하지만 그의 귀는 왜 저렇게 볼록 튀어나왔을까? 이발을 해서 유난히 그렇게 보이나?'

열두 시 정각, 안나가 책상에 앉아 돌리에게 보낼 편지를 쓰는데 슬리퍼 끄는 소리가 들리더니 세수를 하고 머리를 빗은 알렉세이 알렉산드로비치가 팔에 책을 끼고는 방으로 들어왔다.

"시간이 됐지? 이제?"

그는 미소를 지으며 침실로 갔다.

'도대체 무슨 권리로 내 남편을 그렇게 봤을까?'

안나는 알렉세이 알렉산드로비치를 보던 브론스키의 눈빛을 떠올리며 생각에 빠졌다.

그녀는 옷을 벗고 침실로 들어갔다. 그러나 모스크바에 머물렀을 때 그녀의 눈동자와 미소에서 터져 나오던 생기는 더 이상 그녀의 얼굴에서 찾아볼 수 없었다. 오히려 지금은 그녀 안의 생기가 사라졌거나 어딘가로 멀리 숨어 버린 것 같았다.

34

브론스키는 페테르부르크를 떠날 때 모르스카야 가에 있는 자신의 큰 아파트를 친구이자 가장 절친한 동료인 페트리츠키에게 맡겼다.

페트리츠키는 젊은 육군 중위로, 그다지 좋지 않은 가문의 자손이며 여기저기 빚을 진 형편이었다. 밤에는 늘 술에 취해 있고, 갖가지 사고를 일으켜 영창에 가는 일이 비일비재했지만, 동료들이나 상관과는 잘 지냈다. 정오쯤, 브론스키는 기차역에서 마차를 타고 자기 아파트로 올라오다가 현관에서 낯익은 삯마차를 보았다. 벨을 울리자, 집 안에서 남자들의 웃음소리와 프랑스어로 떠들어 대는 여자 목소리와 페트리츠키의 고함 소리가 들렸다.

"불한당 녀석이 왔거든 문 열어 주지 마!"

브론스키는 당번병에게 자기가 왔다는 말을 전하지 말라고 한 뒤 첫 번째 방으로 조용히 들어갔다. 페트리츠키의 여자 친구인 쉴리톤 남작 부인은 연보랏빛 새틴 드레스를 입고서 금발 머리에 장밋빛 뺨, 조그만 얼굴로 카나리아처럼 파리 토박이 말씨로 재잘거리며 커피를 끓이고 있었다. 외투를 입은 페트리츠키와 제복을 입은 기병 대위 카메로프스키는 막 근무지에서 돌아온 것처럼 보였다. 그들은 쉴리톤 남작 부인 옆에 앉아 있었다.

"브라보! 브론스키!"

페트리츠키는 자리에서 벌떡 일어나 의자를 끄떡거렸다.

"주인님이 도착했군요. 남작 부인, 새로 끓인 커피를 한 잔 내주세요. 정말 반갑군. 새로 꾸민 서재가 마음에 들었으면 좋겠는데."

그가 남작 부인을 가리키며 말했다.

"두 사람은 아는 사이지?"

"당연하지."

브론스키가 유쾌하게 웃으며 남작 부인의 작은 손을 잡았다.

"그럼, 우린 오랜 친구라고."

"여행을 다녀오셨나요?"

남작 부인이 말했다.

"얼른 자리를 피해 드려야겠네요. 방해가 되고 싶진 않아요."

"당신이 계신 곳이 당신의 집이지요, 남작 부인."

브론스키가 말을 이었다.

"카메로프스키, 잘 지냈나?"

그는 이렇게 말하며 그와 차갑게 악수를 나누었다.

"당신은 이런 멋진 말을 절대 못 할 것 같아요."

남작 부인이 페트리츠키에게 말했다.

"왜요? 식사 후에는 나도 그 정도의 말은 많이 하는데."

"식사 후에는 소용이 없다고요! 자, 커피를 줄 테니 씻고 옷을 갈아입어요."

남작 부인은 이렇게 말하고 다시 테이블에 앉아서 새 커피포트의 나사를 돌렸다.

"피에르, 커피를 갖다 주세요."

그녀가 페트리츠키에게 말했다. 그녀는 그를 페트리츠키라는 성에서 딴 피에르라는 이름으로 부르면서 가까운 그들의 사이를 굳이 감추려 들지 않았다.

"커피를 좀 더 넣어야겠어요."

"그러다 커피를 망치겠어요."

"절대 아니에요! 그런데 부인은?"

남작 부인은 갑자기 브론스키와 동료들의 대화에 끼어들었다.

"부인은 어디에 놓고 왔죠? 우리가 이 자리에서 당신을 결혼시켰는데."

"그럴 리가요, 남작 부인. 전 집시로 태어나 집시로 죽을 거랍니다."

"그거 참 좋네요. 아주 좋아요."

남작 부인은 브론스키를 붙들고 농담을 섞어 가면서 자신의 이야기를 들려주고 조언을 구하기도 했다.

"왜 이혼을 안 해 주는지 모르겠어요. 어떻게 하는 게 좋을까요? 소송을 할까 해요. 당신의 조언을 듣고 싶어요. 카메로프스키! 커피 좀 봐요. 넘치고 있잖아요. 난 지금 바쁘다고요. 난 소송을 하고 싶어요. 나한테도 내 재산이 필요하니까요. 내가 부정한 아내일 것 같다니, 당신이라면 그런 말을 이해할 수 있나요?"

그녀는 몸서리를 치며 말했다.

"그는 그 핑계로 내 영지를 가지려는 거예요."

브론스키는 이 어여쁜 여자와 즐겁게 수다를 나누면서 그녀의 말을 잘 들어 주기도 하고 농담조로 조언을 해 가며 이런 여자를 대할 때 흔히 하는 태도를 취했다. 페테르부르크에서 그는 완전히 두 부류의 사람들과 어울렸다. 그중 하나는 완전히 저속한 부류였다. 어리석고 바보 같은 이들. 그들은 일부일처제를 맹신했고, 처녀의 순결이나 여자의 순진함에 대해 이야기했다. 반대로 남자는 남성적이고 강해야 하며 자식을 키우고 노동의 대가로 빵을 얻고 남에게 진 빚을 갚아야 한다는 둥 온갖 어리석은 것들을 믿었다. 그들은 한심하고 바보 같은 무리였다. 하지만 진짜 인간들로 구성된 다른 무리가 있었다. 그 무리에 속하려면 아름답고 우아하면서도 너그럽고 대담하고 유쾌하고, 얼굴을 붉히지 않고서 모든 정욕에 몸을 내맡길 수 있어야 했다. 그리고 그 밖의 것들을 무시할 수 있어야 했다.

브론스키는 모스크바에서 전혀 다른 것들을 경험하고서 처음에는 좀 놀랐지만, 금세 예전의 유쾌하고 즐거운 세계로 빨려 들어갔다.

커피는 망쳤다. 하지만 사람들에게 다 튀어서 그들이 원했던 딱 그만큼의 유쾌함을 주었다. 값비싼 양탄자와 남작 부인의 드레스를 망쳐 놓으면서 소란함과 웃음의 소재가 된 것이다.

"그럼 이제 작별할 때가 됐군요. 그러지 않으면 당신은 씻지 않을 테고, 우아한 사람들의 가장 큰 죄악인 불결은 내 양심을 찌를 테니까요. 그러면 당신은 그의 목에 칼을 대라고 충고하시겠죠?"

"반드시요. 그리고 그럴 땐 당신이 작은 손을 그의 입술 가까이 대는 거예요. 그가 당신의 손에 키스를 하고, 그러면 다 잘 해결되는 겁니다."

브론스키가 대답했다.

"좋아요. 그럼 오늘 밤 프랑스 극장에서 만나요."

그녀는 치맛자락을 부스럭거리며 자리를 떴다.

카메로프스키도 일어섰다. 브론스키는 그가 채 떠나기도 전에 황급히 악수를 나누고는 화장실로 가 버렸다. 그가 씻는 동안에 페트리츠키는 브론스키가 집을 떠난 다음 자신이 어떻게 살았는지 이야기해 주었다. 그에겐 돈이 없었다. 아버지는 돈을 주지도 빚을 갚아 주지도 않았다. 어떤 재봉사는 그를 감옥에 처넣으려 했고, 다른 재봉사들도 그를 감옥에 보내겠다고 벼르고 있었다. 연대장은 소란이 계속되면 부대에서 쫓아내겠다고 선언했다. 그는 남작 부인이라고 하면 이를 갈았는데, 그녀가 걸핏하면 돈을 주려고 했기 때문이었다. 그리고 나중에 브론스키에게 보여 줄 여자가 있는데 그녀는 절세미인에 매력적이고 동양적이고 단정한 한

마디로 '노예 소녀, 레베카 스타일.'이라고 했다. 또 어제는 베르코쇼프와 심한 욕설이 오가는 싸움이 났는데 베르코쇼프는 결투 입회인을 보내려 했지만 아무 일도 없을 것 같다고 말했다. 페트리츠키는 따분한 동료들 이야기를 끌어들이지 않고 온갖 재미있는 소식을 들려주었다. 삼 년째 살고 있는 자기 아파트의 익숙한 가구들 틈에서 그만큼 익숙한 그의 이 야기를 들으며 브론스키는 아무 걱정 없이 편안한 페테르부르크로 돌아 왔다는 생각에 만족감이 들었다.

"그럴 수가 있나?"

그는 굵은 목에 물을 뿌리던 세면대의 페달을 놓으며 소리쳤다.

"그게 아니겠지."

그는 로라가 페르친코프를 차고 밀레예프와 사귄다는 소식을 듣자 소리쳤다.

"그는 아직도 멍청하게 그대로 살고 있나? 참, 부줄루코프는 잘 지내?"

"아 참, 부줄루코프도 일이 있었지."

페트리츠키가 말했다.

"그는 무도회라면 좋아 죽잖아. 궁정 무도회는 빠진 적이 없지. 그런 데 그 녀석이 신형 군모를 쓰고 무도회에 갔다고. 자네, 신형 군모 본 적 있나? 훨씬 가볍고 좋지. 그런데 그때 말이야…… 자네, 내 얘기 듣고 있 는 거야?"

"그럼."

브론스키가 수건으로 물기를 닦으며 말했다.

"대공비가 어느 대사와 지나가다가 말이지. 아 참, 재수도 없는 놈이 야. 두 사람의 대화가 신형 군모로 옮겨 갔나 봐. 대공비는 대사에게 신형 군모를 보여 주고 싶었는데 마침 거기서 우리의 사랑하는 친구를 딱 본 거지. 대공비는 군모를 잠시 보여 달라고 했는데, 그는 군모를 주지 않았 어. 사람들이 그에게 눈짓을 보내고 고갯짓을 하고 난리도 아니었지. 어서 드리란 말이야. 그런데 그는 군모를 주지 않았다고. 완전 얼어 버린 거야. 생각해 봐! 그러자 그 남자가…… 이름이 뭐였지? 아무튼 그가 부줄루코프의 군모를 벗기려고 했는데……. 그래도 그는 버티더군. 결국에는 그 남자가 군모를 벗겨서 대공비에게 드렸지. 그러고는 대공비가 '이것이 신형 군모랍니다.'라고 대사에게 말했지. 그리고 군모를 뒤집었는데 세상에나 별안간 쿵 소리가 들리더니 배랑 당과가 떨어져 내리더군. 녀석이 군모 속에 숨겨 뒀던 거야. 게다가 그는 또 거기서 그것을 주워 모았던 모양이야, 하하하."

브론스키는 배를 부여잡고 미친 듯이 웃었다. 그 후로도 다른 이야기를 하다 군모 이야기만 나오면 건강하고 튼튼한 이를 드러내며 미친 듯이 웃었다.

새로운 이야기를 모두 듣고 나서 브론스키는 하인의 시중을 받아 군복을 입고 보고를 하기 위해 연대로 향했다. 보고가 끝나면 형을 만나고 벳시에게 갔다가 몇 군데 더 방문할 생각이었다. 그것은 카레니나를 만날 수 있도록 사교계에 입문하기 위해서였다. 페테르부르크에서 그렇게 살았듯 그는 밤늦게야 돌아올 작정으로 집을 나섰다.

제2부

1

겨울이 끝날 즈음, 쉐르바츠키가에서는 의사들의 회의가 열렸다. 키티의 건강 상태를 체크하고, 쇠약해져 가는 그녀의 상태를 회복시키기 위해 어떤 조치를 취할지 결정하려는 회의였다. 키티는 건강이 나쁜 상태였다. 그녀의 건강은 봄이 다가올수록 더욱 나빠졌다. 주치의는 그녀에게 간유를 처방했고, 그다음에는 철분을, 그다음에는 질산은을 처방했다. 그러나 첫 번째 처방도, 두 번째 처방도, 세 번째 처방도 아무런 효험이 없었기에 주치의는 봄에 외국으로 요양을 갈 것을 권유했다. 그래서 쉐르바츠키가에서는 유명한 의사를 데려왔다. 나이도 아직 젊은 데다 빼어난 미남인 명의는 환자를 직접 진찰해 보아야겠다고 했다. 그는 처녀의 수치심이란 미개한 시대의 잔재일 뿐이며, 그리 늙지 않은 남자가 젊은 여자의 벗은 몸을 만져 보는 것은 그저 자연스러운 일 중 하나라고 확신하는 듯했다. 그가 그런 것을 자연스럽다고 여기는 것은 그동안 매일 그렇게 해 왔고 또 그럴 때마다 자신이 나쁜 마음을 먹거나 그런 생각을 한 적이 한 번도 없었다고 자신했기 때문이었다. 그래서 그는 처녀의 수치심이 미개 시대의 전유물이며, 자신에 대한 모욕이라고까지 생각했다.
  가족들은 의사의 말에 따라야 했다. 모든 의사는 같은 교육 과정 아래서 같은 책으로 배우기 때문에 그들이 아는 것은 비슷할 것이고, 항간에는 그 의사가 그리 괜찮은 사람이 아니라고들 했지만, 공작의 집안과 가까운 사람들은 그 명의만이 뛰어난 의술로 키티를 살려 낼 수 있다고 믿고 싶어 했다. 수치심 때문에 하얗게 질린 환자의 몸을 살피며 찬찬히 진료를 하던 명의는 손을 깨끗이 씻고 응접실에 서서 공작과 이야기를 나누었다.

공작은 명의의 말을 들으며 몇 번인가 헛기침을 하기도 하고 눈살을 찌푸리기도 했다. 살아온 경험이 풍부하고, 바보도 아닌 데다 환자도 아닌 그는 의학을 신뢰하지 않았고, 속으로는 이 거짓말 같은 현실에 울분을 터뜨리고 있었다. 키티가 병에 걸린 진짜 이유를 자신밖에 모른다고 생각하니 더욱 그랬다.

'바보같이 지껄이는 개 같으니!'

그는 머릿속으로 사냥꾼들의 말을 명의에게 갖다 붙이면서 딸의 증세를 소상히 밝히는 의사의 말을 듣고 있었다. 의사는 그 나름대로 이 늙은 귀족에게 느끼는 분노를 간신히 억누르며 최대한 공작의 이해 수준에 맞추어 환자의 상태를 설명했다. 그러나 그는 공작과 이야기를 해 봤자 아무 소용이 없으며, 이 집에서 중요한 이야기는 공작 부인과 이야기해야 한다는 것을 곧 눈치챘다. 그는 공작의 부인 앞에서 흔히 러시아에서 알랑거리는 행동에 붙이는 말처럼 '구슬을 뿌리기'로 마음먹었다. 그때 공작 부인이 주치의와 응접실로 들어왔다. 공작은 자신이 이 모든 희극을 우습게 생각하는 것을 드러내지 않으려 애쓰며 옆으로 비켜섰다. 공작 부인은 당황하여 얼굴이 붉으락푸르락했다. 그는 키티에게 죄의식이 들었다.

"저, 선생님, 이제 저희가 어떻게 해야 할지 말씀해 주세요."

공작 부인이 말했다.

"모두 소상히 말씀해 주세요."

그녀는 '과연 희망이 있을까요?'라고 물어보고 싶었지만 입술이 파르르 떨려 그 질문을 차마 할 수가 없었다.

"어떤가요, 선생님?"

"공작 부인, 일단은 제 동료 의사와 이야기해 보겠습니다. 그런 다음에 제 진단을 말씀드리도록 하지요."

"그럼 두 분이 이야기를 나누시도록 자리를 비켜 드릴까요?"

"부인이 내키는 대로 하십시오."

공작 부인은 한숨을 쉬면서 방을 나갔다.

의사들만 남았을 때, 주치의는 머뭇거리며 폐결핵 초기인 것 같으니 어떻게 하면 된다는 둥 자신의 의견을 말했다. 명의는 그의 말을 듣더니 자신의 커다란 금시계를 들여다보았다.

"그렇습니까? 하지만⋯⋯."

"결핵은 초기 진단이 어렵지요. 폐에 공동이 생기기 전까지는 증상이 나타나지 않으니까요. 의심해 볼 수는 있겠습니다. 식욕 부진, 신경성 흥분 등 몇 가지 증상이 있으니까요. 이렇게 접근하는 것은 가능하겠지요. 폐결핵의 가능성이 있는 상태에서 제대로 영양 공급을 하려면 어떻게 해야 하는가."

"하지만 이런 경우에는 늘 정신적인 원인이 있게 마련이지요."

주치의는 기묘한 웃음을 띠며 그의 말을 끊었다.

"그렇죠, 그것은 당연한 이야기입니다."

명의가 다시 시계를 내려다보며 말했다.

"실례합니다만, 야우자 다리가 완공되었나요? 아니면 아직도 멀리 돌아서 가야 하는지요?"

그가 물었다.

"아, 완공되었군요. 그럼, 이십 분 안에 갈 수 있겠어요. 그건 그렇고 말입니다. 아까 거기까지 말했었죠. 식욕을 유지하고 신경을 안정시킬 것.

두 문제는 연관성이 크니 양쪽 모두 치료에 각별히 신경을 써야 합니다."

"그렇다면 외국으로 요양을 가는 것은?"

주치의가 물었다.

"난 외국 요양에는 반대하는 입장입니다. 한번 생각해 보세요. 만일 폐결핵 초기가 맞는다면, 우리로서는 진단을 내릴 수도 없겠지만, 외국 여행은 별 도움이 되지 않습니다. 식욕이 떨어지지 않도록 유지하는 게 최우선이지요."

그러고 나서 명의는 소젠 수로 치료하는 게 좋겠다고 말했다. 그 치료법을 선택한 이유는 아무래도 그 방법이 부작용이 적기 때문일 터였다.

주치의는 그의 말을 최대한 존중하는 태도로 끝까지 들었다.

"하지만 제가 외국 여행을 권하는 것은 일상 습관을 바꿀 수 있고 특정 기억에서 멀어질 수 있기 때문입니다. 어머니께서도 그걸 바라고 계시고……."

그가 말했다.

"아, 그렇다면, 이 경우에는 다녀오시라고 해야겠군요. 다만 독일 사기꾼들이 횡포를 부릴 텐데…… 제 말을 들으시는 게 낫지 않을지…… 아무튼 다녀오십시오."

그는 다시 시계를 보았다.

"오! 벌써 시간이 이렇게 되었군요."

그는 이렇게 말하며 문가로 갔다.

명의는 공작 부인에게 환자를 한 번 더 진찰해 보겠다고 말했다.

"어머나! 진찰을 한 번 더요?"

어머니는 못마땅해하면서 소리쳤다.

"오, 걱정 마십시오. 몇 가지 세부적인 것들을 체크하려는 것이니까요."

"알겠습니다. 이리로 오세요."

어머니는 의사를 데리고 키티가 있는 응접실로 갔다. 얼굴이 눈에 띄게 수척해진 키티는 수치심을 참아 내느라 얼굴을 붉히고 기이한 눈빛을 한 채 방 한가운데 서 있었다. 의사가 방 안에 다시 들어오자, 키티는 얼굴을 붉히며 눈물을 글썽거렸다. 그녀에게는 병이나 치료 같은 것들이 너무나 바보 같고 우스꽝스럽다는 생각이 들었다. 그녀는 자신을 치료해 준다는 것이 마치 깨진 유리 꽃병 조각을 붙여 보려는 것만큼이나 우스워 보였다. 그녀의 마음은 이미 갈기갈기 찢긴 터였다. 그런데 사람들은 알약과 가루약을 가져와 그녀의 병을 고쳐 보려 애썼다. 도대체 무엇을 고치겠다는 것일까? 하지만 그녀는 어머니에게 모욕을 주고 싶지는 않았다. 게다가 어머니는 자책감에 빠져 있었다.

"아가씨, 자리에 다시 앉아 주시지요."

명의가 말했다.

그는 밝게 미소를 띠며 그녀의 맞은편에 앉아서 맥박을 재고는 따분하고 너절한 질문을 던지기 시작했다. 그녀는 그의 질문에 순순히 답하다가 화를 내면서 벌떡 일어섰다.

"죄송하지만 선생님, 이런 게 다 무슨 소용이 있겠어요. 그리고 선생님께서는 벌써 똑같은 것만 세 번째 묻고 계시답니다."

명의는 화를 내지 않고 그녀를 진정시켰다.

"병으로 인해 신경이 과민해져 있군요."

키티가 자리를 뜨자, 그는 공작 부인에게 말했다.

"아무튼 제 진찰은 이제 끝났습니다……."

그리고 의사는 아주 지적인 여성을 상대하듯 공작 부인에게 딸의 상태에 대한 의학적 견해를 소상히 설명하고, 마실 필요가 있는지 의심스러운 그 물을 마시는 방법까지 설명했다. 외국에 가는 게 좋을지를 묻자, 의사는 아주 어려운 문제에 빠진 사람처럼 깊은 생각에 잠겼다. 그리고 마침내 결정을 내렸다. 외국으로 가는 것까지는 좋으나 사기꾼들에게 병세를 맡기지 말고 자신과 남은 치료를 상의하자는 것이었다.

마침내 의사가 떠나자 집안 분위기는 즐거운 일이라도 벌어진 듯 좋아졌다. 어머니는 기쁜 표정으로 딸을 찾았고, 키티도 기분이 한결 나아진 척했다. 그녀는 가끔, 아니 항상 그랬듯이 속마음과 다르게 말하곤 했다.

"전 정말로 건강해요, 엄마. 하지만 외국으로 가길 원하신다면 그렇게 할게요."

그녀는 여행에 흥미를 보이는 척하면서 여행 준비에 대해 어머니와 이야기하기 시작했다.

2

의사가 다녀간 뒤 바로 돌리가 방문했다. 그녀는 이날 명의가 왔던 것을 알고 있었다. 겨울이 끝날 무렵, 딸을 낳은 그녀는 출산 후 몸조리에 신경을 써야 하는데도, 그녀 자신에게 큰 근심과 슬픔이 있는데도, 오늘 결정될 키티의 운명을 지켜봐 주기 위해서 젖먹이와 아픈 딸을 떼어 놓고 일부러 집에 들렀던 것이다.

"그래서 어떻게 하라고 했죠?"

그녀는 응접실에 들어서자마자 모자도 벗지 않고 이야기를 꺼냈다.

"다들 밝아 보이네요. 결과가 틀림없이 좋았던 거죠?"

사람들은 그녀에게 의사가 했던 말을 이야기해 주려 했다. 하지만 의사가 그렇게 오랜 시간 공을 들여 말했는데도, 누구 하나 그 말을 고스란히 전할 수 없었다. 사람들은 그저 외국 여행이 결정되었다고만 이야기했다.

돌리는 막 한숨이 새어 나오려는 것을 참았다. 여동생은 그녀의 가장 좋은 벗이었기 때문이었다. 게다가 지금 그녀의 사정은 최악이었다. 스테판 아르카지치와 화해를 하고 나서 그와의 관계는 굴욕적으로 변했다. 안나가 메워 놓고 간 앙금의 자리가 깔끔히 메워지지 않았던 것이다. 가정의 평화도 깨어지고 말았다. 그 이후로 별다른 일이 있었던 것은 아니지만 스테판 아르카지치는 집에 붙어 있지 않았고 집에는 돈도 별로 없었다. 남편이 언제고 다시 바람피울지도 모른다는 의심이 돌리의 머릿속에 가득했다. 그녀는 그동안 충격적으로 겪었던 질투와 고통을 다시 겪을까 무서워 마음속의 혼란을 없애 버리려 애썼다. 이미 지나간 질투의 폭풍이 다시 몰아칠 일도 없고, 남편의 바람을 알아낸다고 해서 그것이 처음과 같은 충격을 주지도 않을 터였다. 이제 그것을 문제 삼는 것은 그녀의 가정생활을 깨뜨리는 것과 같았다. 그래서 그녀는 남편을 경멸하고 증오하면서, 그리고 무엇보다 그런 약점을 가진 자신 스스로를 경멸하면서 스스로를 증오했다. 매일같이 대가족의 살림을 꾸려 나가는 막중한 일도 그녀를 괴롭혔다. 젖먹이를 키우는 일도 벅찬 데다 보모가 집을 나가는 일과 아이 한 명을 잃는 일을 겪었던 것이다.

"그래, 요즘은 어떻게 지내니?"

어머니가 물었다.

"아, 어머니. 우리 집도 나름대로 고충이 있지요. 릴리가 많이 아파요. 성홍열에 걸린 게 아닐까 걱정이 들 만큼이요. 지금 키티의 일을 들으러 잠깐 친정에 왔지만, 만약 성홍열이라면, 아, 하느님, 제발 저희를 보살펴 주세요, 그렇다면 집에 갇혀 있어야 하겠죠."

늙은 공작은 의사가 떠난 뒤 서재에서 나와 돌리의 뺨에 자신의 뺨을 문지르고 몇 마디 인사를 나눈 뒤 아내에게 말했다.

"어떻게 할 생각이오? 갈 거요? 그럼, 난 어떻게 하는 게 낫겠소?"

"당신은 집에 있는 게 좋겠어요, 알렉산드르 안드레이치."

아내가 말했다.

"당신 마음대로 하구려."

"어머니, 아버지께서는 왜 함께 가지 않으시죠?"

키티가 말했다.

"함께 가시는 게 아버지께도 그렇고 우리들에게도 더 좋을 텐데요."

늙은 공작은 자리에서 일어나 키티의 머리를 쓰다듬었다. 그녀는 고개를 들고 미소를 지으려 애쓰면서 아버지를 바라보았다. 그녀는 항상 이렇게 생각했다. 아버지와 많은 이야기를 나누지는 않지만, 식구 중에서 자신의 마음을 잘 이해하는 사람은 아버지라고. 그녀는 막내딸로 아버지의 사랑을 독차지했다. 그녀가 생각하기에는 딸에 대한 무한한 사랑이 그에게 통찰력을 준 것 같았다. 아버지의 얼굴에 파인 주름살과 선하고 푸른 눈동자를 보고 있는 지금, 그녀는 아버지가 그녀의 모든 것을 꿰뚫어 보고 있으며, 그녀의 마음속에서 일어나는 나쁜 생각들을 모조리 알아챈 것만 같았다. 그녀는 얼굴을 붉히고 입맞춤을 받으려고 아버지에게 몸을 굽혔다. 하지만 아버지는 그녀의 머리를 쓰다듬으며 이렇게 말했다.

"이 시늉은 항상 거추장스럽구나. 진짜 내 딸은 만져 보지도 못하고 죽은 여자의 머리카락만 쓰다듬고 있으니 말이다. 그런데 돌린카, 너는 어떻게 지내느냐? 궁금하구나."

그는 맏딸에게 말했다.

"너희 집 그 멋쟁이는 어떻게 지내느냐?"

"별것 없어요, 아버지."

돌리는 남편의 이야기를 꺼내려는 것을 눈치채고 그렇게 말했다.

"늘 바깥일로 바쁜 사람이라, 저도 얼굴 보기가 힘드네요."

그녀는 조롱하는 듯 쓴웃음을 지으며 이렇게 덧붙였다.

"무슨 소리냐? 아직 산림을 매각하러 시골에 가지 않았어?"

"네, 말로는 늘 준비하고 있지만요."

"아, 그렇지!"

공작은 자리에 앉으며 아내에게 말했다.

"그럼 나도 함께 갈 수 있게 준비를 할까? 그래야겠군그래."

그는 막내딸에게 말했다.

"카챠, 그런데 말이다. 어느 아름다운 날 아침, 눈을 뜰 때 이렇게 말해 보렴. '난 아주 건강하고 즐거워. 그러니 예전처럼 아침 일찍 아버지와 서리를 밟으며 산책을 나가는 거야.' 하고 말이야. 어떠냐?"

아버지의 말은 순수해 보였지만, 키티는 마치 경찰에게 잡힌 범인이나 된 듯 당황스러웠다.

'그렇구나. 아버지는 모든 걸 알고 또 이해하고 계셔. 그러니 이런 말을 해서 혹여 내가 수치스럽고 부끄럽더라도 스스로 극복해 내야 한다고 말씀하시는 거야.'

그녀는 뭐라고 대답해야 할지 알 수 없었다. 그녀는 뭐라도 대답을 하려다가 그만 울음을 터뜨리며 방에서 나갔다.

"지금 그걸 농담이라고 하세요?"

공작 부인이 남편에게 쏘아붙였다.

"당신은 항상 그런 식으로……."

그녀는 비난을 늘어놓기 시작했다.

공작은 오랫동안 묵묵히 공작 부인의 말을 다 들었다. 하지만 그의 얼굴은 점점 일그러지고 있었다.

"얼마나 가여운지 모르겠어요. 정말 보기가 안쓰러워 죽겠다고요. 그런데 당신은 저 애가 그 일과 조금이라도 연관되는 말에 상처를 받는다는 걸 모르나요? 사람들 앞에서 그런 실수를 하면 어떡하느냐고요!"

공작 부인이 말했다. 돌리와 공작은 공작 부인의 말이 그녀가 브론스키를 겨냥하고 있다는 것을 알아챘다.

"그렇게 파렴치하고 배은망덕한 인간을 벌할 수 없다는 게 분해요!"

"아, 더는 못 듣겠군."

공작이 우울하고 낮은 목소리로 말했다. 그는 의자를 박차고 일어나 방을 나서려다 문 앞에서 멈춰 섰다.

"벌줄 방법은 있어. 그리고 당신, 그 문제에 대해 말하겠다면 나도 당신에게 이 모든 게 다 누구 책임인지 말해 두고 싶군. 이건 다 당신 때문이야. 그 누구도 아닌 당신 탓이라고. 그따위 애송이를 벌줄 방법은 늘 있었고, 지금도 있어! 당연하지! 결코 해서는 안 될 일을 저지르지만 않았어도 말이지, 내가 늙긴 했어도 그 애송이에게 결투를 신청했을 거야. 그런데 이제 병을 고치겠다고 돌팔이들까지 집으로 끌어들이고 있다니!"

공작은 분을 삭이지 못했다. 그러나 공작 부인은 그가 화를 내는 것을 보자 괜한 말을 꺼냈다 싶어 기가 죽었다. 일이 심각하게 꼬여 가면 늘 그랬듯이.

"알렉산드르, 알렉산드르."

그녀는 남편 가까이로 가서 조용히 부르더니 울음을 터뜨렸다.

그러자 공작도 입을 다물었다. 그가 그녀에게 다가갔다.

"자, 이젠 그만두지. 당신이 괴롭다는 건 잘 알고 있어. 하지만 어쩔 수 없겠지. 더 큰 불행은 이제 없을 거야. 하느님은 자비로우신 분이니…… 그분께 감사를 드리고……."

그는 자신이 뭐라고 말하는지도 모르면서, 자기 손에 와 닿는 눈물로 젖은 부인의 축축한 입술에 대답하듯 그렇게 말하고 방을 나갔다.

키티가 울면서 방을 뛰쳐나갔을 때부터 돌리는 이미 몸에 익은 모성적이고 가정적인 면모를 발휘해 여자로서 자신이 해야 할 일을 준비했다. 그녀는 모자를 벗고 소매를 걷어 올릴 듯이 행동했다. 어머니가 아버지를 비난할 때, 그녀는 딸로서 예의를 지키는 선에서 최대한 어머니를 말리려 했다. 공작이 화를 낼 때 그녀는 그것을 묵묵히 듣고 있었다. 그녀는 어머니를 보며 수치심을 느꼈지만, 금방 온화함을 되찾는 아버지를 보며 포근함을 느꼈다. 아버지가 방에서 나가자, 그녀는 지금 그녀가 해야 마땅한 일을 하기로 했다. 키티에게 가서 그녀를 위로하기로 마음먹은 것이다.

"엄마, 오래전부터 말씀드리려고 했었는데요. 사실 레빈이 지난번에 모스크바에 왔을 때 키티에게 청혼했던 것을 아시나요? 그가 스티바에게 그렇게 말했대요."

"그래? 난 전혀 모르는 이야기로구나."

"혹시 키티가 거절한 게 아닌가 해서요. 키티가 어머니께 뭐라고 말하지 않았나요?"

"아니, 아무 말도 없었어. 그 앤 자존심이 강한 아이야. 그런 것 때문에 이런 일이 벌어졌다는 건 알고 있지만……."

"한번 생각해 보세요. 그 애가 레빈을 거절했다면, 제 생각에는 그 사람이 없었더라면 그 애는 레빈의 청혼을 거절하지 않았을 거예요. 그런데 그 뒤에 그는 너무나 잔인하게 그 아이를 무시했죠."

공작 부인은 자기가 딸에게 얼마나 큰 잘못을 저질렀는지 생각하자 몸서리가 쳐졌다. 그래서 그녀는 와락 화를 내고 말았다.

"얘, 난 아무것도 모른다. 요즘에는 다들 자기 잘났다고 부모에게는 아무 말도 하지 않잖니? 다들 그러고서는……."

"엄마, 제가 가 볼게요."

"그래라. 내가 말리기라도 하겠니?"

어머니가 말했다.

3

오래된 작센 도자기 인형으로 장식된 키티의 작고 예쁜 장밋빛 방, 두 달 전까지만 해도 생기 있고 발랄한 장밋빛이었던 키티의 방으로 들어가면서 돌리는 작년에 키티와 함께 기쁨과 행복에 들뜬 마음으로 이 방을 꾸몄던 일이 기억났다. 문 가까이에 놓인 의자에 앉아 양탄자 가장자리를 물끄러미 바라보고 있는 키티를 보는 순간, 돌리는 심장이 얼어붙는 듯했다. 키티는 언니를 마주 보았지만 표정은 차갑고도 퀭했다.

"난 이제 집으로 돌아가면 한동안은 밖으로 나오기가 힘들 것 같고, 너는 우리 집에 올 수 없을 것 같아서."

다리야 알렉산드로브나는 키티 옆에 앉았다.

"너와 이야기를 나누고 싶구나."

"무슨 이야기?"

키티가 당황해서 고개를 들고는 물끄러미 언니를 쳐다보았다.

"너의 깊은 슬픔에 관해서야. 그 밖에 무슨 이야기가 있겠니?"

"그런 일 없어."

"그만둬, 키티! 내가 모를 거라고 생각하니. 다 알고 있단다. 그러니 내 말을 들어 봐. 이런 건 너무나 하찮은 일이란다……. 우리도 다 그런 아품을 겪었어.”

키티는 아무 말이 없었고, 그녀의 얼굴은 더욱 딱딱하게 굳었다.

“네가 왜 그 사람 때문에 괴로워하니? 그는 그럴 가치가 없는 사람이야.”

다리야 알렉산드로브나가 직설적으로 이야기했다.

“그 사람은 나를 무시했어.”

키티가 떨리는 목소리로 말했다.

“그만해! 제발, 날 내버려 둬!”

“왜 그렇게 생각하니? 아무도 그렇게 생각하지 않아. 난 그 사람이 너를 좋아했다는 걸 알아. 그리고 지금도 그럴 거라고 생각해. 그런데…….”

“그런 위로가 내겐 더 끔찍해!”

키티가 화를 내면서 외쳤다. 그녀는 얼굴을 붉히며 돌아앉아서 손에 쥔 벨트 버클을 양손으로 조였다 풀었다 하면서 손을 움직였다. 돌리는 동생이 흥분 상태에 있을 때 이렇게 무언가를 꽉 조이는 버릇이 있음을 알고 있었다. 또한 그녀는 동생이 흥분을 할 때면 이성을 잃고 불쾌하고 쓸데없는 말을 내뱉는다는 것도 알고 있었다. 돌리는 동생을 진정시키고 싶었지만 이미 때가 늦어 버렸다.

“왜 그래? 도대체 날 어떻게 도와주고 싶어서 그러는 거야?”

키티가 말했다.

“내가 내게 관심조차 없는 남자 때문에 상사병에 걸려 죽어 가고 있다는 것? 언니는 내게 그런 걸 말하고 있지. 언니가 말하는 건 모두, 그건 다……. 언니는 날 동정하고 있다고! 난 그런 위로나 연민 따윈 필요 없어!”

“키티, 그게 아니야!”

“왜 날 괴롭히는 거지?”

“난 너를…… 네가 너무 슬퍼하는 게…….”

하지만 키티는 너무나 흥분한 나머지 언니의 말이 제대로 들리지 않았다.

"난 슬퍼한 일도 없고 위로받을 일도 없어. 난 자존심이 강해. 그러니 나를 사랑하지 않는 남자 따위를 사랑하는 건 못 해."

"그런 얘기를 하자는 게 아니야. 한 가지만 물을게. 진심을 말해 주었으면 해."

다리야 알렉산드로브나가 동생의 손을 꼭 잡고 말했다.

"말해 봐. 레빈이 네게 말을 꺼냈니?"

레빈을 입에 올리자 키티는 완전히 이성을 잃었다. 그녀는 자리에서 일어나 버클을 바닥에 던지고 빠르게 손을 움직이며 말했다.

"이제는 레빈까지 들먹이는구나. 난 왜 언니가 이렇게 날 괴롭히는지 모르겠어. 다 말했잖아. 말해 두지만, 난 자존심이 강해. 그래서 절대로 언니처럼 살지 않을 거야. 자기를 배신하고 다른 여자에게 한눈을 판 그런 남자를 다시 받아 주다니……. 어떻게 그럴 수가 있지? 도저히 이해할 수 없어. 언니는 그럴 수 있지만, 난 아니야!"

그녀는 이렇게 말하고 언니의 얼굴을 쳐다보았다. 돌리가 아무 말도 못 하고 고개를 푹 숙이자, 키티는 손수건으로 얼굴을 덮고 고개를 숙였다.

이 분 정도 침묵이 흘렀다. 돌리는 자신에 대해 생각해 보았다. 그녀가 느껴 오던 극한 수치심을 동생이 건드리자, 꾹꾹 눌러 두었던 아픔이 모두 되살아나 그녀의 마음을 할퀴었다. 동생에게 그런 말을 들으리라고는 전혀 예상하지 못했던 그녀는 동생에게 화가 치밀었다. 그때 갑자기 옷깃 스치는 소리가 나더니 울음소리가 들렸다.

"돌린카, 난 너무나 불행해졌어."

키티가 미안한 듯 말했다.

그러고는 눈물을 흘리며 그 아름다운 얼굴을 다리야 알렉산드로브나의 치마에 묻었다.

눈물은 갈라져 있던 두 자매의 사이를 연결해 주는, 마치 기계의 동작을 부드럽게 해 주는 윤활유 같았다. 눈물을 다 쏟고 나서 두 자매는 그들의 마음을 혼란스럽게 하는 이야기들을 뺀 다른 이야기들을 나누었다. 그러나 두 사람은 잡다한 이야기를 주고받으면서도 서로의 마음을 이해했다. 키티는 그때 깨달았다. 남편의 배신과 아내의 아픔에 대해 생각 없이 지껄인 그 말이 불쌍한 언니에게 큰 정신적 충격을 주었음에도 언니가 자신을 용서했다는 것을. 돌리는 자신이 알고 싶었던 모든 것을 알았다. 자신의 추측이 맞았다. 키티의 고통은 레빈이 그녀에게 청혼한 것을 그녀가 거절한 뒤 브론스키에게 농락당했기 때문이라는 것, 지금 그녀의 마음은 얼마든지 레빈을 향할 수 있으며 그녀는 지독히 브론스키를 증오한다는 것을 말이다. 키티는 직설적으로는 언급하지 않았다. 그저 자신의 심리 상태를 이야기했을 뿐이다.

"난 괜찮아."

그녀는 마음이 진정되고 나서 말했다.

"하지만 언니는 이해하기 힘들겠지. 모든 것이 다 역겹고 천하고 추해 보여. 나 자신도 마찬가지야. 내가 얼마나 역겨운 생각을 품었는지 언니는 알지 못할 거야."

"네가 무슨 역겨운 생각을 했겠니?"

돌리가 웃으며 말했다.

"정말 극악하게 역겹고 천박한 생각들이지. 언니에게도 차마 말 못 하겠어. 슬픔도 우울함도 아니야. 훨씬 더 나쁜 것들이야. 내 마음속에 있던 선한 기운들이 다 빠져나가고 악한 기운만 남은 것 같아. 아, 어떻게 설명해야 할까?"

그녀는 언니의 눈동자가 멈칫하는 기색을 보이자 말을 이었다.

"아버지는 방금 내게 무슨 말을 하려고 했어…… 난 아버지도 내게 필요한 건 결혼이라고 생각하고 계시는 듯해. 어머니는 나를 무도회에 끌고 다녀. 하루빨리 결혼시켜서 나를 떼어 놓으려고 그러는 것 같아. 나도 이런 생각이 나쁘다는 건 알지만 도저히 이런 생각들에서 벗어날 수가 없어. 난 신랑감이라는 사람들을 보기가 거북해. 그 인간들이 나를 마치 자로 재는 것만 같아. 예전에는 야회복을 입고 나가는 게 즐거웠지. 내 모습을 보고 기쁘기도 했고. 하지만 지금은 어색하고 그마저도 수치스러워. 그러니 아무것도 소용이 없어. 의사는…… 세상에……."

키티가 말을 더듬었다. 그녀는 이렇게 말하려 했다. 자신이 이런 일을 겪은 뒤로 스테판 아르카지치가 꺼림칙하게 느껴져 상대하기 싫어졌고, 그를 볼 때마다 추잡한 것들이 떠오른다고 말이다.

"그래, 나한테는 모든 것이 다 역겹고 추하게 보여."

그녀는 말을 이었다.

"그게 내 병이야. 언젠가는 이 병도 낫기야 하겠지만……."

"그런 생각들을 모두 떨쳐 버려."

"쉽지 않아. 언니네 집에서 아이들과 놀 때만 기분이 좀 나아질 뿐이야."

"넌 이제 우리 집에 올 수 없으니 이제 어쩌니?"

"아냐, 갈게. 난 성홍열을 앓은 적이 있으니 괜찮아. 엄마한테 가게 해 달라고 말해 볼게."

키티는 고집을 부려 언니네 집으로 잠시 거처를 옮겼다. 그 후 언니의 집에 성홍열이 돌았고, 키티는 성홍열이 모두 지나갈 때까지 병에 걸린 조카들을 정성껏 돌보았다. 여섯 아이들은 두 자매의 보살핌으로 건강을 되찾았지만, 키티의 건강은 좋아지지 않았다. 그래서 쉐르바츠키 일가는 사순절 기간에 외국으로 거처를 옮겼다.

4

페테르부르크 상류층들은 마치 한 몸 같았다. 그들은 서로 아주 친밀했을 뿐 아니라 각별하게 지내며 서로의 집을 왕래했다. 그러나 그 커다란 무리 안에도 작은 갈래가 있었다. 안나 아르카지예브나는 세 갈래와 밀접하게 지내며 그들과 친분을 쌓고 있었다. 그 가운데 하나는 남편이 속한 공직 관계의 모임으로 남편의 동료들과 부하 직원의 무리였다. 그 모임은 조직의 특성상 가장 번잡스럽고 변덕스러운 이합집산이 이루어지는 곳이었다. 안나는 처음에 그 집단에 가벼운 존경심을 가졌지만, 이제는 그런 감정을 품기가 힘들었다. 그녀는 시골 사람들이 남의 사정을 속속들이 알고 지내는 것처럼 그들 모두의 사정을 다 알고 있었다. 그녀는 누구에게 어떤 습관과 약점이 있는지, 누구의 부츠가 어느 쪽 발을 죄는지까지 모조리 알고 있었다. 그리고 그들 서로의 관계와 그들과 중심 세력 간의 알력도 알았다. 그녀는 누가 왜 누구의 편을 드는지, 누가 왜 누구와 무엇 때문에 협력하고 배신하는지를 보았다. 그러나 극히 정치적이고도 남성적인 관심사가 주를 이루는 그 모임에 매력을 느끼지 못했기 때문에 그녀는 리디야 이바노브나 백작 부인의 충고에도 그 모임을 피하고 있었다.

안나가 가까이하는 다른 모임은 알렉세이 알렉산드로비치의 출세와 관련된 무리였다. 이 모임의 중심 세력은 바로 리디야 이바노브나 백작 부인이었다. 이 모임은 연령대가 높고 아름다움도 가꾸지 않지만 덕망 있고 신앙심이 깊은 여성들과 박식하고 학력이 높고 명예를 숭상하는 남성들로 이루어져 있었다. 이 모임에 속한 이들 가운데 한 명은 이 모임을 가리켜 '페테르부르크 사회의 양심'이라 일컬었다. 알렉세이 알렉산드로비치는 이 모임을 대단히 신뢰했고, 모든 사람과 돈독한 관계를 유지했다. 안나는 처음 페테르부르크 생활을 시작할 때 이 모임에서 친구를 몇 명 사귀기도 했다. 그런데 모스크바를 다녀오고 나서는 그 모임을 더 이상 견딜 수가 없었다. 그녀의 눈에 그녀나 다른 사람들이나 모두가 가식적으로 보였던 것이다. 그녀는 그들과 함께 어울리는 것이 너무나 어색하고 지루해서 리디야 이바노브나 백작 부인의 집에도 되도록 발을 들이지 않았다.

마지막으로 그녀가 나가는 세 번째 모임은 사교계였다. 무도회와 만찬과 화려한 의상이 있는 사교계는 화류계가 되지 않기 위해 궁정과의 연을 놓지 않고 있었다. 이 모임의 회원들이 자신들과 화류계를 엄격히 구분 짓고 화류계를 경멸하는 듯 행동했지만 사실상 그들의 모든 것은 다르지 않았다. 안나는 그녀의 사촌 올케 벳시 트베르스카야 공작 부인을 통해 그 모임에 발을 들여놓았다. 그녀에게는 연간 십이만 루블의 수입이 있었다. 그녀는 안나가 사교계에 들어온 뒤로 안나를 유독 아끼며 이것저것을 살뜰히 챙겨 주었고, 리디야 이바노브나 백작 부인을 은근히 깎아내리며 안나를 자기 쪽으로 끌어들이려 했다.

"나도 나이 먹고 추해지면 그럴지도."

벳시는 말했다.

"하지만 당신처럼 아름답고 젊은 여자가 그런 양로원에 가는 건 어울리지 않아요."

처음에 안나는 트베르스카야 공작 부인이 속한 모임을 피하려 했다. 사교계는 그녀의 수준보다 더 높은 지출을 원했고, 그녀는 리디야 이바노브나의 모임을 좋아했기 때문이다. 그러나 모스크바에 다녀와서는 생각이 바뀌었다. 그녀는 정신적으로 도움이 되는 지인들을 피하고 상류사회에 드나들었다. 그녀는 브론스키를 다시 만났고 다시 한 번 설렘과 기쁨을 느꼈다. 그녀는 특히 벳시의 집에서 브론스키를 만났다. 벳시는 브론스키 가문의 사람이었고, 브론스키의 사촌 누이였다. 브론스키는 안나를 볼 수 있는 기회만 있으면 어디든 나타나서 그녀에게 사랑을 고백했다. 그녀는 그에게 빈틈을 주지 않았지만 그를 만날 때마다 열차에서 그를 봤을 때의 그 느낌이 되살아나는 것은 어쩔 수 없었다. 그녀 또한 그를 만날 때마다 자신의 눈동자에 기쁨이 차오르고, 입가에 절로 미소가 지어지는 것을 느꼈다. 그녀는 그러한 기쁨을 감출 수 없었다.

안나가 처음부터 브론스키를 좋아했던 것은 아니다. 안나는 그 자신의 마음이 여전히 그럴 것이라 굳게 믿었다. 그러나 모스크바에서 돌아와 처음 참석했던 무도회에서 그의 모습이 보이지 않자, 그녀는 온몸에 사무치는 슬픔을 느끼며 자신의 마음을 알았다. 자신이 스스로를 속이고 있다는 것을, 그가 자신을 쫓아다니는 것이 불쾌하지 않을 뿐 아니라 자기 삶의 유일한 낙이라는 것을 깨달았다.

유명한 여가수가 두 번째 곡을 불렀다. 극장 안에는 상류사회의 거의 모든 일원이 모여 있었다. 첫 번째 줄의 자기 자리에서 사촌 누이를 발견한 브론스키는 중간 휴식 시간까지 기다리지 못하고 그녀가 앉아 있는 특별석으로 갔다.

"왜 만찬에 안 왔어요?"

그녀가 그에게 말했다.

"사랑에 빠진 사람들의 감각은 얼마나 놀라운지."

그녀가 웃으며 그에게만 들릴 만한 아주 작은 목소리로 속삭였다.

"그녀도 오지 않았지만 오페라가 끝난 뒤에 우리 집으로 올 거예요."

브론스키는 더 할 말이 있는 것처럼 그녀를 보았다. 그녀는 고개를 숙였다. 그는 그녀에게 고맙다는 인사를 건네고 그녀 옆에 앉았다.

"난 당신의 그 미소를 기억하고 있지요."

이런 정열적인 감정을 지켜보는 데서 쾌감을 느낀 벳시 공작 부인이 말을 이었다.

"그 모든 게 다 어디로 가 버렸을까? 나의 사랑스러운 오라버니가 단단히 마음을 빼앗긴 모양이로군요."

"그게 나의 소망이지요."

브론스키는 온화한 미소를 지으며 답했다.

"불만스러운 점이 있다면 너무 조금만 사로잡힌 게 문제랄까요? 점점 희망이 줄어들고 있어요."

"도대체 어떤 희망을 말하는 거죠?"

자기 친구의 편에 선 그녀가 마음속에 일어난 모욕감 때문에 브론스키에게 물었다.

"우리, 서로를 이해해 보도록 할까요?"

그러나 그녀의 눈동자에서 타오르는 불빛은 이렇게 말하는 듯했다. 난 당신이 어떤 희망을 말하는 건지 너무나 잘 알고 있답니다.

"아무것도 아니에요."

브론스키는 부드러운 미소를 지었다.

"실례하죠."

그는 이렇게 말하고는 그녀가 들고 있던 오페라 안경을 빼앗아 그녀 어깨 너머로 특별석 맞은편을 둘러보았다.

"내 꼴이 우스워질까 봐 그게 염려되는군요."

그러나 그는 잘 알고 있었다. 벳시뿐만 아니라 사교계 모든 사람이 그가 우스운 꼴이 되지 않을 것임을 너무나 잘 알 것이다. 그는 다른 사람들의 눈에 처녀라든가 자유로운 여성에게 끌려다니는 게 우습게 보일 뿐, 결혼한 여성을 따라다니며 그녀의 마음을 얻고자 자신의 전부를 거는 것은 아름답고 위대해서 절대 우습게 보이지 않음을 잘 알았다. 그래서 그는 콧수염 밑으로 쾌활하고 여유 있는 미소를 보이며 오페라 안경을 내려놓고 사촌 누이를 바라보았다.

"그런데 만찬에는 왜 빠졌지요?"

그녀가 그를 보며 말했다.

"당신에게는 말해야겠군요. 너무 바빴어요. 무슨 일이 있었느냐고요? 아마 아주 드문 경우일 겁니다. 당신은 상상도 못 할 거예요. 난 어느 남편과 그의 아내를 능욕한 남자를 화해시켜 주고 있었지요."

"화해는 이루어졌나요?"

"거의 그렇죠."

"다음에 이야기해 주세요."

그녀가 자리에서 일어나며 말했다

"다음 중간 휴식 때 와요."

"안 되겠어요. 난 프랑스 극장으로 가야 해요."

"닐손의 노래는요?"

벳시가 깜짝 놀라 물었다. 하지만 그녀는 닐손과 다른 여자 합창 단원을 구분하지 못할 것이다.

"어쩔 수 없네요. 거기서 약속이 있답니다. 이게 다 그들을 화해시키기 위해서지요."

"평화를 이루는 사람은 복되도다. 그들은 구원받을 것이다."

벳시는 어디선가 들어 본 그 말을 기억하며 말했다.

"자, 앉아 봐요. 얼른 그 일을 이야기해 보세요."

그녀는 자리에 다시 앉았다.

5

"이건 좀 저속한 이야기지만 너무 재미있는 이야기라 꼭 말해 주고 싶군요."

브론스키가 살짝 웃으며 그녀를 바라보았다.

"이름은 비밀에 부쳐 두겠습니다."

"하지만 결국 알게 될걸요? 그게 더 좋아요."

"잘 들어 봐요. 두 젊은 청년이 마차를 타고 가고 있었어요……."

"당신 연대의 장교들이겠죠?"

"난 장교라고는 말하지 않았습니다. 아무튼 식사를 막 끝낸 두 청년은……."

"그게 아니겠죠. 술에 취한 두 청년일걸요?"

"그럴지도 모르죠. 그들은 동료의 집에서 열리는 만찬회에 가고 있었습니다. 둘 다 무척 흥분해 있었죠. 그런데 아주 아름다운 여인이 삯마차를 타고 그들을 앞질러 가며 뒤를 돌아보았지요. 그들은 그 여인이 자신들에게 고개를 까딱하며 미소를 지었다고 생각했어요. 그들은 그녀를 뒤쫓아 갔죠. 그들은 전속력으로 마차를 몰았는데 그 여자는 그들이 가려고 했던 그 집으로 들어갔지요. 그 여자는 위층으로 올라갔고, 그들이 본 것은 짧은 베일 너머의 붉은 입술과 작고 아름다운 발뿐이었지요."

"당신이 그 둘 가운데 한 사람인 것처럼 말하는군요."

"음, 어디까지 얘기했죠? 아무튼 그들은 동료의 집에서 열린 송별회에 참석했습니다. 송별회라는 것이 항상 그렇듯이 그들은 아마 고주망태가 되도록 마시고 또 마셨을 겁니다. 그러다가 그들은 이 층에 사는 사람이 누구냐고 물었지요. 하지만 아무도 아는 사람이 없었어요. 그러다가 주인의 하인이 '이 층에는 부인이 아주 많답니다.' 하고 대답했어요. 만찬이 끝난 뒤에 두 청년은 주인의 서재로 가서 그 묘령의 여인에게 편지를 썼습니다. 그러고 그들은 아주 열렬한 고백 편지를 써서 이 층으로 들고 갔지요. 편지로 전해지지 않는 부분은 직접 말로 하기 위해서요."

"그건 정말 너무나 추잡한 이야기인데요? 그런데요?"

"그들은 벨을 눌렀지요. 그러자 하녀가 나왔어요. 그들은 편지를 주면서 두 사람 다 사랑에 빠져서 지금 당장 죽을 것 같다며 난동을 부렸지요. 하녀는 그들을 수상쩍게 여기고 그들과 실랑이를 벌였습니다. 그러다 갑자기 뒤에서 소시지 같은 볼수염을 기르고 새우만큼이나 빨간 신사가 나타나서 자기 집에는 자기와 아내밖에 없다며 그들을 쫓아냈습니다."

"당신이 그에게 소시지같이 생긴 볼수염이 있는지 없는지 어떻게 알죠?"

"일단 들어 보세요. 나는 그들을 화해시켜 주려는 사람이니까요."

"그래서 그들은 어떻게 됐나요?"

"여기가 가장 재미있는 부분입니다. 알고 보니 그들은 구등 문관과 그 아내로 매우 행복하게 사는 부부였어요. 구등 문관이 두 청년을 고소했고, 그래서 제가 중재를 맡게 되었습니다. 중재자라니! 탈레랑(프랑스의 정치가_옮긴이)도 나에 비하면 아무것도 한 일이 없을 정도라니까요!"

"왜요?"

"들어 보세요. 우리는 일단 사과를 했습니다. '우리는 비탄에 빠져 있습니다. 제발 이 불행한 일들을 용서해 주십시오.' 소시지를 단 구등 문관도 좀 차분해지는 것 같더군요. 하지만 그는 자기 기분도 말하고 싶었는지 다시 떠들어 대기 시작했고 감정을 주체하지 못하고서 무례한 언사를 퍼붓더군요. 그래서 전 모든 외교적 수완을 발휘했지요. '이들의 행동이 잘못됐다는 것은 잘 알고 있습니다. 하지만 이 모든 게 젊은 혈기에서 비롯된 어리석은 짓이니 이들을 이해하고 감싸 주십시오. 게다가 잘 아시다시피 청년들은 막 식사를 끝낸 참이었답니다. 그들은 가슴 깊이 반성하고 있습니다.' 그러자 구등 문관은 다시 마음을 가라앉히더군요. '백작님의 말은 잘 들었습니다. 나는 그들을 용서하려고 합니다. 하지만 제 아내처럼 정숙한 여인이 저런 난폭하고 뻔뻔한 애송이들에게 쫓기다니 정말 역겹기 짝이 없군요.' 당신도 알다시피 여기에 청년들도 있으니 그들도 달래야 합니다. 내가 모든 문제를 해결 짓고 잘 마무리하려 할 때 구등 문관이 다시 한 번 화를 내면서 얼굴을 붉히고 소시지를 곤두세우더군요. 그러면 난 다시 외교적 수완을 발휘해서 말을 했고."

"아, 당신에게 들려줄 이야기가 있는데!"

벳시는 특별석으로 들어오는 부인을 불렀다.

"이분이 정말 재미있는 이야기를 들려주었답니다."

"그럼, 행운을 빌어요!"

그녀는 부채를 쥐지 않은 반대편 손가락을 브론스키에게 내밀고 어깨를 약간 움직여서 드레스 윗부분을 살짝 내렸다. 그녀가 무대의 풋라이트를 향해 나아가는 동안 가스등 아래에 그녀의 어깨가 훤히 드러나 보이게 하기 위해서였다.

브론스키는 곧 프랑스 극장으로 갔다. 그는 거기에서 연대장을 만났는데, 그 사람은 프랑스 극장에서 상영하는 작품이라면 모조리 섭렵하는 사람이었다. 아무튼 그는 지난 사흘 동안 그에게 흥미와 곤란함을 안겨 준 그 사안을 의논해 보았다. 그 사건에는 그의 절친 페트리츠키와 얼마

전에 입대한 젊은 케드로프 공작이 연관되어 있었다. 케드로프 공작은 아주 훌륭하고 멋진 동료였다. 가장 중요한 것은 이 문제가 연대의 이익과 관련이 있다는 것이다.

두 사람은 모두 브론스키 기병 중대에 속해 있었다. 그래서 구등 문관 벤젠은 연대장에게 찾아와 자기 아내를 모욕했다는 이유로 두 사람을 고소했다. 벤젠은 반년 전에 결혼식을 올렸는데, 그에 따르면 그의 젊은 아내는 어머니와 교회에 갔다 돌아오는 길에 갑자기 몸이 아파 서 있을 수가 없어서 삯마차를 잡아서 집으로 향하는 길이었다. 그런데 그때 장교들이 전속력으로 쫓아오자 그녀는 너무 놀라서 몸 상태가 더욱 나빠져 계단을 뛰어올라 집에 들어섰다. 그때 관청에서 돌아온 벤젠은 벨 소리와 사람들의 소란스러운 소리를 듣고 현관으로 나가 보았다고 했다. 그는 편지를 들고 온 술에 잔뜩 취한 장교들을 내쫓았는데, 이제 그는 그들이 엄중한 처벌을 받기를 요구했다.

"자네가 나서도 소용없어."

연대장은 브론스키에게 이렇게 말했다.

"페트리츠키는 이제 구제할 방법이 없어. 한 주도 조용히 넘긴 적이 없지. 그 관리는 아마 이 문제를 쉽게 넘기지 않으려 들 거야."

브론스키는 이게 얼마나 낯 뜨거운 일인지 알고 있었다. 하지만 결투를 할 수도 없는 노릇이니 구등 문관을 달래는 수밖에 없었다. 연대장이 브론스키를 찾은 이유는 그가 총명하고 고고하며 무엇보다 연대의 명예를 최우선으로 생각할 사람이기 때문이었다. 두 사람은 함께 논의한 끝에 브론스키가 페트리츠키와 케드로프를 데리고 구등 문관에게 사과를 하러 가기로 했다. 연대장과 브론스키는 모두 브론스키라는 이름과 시종 무관의 휘장이 구등 문관을 설득하는 데 큰 도움이 될 것이라고 믿었다. 그것은 어느 정도 효과가 있는 것 같았다. 하지만 결과는 앞서 브론스키가 생각한 것처럼 조금 의심스러웠다.

프랑스 극장에 도착한 브론스키는 연대장을 만나 어떻게 결말이 났는지 말했다. 그들은 잠시 깊게 고민하고 나서 그것을 미해결로 결론지었다. 그러고 나서 연대장은 브론스키에게 구등 문관을 만나 무슨 일이 있었는지 물었다. 그는 브론스키의 이야기를 듣다가 구등문관이 조용할 만하면 화를 냈다든가, 브론스키가 최후의 말을 던진 후 나중에는 페트리츠키를 구등 문관 앞에 떠밀었다든가 하는 이야기를 듣더니 한참 동안 웃어 댔다.

"정말 저속한 이야기이지만 웃긴 일이었어. 아무튼 케드로프가 그와 주먹다짐할 일은 없겠지? 그 정도로 심하게 화났다던가?"

그가 웃으며 다시 물었다.

"그건 그렇고, 오늘 클레르 어때 보이나? 정말 예쁘지?"

그는 프랑스 신인 여배우 이야기를 한참 해 댔다.

"아무리 봐도 날마다 예뻐져. 오직 프랑스인만이 그럴 수 있지!"

6

벳시 공작 부인은 공연을 끝까지 보지 않고 극장을 나섰다. 그녀는 집으로 돌아와 바로 옷 방으로 들어가 길고 창백한 얼굴에 파우더를 두드리고 머리 모양을 정리했다. 그러고 큰 응접실에 차를 준비하게 했다. 볼샤야 모르스카야 로에 있는 그녀의 대저택에 마차들이 속속 도착했다. 손님들이 넓은 중앙 현관에 내리면 뚱뚱한 수위가 거대한 현관문을 열어 손님들이 들어갈 수 있게 했다. 이 수위는 매일 아침이면 그 앞을 지나는 사람을 교화할 목적으로 유리문 안에서 신문을 읽기도 했다.

여주인과 손님들이 거의 같은 시간에 큰 응접실로 입장했다. 한쪽 문에서는 화장과 머리 모양을 다듬은 여주인이, 다른 쪽 문에서는 손님들이 들어왔다. 검은 벽채와 보드라운 양탄자, 눈부시도록 빛나는 테이블과 촛불 아래 빛나는 흰 테이블보 그리고 은빛 사모바르와 투명한 자기로 만든 다기들이 보였다.

여주인은 사모바르 옆에 장갑을 벗었다. 손님들은 분주히 움직이는 하인들의 도움으로 의자를 옮겨 둘로 나누어 자리에 앉았다. 한 무리는 사모바르 바로 옆에 있는 여주인의 주위였고, 다른 무리는 맞은편 끝에 있는 대사 부인의 주위였다. 대사 부인은 진하고 또렷한 눈썹에 검은 벨벳 드레스를 입고 있었다. 항상 그렇듯이 인사를 나누고 차를 돌리는 동안에는 어떤 대화로 시작해야 할지 몰라 뒤숭숭한 분위기가 이어졌다.

"그녀는 정말 뛰어나더군요. 아마도 카울바흐(독일의 화가_옮긴이)를 연구한 듯했어요."

대사 부인 옆에 앉은 외교관이 말했다.

"보셨죠? 그녀가 어떻게 쓰러졌는지……."

"휴, 제발 닐손 이야기는 그만하죠! 그녀에 관해서는 더 새로운 이야기를 하기가 힘들어요."

낡은 실크 드레스를 입은 금발 여인이 말했다. 그녀는 뚱뚱하고 눈썹도 흐린 데다 시늉도 없지 않은 모습이었는데, 바로 직설적이고 거센 성격으로 유명한 '무서운 아이'라고 불리는 먀흐카야 공작 부인이었다. 먀흐카야 공작 부인은 두 무리 중앙에 앉아서 귀를 기울이다가 이쪽저쪽에 끼어들면서 말을 걸었다.

"오늘은 모두 짠 듯이 무려 세 사람씩이나 카울바흐에 관해서 똑같은 말들을 하더군요. 왜 그런지는 몰라도 그게 다들 그 사람들 마음에 들었나 봐요."

그런 비난으로 대화가 끊기자, 사람들은 다시 새로운 화제를 생각해내야 했다.

"뭔가 재미있는 이야기가 필요하군요. 재미있으면서 악의 없는 이야기 없을까요?"

영어로 '스몰 토크'라는 기품 있고 우아한 대화를 자랑하는 대사 부인이 외교관들에게 말했다. 하지만 그들 역시 적당한 화제가 떠오르지 않았다.

"그것참 어려운 이야기죠. 흔히 악의적인 이야기들을 재미있게 느끼니까요."

그가 미소를 지으며 말했다.

"한번 해 볼까요? 주제를 알려 주세요. 결국은 모든 게 주제에 달려 있으니까요. 주제를 잡으면 이야깃거리가 훨씬 풍성해집니다. 나는 가끔 이런 생각을 하지요. 지나간 시대의 뛰어난 이야기꾼들도 지금 시대에서 재치 있게 말하기는 어려울 거라고요. 다들 재주를 부린 말들에는 싫증이 났으니까요."

"예전에 들어 본 이야기로군요."

대사 부인이 밝게 웃으며 그의 말을 막았다.

대화는 그럴듯하게 시작되었지만, 너무 멋지게 시작되는 바람에 오히려 갈 곳을 잃었다. 그는 절대로 망하지 않을 확실한 수단, 즉 독설에 기댈 수밖에 없었다.

"투슈케비치에게서는 왠지 루이 15세 같은 분위기가 나지 않나요?"

그는 테이블 옆에 서 있던 잘생긴 금발 청년을 보며 말했다.

"정말 그렇군요! 저분과 이 응접실 분위기가 정말 잘 어울려요. 그래서 저분이 이곳에 자주 들르시는지도 모르죠."

이 화제는 많은 사람들의 호감을 샀다. 왜냐하면 그것은 이 응접실에서 금지된 이야기, 즉 투슈케비치와 여주인의 관계를 담은 이야기이기 때문이다.

한편 사모바르와 여주인 가까이에 앉은 사람들도 비껴갈 수 없는 세 가지 주제 사이를 오가며 이야기를 나눴다. 최근의 사회적인 이슈, 그리고 연극, 마지막으로 지인들에 대한 험담이었다. 대화는 이리저리 흐르더니 결국 마지막 화젯거리, 즉 독설에 이르자 완전히 무르익었다.

"그 이야기 들으셨나요? 말치쉐바가, 아니지, 딸이 아니라 그 어머니가 '악마의 장미'로 옷을 해 입었대요!"

"세상에! 아니지, 그거 괜찮은데요?"

"난 어찌나 놀랐는지. 멍청한 사람도 아니고 그 정도 상식을 갖춘 사람이 자기가 어떻게 보일지 그렇게 모를 수 있나요?"

모두들 불쌍한 말치쉐바를 두고 헐뜯고 공격할 거리를 한 가지씩은 알고 있었기에, 사람들은 막 타오르는 모닥불처럼 재잘재잘 이야기를 해 댔다.

벳시 공작 부인의 남편은 판화 수집에 조예가 깊은 착한 뚱보였다. 그는 아내의 손님들에게 인사를 하기 위해 클럽에 가기 전 응접실에 잠시 들렀다. 그는 보드라운 양탄자 위를 조용히 걸어가 먀흐카야 공작 부인 앞으로 갔다.

"닐손이 마음에 들었나요? 공작 부인."

그가 말했다.

"세상에, 어쩌면 그렇게 조용히 걸어올 수 있죠? 깜짝 놀랐어요."

그녀가 대답했다.

"오페라 이야기는 더 이상 하지 말아요. 어차피 당신은 음악도 잘 모르잖아요. 차라리 내 수준을 당신 수준에 맞춰서 마욜리카 도자기와 판화 이야기를 하는 게 낫겠어요. 참, 그런데 요즘은 벼룩시장에서 어떤 보물을 찾아오셨나요?"

"당신이 보고 싶어 한다면 보여 드릴 수도 있지요. 그런데 당신은 볼 줄 모르실 겁니다."

"보고 싶군요. 난, 그 누구더라? 그 은행가들에게 좀 배웠답니다. 그 사람들 집에도 판화가 있거든요. 그 사람들 판화를 좀 보았지요."

"혹시 슈츠부르크 댁에 갔나요?"

사모바르 쪽에 앉은 여주인이 물었다.

"그렇답니다, 여보! 그 집에서 우리 부부를 만찬에 초대했어요. 그 만찬에 나온다는 소스값이 무려 천 루블이라고 하더군요."

먀흐카야 공작 부인은 모두가 그녀의 이야기에 집중하고 있음을 눈치채고 큰 소리로 말했다.

"어쩌나 역겹던지, 녹색처럼 보이더군요. 이번엔 우리가 그 부부를 초

대해야 해서 난 팔십오 코페이카로 소스를 만들었는데 다들 좋아하더군
요. 천 루블짜리 소스를 만들 수는 없었어요."

"희한한 여자군요!"

대사 부인이 말했다.

"정말 놀라워요!"

누군가가 이렇게 말했다.

먀흐카야 공작 부인의 말에 대한 반응은 거의 비슷했다. 그녀의 말은
늘 적절하지는 않았지만 꽤 단순하고 의미가 있었다. 그녀가 속한 사회
에서 그런 말은 재치 있는 농담과 비슷한 효과를 냈다. 먀흐카야 공작 부
인은 왜 그런지 이해할 수는 없었지만 아무튼 그런 효과를 일으킨다는
확신이 있었기에 종종 이야기를 꺼내곤 했다.

먀흐카야 공작 부인이 이야기하는 동안 모두의 관심이 집중된 나머지
대사 부인 쪽은 조용했다. 그래서 여주인은 모임 분위기를 좋게 만들기
위해 대사 부인에게 말을 걸었다.

"그쪽은 차를 잘 드시지 않는군요. 이쪽으로 오시는 게 어떤가요?"

"아니요. 우리는 이쪽이 편하답니다."

대사 부인은 미소를 지으며 조금 전 나누던 이야기를 다시 하기 시작
했다.

대화는 재미있었다. 사람들은 다들 카레닌 부부를 욕하는 것 같았다.

"안나는 모스크바에 다녀온 뒤에 좀 변한 것 같아요. 좀 이상하기도
하고요."

안나의 친구가 말했다.

"가장 눈에 띄는 건 알렉세이 브론스키라는 그림자를 달았다는 거죠."

대사 부인이 말했다.

"그게 뭐 어떻죠? 그림 동화에도 나오잖아요. 그림자가 없는 사나이,
그림자를 잃은 사나이, 그런 것 말이에요. 사나이가 그림자를 잃은 건 무

248

엇을 잘못했기 때문이었죠. 난 그가 왜 그런 벌을 받았는지 모르겠지만, 여자들에게 그림자가 없다는 것은 좀 무서운 일일 거예요."

"그래요, 하지만 그림자를 달고 다니는 여자들은 대개 비극적인 결말을 맺죠."

안나의 친구가 말했다.

"쓸데없는 말은 삼가도록 해요."

먀흐카야 공작 부인이 그녀의 말을 가로막았다.

"카레니나는 훌륭한 여자예요. 난 그녀의 남편은 그리 좋아하지 않지만 그녀는 달라요."

"왜 그녀의 남편을 싫어하죠? 그도 대단히 훌륭한 사람인데요."

대사 부인이 말했다.

"남편이 그랬어요. 그는 유럽에서 손꼽힐 만한 정치인이라고요."

"제 남편도 그런 말을 했어요. 하지만 모를 일이죠."

먀흐카야 공작 부인이 말했다.

"만약 우리가 남편들의 이야기를 듣지 않았다면 그저 있는 그대로를 보았을 테니까요. 내 생각에 알렉세이 알렉산드로비치는 바보예요. 크게 떠들어 댈 수는 없지만…… 뭐, 사실이 그렇죠. 사람들이 그를 가리켜 훌륭하다고 하도 칭찬하기에 나도 그의 좋은 점을 찾아보려 애를 썼어요. 하지만 그리 훌륭한 점이 없더군요. 내가 바보라고 느껴질 만큼이요. 그래서 내가 '그 사람은 아마 바보일 거야.'라고 생각해 보니 모든 게 다 해결되더군요. 내 말이 틀린가요?"

"오늘은 완전히 독설가 같으시군요."

"전혀요. 달리 뭐라고 표현할 수가 없어서 그렇지, 우리 둘 중 하나는 분명히 바보랍니다. 당신도 알다시피 사람은 자신을 가리켜서 바보라고는 하지 않죠."

"사람은 자신의 재산에는 불만족하지만 자신의 지능에는 불만을 가지지 않죠."

외교관이 프랑스의 시를 읊었다.

"바로 그거랍니다!"

먀흐카야 공작 부인이 그를 돌아보았다.

"하지만 나는 당신들에게 안나를 욕하도록 놔두지는 않을 거예요. 그녀는 대단히 훌륭하고 사랑스러운 사람이지요. 모두가 그녀에게 빠져 그녀의 그림자가 된다고 한들 달리 방법이 있겠어요?"

"나도 그녀를 욕할 생각은 없어요."

안나의 친구가 나섰다.

"지금 우리를 그림자처럼 쫓아다니는 사람이 없다고 해서 그림자를 가진 사람을 욕할 수 있는 건 아니니까요."

먀흐카야 공작 부인은 이렇게 안나의 친구에게 적당히 말해 둔 다음, 대사 부인과 함께 다른 테이블로 옮겼다. 그곳에서는 프로이센 왕 이야기가 한창이었다.

"당신들은 그곳에서 무슨 이야기를 그리 즐겁게 했나요?"

벳시가 물었다.

"카레닌 부부에 대해서지요. 공작 부인이 알렉세이 알렉산드로비치의 성향에 대해 말했어요."

대사 부인이 여유로운 미소를 지으며 테이블 앞에 앉았다.

"그 이야기를 놓쳐서 너무나 유감이군요."

여주인은 그렇게 말하면서 입구 쪽을 보았다.

"어서 오세요!"

그녀는 응접실로 들어서는 브론스키에게 미소를 던졌다.

브론스키는 그 자리에 있는 모든 사람과 두루 알았을 뿐 아니라 거의 매일 만나는 사이였기에 방금 헤어졌다 다시 만난 사람을 대하듯 편안하게 들어섰다.

"어디서 오는 길이지요?"

그가 대사 부인의 말에 답했다.

"어쩔 수 없이 말해야겠네요. 부프를 보고 왔어요. 정말 몇 번을 보아도 새롭더군요. 정말 멋졌어요! 좀 수치스러운 일이라는 건 알지만 얼마나 즐겁던지! 오페라를 볼 땐 늘 졸렸는데 부프는 끝까지 재미있었어요. 오늘⋯⋯."

그는 프랑스 여배우의 이름을 말하며 무언가 더 말하려고 했다. 그러자 대사 부인이 장난스러운 표정을 지으면서 그의 말을 막았다.

"그런 끔찍한 이야기는 뒤로 미루죠."

"그러죠. 다들 그에 대해서 알고 계실 테니까요."

"만일 언젠가 그게 오페라처럼 인정받는다면 다들 거기로 몰려가겠죠."

먀흐카야 공작 부인이 그의 편을 들었다.

7

응접실 입구 쪽에서 발소리가 들렸다. 벳시 공작 부인은 카레니나가 들어오는 것을 보자마자 브론스키 쪽으로 고개를 돌렸다. 그는 문을 바라보다가 이상야릇한 표정을 지었다. 그는 성큼성큼 들어서는 안나의 모습을 기쁨에 가득 찬 눈으로 바라보다가 갑자기 겁먹은 듯한 표정을 지었다. 그는 천천히 자리에서 일어났다. 안나는 등을 꼿꼿이 세우고 시선을 똑바로 하고서 사교계의 다른 여자들과는 다르게, 당당하면서도 빠르고 활기찬 걸음으로 들어와서 여주인의 손을 잡고 미소를 지었다. 그러고는 미소 띤 표정 그대로 브론스키를 쳐다보았다. 그는 허리를 숙이고 그녀를 위해 의자를 가져다주었다.

그녀는 고개를 가볍게 끄덕이는 것으로 인사를 대신하고는 곧 얼굴을 붉히고 눈살을 찌푸렸다. 그러나 곧 지인들을 향해 인사를 건네고 그들이 내민 손을 일일이 잡으며 여주인에게 말을 건넸다.

"리디야 백작 부인 댁에서 오는 길이에요. 일찍 오려고 했는데 오래 앉아 있다가 왔네요. 마침 존 경이 오셨어요. 정말 재미있는 분이세요."

"아, 그 선교사?"

"네, 인도에서 있었던 이야기를 어쩌나 재미있게 해 주시던지."

한창 무르익던 대화는 안나의 도착으로 중단되어 다시 갈팡질팡하기 시작했다.

"존 경! 그래요. 그분을 뵌 적이 있어요. 말을 정말 맛깔나게 하시죠. 블라시예바는 그에게 완전 반했고요."

"그런데 블라시예바의 여동생이 토포프와 결혼하나요?"

"네, 그렇다더군요."

"난 그 부모들에게 놀랐어요. 사람들 이야기로는 열애 끝에 하는 결혼이라고 하던데요."

"열애요? 아직도 그런 말을 쓰는 사람이 있나요? 정말 구시대적인 발언이군요."

대사 부인이 말했다.

"그래도 그런 구시대적 방식이 아직도 남아 있으니까요."

브론스키가 말했다.

"그런 방식을 고수하는 사람들을 위해서라도 그런 건 좋지 않아요. 자고로 이성에 따른 결혼이 행복한 결론을 맺지요."

"그래요. 하지만 이성에 따른 결혼이라도 종종 망가지지요. 인정받을 수 없는 어떤 열정 때문에요."

브론스키가 말했다.

"하지만 서로 방종한 시기를 보낸 다음을 이성에 따른 결혼이라고 하지요. 그것은 누구나 한 번쯤은 거치는 홍역 같은 거니까요."

"그렇다면 천연두 접종처럼 사랑의 열병을 예방하는 백신도 나와야 하겠군요."

"난 젊은 시절에 하급 수도사에게 반한 적이 있지요."

먀흐카야 공작 부인이 말했다.

"그 일이 내게 도움이 되었는지는 잘 모르겠어요."

"글쎄요, 농담이라기보다는 사랑이라는 것도 실수를 저지르고 실수를 고쳐 나가면서 성숙해질 수 있다고 생각해요."

벳시 공작 부인이 말했다.

"결혼했으면요?"

대사 부인이 장난스러운 미소를 띠며 말했다.

"후회하기에 너무 늦은 때는 없지요."

외교관이 영국 속담을 말했다.

"그렇죠!"

벳시가 말했다.

"실수를 하고, 그러고 나서 바로잡아야 해요. 당신 생각은 어떻죠?"

그녀는 안나를 쳐다보았다. 안나는 엷은 미소를 지으며 아무 말 없이 대화를 듣고만 있었다.

"내 생각은⋯⋯."

안나는 벗어 놓은 장갑을 만지면서 말했다.

"내 생각에는⋯⋯ 만약 사람의 수만큼이나 생각도 다양하다면, 그런 마음의 수만큼이나 사랑도 다양할 거라고 생각해요."

브론스키는 안나를 바라보며 떨리는 마음으로 어떤 대답이 나올지 기대하고 있었다. 그는 그녀의 대답을 듣고는 큰 위험에서 벗어난 것처럼 숨을 내쉬었다.

갑자기 안나가 그에게 말을 걸었다.

"모스크바에서 편지가 왔어요. 키티 쉐르바츠카야가 몹시 아프다네요."

"그게 사실입니까?"

브론스키가 일그러진 얼굴로 말했다.

안나는 무서운 표정으로 그를 쳐다보았다.

"당신은 별로 관심이 없는 모양이죠?"

"그렇지 않습니다. 편지에 뭐라고 쓰여 있던가요?"

안나는 자리에서 일어나 벳시의 곁으로 갔다.

"차 한 잔 부탁해요."

안나는 벳시의 의자 뒤에서 말했다.

벳시 공작 부인이 그녀를 위해 차를 준비하는 동안 브론스키가 안나에게 가까이 갔다.

"뭐라고 쓰여 있었지요?"

그가 물었다.

"난 가끔 이런 생각을 해요. 남자들은 고결함이라는 것을 모르면서 그런 말을 입에 담는다고요."

안나가 그의 말에는 답하지 않고 엉뚱한 말을 꺼냈다.

"난 전부터 당신에게 말하고 싶었던 게 있었어요."

그녀는 이렇게 말하고는 몇 발짝 걸어가 사진첩이 놓인 구석 테이블에 앉았다.

"무슨 뜻인지 전혀 모르겠군요."

그는 그녀에게 찻잔을 건네며 말했다.

그녀가 옆에 있던 소파에 시선을 두자, 그는 그 자리에 앉았다.

"당신에게 꼭 말하고 싶었어요."

그녀는 차가운 어조로 말했다.

"당신의 행동은 너무나 잔인했어요. 그것도 아주 무시무시하게."

"내가 그것을 몰랐다고 생각하십니까? 하지만 내가 그런 행동을 하게끔 한 게 누구지요?"

"왜 내가 그런 말을 들어야 하죠?"

그녀가 그를 매섭게 쳐다보았다.

"왜인지는 당신도 아실 테죠."

그는 그녀의 시선을 대담하게 마주 보며 마치 기쁜 듯이 말했다.

안나는 크게 당황했다.

"그건 당신에게 마음이 없다는 증거예요."

그녀가 말했다. 하지만 그녀의 눈빛은 이런 마음을 담고 있었다. 그에게 마음이 있다는 것을 너무나 잘 알고 있어서, 그래서 그가 너무나 두렵다고.

"지금 당신이 말한 일은 내 실수였어요. 난 사랑하지 않았습니다."

"기억하실 거예요. 내가 당신에게 그런 추한 말을 입에 담지 못하도록 금지한 것을요."

안나는 몸을 부르르 떨며 말했다. 하지만 그녀는 금지했다는 표현을 들어 자신에게 어떤 권리가 있음을 말로 내뱉고 말았다. 바로 그 때문에 자신이 그에게 고백을 부추겼던 것이다.

"난 전부터 당신에게 꼭 이 말을 하고 싶었어요."

그녀는 그의 눈을 응시하며 말했다. 그러자 그녀의 얼굴에 물든 홍조가 더욱 짙어졌다.

"난 오늘 여기서 당신을 만날 줄 알았지요. 그래서 여기 왔어요. 내가 온 이유는 당신에게 이런 일은 그만둬야 한다고 말하기 위해서예요. 난 지금까지 누구 앞에서도 부끄러웠던 적이 없는데, 당신은 내게 죄책감을 느끼게 하는군요."

그는 그녀를 바라보다가 그녀에게서 새로 느낀 정신적인 아름다움에 깊은 매력을 느꼈다.

"당신이 원하는 건 무엇이죠?"

그가 솔직하고 진중하게 물었다.

"나는 당신이 모스크바로 가서 키티에게 사과하기를 바라요."

그녀는 이렇게 말하면서 눈동자가 흔들렸다.

"당신은 내가 그렇게 하는 걸 바라지 않지요."

그가 말했다.

그는 알고 있었다. 그녀가 지금 하고 있는 이 말들은 그녀 스스로 다짐하는 것이지, 그녀의 진심이 아님을.

"당신의 말대로, 정말 당신이 나를 사랑한다면……."

그녀는 낮은 목소리로 속삭였다.

"내 마음을 불편하게 하지 말아 주세요."

그의 얼굴이 밝게 빛났다.

"정말 모르시겠습니까? 내게는 오직 당신이 전부입니다! 난 평온한 것이 무언지 잘 모릅니다. 그래서 그것을 당신에게 줄 수도 없지요. 나의 사랑, 내 모든 것이여! 그래요, 나는 당신과 나를 따로따로 생각할 수 없습니다. 내게는 당신과 내가 하나니까요. 그리고 앞으로도 당신과 내게 평온은 없을 겁니다. 내 눈에는 절망과 불행이 아니면 행복, 이 두 가지 가능성만 보입니다. 도저히 불가능할까요?"

그는 입술만 조금 움직여서 이렇게 말했다. 하지만 그녀는 그의 말을 다 알아들을 수 있었다.

그녀는 올곧은 말을 하기 위해 모든 이성적 노력을 기울였다. 하지만 그녀는 사랑이 깃든 얼굴로 그의 얼굴을 쳐다보는 것 외에는 그 무엇도 할 수 없었다.

'좋아!'

그는 날아갈 듯 기뻐 속으로 환호를 내질렀다.

'난 계속 절망에 빠져 있었는데, 도저히 앞이 보이지 않았는데 이제 됐어! 그녀는 날 사랑하고 있어. 그리고 그녀는 지금 내게 그것을 고백하고 있군.'

"그럼, 날 위해 이렇게 해 주세요. 다시는 그런 말을 하지 말아요. 우린, 좋은 친구예요."

그녀의 입은 이렇게 말했지만, 그녀의 눈빛은 여전히 흔들리고 있었다.

"우리는 친구가 될 수 없을 겁니다. 그 점은 당신도 잘 알고 있겠지요. 우리가 함께 행복해지느냐, 불행해지느냐는 당신의 손안에 달려 있습니다."

그녀는 무언가를 말하려 했으나, 그가 그녀의 말을 가로막았다.

"내가 바라는 것은 그저 지금처럼 희망을 품은 채 괴로워하겠다는 겁니다. 하지만 이것마저 거부한다면 내게 사라지라고 해도 좋습니다. 그럼 당신 곁을 떠나 드리지요. 나와 함께 있는 게 그토록 괴롭다면, 나는 당신을 떠나겠습니다."

"당신을 그 어디로도 쫓아낼 생각은 없어요."

"그럼, 아무것도 바꾸려고 하지 마십시오. 모든 걸 지금 이대로 두세요."

그가 떨리는 목소리로 말을 이었다.

"저기 당신의 남편이 보이는군요."

그때 알렉세이 알렉산드로비치가 특유의 차분하고 느긋한 걸음걸이로 응접실에 들어섰다.

그는 아내와 브론스키 쪽을 본 뒤 여주인에게 갔다. 그는 자리에 앉아 차를 마시면서 특유의 진중한 목소리로 또 늘 그렇듯이 장난스러운 말투로 누군가를 놀리듯 말을 시작했다.

"랑부예(자택에 문예 살롱을 열었던 프랑스의 후작 부인_옮긴이)의 모든 회원이 다 참석한 모양이로군."

그는 사람들을 쭉 둘러보며 말했다.

"카리테스(그리스 신화에 나오는 여신_옮긴이)와 무사(그리스 신화에 나오는 학예의 신_옮긴이)도 있고요."

하지만 벳시 공작 부인은 그의 비꼬는 듯한 말투를 도저히 이해할 수가 없었다. 그녀는 분위기를 바꾸기 위해 병역 의무제에 관한 이야기를 꺼냈다. 알렉세이 알렉산드로비치는 금세 그 화제에 집중하고는, 벳시 공작 부인에게 그 법령을 옹호하고 나서기 시작했다. 그러자 벳시 공작 부인이 그를 반박했다.

브론스키와 안나는 작은 테이블 앞에 계속 있었다.

"상황이 점점 이상해지는군요."

한 부인이 카레니나와 브론스키, 그리고 카레니나의 남편을 번갈아 보며 속삭였다.

"그러게 말이에요."

안나의 친구가 대답했다.

하지만 그 부인들뿐 아니라 응접실에 있던 거의 대부분의 사람들, 그리고 먀흐카야 공작 부인과 벳시도 사람들 무리에서 뚝 떨어져 앉은 두 사람을 마치 장애물을 보듯 쳐다보았다. 오직 알렉세이 알렉산드로비치만이 그쪽을 신경 쓰지 않고 대화에 열중했다.

모두가 민망해하고 있음을 눈치챈 벳시 공작 부인이 알렉세이 알렉산드로비치의 말 상대로 다른 사람을 끌어들여 놓고서 슬쩍 안나에게 갔다.

"당신 남편의 대담하고 정확한 표현에 난 항상 놀라곤 한답니다."

그녀가 말했다.

"아무리 어려운 것도 저분이 설명해 주면 쉬워진다니까요."

"그럼요!"

안나가 밝은 미소를 띠며 말했다. 그러나 그녀는 사실 벳시가 뭐라고 했는지 전혀 듣지 않고 있었다. 그녀는 큰 테이블로 옮겨서 모두의 대화 주제를 함께 나누기로 했다.

알렉세이 알렉산드로비치는 삼십 분쯤 더 이야기를 하다가 아내에게 가서 그만 집으로 돌아가자고 했다. 그러나 안나는 그와 눈을 마주치지도 않고 만찬에 남고 싶다고 했다. 알렉세이 알렉산드로비치는 다른 사람들에게 인사를 하고는 자리를 떴다.

카레니나의 마부인 늙고 뚱뚱한 타타르인은 낡은 가죽 코트를 입고서 현관 앞에서 덜덜 떨며 왼쪽 회색 말을 붙들고 있었다. 하인은 마차의 문을 열고 서 있었다. 수위는 현관문을 잡고 있었다. 안나 아르카지예브나는 작고 재빠른 손놀림으로 모피 코트의 호크에 걸린 소매 레이스를 풀면서 그녀를 배웅하는 브론스키의 말을 듣고 있었다.

"당신은 아무 말도 하지 않은 겁니다. 나도 아무것도 요구하지 않은 걸로 해 주세요."

그가 말했다.

"당신도 알겠지만, 나는 우정이 필요한 게 아닙니다. 내 인생에는 하나의 행복이 필요할 뿐입니다. 당신이 그토록 두려워하는 그 말……. 바로 사랑입니다."

"사랑이라……."

그녀는 그의 말을 되풀이했다. 그리고 레이스를 다 풀고 나서 이렇게 말했다.

"내가 그 말을 두려워하는 건 그 말이 내게 너무도 중요하기 때문이에요. 당신이 헤아리는 것보다 훨씬 많이……."

그녀는 그의 얼굴을 보고 말했다.

"다음에 다시 만나요."

그녀는 손을 내밀고는 빠르고 경쾌하게 수위 옆을 지나 마차에 탔다.

그녀의 눈빛과 손의 감촉이 그를 흥분시켰다. 그는 손바닥을 펼치고 그녀의 손이 닿았던 자리에 입을 맞추었다. 그리고 지난 두 달 동안보다 오늘이 훨씬 더 그에게 큰 만족감을 주었다고 느끼며 행복한 기분으로 집으로 가는 마차에 올라탔다.

8

알렉세이 알렉산드로비치는 그의 아내가 브론스키와 단둘이 따로 떨어진 테이블에서 활기 넘치게 이야기를 나누는 모습을 보고도 그 속에 무언가 다르고 부적절한 것이 섞여 있다고는 생각하지 않았다. 하지만 응접실에 있던 다른 사람들에게는 그들의 태도가 뭔가 다르고 부적절한 게 명백했다. 그러자 그는 그 두 사람의 모습이 점차 이상하게 생각되었다. 그는 아내에게 한마디 해야겠다고 결심했다.

집으로 돌아온 알렉세이 알렉산드로비치는 평소처럼 서재에 들어가서 안락의자에 앉아 법왕 신성설에 대한 책을 들고 페이퍼 나이프를 꽂아 둔 부분을 펼쳐 늘 그렇듯이 한 시까지 읽었다. 가끔씩 그는 툭 튀어나온 이마를 문지르면서 어떤 생각에서 벗어나려는 듯 머리를 흔들었다. 시간이 다 되자 그는 잘 채비를 했다. 아직 안나 아르카지예브나는 돌아오지 않고 있었다. 그는 겨드랑이에 책을 끼고 이 층으로 올라갔다. 그러나 유달리 오늘 밤은 일에 대한 생각 대신 아내와 그녀에게 일어난 그 무언가에 대한 일들이 머릿속을 가득 메웠다. 그는 평소와 다르게 침대에 눕지 않고 뒷짐을 지고서 방 안을 서성였다. 도저히 자리에 누울 수 없었다. 그는 새롭게 다가온 낯선 이 상황을 고민해 보는 것이 먼저라고 생각했다.

알렉세이 알렉산드로비치가 아내와 이야기를 해야겠다고 마음먹었을 때는 그에게 이것은 그저 단순한 문제일 뿐이었다. 하지만 이 상황을 차분히 생각해 보니, 그것은 아주 복잡하고 곤란한 문제처럼 생각되었다.

알렉세이 알렉산드로비치는 질투가 많은 사람이 아니었다. 그의 평소 소신대로라면 질투는 아내에 대한 모욕이었다. 그는 아내를 믿어야 한다고 생각했다. 왜 그래야 하는지, 그러니까 왜 그의 젊은 부인의 사랑이 자신을 향해 있음을 신뢰해야 하는지에 대해 의문을 품어 본 적은 한 번도 없었다. 그는 불신이라는 것을 경험해 본 적이 없었다. 왜냐하면 그는 아내에 대한 충만한 믿음을 갖고 있었고, 그래야만 한다고 스스로 생각해 왔기 때문이다. 지금도 그는 질투가 대단히 수치스러운 감정이며 그저 아내를 믿는 것이 그가 해야 할 일이라고 생각했지만 무언가 납득할 수 없을 만한 상황에 처했음을 느꼈고 그것을 어떻게 해결해야 할지 알 수 없었다. 알렉세이 알렉산드로비치는 마치 자신의 인생과 처음으로 대면한 듯했다. 그의 아내가 자신이 아닌 다른 남자를 사랑할 수도 있다는 남다른 인생길을 만난 것이다. 그는 이러한 모든 것을 이해할 수 없었다. 그의 삶 자체가 흔들리고 있었다. 그의 모든 삶은 공무 분야에 바쳐졌다. 그래서 그는 자신의 삶에 관한 문제와 만날 때마다 그냥 그것을 회피했다. 그런데 이제 그는 낭떠러지 위에 와 있었고, 그 위에 놓인 다리를 조심조심 걸어가던 사람이 문득 다리가 허물어져 그 아래 깊은 바다가 있다는 것을 알아차린 것 같은 바로 그런 심경이었다. 그 깊은 바다는 바로 그가 피해 온 삶이었으며, 다리는 알렉세이 알렉산드로비치가 걸어온 공무 분야였던 것이다. 그의 아내가 다른 누군가를 사랑할 수도 있다는 생각이 들자, 그는 몸서리가 쳐졌다.

그는 옷을 벗지도 않고서 램프 하나가 켜진 식당으로 가서 특유의 발소리를 내며 세공 마루 위를 왔다 갔다 하다가, 어두운 응접실의 양탄자 위에 멈춰 섰다. 소파 위에는 최근에 그려진 그의 초상화가 있었는데 빛이 위편에만 비치고 있었다. 그는 안나의 방으로 향했다. 촛불 두 개가 그녀의 가족과 친구들의 초상화, 그리고 책상 위에 놓인 오래된 장식품들을 비추고 있었다. 그는 안나의 방을 지나서 침실까지 갔다가 다시 걸음을 되돌렸다.

이런 순서로 방방마다 돌아다니다 가끔씩 식당의 세공 마루 위에 멈춰 서기도 하면서 혼잣말을 했다.

'어서 이 문제를 해결해야만 한다. 이 문제에 대한 내 결정과 결심을 말해야 한다.'

그는 뒤를 돌아보았다.

'그런데 무슨 말부터 꺼내야 하는가? 어떤 결정을……?'

그는 응접실에서 홀로 중얼거렸다. 그러나 아무런 해답도 찾을 수 없었다. 그는 아내의 방으로 가려다 그 자신에게 물어보았다.

'대체 무슨 일이 있었던 거지? 무슨 특별한 일이 있었던 건 아니다. 아내가 오랫동안 그와 대화를 했다. 그게 뭐 어때서? 사교계 모임에서는 얼마든지 여성과 다른 사람이 자유롭게 이야기를 나눌 수 있다. 질투는 나와 그녀 모두를 부끄럽게 만들 뿐이야.'

그는 그녀의 방으로 가면서 속으로 말했다. 하지만 언제나 삶의 깨달음을 안겨 주었던 자기 성찰도 지금은 아무런 의미도 울림도 주지 않았다. 그는 침실에서 홀로 나갔다. 그러다가 어두운 응접실로 향하려는데 어떤 목소리가 들려왔다. 그렇지 않아, 다른 사람들이 무언가 눈치를 챘다는 건 그건 무언가가 있다는 거야. 그는 식당에서 혼잣말을 시작했다.

'그래, 아무튼 어서 빨리 이 문제를 해결하고 수습해야만 한다. 그리고 내 입장을……'

그는 응접실로 들어가려다 다시 한 번 스스로에게 물어보았다.

'어떻게 수습하지?'

그러고는 또 자신에게 물었다.

'대체 지금 무슨 일이 일어난 걸까?'

그러고는 스스로 대답했다.

'그래, 아무 일도 일어나지 않았어.'

그는 질투는 아내에 대한 모욕이라는 것을 다시 한 번 떠올렸다. 그러나 응접실에 이르자 다른 생각이 떠올랐다. 그의 생각은 그의 몸처럼 아무 변화 없이 그저 이곳저곳을 흘러 다녔다. 그는 이 사실을 깨닫고는 이마를 문지르면서 그녀의 방에 주저앉고 말았다.

그때 공작석으로 만든 서진과 쓰다 만 편지가 놓여 있는 책상을 보자, 그는 갑자기 생각이 변했다. 그는 이제야 그녀의 생각과 감정을 생각해 보기 시작했다. 그는 그가 모르는 그녀의 사생활과 그녀의 생각들, 그리고 그녀의 소원 등을 생각해 보았다. 그러자 아내에게도 그녀 자신만의 세계가 있고 그게 당연하다는 생각이 밀려왔다. 그는 얼른 생각을 떨쳐 버렸다. 그것이야말로 그가 들여다보기를 두려워했던 깊은 바닷물이었다. 자신이 아닌 다른 사람의 생각과 감정 속으로 들어간다는 것은 알렉세이 알렉산드로비치에게는 무척 낯선 정신적 경험이었다. 그는 이런 행위를 아주 위태롭고 위험한 상상으로 생각했던 것이다.

그는 생각했다.

'무엇보다 신경이 쓰이는 것은 모든 일이 잘 마무리되려는 이 중요한 시기에, 내 정신적인 안정과 힘이 절실히 필요한 이때에 이런 불안함이 나를 괴롭힌다는 것이다. 하지만 나는 어떻게 해야 하는가? 나는 불안과 걱정으로 고통받으면서도 그것을 대면할 자신이 없는 사람들과는 달라.'

그는 자신이 통과시키려는 법안 때문에 골치가 아프던 중이었다.

"가능하면 빨리 이 문제를 해결하고 어서 이 부담을 떨쳐 내야겠어."

그가 크게 외쳤다.

'그녀의 감정은 어떨까? 대체 그녀의 영혼 깊숙한 곳에서 어떤 일이 벌어졌고 어떤 일이 벌어질지는 내가 관여할 수 있는 부분이 아니야. 그것은 그녀의 양심에 달려 있고 종교에 속하는 부분이지.'

그는 자신이 처한 상황을 책임질 적합한 곳을 떠올렸다는 생각에 마음이 조금 가벼워졌다.

'그렇지……'

알렉세이 알렉산드로비치는 혼잣말을 되뇌었다.

'그녀의 감정은 그녀의 양심에 달린 것, 그리고 내 영역 밖의 일. 그렇다면 내가 할 수 있는 일은 명확해진다. 나는 가장이고 그녀의 행동을 지도할 의무가 있어. 그러니 내게도 책임이 있지. 나는 내가 느낀 위험을 올바로 지적해 주고, 그것에 대해 경고해야 하며, 가장으로서의 권력을 행사할 수 있어. 나는 그녀에게 그렇게 해야 해.'

그러자 알렉세이 알렉산드로비치는 그녀에게 해야 할 말을 정리할 수 있었다. 그는 말할 내용을 다시 한 번 정리해 보다가 이런 일에 자신의 시간과 정성을 낭비하는 게 아깝다는 생각이 들었다. 하지만 머릿속으로는 앞으로 어떤 말을 어떤 순서로 할지 소상히 정리되어 있었다.

'난 이렇게 말하겠어. 처음에는 여론의 중요성과 예의의 의의를 설명해야겠지. 두 번째로는 결혼의 개념을 종교적 의미와 더불어 설명하겠어. 세 번째는 아들이 입을지도 모르는 피해를 짚어 주고, 네 번째는 그녀 자신이 감당해야 할 불행을 말해야겠지.'

그러고 나서 알렉세이 알렉산드로비치는 깍지를 낀 손바닥을 아래로 쭉 뻗었다. 그러자 손가락 관절에서 뚝뚝 소리가 났다. 깍지를 끼고 손가락을 꺾는 것은 나쁜 습관이었지만 그를 좀 진정시켜 주었고 생각에 정확성을 더해 주었다. 이런 정확성은 지금 그에게 너무나도 절실한 것이었다. 현관에서 마차 소리가 들려왔다. 알렉세이 알렉산드로비치는 홀 정중앙에 걸음을 멈추어 섰다.

계단을 오르는 발소리가 들렸다. 알렉세이 알렉산드로비치는 말할 준비를 하고 나서 깍지를 낀 손가락을 꽉 쥐어 보고 더 소리 날 곳이 없나 확인했다. 관절 하나에서 뚝 소리가 났다.

계단을 오르는 발소리는 차츰 가까워지고 있었다. 그러자 자신이 해야 할 말을 이미 준비해 놓았는데도 곧이어 아내와 무슨 말을 해야 할지 조금은 두려워졌다.

9

안나는 고개를 숙이고서 외투의 모자 끝에 달린 술을 만지작거리며 들어왔다. 그녀의 얼굴은 빛나고 있었지만 왠지 낯빛은 퀭하고 어두웠다. 그는 캄캄한 밤에 무시무시하게 타오르는 불빛을 떠올려 보았다. 안나는 남편을 보더니 마치 잠에서 막 깨어난 듯한 표정으로 방긋 웃었다.

"아직도 안 잤어요? 왜 여태까지 주무시지 않고요."

그녀는 이렇게 말하면서 외투와 모자를 벗었다. 그녀는 곧장 옷 방으로 올라갔다.

"이제 그만 자요. 알렉세이 알렉산드로비치."

그녀가 말했다.

"안나, 난 당신에게 해야 할 말이 있어."

"나한테 할 얘기요?"

그녀는 놀라서 방에서 나와 남편의 얼굴을 뚫어지게 쳐다보았다.

"그래."

"무슨 일이죠? 그게 뭔데요?"

그녀는 의자에 앉았다.

"꼭 해야 할 말이라면 지금 이야기해 줘요. 그게 아니라면 그만 자고 싶고요."

안나는 아무 생각 없이 말해 놓고는 자기가 한 말을 다시 한 번 생각해 보며 자신의 연기력에 놀랐다. 그녀의 말은 또 얼마나 자연스러웠는지! 그냥 자고 싶다는 건 또 얼마나 그럴듯한지. 그녀는 자신이 그 무엇으로도 뚫을 수 없는 거짓의 갑옷을 입었다고 생각했다. 그녀는 어떤 보이지 않는 힘이 자신을 지탱해 준다고 느꼈다.

"안나, 당신에게 경고하겠어."

그가 말했다.

"경고라니……."

그녀가 말했다.

"그게 무슨 뜻이죠?"

그녀가 너무나 태연한 얼굴로 그를 보았기 때문에 아마 그녀의 남편만큼 그녀를 아는 사람이 아니었다면 그녀의 말이나 행동에서 부자연스러운 점을 발견하지 못했을지도 모른다. 하지만 그는 그녀를 잘 알고 있었다. 그녀는 그가 오 분만 늦게 잠자리에 와도 왜 늦었느냐고 묻는 순수한 여자였다. 또 자신의 기쁨과 슬픔을 진실하게 표현하는 여자이기도 했다. 그래서 지금처럼 그의 반응을 무시하고 자신을 전혀 고려하지 않는 그녀의 모습에서 그는 많은 것을 느꼈다. 그는 그녀 마음속 깊은 곳, 언제나 그를 향해 열려 있던 영혼의 세계가 자신 앞에서 굳게 닫혔다는 걸 실감했다. 게다가 그는 그녀의 말투에서 그녀가 이 일을 너무나 태연스럽게 받아쳤으며, 오히려 그녀는 '그래요. 나는 마음의 문을 닫았답니다. 그래야 했어요. 앞으로도 그럴 거고요.'라고 노골적으로 드러내고 있는 듯했다. 지금 그는 안으로 들어가려는데 문이 꽉 잠겨 문 앞에 서 있는 기분이 들었다.

'아니, 아마도 나는 열쇠를 찾게 될 거야.'

알렉세이 알렉산드로비치는 생각했다.

"내가 경고하려는 것은……."

그가 낮은 목소리로 말했다.

"당신의 경솔하고 그릇된 행동이 사교계 사람들에게 입방아를 찧을 빌미를 준다는 것을 왜 모르지? 오늘 브론스키 백작과 지나칠 정도로 단둘이 어울리더군. 다른 사람 앞에서 그런 모습을 드러내고 말이야."

그는 이렇게 말하며 여전히 웃고 있는 그녀의 눈동자, 이젠 그 의미를 읽을 수 없어 두려운 그녀의 눈동자를 바라보았다. 그는 이야기를 나누면서 자신의 말이 얼마나 어리석었는지 다시금 깨닫고 있었다.

"당신은 항상 그렇죠!"

그녀는 도저히 용납할 수 없다는 식으로 대답했다. 그리고 그가 한 말 가운데 마지막 것만 겨우 이해한 척했다.

"어떨 때는 내가 지루해하는 걸 안쓰럽게 생각했다가, 어떨 때는 내가 즐거워하는 것이 싫다고 하고……. 오늘은 지루하지 않아 좋았어요. 그게 내 잘못인가요?"

알렉세이 알렉산드로비치는 몸을 떨며 손가락을 꺾기 위해 양손을 구부렸다.

"부탁인데, 그 손가락 꺾는 소리 좀 내지 말아 주세요. 난 그 소리가 정말 싫어요!"

그녀가 말했다.

"안나, 당신 내가 알던 안나가 맞는 거야?"

알렉세이 알렉산드로비치가 화를 꾹꾹 참으며 손가락을 움직이지 않고서 겨우 말했다.

"도대체 왜 그러는 거죠?"

그녀는 또박또박, 그러면서도 놀라움을 표시하며 말했다.

"내게 원하는 게 뭔가요?"

알렉세이 알렉산드로비치는 입을 꾹 다물고 한 손으로는 이마를 짚었다.

그는 원래 하려고 했던 말, 그러니까 사교계의 사람들에게 약점을 잡힌 그녀의 행동에 대해 주의를 주려다가 오히려 그녀의 양심이 흥분하고 있으며 자신이 찜찜해하는 그 무언가와 격렬히 싸우고 있다는 것을 깨달았다.

"내가 하려던 말은."

그는 평정심을 유지하려 애쓰면서 냉정하게 말했다.

"내 말을 끝까지 들어 봐. 당신도 알겠지만 난 질투라는 건 수치스럽고 천한 감정이라고 생각하지. 그렇기 때문에 이런 감정에 휩쓸리지 않으려고 애쓸 거야. 하지만 어느 곳에나 예의범절이라는 게 있지. 그것을 어기면 벌을 받고 말이야. 오늘 저녁 나는 당신을 보고서 다른 생각은 하지 않았어. 하지만 그곳에 온 사람들의 분위기를 보니 당신의 태도를 무척 이상하게 여기는 것은 틀림없었지."

"이해할 수 없군요."

안나가 어깨를 들썩였다.

'저 사람은 나한테 관심이 있는 게 아니야. 오로지 사교계 사람들의 눈이 무서운 거지. 그래서 극도로 흥분한 거지.'

안나는 생각했다.

"당신 오늘 너무 예민한 게 아닐까요, 알렉세이 알렉산드로비치?"

그녀는 이렇게 말하면서 자리를 뜨려 했다. 그러자 그가 그녀를 붙잡기 위해 앞으로 나섰다.

그는 아주 어둡고 우울한 표정을 하고 있었다. 안나는 그의 얼굴에서 그렇게 무서운 표정을 본 게 처음이었다. 그녀는 걸음을 멈추고 머리를 한쪽으로 기울이면서 머리핀을 뽑기 시작했다.

"알겠어요. 무슨 말을 해도 다 들을 테니 말해 보세요."

그녀가 조롱하듯 천천히 말했다.

"그것도 아주 잘 들어 드리지요. 나도 무슨 이야기일지 궁금하니까요."

그녀는 이렇게 말하면서 침착하고 자연스럽게 그러면서도 진정성이 묻어나는 말투와 자신이 선택한 단어에 깜짝 놀랐다.

"내게는 당신의 감정에 관여할 권리가 없겠지. 그리고 난 그렇게 하는 게 아무런 도움도 되지 않을뿐더러 서로에게 좋지 않을 거라 생각해."

알렉세이 알렉산드로비치가 말했다.

"사람의 내면 깊숙한 곳까지 들어가 보면, 그 속에는 종종 자신이 미처 깨닫지 못한 것들을 만나게 되지. 당신의 감정? 그건 당신의 양심에 속한 문제야. 하지만 나는 당신에게 그리고 내게, 또 하느님 앞에서 당신의 의무를 깨닫게 해 줄 의무가 있어. 우리의 삶은 하나로 결합되어 있고, 바로 하느님의 이름으로 묶여 있지. 이 결합을 깨뜨릴 수 있는 것은 죄악일 뿐이야. 이런 죄악은 아주 무서운 벌로 귀결되지."

"대체 무슨 말을 하시는 거죠? 오, 하느님, 전 너무 졸려요!"

그녀는 이렇게 말하면서 머리를 쓸어 넘기며 나머지 머리핀을 뽑았다.

"안나, 그런 식으로 듣지 말아 줘."

그가 부드러운 목소리로 말했다.

"내가 오해한 건지도 모르지. 하지만 날 믿어 줘. 내가 이렇게 말하는 건 당신과 나 모두를 위해서야. 난 당신의 남편이야. 그리고 당신을 사랑해."

그러자, 그녀는 고개를 푹 숙였다. 그녀의 눈동자에 머물렀던 조롱의 기미도 사라졌다. 하지만 '사랑해.'라는 말이 다시 한 번 그녀를 화나게 했다. 그녀는 생각해 보았다. '사랑? 사랑? 그가 사랑을 알기나 할까? 이 세상에 사랑이란 게 있다는 말을 누군가에게 들어 보지 않았다면 그런 말을 해 보지도 못했을 사람이야. 그는 사랑을 모르니까.'

"알렉세이 알렉산드로비치, 난 아무것도 모르겠어요."

그녀가 말했다.

"내게 말해 주세요. 당신의 생각을⋯⋯."

"내 말을 끝까지 들어 줘. 난 당신을 사랑해. 하지만 나에 대한 얘기를 하려던 건 아니야. 여기서 중요한 건 바로 우리의 아들과 당신 자신이야.

아까 한 말을 또 되풀이하는 것 같지만, 내 말이 너무나 당황스러울 수도 있겠지. 그래, 이 모든 건 내 오해 때문에 생긴 것인지도 몰라. 만약 그런 거라면 내가 용서를 구하겠어. 하지만 만일 당신이 내 말을 조금이라도 알아듣는다면, 내 말을 진지하게 생각해 보았으면 좋겠어. 그리고 당신의 진심을 내게도 들려주었으면 좋겠어……."

알렉세이 알렉산드로비치는 자신의 의도와는 딴판으로 전혀 관계없는 다른 말을 하고 있었다.

"난 할 말이 없는걸요? 그리고……."

그녀는 웃음을 참으며 말했다.

"정말 이젠 잠을 자고 싶다고요."

알렉세이 알렉산드로비치는 깊게 숨을 쉬었다. 그러고는 아무 말 없이 침실로 향했다.

그녀가 침실에 들어갔을 때 이미 그는 자리에 누워 있었다. 그는 입을 굳게 다물고 그녀를 쳐다보지도 않았다. 그녀는 침대에 들어가서 그가 말을 걸어오기를 기다렸다. 그녀는 막상 그가 말을 걸어오는 것이 두려웠지만 내심 아무 말이든 해 주기를 바랐다. 하지만 그는 아무 말도 없었다. 그녀는 오랫동안 그가 말을 하기를 기다리고 있다가 점점 그의 존재를 잊었다. 그리고 어느새 다른 남자를 생각했다. 그녀는 눈앞에 없는 그를 보고 또 느낄 수 있었다. 그를 떠올리면서 그녀의 마음은 흥분과 죄악으로 멍들었다. 갑자기 그녀의 귀에 낮게 코 고는 소리가 들렸다. 알렉세이 알렉산드로비치도 자신의 코 고는 소리에 놀랐는지 소리를 멈추었다. 하지만 얼마 뒤에는 다시 낮게 코 고는 소리를 내며 잠을 자기 시작했다.

"어쩔 수 없어. 이미 너무 늦어 버렸어."

그녀는 입가에 미소를 띠며 속삭였다. 그녀는 눈을 뜬 채 한동안 가만히 누워 있었다. 그녀는 컴컴한 어둠 속에서 자신의 눈동자가 비춘 광채를 본 것 같았다.

10

그날 밤 이후부터 알렉세이 알렉산드로비치와 그의 아내 사이에는 뭔가 변화가 생겼다. 특별한 일이 있었던 것은 아니다. 안나는 언제나처럼 사교계에 드나들었고 벳시 공작 부인의 집에 자주 갔다. 그리고 가는 곳마다 브론스키와 어울렸다. 알렉세이 알렉산드로비치는 이를 알고 있었지만 어쩔 도리가 없었다. 그는 그녀와 이 문제를 정확하게 짚고 넘어가고 싶어서 온갖 노력을 기울였지만, 그녀는 그가 어쩔 수 없는 견고하고 단단한 벽을 쌓아 갔다. 겉으로 보기에 알렉세이 집안은 달라진 게 없었지만, 그들 내외의 관계는 완전히 달라졌다. 정치적 활동에서 종횡무진하던 알렉세이 알렉산드로비치는 이 문제에서만은 완전히 무기력했다. 그는 황소처럼 순종적으로 고개를 숙이고 머리 위로 도끼가 떨어지기만을 기다렸다. 그는 누군가가 자신의 머리 위에서 도끼를 들고 내리칠 순간만을 기다리고 있는 것 같았다. 이 문제를 고민할 때마다 처음부터 다시 대화를 해야겠다고 생각했다. 그리고 아직까지는 다정하고 또 부드럽게 그녀에게 접근하면 결국 그녀를 설득해 내고 그녀를 돌아오게 할 수 있다고 생각했다. 그래서 그는 날마다 그녀와 이야기를 하려 노력했다. 하지만 그녀에게 말을 걸 때면 그는 그녀를 완전히 장악해 버린 사악한 기운과 거짓의 영혼이 자신마저 지배해 버려 결국 자기가 하려던 말이나 말투를 완전히 전달할 수 없다는 것을 뼈저리게 느꼈다. 그는 어느새 자신의 평소 버릇처럼 대화에 진지하게 열중하려는 사람을 가볍게 비웃는 듯한 태도로 그녀를 대하게 되었다. 그리고 그런 말투로는 그녀에게 그 어떠한 말도 제대로 전달할 수 없었다.

11

거의 일 년 동안 브론스키의 삶에서 이전의 다른 욕망을 완전히 사라
지게 하고 그의 모든 희망이 되었던 것, 안나에게는 결코 있어서는 안 되
는 끔찍한 그것, 그리고 그래서 더 황홀한 꿈이었던 것, 그것이 마침내
이루어졌다. 그녀 앞에 선 그는 창백해진 얼굴로 턱을 덜덜 떨면서 그녀
를 안심시켰다. 하지만 그는 왜 자신이 그래야 하는지, 또 어떻게 해 줘
야 할지 알지 못했다.

"오, 안나! 안나!"

그가 말했다.

"안나, 부디!"

하지만 그가 말을 할수록 그녀는 고개를 더 푹 숙였다. 한때 누구보
다 당당하고 도도하고 명랑하게 치켜들고 다니던 고개는 이제 수치심
으로 푹 숙여졌다. 몸을 숙이자 그녀는 의자에서 그의 발치로 떨어졌다.
그가 그녀를 잡아 주지 않았다면 아마도 그녀는 양탄자 위로 쓰러졌을
것이다.

"하느님! 부디, 저를 용서해 주세요."

그녀는 흐느끼면서 그의 손을 자신의 가슴에 댔다.

그녀는 자신이 저지른 죄 때문에 심장이 타들어 갈 듯 고통스러웠다. 그녀는 자신이 할 수 있는 것이라곤 그저 머리를 조아리고 용서를 비는 것뿐이라고 여겼다. 그런데 이제 그녀의 삶에 남은 것은 브론스키밖에 없었다. 그래서 그를 향해 용서를 바라는 기도를 해 버리고 만 것이다. 그와 마주하니, 그녀는 육체적인 굴욕감이 들어 아무 말도 할 수가 없었다. 그는 자신이 죽인 생명체의 영혼 없는 육신을 바라보는 살인자가 된 듯한 기분을 느꼈다. 그가 생명을 빼앗은 육체는 바로 그들의 사랑으로 얻은 것이었다. 수치심이라는 무서운 대가를 치르고 얻은 것을 생각해 보니 잔인하고 끔찍스러운 것이었다. 자신의 벌거벗은 영혼 앞에 극명히 드러난 수치심이 그녀의 목을 졸라맸고 자신에게도 느껴졌다. 하지만 살인자는 시체 앞에서 느끼는 공포심에도 불구하고 시체를 난도질해서 숨겨야 하며 살인으로 얻은 것들을 이용할 수 있어야 한다.

그리고 살인자는 정열처럼 타오르는 적의로 시체에 달려들어 그것을 난도질한다. 브론스키는 그녀의 얼굴과 어깨에 키스를 했다. 그녀는 그의 손을 잡고서 가만히 있었다. 그래, 이 키스는 수치심의 대가로 얻은 것이지. 그래, 이 손, 이제 내 것이 될 이 손은 나의 공범자야. 그녀는 그 손을 들어 올려서 키스를 했다. 그는 무릎을 꿇고 그녀의 얼굴을 바라보려 했지만 그녀는 얼굴을 포갠 채 아무 말도 없었다. 결국 그녀는 못 견디겠다는 듯 자리에서 일어서더니 그를 밀어냈다. 그녀는 여전히 아름다웠다. 하지만 그래서 더욱 가엾게 느껴졌다.

"모두 끝났어요."

그녀가 말을 이었다.

"내게 남은 건 이제 아무것도 없어요. 오직 당신뿐. 그걸 잊지 말아요."

"나의 생명과도 같은 당신을 어떻게 잊겠어? 우리의 행복을 위해!"

"행복?"

그녀는 공포와 혐오심을 드러냈다. 그리고 그 공포감은 그에게까지 전해졌다.

"아무 말도 하지 말아 줘요."

그녀는 완전히 일어서서 돌아섰다.

"아무 말도 하지 말아 달라고요."

그녀는 같은 말을 반복했다. 그러고는 차갑고 절망스러운 표정으로 그를 떠났다. 그녀는 다른 삶으로 향하는 길의 입구에서 극한의 수치심과 공포를 느꼈다. 그녀는 그것을 군이 말하고 싶지 않았고, 여러 말을 떠올려 감정을 더 나쁘게 만들고 싶지 않았다. 하지만 조금 뒤에도, 다음 날에도, 그다음 날에도 그녀는 이런 감정을 정리할 만한 표현을 찾을 수 없었고, 자신의 어지러운 영혼의 모든 것을 깊이 어루만지는 데 도움이 될 만한 것들도 떠올리지 못했다.

그녀는 혼자서 중얼거렸다.

'지금은 이 문제를 제대로 생각할 수 없으니, 나중에, 내 마음이 좀 안정을 찾은 뒤에.'

하지만 안정은 좀처럼 그녀를 찾아오지 않았다. 그 대신에 '내가 무슨 짓을 벌였나? 나는 이제 어떻게 될까? 난 무엇을 해야 하나?' 하는 공포감이 들었다. 그러면 그녀는 이런 생각에서 헤어나기 위해 발버둥을 쳤다.

"나중에, 좀 나중에."

그녀는 말했다.

"내 마음이 안정을 찾으면 그때."

하지만 자신의 생각을 통제할 수 없는 꿈속에서 그녀는 완전히 발가벗은 추한 알몸으로 자신과 대면하곤 했다. 그녀는 거의 매일 밤 똑같은 악몽을 꾸었다. 그녀는 두 사람이 모두 자신의 남편으로 나오고 자신에게 애무를 하는 꿈을 꾸었다. 알렉세이 알렉산드로비치는 눈물을 흘리며 그녀의 두 손에 키스를 하고는 이렇게 말했다.

'바로 이거야! 이런 걸 원했어.'

그러면 옆에 있던 또 다른 남편 알렉세이 브론스키가 그녀를 바라보았다. 그녀는 그녀 자신도 혼란스럽다는 표정을 지으면서 다시 미소를 지으면서 변명을 한다. 이렇게 사는 것도 나쁘지 않다고, 두 사람 모두 지금 행복해하고 있지 않느냐고. 하지만 악몽은 그녀의 목을 옥죄며 비틀었고, 그럴 때마다 그녀는 깜짝 놀라 잠을 깨곤 했다.

12

모스크바에서 돌아온 뒤 얼마 동안, 레빈은 자신이 경험한 치욕이 떠오를 때마다 얼굴을 붉히며 몸을 부르르 떨었다.

'이 학년 때 물리에서 낙제를 받고 유급한 적이 있었지. 그때도 난 모든 게 끝장났다는 생각에 이렇게 얼굴을 붉히고 몸을 떨었어. 누나에게 부탁받은 일을 망쳤을 때도 그랬지. 모든 게 끝장났다는 생각이었어. 하지만 그러고 나서 어땠지? 시간이 한참 흐른 지금에 와서 생각해 보면 그런 일로 괴로워했던 것들이 그저 놀랍게 느껴질 뿐이야. 그러니 지금의 고통도 마찬가지야. 시간이 모든 것을 해결해 줄 거야.'

하지만 석 달이 지나도록 그의 마음은 안정을 찾지 못했다. 그 일이 떠오르면 모스크바에서 돌아온 그날처럼 마음이 아파 왔다. 그는 여전히 마음의 평화를 찾지 못했다. 그토록 행복한 가정생활을 꿈꾸고 가정을 책임질 만큼 성숙했다고 느끼던 자신이 결혼을 하기는커녕 결혼에서 너무나 멀어졌기 때문이었다. 사람들은 나이 많은 남자가 독신으로 지내는 것이 보기 좋지 않다고 생각했고, 그 자신도 그것을 느끼고 있었다. 그는 모스크바로 떠나기 전에 가축을 치는 순박한 농부 니콜라이와 대화를 나눴던 것을 떠올렸다. 그는 니콜라이와 이야기를 나누는 것을 좋아했다.

"니콜라이! 그러니까 나 말이지. 결혼을 할까 하는데."

그러자 니콜라이는 이렇게 답했다.

"그럼요. 벌써 예전에 했어야 옳지요. 콘스탄친 드미트리치."

하지만 결혼은 이제 그에게서 완전히 멀어져 버렸다. 상상으로 부인의 자리를 채워 놓고 자기가 아는 아가씨들을 그 자리에 쭉 세워 보아도, 이제는 그런 일이 도저히 일어날 수 없는 일이라는 생각이 들었다. 더구나 거절당했던 기억과 그때 자기 자신의 모습을 떠올려 보면 수치심이 들어 고개를 들 수 없었다. 그때의 일을 수백 번 회상하면서 자신의 잘못은 아무것도 없다고 생각해 보아도 그것은 다른 수치심의 기억과 다르지 않게 맞물려 얼굴을 붉어지게 하고 몸을 덜덜 떨리게 만들었다. 다른 남자들처럼 그도 과거에 방탕한 생활을 해 보았다. 그래서 그는 양심의 가책을 느끼고 있었다. 하지만 그 기억도 이 짧고도 수치스러운 기억만큼 그를 괴롭히지는 않았다. 이 상처는 결코 나을 수 없는 것이었다. 게다가 그런 기억들과 함께, 키티의 거절과 그날 밤 다른 사람들의 눈에 비친 자신의 초라한 모습이 떠올랐다. 마음은 갈 곳 없이 방황하고 있었지만 그는 노동에 관해서는 나름대로 보람차게 자신의 일을 잘 수행하고 있었다. 크게 보면 사소하지만 시골에서 벌어지는 의미 있는 사건들이 그의 괴로운 기억을 조금씩 뒤덮어 갔다. 한 주 한 주 지나가자 키티에 대한 생각이 조금씩 흩어져 갔다. 그는 키티의 결혼 소식을 초조한 마음으로 기다렸다. 그는 그 소식을 들으면 앓던 이를 뽑은 것처럼 그의 쓰라린 마음이 조금은 나아질 거라고 믿었다.

그렇게 봄이 왔다. 오지 않을 것처럼 속을 태우지도 그렇다고 속이지도 않고서, 온갖 동식물들과 사람들 모두 좋아하는 아름답고 따뜻한 봄이었다. 이 아름다운 봄의 정취는 레빈의 마음을 들뜨게 했고, 자신의 고독한 시골 생활을 다른 사람들의 간섭 없이 잘 운영하기 위해서는 예전의 낡은 것들을 모두 버려야겠다는 마음이 들게 했다. 그가 시골에 돌아오면서 세운 계획 중에는 아직 이루지 못한 것들도 많았지만 가장 중요한 것, 그러니까 순수한 삶을 살자고 마음먹은 것은 잘 지켜지고 있었다. 그는 방황으로 인한 수치심을 이겨 냈고, 사람들의 눈을 순수하게 바라보게 되었다. 이월에 마리야 니콜라예브나에게서 니콜라이 형의 건강이 나빠졌는데, 치료를 받지 않겠다고 한다는 내용의 편지를 받았다. 그 때문에 레빈은 모스크바에 다녀왔다. 그는 형이 의사의 진찰을 받고 외국의 온천에 다녀오도록 설득했다. 그는 그 일을 잘 수행했을 뿐 아니라 형의 신경을 거스르지 않고 여비까지 두둑하게 빌려 주었다는 사실에 스스로 만족했다. 봄에 특별히 신경을 써야 할 농사일이나 독서 외에 레빈은 농업에 관한 책을 쓰기 시작했다. 그 책의 주제는 농업에서 노동자의 자질이란 기후나 토양과 마찬가지로 절대적인 요소라는 것이었다. 또한 농업학의 모든 명제는 토양과 기후뿐 아니라 토양과 기후, 그리고 노동자의 자질에서 얻어지는 요소 때문이라는 점을 강조하고자 했다. 그래서 그는 고독한 시골살이를 했지만 그와 더불어 더욱 충만한 시골의 삶을 살 수 있었다. 가끔은 자신의 생각들을 아가피야 미하일로브나가 아니라 다른 사람들과 나누고 싶다는 생각도 들었다. 물론 아가피야 미하일로브나는 물리학, 농학, 특히 철학을 주제로 이야기 나눌 수 있는 좋은 상대였다. 특히 철학은 아가피야 미하일로브나가 아주 좋아하는 주제였다.

봄은 쉽게 자신의 모습을 드러내 주지 않았다. 사순절의 마지막 두 주동안은 얼어붙을 듯 춥고 쌀쌀한 날씨가 이어졌다. 낮에는 햇볕에 얼음이 녹았지만 밤이 되면 기온이 영하 칠 도까지 내려갔다. 얼다 녹기를 반복한 얼음은 무척 단단해져서 길이 없는 곳에서도 빙판 위로 짐수레를 끌 수 있을 정도였다. 부활절에도 눈이 남아 있었다. 그런데 그다음날부터 따뜻한 바람이 불기 시작하고 먹구름이 끼더니 사흘 동안 따뜻한 비가 쏟아졌다. 목요일쯤에는 바람이 잠잠해지고, 마치 대자연의 변화를 감추려는 듯 짙은 회색 안개가 꼈다. 안개 속에서 얼음이 깨지고 시냇물이 빠르게 흘렀다. 크라스나야 고르카의 저녁부터는 안개가 완전히 걷히고 새털구름이 몰려왔다 가시면서 맑은 하늘 아래 완연한 봄 날씨가 되었다. 이튿날 아침부터 햇볕이 얼음을 녹이고, 따뜻한 공기는 대지에서 모락모락 피어올라 수증기를 만들었다. 묵은 풀도 삐죽삐죽 돋아난 어린 풀도 모두 푸르러지면서 까마귀밥나무와 구스베리, 알코올 냄새를 폴폴 풍기는 자작나무의 눈도 부풀어 올랐으며, 황금빛 꽃들이 피어난 버드나무에는 벌집에서 나온 벌들이 요란하게 날아다녔다. 겨울 보리 싹이 마치 벨벳처럼 깔린 들판과 잔 얼음으로 뒤덮인 경작지 위로 종달새들의 지저귀는 소리가 끊이질 않았다. 갈색 흙탕물과 웅덩이와 늪지에서는 댕기물떼새들의 울음소리가 들려왔다. 멀리 높은 하늘에서는 학과 기러기들이 울음소리를 내며 날아다녔다. 방목장에서는 털이 듬성듬성한 가축들이 울어 댔고, 털을 깎은 새끼 양들은 어미 주위를 뛰어다녔고, 어린아이들은 발자국이 찍힌 오솔길을 따라 달렸고, 냇가에서는 빨래하는 아낙네들의 떠드는 소리와 노랫소리가 들려왔고, 안마당에서는 가래와 써레를 수리하는 농부들의 도끼질 소리가 들렸다. 그렇게 진정한 봄이 왔다.

13

레빈은 부츠를 신고 처음으로 모피 코트가 아닌 천 코트를 걸치고 따사로운 햇살에 눈부시게 빛나는 개울을 건너가기도 하고 얼음 위에 서기도 하고 움푹 빠지는 진흙탕을 밟아 보기도 하면서 농장을 쭉 둘러보았다.

봄은 계획과 설계의 계절이다. 봄철의 나무가, 물오른 어린 새순의 새싹과 가지들이 어디로 뻗어 나갈지 잘 알 수 없는 것처럼, 안마당으로 가던 레빈도 자신이 사랑하는 이 농장이 한 해 동안 어떻게 뻗어 나갈지 잘 몰랐다. 하지만 그는 자신의 마음속에 근사한 계획이 세워지고 있음을 느꼈다. 그는 먼저 가축을 보러 갔다. 우리 안에 풀어 놓은 암소들은 털갈이를 마친 뽀얀 털을 빛내며 햇빛을 쬐다가 들판으로 나가고 싶다며 울어 댔다. 레빈은 아주 작은 점이 어디 있는지까지 외우고 있는 자신의 암소들을 대견스럽게 바라보고는 암소들을 들로 내보내 주고 송아지만 가두라고 지시했다. 목동은 밝은 몸짓으로 뛰어다니며 들에 나갈 채비를 했다. 가축을 돌보는 아낙들은 마른 나뭇가지를 들고 치마를 걷어 올리고서 아직 햇볕에 타지 않은 하얀 맨발로 진흙탕 속에 빠져 가며 봄의 기운을 기쁘게 맞이하는 송아지들을 안마당으로 몰았다.

레빈은 올해 태어난 새끼들을 보며 황홀함에 취했다. 송아지들은 유난히 건강했다. 일찍 태어난 송아지들은 암소만큼이나 커졌고, 겨우 삼 개월 된 파바의 새끼는 한 살 된 송아지만큼 컸다. 레빈은 송아지들을 위해 여물통을 밖으로 빼고 건초를 시렁에 얹어 두라고 했다. 하지만 겨우내 놔두었던 우리에서는 작년 가을에 만든 시렁이 망가져 있었다. 그는 사람을 보내 탈곡기를 만들라는 지시를 받은 그 목수를 다시 불러오라고 했다. 하지만 목수는 사순절 전에 마쳤어야 할 써레를 이제야 고치고 있었다. 레빈은 적잖이 화가 났다. 지난 몇 년에 걸쳐 농장에서 일어나는 방종들을 제지해 왔는데, 이러한 것들이 아직까지도 이어지고 있는 것에 화가 났던 것이다. 그가 알아보니, 시렁은 겨울철에 필요하지 않아 마구간에 옮겨 두었다가 거기서 망가졌다. 송아지용으로 너무 허술하게 만들었기 때문이었다. 게다가 그 일 때문에 그가 목수를 세 명이나 뽑아서 겨울 동안 수리해 두라고 했던 써레와 다른 농기구들이 아직도 수리되지 않았다는 게 발각됐다. 그래서 써레질을 해야 할 시기에 써레를 고치고 있는 것이었다. 레빈은 사람을 보내 집사를 데려오게 하고서 자신이 직접 그를 찾아 나섰다. 집사는 가장자리에 양가죽을 두른 모피 코트를 입고 늘 그렇듯이 환한 얼굴로 지푸라기를 손으로 꺾으며 탈곡장에서 나왔다.

"목수는 왜 탈곡기에서 손을 뗐지요?"

"어제 말씀드리려고 했는데, 사실은 써레를 당장 고쳐야 해서요. 밭갈이를 해야 할 철이 됐으니까요."

"긴 겨울 동안 대체 무얼 한 겁니까?"

"그런데 목수는 왜 찾으시죠?"

"송아지 우리에 둔 시렁은 지금 어디 있지요?"

"제자리에 두라고 했는데…… 다들 말을 해서는 듣지를 않으니!"

집사가 손을 저으면서 말했다.

"그들이 문제가 아니라 집사가 문제로군요!"

레빈이 화를 내며 말을 이었다.

"내가 왜 당신을 집에 두겠습니까!"

그가 소리를 질렀다. 하지만 그렇게 해 봤자 달리 도움 될 게 없다는 것을 아는 그는 곧 말을 멈추고 한숨을 쉬었다.

"그래서, 파종은 할 수 있겠나요?"

그가 입을 열었다.

"투르킨 너머는 내일 아니면 모레쯤 가능할 겁니다."

"토끼풀은요?"

"바실리와 미슈카를 보냈답니다. 둘이서 씨를 뿌리고 있을 거예요. 잘 될는지는 모르겠습니다. 땅이 물에 잠겨 있어서요."

"파종할 땅이 몇 제샤치나죠?"

"육 제샤치나입니다."

"어째서 땅을 남기는 겁니까?"

레빈이 다시 화를 냈다.

이십 제샤치나가 아니라 고작 육 제샤치나에 토끼풀 씨를 뿌린다는 사실이 그를 화나게 했다. 이론적으로나 자신의 경험으로나 토끼풀 파종이란 될 수 있으면 빨리, 아직 눈이 남아 있을 때 하는 게 좋았다. 그렇지만 레빈은 아직까지 한 번도 이 일을 성공한 적이 없었다.

"일할 사람이 부족하니까요. 그 사람들을 어떻게 믿고 일을 벌이겠습니까? 셋은 아예 오지도 않았고, 세몬은 아마……."

"그런데도 당신은 지금까지 지푸라기나 만지고 있었던 거요?"

"그래서 저도 도우려고 나온 겁니다."

"다들 어디에 있죠?"

"다섯은 콤포트를 만들고 있고, 네 사람은 귀리를 옮기고 있습니다. 썩어 버리기 전에요, 콘스탄친 드미트리치."

레빈은 '썩어 버리기 전에'라는 말이 영국산 종자용 귀리가 벌써 썩고 있다는 뜻이라는 것을 알았다. 그가 지시한 사항들이 제대로 지켜지지 않은 것이다.

"내가 사순절 전에 통풍구를 살피라고 몇 번이나 말했지 않습니까?" 그가 외쳤다.

"걱정 마십시오. 모두 순조롭게 해 놓겠습니다."

레빈은 화가 나서 한 손을 막 휘둘러 대며 귀리를 보러 창고에 갔다가 마구간으로 돌아왔다. 귀리의 상태는 아직 괜찮았다. 하지만 일꾼들은 굳이 귀리를 삽으로 일일이 퍼서 옮기고 있었다. 레빈은 귀리를 그냥 창고 바닥으로 쏟으라고 한 뒤 일꾼 두 명은 토끼풀을 심도록 했다. 그러고 나서야 레빈은 집사에 대한 화를 좀 누그러뜨릴 수 있었다. 게다가 화를 내고 있기에는 날씨가 너무나 좋았다.

"이그나트!"

그는 마부를 불렀다. 마부는 우물가에서 소매를 걷고서 마차를 닦고 있었다.

"말에 안장을 올려."

"어느 말로 할까요?"

"콜피크가 좋겠어."

"그러지요."

말에 안장을 얹을 때, 레빈은 집사와 화해하기 위해 그를 불러 세웠다. 레빈은 그에게 봄철에 해야 할 작업과 농사 계획을 이야기했다.

거름 운반은 빨리 시작해서 풀 베는 시기에 모두 끝낼 수 있도록 할 것, 멀리 떨어진 들도 구석구석 쟁기로 갈아 풀이 없는 휴경지로 만들 것, 풀은 농민과 나눠 갖지 말고 일꾼들을 시켜 모두 거둬들일 것.

집사는 레빈의 말을 열심히 들었다. 그는 주인의 말에 맞장구를 치려고 애를 쓰는 중이었다. 하지만 레빈의 눈에 그는 너무나 익숙하게 보아온 항상 화를 돋우며 너무나 무기력하고 우울한 표정을 하고 있었다. 그 표정은 마치 이렇게 말하는 것 같았다.

'네, 분부대로 하지요. 하지만 그게 다 하느님이 도우셔야 될 일 아니겠습니까?'

이런 말투만큼 레빈의 성질을 돋우는 것은 없었다. 하지만 그의 집에 있었던 집사들은 하나같이 그랬다. 다들 그의 지시에 똑같은 표정을 보였다. 그래서 레빈은 이제 화가 나는 게 아니라 서글픈 생각이 들었다. 그리고 이런 불가항력적인 투쟁에 더욱더 오기가 생기는 자신을 발견했다. 그가 '하느님이 도우셔야.'라고 말했던 그 힘은 끊임없이 그에게 부딪혀 왔다.

"우리가 할 수만 있다면 좋겠지요, 콘스탄친 드미트리치."

집사가 말했다.

"왜 안 된다는 겁니까?"

"일꾼이 열다섯 명 정도는 더 필요합니다. 하지만 일꾼을 모으기 꽤 어렵습니다. 오늘 새로 몇 명이 오긴 왔는데, 여름철에는 칠십 루블을 달라고 하더군요."

레빈은 입을 다물었다. 다시 그 힘이 부딪혀 온 것이다. 그는 아무리 애를 써도 현재의 임금으로는 서른일곱 명에서 서른여덟 명 정도나 뽑을 수 있을 뿐 마흔 명 이상은 어렵다는 것을 잘 알고 있었다. 마흔 명 정도는 어떻게 가능할는지도 모른다. 하지만 그 이상은 어려웠다. 그래도 그는 도전할 수밖에 없었다.

"만약 일꾼이 모이지 않으면, 수리와 체피로프카로 사람을 보내세요. 어떻게든 일꾼을 구해야 하니까요."

"그렇게 해 보긴 하겠습니다만……."

바실리 표도로비치가 우울한 표정으로 말했다.

"말들이 너무 쇠약해졌어요."

"말을 더 사도록 하지요. 아, 나도 알고 있었습니다."

그는 웃으며 말했다.

"당신들은 모든 걸 더 작고 나쁘게 만들어 버리지요. 하지만 올해는 그렇게 되지 않을 겁니다. 모든 걸 내가 직접 챙길 거니까요."

"그럼, 주인님은 거의 잠도 못 주무시겠군요. 우리는 좋습니다. 주인님과 일하는 게 차라리……."

"자작나무 골짜기 너머에서는 토끼풀 파종이 한창이겠군요. 내가 직접 가서 보도록 하지요."

그는 마부가 끌고 온 작은 암갈색 말 콜피크 위에 올라탔다.

"개울을 건널 수 없을 텐데요, 콘스탄친 드미트리치."

마부가 외쳤다.

"그럼, 숲으로 가지."

오랫동안 달리지 못해서 흥분한 말은 기운차게 달렸다. 말은 콧김을 뿜어내며 웅덩이를 건너고 이따금 말고삐를 당겼다. 레빈은 안마당의 진흙탕을 지나고 대문을 넘어서 들판으로 갔다.

가축우리나 곡물 창고 앞에서도 봄을 느꼈지만 들판으로 나오자 더 상쾌했다. 건강한 말에 몸을 싣고 달리면서 숲을 지나면서 발자국과 바퀴자국이 박힌 잔설을 밟고 아직 싱그러움이 묻어나는 눈과 따뜻한 대기의 향기를 맡으며 레빈은 이끼가 자라기 시작하고 잎눈이 부풀어 오른 자신의 나무들을 보며 기쁨을 느꼈다. 숲을 지나자 그의 눈앞에는 푸른 싹을 틔운 밀밭이 마치 벨벳 양탄자처럼 모습을 드러냈다. 협곡에는 군데군데 눈 자국 외에는 공지도 습지도 없었다. 그는 오는 길에 농부에게 말을 쫓아내라고 지시했지만, 농부의 말과 수망아지들이 푸른 밭을 짓밟고 있었다. 농부 이나트는 멍청한 대답만 읊어 댔다. 그러나 레빈은 상쾌해진 마음 때문에 화가 나지 않았다. 레빈은 이나트에게 "이제 파종할 때가 되었지?" 하고 물었고, 이나트는 "그 전에 밭을 갈아야죠, 콘스탄친 드미트리치.” 하고 대답했다. 앞으로 나아갈수록 그의 마음은 행복해졌다. 그리고 머릿속에 농사에 대한 계획들이 마구 떠올랐다. 남쪽 경계선을 따라 버드나무를 심고 그 아래 눈을 쌓아 두지 말 것, 경작지를 잘 나눠서 여섯 뙈기에 거름을, 세 뙈기에 목초 재배를 준비할 것, 경작지의 맨 끝에 축사를 짓고 못을 팔 것, 밭에 거름을 줄 때 소를 위해 이동식 울타리를 세울 것, 그리고 삼백 제샤치나에는 밀을, 백 제샤치나에는 감자를, 그리고 백오십 제샤치나에는 토끼풀을 심어 남은 땅이 없게 할 것.

그런 생각에 잠겨, 레빈은 말이 푸른 밭을 망가뜨리지 않도록 좁은 밭이랑을 따라 말을 끌며 토끼풀을 심는 일꾼들에게 갔다. 종자를 싣고 온 짐마차는 밭두렁이 아니라 밭 한가운데에 있었다. 밀 싹은 마차 바퀴에 온통 파헤쳐지고 말발굽에 찍혀 있었다. 밭두렁에는 일꾼이 두 명 보였는데 파이프를 주고받으며 담배를 피우고 있었다. 짐마차 안에 든 흙은 곱게 고르지 않아 덩어리져 있거나 얼어 있었다. 주인을 보자, 바실리는 짐마차 쪽으로 왔고, 미슈카는 씨를 뿌리기 시작했다. 이런 일을 본다는 건 기분이 나빴지만 레빈은 고용 일꾼들에게는 화를 내지 않았다. 바실리가 오자 레빈은 그에게 말을 밭두렁으로 끌고 가게 했다.

“괜찮습니다, 나리. 새싹은 잘 자랄 거예요.”

바실리가 말했다.

“제발, 들은 대로 해 주게나.”

레빈이 말했다.

“그럼요.”

바실리는 그렇게 답하고 말머리를 잡았다.

“그런데 콘스탄친 드미트리치, 이 파종기 말입니다…….”

그가 아첨을 시작했다.

“정말 최곱니다. 걷기가 좀 힘들어서 그렇지요! 짚신에 일 푸드짜리 추를 단 것 같습니다.”

"자네들은 왜 흙을 체에 내리지 않지?"

레빈이 물었다.

"저희는 손으로 부수는데요?"

바실리가 종자를 들고 양손으로 흙을 부수며 말했다.

딱히 바실리의 잘못이라고 하기는 힘들었지만, 레빈은 좀 짜증이 났다.

레빈은 화를 삭이고 나쁘게 돌아가는 것을 좋게 만드는 그 나름의 방법을 터득하고 있었고, 그 덕을 본 일이 여러 차례 있었다. 그는 미슈카가 커다란 흙덩이를 발로 끌면서 걷는 것을 보고는 말에서 내려 바실리에게 파종 바구니를 빼앗아 씨를 뿌리러 갔다.

"어디까지 씨를 뿌렸지?"

바실리는 표시해 둔 곳을 한쪽 발로 가리켰다. 레빈은 종자를 섞은 흙을 뿌리기 위해 열심히 걸어갔다. 마치 늪 속을 걸어가는 듯 엄청 힘들었다. 한 두둑을 다 뿌리고 나서 레빈은 바구니를 넘겼다.

"주인님, 여름철에 이 두둑 때문에 저를 탓하시면 안 됩니다!"

바실리가 말했다.

"그게 무슨 말이지?"

레빈은 방금 이용한 방법의 장점을 생각하며 쾌활하게 말했다.

"여름철에는 차이가 납니다. 제가 작년 봄에 뿌린 곳을 보시면 알아요. 얼마나 잘 심었다고요, 콘스탄친 드미트리치. 정말 저는 친아버지의 일을 봐 드리듯 열심히 일한다고요. 워낙 건성으로 일하는 걸 싫어하기도 하고요. 남들도 그렇게 하게 내버려 두지 않지요. 주인님이 좋으면 저도 좋으니까요. 저기를 보세요."

바실리가 경작지를 가리키며 말했다.

"심장이 즐겁지요!"

"바실리, 멋진 봄이로군."

"네, 노인들도 이렇게 멋진 봄은 없다고들 하더군요. 얼마 전 집에 갔었는데, 우리 집 노인 양반도 밀을 삼 오스민니크나 뿌렸다고 합니다. 노인 말로는 주인님이 밀과 호밀도 구별 못 할 거라던데요?"

"자네들은 벌써 밀을 뿌렸어?"

"네, 재작년에 주인님이 그렇게 하라고 하셨으니까요. 게다가 주인님은 씨앗도 이 메라(약 36.4리터)를 주셨죠. 저희는 그중 사분의 일은 팔고 나머지는 삼 오스민니크에 뿌렸지요."

"그럼, 잘 보고 흙덩어리가 크면 잘게 부수면서 해."

레빈은 말 쪽으로 걸어갔다.

"미슈카도 잘 감독하도록 하고. 싹이 잘 트면 자네한테 일 제샤치나당 오십 코페이카씩 주겠네."

"저는 괜찮습니다. 지금 이대로도 주인님께 감사할 뿐인걸요."

레빈은 말에 올라 작년에 토끼풀 밭을 만든 곳으로 갔다가 봄밀을 파종하려고 쟁기질을 해 둔 밭으로 가 보았다.

그루터기에 자란 토끼풀 싹은 정말 아름다웠다. 토끼풀은 이미 다 자라서 작년에 쓰러진 밀 줄기 밑에서 푸르게 자라나고 있었다. 말은 반쯤 언 땅에 발목까지 빠진 발을 빼면서 푹푹 소리를 냈다. 말을 타고 밭을 지나가는 것은 불가능할 것 같았다. 얼음이 조금 남은 곳은 괜찮지만 얼음이 녹은 고랑에서는 발이 푹푹 빠졌다. 밭갈이는 잘되어 있었다. 며칠 지나면 써레로 밭을 고르고 씨를 뿌릴 수 있을 터였다. 모든 것이 아름다웠고 마음을 가볍게 했다. 레빈은 돌아오는 길에 개울 쪽으로 향했다. 레빈의 바람대로 물이 좀 빠져 있어 그는 개울을 건넜고 오리 두 마리를 깜짝 놀라게 했다. 그는 '도요새도 있겠지?' 하고 생각했다. 마침 집으로 가는 길에 산지기를 만났는데, 그가 도요새에 대한 레빈의 추측을 제대로 확인해 주었다. 레빈은 식사를 마치고는 저녁에 쓸 총을 준비해 두려고 집으로 말을 몰았다.

14

이루 말할 수 없이 상쾌한 기분으로 집에 다다르자, 대문 쪽에서 말 방울 소리가 들렸다.

'기차역에서 마차가 왔군.'

그는 생각했다.

'모스크바발 기차가 도착할 시간이야……. 누구지? 니콜라이 형? 형이 말했었지. 온천 먼저 가고 그다음에 너의 집으로 가겠다고.'

처음에는 형이 봄을 맞아 행복해진 그의 기분을 망쳐 버릴까 걱정이 됐다. 하지만 그는 곧 그런 마음이 든 것에 부끄러움을 느꼈다. 그리고 다시 다정하게 두 팔을 벌릴 것처럼 기쁨에 취해 이제는 집에 온 사람이 정말로 형이기를 진심으로 바랐다. 그는 말을 몰아서 아카시아 나무를 지나 세 필의 말이 끄는 썰매가 모피 외투를 입은 신사를 태우고 기차역에서 달려오는 것을 보았다. 그 사람은 형이 아니었다. 레빈은 '아, 이야기를 나눌 만한 쾌활한 사람이었으면.' 하고 생각했다.

"아! 자네가 어떻게!"

레빈은 너무도 기쁜 나머지 두 팔을 치켜들고 소리쳤다.

"이렇게 반가울 수가! 자네가 오다니, 정말 반갑네!"

그는 스테판 아르카지치를 보고 소리쳤다.

'이제 그녀가 결혼을 했는지, 아니면 언제 결혼을 하는지 알겠군.'

그는 생각했다.

이렇게 멋진 봄날, 그는 그녀를 떠올리는 것이 그리 고통스럽지만은 않았다.

"어때? 깜짝 놀랐지?"

스테판 아르카지치가 썰매에서 내렸다. 콧잔등과 뺨, 눈썹에는 진흙이 묻어 있었지만 그의 얼굴은 유쾌함과 건강함으로 밝게 빛이 났다.

"자네를 보러 온 게 첫 번째 방문 이유이고…….'

그는 레빈을 껴안고 입을 맞추었다.

"그리고 철새 사냥이 두 번째 이유, 예르구쇼보 산림을 매각하려는 게 세 번째 이유일세."

"잘됐군! 어때, 정말 아름다운 봄이지? 그런데 어떻게 썰매로 여기까지 왔나?"

"마차로 오면 더 힘들어요, 콘스탄친 드미트리치."

마부가 말했다. 레빈과도 잘 아는 마부였다.

"자네를 이렇게 보니 정말 기쁘네."

레빈은 마치 어린아이같이 기뻐하며 미소를 지었다.

레빈은 스테판 아르카지치를 손님방으로 안내했다. 배낭, 총, 시가 상자 등 그의 물건들도 그곳으로 옮겨졌다. 레빈은 그가 씻고 옷을 갈아입을 동안 자신은 밭갈이와 토끼풀 이야기를 하러 사무실로 갔다. 언제나 집안의 체면을 세우느라 고민이 큰 아가피야 미하일로브나는 현관에서 그에게 인사를 하며 식사는 어떻게 할지 물었다.

"편하게 준비하세요. 빨리만 해 주시면 돼요."

그는 이렇게 말하고 집사에게 향했다.

그가 돌아왔을 때, 깨끗이 몸을 씻고 가지런히 머리를 빗은 스테판 아르카지치가 미소를 지으며 방에서 나왔다. 두 사람은 함께 이 층으로 갔다.

"아, 자네의 집에 오니 정말 기쁘군! 이제 알 것 같아. 자네가 여기서 이루려는 게 무엇인지. 정말 부럽군. 정말 멋진 집이야. 모든 것이 너무나 근사해! 밝고 안락하고!"

스테판 아르카지치는 일 년 내내 봄만 계속되는 줄 아는 것처럼 또 궂은 날씨라곤 찾아오지 않는 것처럼 말했다.

"자네 할멈도 아주 좋으시군! 물론 앞치마를 맨 어여쁜 하녀까지 있다면 더 좋았겠지만. 수도사처럼 엄격한 자네의 생활과 이곳은 정말 딱 들어맞는군!"

스테판 아르카지치는 몇 가지 흥미로운 소식들을 알려 주었다. 특히 레빈이 관심을 가진 사실은, 세르게이 이바노비치 형이 올여름 그의 마을로 온다는 소식이었다.

스테판 아르카지치는 키티나 쉐르바츠키 집안에 대해서는 한마디도 않고서 단지 아내의 인사만 전해 주었다. 레빈은 그의 섬세한 배려에 고마웠고 또 오랜만에 손님을 맞게 되어 기뻤다. 그는 늘 혼자 지내다 보니 가슴속에 쌓아 두었던 생각과 감정들을 누군가에게 털어놓을 기회가 없었다. 그래서 그는 스테판 아르카지치에게 봄의 아름다움과 농사를 하며 있었던 실수들과 새로운 계획, 그리고 자신이 읽은 책에 대한 의견이나 비판을 열렬히 이야기했다. 특히 농업에 관한 구태의연한 옛날 저작에 대한 비판에서 출발하는 자신의 책과 그 내용에 대해 많은 이야기를 했다. 늘 밝고 약간의 실마리로도 모든 것을 꿰뚫어 보는 스테판 아르카지치는 이번 여행을 즐거워했다. 레빈도 그에게서 자신을 인정해 주는 존경과 부드러운 태도를 새롭게 발견했다.

특별히 훌륭한 정찬을 차리려던 아가피야 미하일로브나와 요리사의 시도는 그다지 성공하지 못했다. 왜냐하면 허기가 졌던 두 사람은 자쿠스카(러시아 요리의 전채_옮긴이)를 차려 놓은 상 앞에서 버터를 바른 빵과 폴로토크와 소금에 절인 버섯을 과하게 먹은 데다가 레빈이 피로시키(만두 모양의 러시아 요리_옮긴이)를 빼도 좋으니 얼른 수프를 가져오라고 했기 때문이다. 아쉽게도 피로시키는 요리사가 손님을 위해 특별히 준비하던 것이었다. 스테판 아르카지치는 다른 정찬에도 익숙했지만, 이곳의 음식에 무척 만족했다. 약초에 담근 포도주, 빵, 버터, 특히 폴로토크와 버섯, 쐐기풀을 넣은 수프와 화이트소스를 얹은 닭고기, 크리미아산 백포도주 등등 모든 음식이 훌륭하고 놀라웠다.

"정말 훌륭하군!"

그는 구운 고기를 먹은 뒤 담배에 불을 붙였다.

"자네의 집에 오니 마치 요동치는 배에 탔다가 고요한 산기슭에 닿은 기분이야. 그러니까 자네는 지금 노동자라는 요소를 마땅히 연구 대상으로 삼아야 하고 영농 방식에도 필수 지침이 되어야 한다는 거지. 난 사실 이 분야는 잘 모르네. 하지만 그 이론과 그것의 접목은 노동자들에게도 큰 영향을 끼치겠군."

"그래, 그런데 난 지금 정치경제학에 대해 말하려는 게 아니야. 과학영농에 대해 말하고 있지. 그것은 자연과학처럼 되어야 해. 그래서 주어진 현상과 노동자를 경제학적이나 민족학 등의 관점에서 연구해야 하지."

그때 아가피야 미하일로브나가 잼을 들고 들어왔다.

"아가피야 미하일로브나!"

스테판 아르카지치는 자신의 손가락 끝에 입을 맞추며 그녀에게 말을 건넸다.

"당신의 폴로토크는 정말 일품이었습니다. 약초 술도 정말 기가 막힙니다! 참, 코스챠, 시간이 되지 않았어?"

그가 말했다.

레빈은 창문을 통해 우듬지 너머로 지는 해를 보았다.

"거의 된 것 같군."

"쿠지마, 사륜마차에 말을 매도록."

그는 소리치고는 아래층으로 뛰어갔다.

아래층으로 온 스테판 아르카지치는 광택제를 바른 상자의 덮개를 벗긴 뒤 상자를 열고 자기의 신형 소총을 조립했다. 쿠지마는 술값을 할 팁을 넉넉히 받을 요량으로 스테판 아르카지치 옆을 지키고 서서 긴 양말과 부츠를 신겨 주었고, 스테판 아르카지치는 그의 친절을 기쁘게 받았다.

"코스챠, 내가 랴비닌이라는 상인을 오늘 여기로 불렀어. 그러니 그가 도착하면 집 안으로 들이고 잠시 기다리라고 해 줘."

"랴비닌에게 숲을 팔 거야?"

"응, 혹시 자네도 그 사람을 알아?"

"물론이지. 그와 '완전 대단하게' 거래한 적이 있어."

스테판 아르카지치가 웃었다. '완전 대단하게'라는 말은 그 상인이 즐겨 쓰는 말이었다.

"맞아. 그 사람은 그렇게 말하더군. 아주 재미있어. 이 녀석은 주인이 어디로 갈지 아나 봐."

그는 라스카를 토닥였다. 라스카는 신음 소리와 함께 레빈 옆을 돌면서 그의 손과 부츠, 소총을 핥았다.

그들이 밖으로 나오자, 현관 앞에 마차가 기다리고 있었다.

"멀진 않은데 마차를 불렀어. 아니면 걸어가도 돼."

"아니, 타고 가지?"

스테판 아르카지치는 마차로 다가서며 말했다. 그는 자리에 올라 호랑이 가죽 덮개를 무릎 위에 놓고 시가에 불을 붙였다.

"자네는 왜 시가를 피우지 않지? 시가는 만족을 넘어서는, 만족 이상의 무엇이라 할 수 있지. 바로 삶이랄까? 얼마나 좋아? 이거야말로 내가 바라는 삶일세!"

"누가 자네를 막아서기라도 했나?"

레빈이 웃으며 물었다.

"아니, 그런데 자네는 정말 행복한 사내야. 자네는 모든 것을 갖고 있잖나. 좋아하는 말이나 개도 있고 사냥도 할 수 있고 농장도 있으니."

"나는 나 자신에게 만족하고 있다네. 또 내게 부족한 것을 탐내지 않지. 그래서 그럴까?"

레빈은 키티가 떠올랐다.

스테판 아르카지치는 레빈의 뜻을 알고 그를 바라보았지만 아무 말도 하지는 않았다.

레빈은 오블론스키가 예민한 감각으로 자신이 쉐르바츠키 집안에 관한 이야기를 꺼리는 것을 알고 그에 대해 말하지 않는 것이 고마웠다. 하지만 이제는 레빈도 그에 대해 알고 싶어졌다. 하지만 말할 용기는 없었다.

"자네는 어떤가?"

레빈은 자기 생각만 하는 것이 오블론스키에게 좋지 않다고 여겨 말을 꺼냈다.

"자네는 먹을 빵이 있는데도 흰 빵을 좋아할 수 있다는 이야기를 믿지 않지? 자네 생각에 그런 건 범죄와 다름없을 테니까. 하지만 나는 사랑 없이는 살 수 없다네."

그는 레빈의 말을 자기 식대로 해석하며 말했다.

"어쩌겠는가? 나란 놈이 원래 이렇게 생겨 먹은 걸. 그리고 다른 사람에게 피해를 주지 않으면서 내가 만족을 한다면야……."

"뭐야? 또 새로운 사건을 만들었나?"

레빈이 물었다.

"그렇다네, 그것 말이야, 오시안의 시에 나오는 그런 여인들…… 마치 꿈에 나올 법한 그런 여인들 말이지……. 그런데 그런 여인들은 현실에도 있어. 그 여인들은 좀 무서워. 아마도 여인들은 자네가 연구해 봐도 늘 새로운 존재로 보일 거야."

"그렇다면 연구하지 않는 것도 방법이겠군."

"글쎄, 어느 수학자는 쾌락은 진리의 발견이 아니라 그것의 탐구에 있다고 말했어."

레빈은 말없이 듣기만 했다. 하지만 그로서는 아무리 생각해 보아도 친구의 입장이 되어 그의 감정이나 그런 여자들을 연구하는 즐거움을 느낀다는 것이 이해되지 않았다.

15

사냥터는 작은 사시나무 숲의 개울을 지나서 그리 멀지 않은 곳에 있었다. 숲 근처에 가자, 레빈은 마차에서 내려서 이끼로 뒤덮인 질퍽한 땅으로 오블론스키를 데려갔다. 그곳은 이미 눈의 흔적이 없었다. 그리고 자신은 반대쪽 끝에 있는 자작나무로 가서 낮게 뻗은 마른 가지 사이로 총을 괸 뒤 카프탄을 벗고 허리띠를 고쳐 매고 손가락 동작을 연습해 보았다.

늙어서 이제는 흰 털이 성성한 라스카는 그를 뒤따르다 그의 맞은편에 앉아서 귀를 쫑긋 세웠다. 해는 커다란 숲 뒤로 지고 있었다. 저녁노을의 빛 속에 사시나무 사이에서 자라는 자작나무의 낮게 뻗은 가지들과 한껏 차올라 금세 터질 것 같은 잎눈의 윤곽이 보였다.

아직 눈이 남은 숲 쪽에서는 좁은 시냇물이 굽이치며 희미한 소리를 내며 흘렀다. 작은 새들이 푸드덕거리며 나무 사이를 날아다녔다.

언 땅이 서서히 녹고 새로 풀이 자라나면서 지난해 묵은 이파리들이 흔들리며 정적 속에서 사각거리는 소리를 냈다.

'세상에! 풀이 자라는 것을 보고 또 들을 수 있다니!'

레빈은 어린 풀 옆에서 축축한 회색빛 사시나무 잎사귀가 살랑거리는 것을 보고 생각했다. 그는 조용히 그 자리에 서서 귀 기울여 소리를 들으며 아래를 내려다보았다. 이끼로 뒤덮인 땅, 귀를 쫑긋 세운 라스카, 앞쪽 산 아래 펼쳐진 우듬지, 하얀 구름을 두른 하늘. 매 한 마리가 머나먼 숲으로 날아갔다. 다른 매도 같은 방향으로 날아갔다. 새들은 우거진 숲 안에서 더욱 분주하고 큰 소리로 지저귀었다. 그리 멀지 않은 곳에서 부엉이 울음소리가 들렸다. 그러자 라스카는 몸을 떨고 몇 발짝 가다가 머리를 숙이고 가만히 소리에 집중했다. 시냇물 건너편에서는 뻐꾸기 소리가 들렸다. 뻐꾸기는 늘 그렇듯 두어 번 울더니 목쉰 소리를 내고는 울기를 그쳤다.

"뻐꾸기 소리야!"

스테판 아르카지치가 나무 뒤에서 나오며 말했다.

"들었어."

레빈은 깔깔해진 목소리로 말하면서 숲의 정적을 깼다.

"이제 거의 됐어."

스테판 아르카지치는 다시 나무 뒤로 숨었다. 성냥불이 반짝이더니 곧 빨간 담뱃불과 연기가 보였다.

아르카지치가 방아쇠를 당겼다.

"저 울음소리는 뭔지 모르겠군."

오블론스키가 마치 망아지가 구슬프게 우는 듯한 소리에 놀라 레빈에게 물었다.

"아, 저 소리는 바로 수토끼 소리야. 나중에 얘기해 주지. 어, 지금 날아온다!"

레빈은 방아쇠를 당기며 외쳤다.

마치 휘파람 소리 같은 가는 소리가 멀리서 들려왔다. 이 초쯤 지나자 사냥꾼들에게는 너무나 반가운 리듬에 맞춰 두 번째, 세 번째 소리가 들렸다. 그리고 그 뒤에는 아무 소리도 들리지 않았다.

레빈은 좌우를 살폈다. 그의 앞에 잎눈이 하나로 얽힌 사시나무 우듬지 위에 푸른 하늘을 나는 새 한 마리가 보였다. 새는 그를 향해 날아왔다. 마치 팽팽한 커다란 천을 찢는 듯한 큰 울음소리가 들렸다. 새의 부리와 목이 보였다. 레빈이 방아쇠를 당기려 했을 때, 오블론스키가 서 있던 나무 뒤에서 붉은빛이 일었다. 새는 아래로 떨어지다 다시 솟구쳤다. 다시 한 번 불꽃이 일며 총소리가 났다. 새는 마치 공중에서 버티려는 듯 안간힘을 쓰며 날갯짓을 하다가 갑자기 멈추더니 땅으로 퍽 떨어졌다.

"스쳤나?"

스테판 아르카지치가 외쳤다. 연기가 시야를 가로막아 그는 아무것도 보지 못했다.

"여기야!"

레빈이 라스카를 가리키면서 말했다. 라스카는 한쪽 귀를 세우고 꼬리를 치켜들고서는 만족감을 길게 느껴 보려는 듯이 느리게 걸어오며 웃는 듯 밝은 표정으로 죽은 새를 물어 왔다.

"성공이야!"

레빈은 웃으면서도 그 멧도요를 오블론스키에게 내줬다는 생각에 질투가 났다.

"오른쪽 총신에서 총알이 잘못 나갔나 봐."

스테판 아르카지치가 소총을 장전하며 말했다.

"조용히! 온다!"

날카로운 새 울음소리가 연이어 들렸다. 멧도요 두 마리가 장난을 치며 서로 쫓으면서 휘파람 같은 소리를 내며 머리 위로 날았다. 네 발의 총성이 났다. 그러자 멧도요들은 날렵하게 방향을 바꾸더니 눈앞에서 사라져 버렸다.

사냥 성적은 훌륭했다. 스테판 아르카지치는 두 마리를 더 잡았고, 레빈도 두 마리를 잡았지만 그 가운데 한 마리는 못 찾았다. 날이 어두워지고 있었다. 서쪽 하늘 아래에는 은빛 금성이 자작나무 너머에서 환하게 빛을 비추고 있었고 동쪽 하늘에는 대각성이 붉은빛을 내고 있었다. 레빈은 머리 위에서 큰곰자리를 찾다가 놓쳤다. 멧도요들은 자취를 감추었지만, 레빈은 그에게 자작나무 가지보다 낮게 떠 있는 금성이 좀 더 높아지고 큰곰자리가 더 선명하게 보일 때까지 기다리려 했다. 금성이 어느새 자작나무 가지보다 높아지고 수레가 달린 큰곰자리 마차가 점점 선명하게 보이기 시작했는데도 레빈은 말이 없었다.

"갈 때가 되지 않았어?"

스테판 아르카지치가 말했다.

숲은 고요해졌고 작은 새조차 보이지 않았다.

"좀 더 기다릴까?"

레빈이 말했다.

"그래."

그들은 서로 열다섯 걸음 정도 떨어져 있었다.

"스티바!"

레빈이 말했다.

"자네는 왜 내게 자네 처제 이야기를 하지 않지? 결혼은 했는지, 아니면 언제 하는지 알려 주지 않을 거야?"

레빈은 어떤 대답을 듣게 되더라도 의연하게 들을 준비가 되어 있었다. 하지만 스테판 아르카지치의 대답은 의외였다.

"결혼 같은 걸 할 생각도 하지 못할 거야. 처제의 건강이 매우 나빠. 요양차 외국에 가 있지. 그녀가 목숨을 잃을까 봐 다들 걱정하고 있어."

"뭐라고?"

레빈이 외쳤다.

"그녀가 아프다니, 대체 무슨 일이 있었던 거야? 왜 그녀가……."

그들이 이야기를 나누고 있을 때, 라스카는 귀를 쫑긋하고 하늘을 보다 원망스러운 눈으로 그들을 바라보았다.

'왜 이럴 때 잡담이람?'

라스카는 생각했다.

'새가 온다고…… 저기 온다고 멍청하게 놓칠 거야?'

하지만 그때 두 사람은 날카로운 새 울음소리를 들었다. 두 사람은 총을 얼른 잡았다. 두 개의 불꽃이 보이며 두 발의 총성이 울렸다. 하늘을 날던 멧도요가 날개를 접더니 숲 속으로 떨어졌다.

"와우, 성공이야. 같이 맞추었군!"

레빈이 소리치며 라스카와 멧도요를 찾으러 숲으로 뛰어갔다.

'아, 뭣 때문에 마음이 먹먹했지?'

그는 기억해 보았다.

'그래, 키티가 아파……. 왜 그렇게 됐는지, 너무나 안쓰럽군.'

그는 생각했다.

"찾았구나! 요런 영리한 녀석 같으니!"

그는 라스카의 주둥이에서 따뜻한 새를 받아 주머니에 집어넣으며 외쳤다.

"찾았어, 스티바!"

16

집으로 돌아오면서 레빈은 키티의 병세와 쉐르바츠키가의 사정을 자세히 물어보았다. 그로서는 이런 관심을 드러내는 일이 좀 민망했지만, 사실은 기분이 나쁘지 않았다. 아직 희망이 남아 있다는 것, 그리고 그의 마음에 고통을 준 그녀가 아프다는 사실이 조금은 위안을 주었다. 하지만 스테판 아르카지치가 키티의 병의 원인을 말하면서 브론스키의 이름을 들먹이자 레빈은 그의 말을 막았다.

"나에게는 남의 가정사를 그렇게까지 자세하게 알 권리가 없어. 그리고 솔직히 말하자면 그럴 마음도 없고."

스테판 아르카지치는 레빈의 얼굴에 나타난 어떤 변화, 그러니까 조금 전까지만 해도 밝던 표정이 순식간에 어두워졌다는 걸 알아채고는 알 듯 모를 듯 한 미소를 지었다.

"랴비닌에게 산을 팔기로 한 건가?"

레빈이 물었다.

"그렇다네. 삼만 팔천 루블. 그 정도면 아주 훌륭하지. 우선 팔천 루블을 받고, 나머지는 육 년 동안 나눠서 받기로 했어. 난 이 문제로 오랫동안 골치를 썩었지. 그보다 더 준다는 사람은 없었고 말이야."

"자네는 산을 거저 넘겨 버렸군."

레빈이 시큰둥하게 말했다.

"그럴 리가 있나?"

이제는 레빈이 무슨 말을 듣든 못마땅해할 거라고 생각한 스테판 아르카지치가 미소를 지으며 말했다.

"그 산은 적어도 일 제샤치나에 오백 루블의 가치가 있어!"

레빈이 대답했다.

"아, 이런 시골의 지주들이란!"

스테판 아르카지치가 장난스럽게 말했다.

"자네들은 우리 같은 도시 사람들을 항상 풋내기로 대하지. 하지만 사업에 관해서라면 나도 꽤 신경을 쓰고 있어. 그러니 나를 믿어 줘. 모든 것을 충분히 고려해 결정한 사안이니까."

그가 말했다.

"산림 매각은 내 쪽이 더 유리하게 끝난 거야. 난 그들이 계약을 취소할까 봐 그게 걱정스러워. 그 산림들은 사실 목재용으로 쓸 수 없으니까."

스테판 아르카지치는 '목재용'이라는 표현으로 레빈의 의견에 대한 자신의 주장을 한 번에 납득시키고자 했다.

"글쎄, 뭐 땔감용이라고 하면 어울릴까? 아무튼 일 제샤치나에 삼십 사젠 이상은 못 받아. 그런데 나는 이백 루블씩 받은 셈이거든."

레빈은 이를 비웃었다.

'난 저런 식의 태도를 알지.'

그는 생각했다.

'이 친구뿐만 아니라 사실 도시 사람들이 거의 대부분 그렇지. 그들은 십 년 동안 시골에 두어 번 내려와서는 시골 사람들과 말을 몇 번 주고받고 나서 자기들이 모든 걸 꿰뚫고 있다고 생각하지. 그러면서 이런 말들을 섞어 가며 엉뚱한 데로 빠지지. 목재용이라거나, 삼십 사젠이라는

것들. 하지만 그들은 정작 그런 말을 하면서도 사실은 아무것도 파악하지 못하지.'

"나는 자네가 관청에서 관할하는 그런 것들을 가르치려는 게 절대 아니라네."

그는 말했다.

"만약 내게 그런 가르침이 필요하다면 하나 물어보겠네. 자네는 산림을 매각하는 일의 기초 사항들을 소상히 알고 있다고 확신하겠지? 하지만 그건 매우 어려운 일이야. 자네 산림의 나무가 몇 그루인지나 아나?"

"그 많은 나무를 어떻게 다 셀 수가 있나?"

스테판 아르카지치는 친구의 기분을 불쾌하게 만들고 싶은 듯 조롱의 미소를 띠며 말했다.

"모래알이나 유성의 빛을 셀 수 있을 만한 지력을 가진 사람이라면 몰라도……."

"그래. 하지만 랴비닌의 뛰어난 두뇌는 이미 그것을 파악하고도 남았을 거야. 자네처럼 산림을 거저 넘기는 사람이 아니라면, 산림을 사면서 나무를 세어 보지 않는 사람은 없다네. 자네의 산이라면 나도 잘 알고 있어. 매년 그쪽으로 사냥을 가거든. 자네의 산 정도면 현금으로 일 제샤치나에 오백 루블의 가치가 있어. 그런데 그놈은 자네에게 일 제샤치나당 이백 루블을 그것도 분할로 낸다고 하고 있단 말이지. 그러니 자네는 그놈에게 삼만 루블을 그냥 쥐 버린 거야."

"됐네. 너무 흥분하지 말라고."

스테판 아르카지치는 답답한 듯 말했다.

"그런데 왜 그만큼 내려는 사람이 없었지?"

"그건, 그 작자가 다른 상인들과 입을 맞추었기 때문이야. 그놈은 분명 매입을 양보한 상인에게 돈을 주었을 거야. 난 그 상인들과 거래를 해 보아서 그들을 잘 알지. 그놈들은 상인이라기보다는 투기꾼에 가까워. 게

다가 그놈은 구전이 십 퍼센트나 십오 퍼센트일 것 같으면 아예 거래를 안 하지. 이십 코페이카를 일 루블로 만들 수 있을 때까지 기다리니까."

"휴, 그만둬! 자네는 지금 너무 우울한 상태야."

"그렇지 않아."

레빈이 낮은 목소리로 말했다. 그때 그들이 탄 마차가 집 앞에 도착했다.

현관에는 쇠붙이와 가죽을 조여 맨 소형 마차가 있었고, 덩치가 큰 말의 목에는 넓은 가죽끈이 매어져 있었다. 소형 마차에는 외투의 허리띠를 바짝 돌려 묶은 건장해 보이는 랴비닌의 점원이 앉아 있었는데 그는 마부로 와 있었다. 랴비닌은 벌써 집 안에 들어갔다가 나와서 대기실에 있었다. 랴비닌은 흐리멍덩한 눈동자에 콧수염을 기르고 주걱턱을 깔끔히 면도한 풍채 좋은 중년의 사내였다. 그는 허리 아래까지 단추가 달린 길고 푸른 프록코트를 입고 있었다. 그리고 복사뼈 부분에 주름이 있고 종아리가 밋밋한 긴 부츠를 신고 그 위에 큰 덧신을 신었다. 그는 등을 굽히고서 손수건으로 얼굴을 닦고 프록코트의 옷깃을 반듯이 여몄다. 굳이 그렇게 옷매무새를 정리하지 않아도 프록코트는 아주 깔끔하고 단정해 보였다. 그는 안으로 들어오는 사람들을 반갑게 맞으면서 마치 무언가를 붙잡으려 하는 사람처럼 스테판 아르카지치에게 손을 내밀었다.

"벌써 오셨군요."

스테판 아르카지치가 그에게 손을 내밀었다.

"아주 멋지십니다."

"오는 길이 좀 험했습니다. 하지만 각하의 명령이시니 분부대로 해야지요. 마차에서 내려 좀 걷긴 했지만 시간에 딱 맞추어 도착했답니다. 그간 안녕하셨습니까, 콘스탄친 드미트리치."

랴비닌은 레빈을 보며 손을 내밀었다. 그러나 레빈은 인상을 구긴 채 그의 손을 슬며시 피하며 멧도요새를 꺼내기 시작했다.

307

"사냥은 어떠셨습니까? 이건 무슨 새이지요?"

랴비닌은 약간 무시하는 듯한 눈길로 멧도요를 바라보며 물었다.

"그래도 맛은 있나 보네요."

그는 한마디 덧붙이며 그런 걸 화약을 써 가면서 굳이 잡을 가치가 있는지 의심된다는 투로 고개를 내저었다.

"서재로 가겠나?"

레빈은 어두운 표정으로 얼굴을 찌푸리며 스테판 아르카지치에게 프랑스어로 다시 말했다.

"서재로 가지그래?"

"저는 아무래도 상관없습니다. 좋으실 대로 하시지요."

랴비닌은 상대방을 무시하는 듯한 강한 어조로 말했다. 마치 다른 사람들은 모두 그를 두려워하지만 자신은 전혀 어려울 게 없다는 것을 강조하려는 듯했다.

랴비닌은 서재로 들어서면서 습관처럼 이콘(성상화라는 뜻의 프랑스어_옮긴이)을 찾으려고 두리번거렸지만, 이콘을 찾고 나서는 성호를 긋는 걸 잊어버렸다. 그는 책장과 장식장을 쳐다보았다. 그러고는 멧도요를 보았을 때처럼 똑같이 사방을 둘러보며 무시하는 듯 딱딱한 표정으로 고개를 내저었다. 그는 그런 것에 대체 어떤 가치가 있느냐는 표정이었다.

"돈은 가져왔습니까?"

오블론스키가 물었다.

"어서 앉으시지요."

"우린 돈 문제를 미루거나 하지 않습니다. 제가 온 것은 의논할 일이 있어서입니다."

"의논이라고요? 무슨 일이신지? 우선 앉으세요."

"네, 그러지요."

랴비닌은 아주 불편한 자세로 의자에 앉고는 팔꿈치를 의자 등받이에 기댔다.

"공작님이 조금 양보해 주셔야겠습니다. 그렇지 않으면 곤란하겠어요. 돈은 일 코페이카도 모자라지 않게 준비되어 있습니다. 돈 때문에 말썽이 일어나지는 않을 거예요."

그사이에 소총을 장식장에 넣고서 방을 나가려던 레빈이 상인의 말에 발걸음을 멈추었다.

"산은 이미 헐값으로 손에 넣었잖습니까? 이 친구가 우리 집에 뒤늦게 오지만 않았더라도 내가 산의 가격을 매겼을 겁니다."

랴비닌은 자리에서 일어나 조용히 웃으며 레빈을 뚫어지게 쳐다보았다.

"그렇게 인색한 분이신 줄은 몰랐군요, 콘스탄친 드미트리치."

그는 스테판 아르카지치를 향해 웃으며 말했다.

"이분과는 앞으로 거래하기가 힘들겠군요. 그동안 밀을 아주 좋은 가격에 사 드렸는데 말이지요."

"어째서 내가 내 것을 헐값에 주어야 하지요? 땅에서 주운 것도 훔친 것도 아닌데 말이지요."

"당치도 않습니다. 요즘 시대에 도둑질을 한다는 게 가당키나 하나요? 공개 법정에라도 가면 모든 것이 밝혀지죠. 요즘 세상에는 모든 것이 투명합니다. 그런 도둑질은 없어요. 우리는 정직하게 거래를 한 겁니다. 다만 산림의 값이 너무 비싼 바람에 수지가 맞지 않아서요. 조금이라도 가격을 깎으려고 합니다."

"도대체 거래가 언제 끝나는 겁니까? 이미 끝났다면 흥정할 필요가 없고 안 끝났다면……."

레빈이 말을 이었다.

"내가 그 산을 사지요."

순간 랴비닌의 얼굴이 차갑게 굳었다. 그의 얼굴은 아주 탐욕스럽고 무서운 얼굴로 변해 버렸다. 그는 앙상한 손가락을 재빨리 움직여 프록 코트의 단추를 풀고 바지 밖으로 나온 루바슈카 자락과 조끼에 달린 구리 단추와 시곗줄을 보이더니 재빨리 두툼한 지갑을 꺼냈다.

"산은 이미 제 것입니다."

그는 이렇게 말하면서 성호를 긋고 돈을 내밀었다.

"어서 이 돈을 받으십시오. 산은 제 것입니다. 한 푼 두 푼 생각하지 않는 것이 이 랴비닌의 방식이지요."

그는 눈살을 찌푸리며 지갑을 흔들었다.

"내가 자네라면 서두르지 않을 거야."

레빈이 말했다.

"무슨 소린가?"

오블론스키가 놀라서 소리쳤다.

"이미 약속이 된 것을."

레빈은 문을 쾅 닫고 나갔다. 랴비닌을 문을 쳐다보면서 히죽거렸다.

"젊은 혈기에 저러는 것이죠. 완전히 어린아이처럼 구는군요. 제 명예를 걸고 말씀드리자면, 제가 산을 산 것은 명예를 위해서입니다. 그 누구도 아닌 바로 이 랴비닌이 오블론스키 집안의 산을 샀다는 것 말입니다. 아마도 수지를 맞추는 것은 하느님께서 도와주시겠지요. 자, 하느님을 믿어 봅시다. 여기에 서명을……."

한 시간 뒤 상인은 할라트를 여미고 프록코트의 단추를 꼭꼭 채우고는 계약서를 주머니에 넣고서 마구를 단단하게 맨 소형 마차에 올라 길을 떠났다.

"아, 영주들이란 말이지!"

그는 점원에게 말했다.

"다들 똑같은 소리만 한단 말이지!"

"그건 그래요."

점원이 그에게 고삐를 넘기고는 가죽으로 된 마차 덮개 단추를 채웠다.

"아무튼 미하일 이그나이치, 거래도 잘 이루어졌으니 한턱을……."

"그, 그건……."

17

상인에게 석 달 치 선금을 받아 호주머니가 불룩 튀어나온 스테판 아르카지치는 이 층으로 올라갔다. 산림 거래도 끝나고 돈도 호주머니 속에 들어오고 새 사냥도 근사했기에 스테판 아르카지치는 매우 기뻤다. 그래서 레빈의 우울한 기분을 조금이나마 풀어 주고 싶었다. 그는 저녁 식사를 즐기면서 아침에 오늘 하루를 시작했던 그 기분으로 하루를 마무리하고 싶었다.

레빈은 기분이 나빴다. 그래서 이 귀한 손님을 잘 대접해 주어야겠다고 생각하면서도 자신의 감정을 억누를 수가 없었다. 키티가 결혼하지 않았다는 그의 말이 점점 신경이 쓰여 아무것도 할 수 없었다.

키티는 결혼을 하지 않았고, 게다가 아픈 상태이다. 그것도 자기를 무시한 사내에 대한 사랑 때문에 아프다니. 레빈은 깊은 모욕감을 느꼈다. 브론스키는 그녀를 무시했고, 그녀는 그를, 바로 레빈을 무시했다. 아마도 브론스키는 쉽게 레빈을 무시할 것이고, 그러니 그는 레빈의 적과도 같았다. 하지만 레빈이 이 모든 것을 치밀하게 생각했던 것은 아니다. 단지 그는 마음속 깊숙한 곳에서 자리 잡은 모욕감을 느꼈을 뿐이다. 그래서 지금 자신의 마음이 아프기 때문이 아니라, 그의 눈앞에 놓인 상황에

괜한 트집을 잡은 것이다. 바보같이 빼앗긴 산과 오블론스키가 당한 기만, 그것도 그런 일들이 자기 집에서 이루어졌다는 게 그를 신경질 나게 만들었다.

"그래, 다 마무리됐나?"

그는 이 층에서 스테판 아르카지치를 맞으며 말했다.

"저녁 식사를 해야지?"

"그럼, 당연하지. 시골에 오니 이상할 정도로 식욕이 돋는군. 그런데 자네는 왜 랴비닌을 그냥 돌려보냈지? 식사를 권하지도 않고 말이야."

"그런 녀석 따위에겐 필요 없지."

"하지만 자네는 그를 너무 무시했어!"

오블론스키가 말을 이었다.

"자넨 그의 악수를 받아 주지도 않았다고. 왜 그랬나?"

"나는 하인과 악수하지 않아. 아니지, 하인과 하는 것보다 백배 못해."

"자넨 정말 고지식하군. 계급 간의 융합에 대해 그런 입장인가?"

오블론스키가 말했다.

"융합을 좋아하는 사람이라면 그걸 반기겠지만 난 반대라네."

"내 생각에 자네는 확실히 보수주의자야."

"그런가? 사실 나는 내가 어떤 사람인지 생각해 본 적이 없어. 난 콘스탄친 레빈일 뿐, 그 이상도 이하도 아니라네."

"게다가 지금은 기분이 심하게 저조한 콘스탄친 레빈이지."

스테판 아르카지치가 미소 지으며 말했다.

"그렇다네. 썩 기분이 좋지 않아. 그게 무엇 때문인 줄 아나? 미안하지만, 다 자네 때문이야. 그렇게 산을 넘기다니……."

스테판 아르카지치는 아무 죄 없이 봉변을 당한 순진한 사람처럼 눈을 찡긋했다.

"그만해."

그가 말했다.

"이런 일을 흔해. 무엇을 팔 때 꼭 거래가 끝나고 나면 이런 말들을 듣게 되지. '훨씬 더 받을 수 있을 텐데.' 하지만 막상 팔려고 하면 그 가격은 불가능해…… 글쎄, 내 생각에 자네는 랴비닌에게 좀 지나쳤어."

"그럴지도 모르지. 아니, 사실이야. 왜 그런지 알고 싶은가? 자네는 내게 보수주의자라거나 어쩌면 더한 말을 할지도 몰라. 하지만 난 내가 속한 귀족계급이 여기저기서 몰락해 가는 것을 보는 게 분하고 원통하다네. 아무리 계급 융합을 외쳐도 난 내가 귀족이라는 사실에 자부심을 느껴. 그리고 그들의 몰락은 사치 때문이 아니지. 차라리 사치 때문이라면 괜찮겠어. 호화롭게 사는 것, 그것은 귀족들의 자연스러운 삶이야. 그런데 농부들은 우리들의 땅을 슬금슬금 사 모으고 있지. 그 점에도 화가 나지는 않아. 귀족들은 노동을 하지 않지만 농부들은 노동을 하고 게으름 피우는 쓸모없는 인간들을 몰아내고 있지. 당연히 그래야 마땅하고. 난 농부들을 대하면서 기쁨을 느낀다네. 하지만 그래도, 뭐라고 해야 할까? 뭐라고 칭해야 할지 모르겠군. 아무튼 귀족들의 몰락이 순진함 때문이라는 것을 느낄 때면 화가 치밀어 견딜 수가 없다네. 여기에서는 폴란드인 소작인이 니스에 사는 지주 부인의 비옥한 땅을 반값에 사들이지. 저기에서는 일 제샤치나에 십 루블쯤 나가는 땅을 일 루블만 받고 상인에게 빌려 주지. 다른 데서는 또 자네가 아무 이유도 없이 그 사기꾼에게 삼만 루블을 공짜로 갖다 바치니."

"그럼 어째야 하나? 나무를 일일이 다 세란 말인가?"

"물론이야. 자네는 그러지 않았지만 랴비닌은 분명 셌을 거야. 랴비닌의 자식들에게는 생계비와 교육비가 생겼지만, 자네의 자식들은 그걸 잃은 셈이야."

"미안하지만 자네의 계산에는 허점이 있어. 우리에게는 우리의 일이 있고, 그들에게는 그들의 일이 있지. 아무튼 그들은 이윤을 얻어야 할 테니. 아무튼 일은 마무리되었어. 모두 끝났다네. 아, 구운 달걀이군. 내가 좋아하는 요리야. 이제 아가피야 미하일로브나가 그 훌륭한 약초 술을 준비해 주겠지?"

스테판 아르카지치는 테이블 앞에 앉아 오랫동안 이런 맛있는 식사를 못 해 봤다고 떠들며 아가피야 미하일로브나와 농담을 주고받았다.

"나리께서 칭찬을 해 주시니 얼마나 기분이 좋은지."

아가피야 미하일로브나가 말했다.

"콘스탄친 드미트리치는 뭘 차려 드려도 아무 말 없이 드신답니다. 빵 껍질만 드려도 그러실 거예요."

레빈은 우울한 기분을 털어 내기 위해 애쓰고 있었다. 하지만 그는 여전히 우울하고 말이 없었다. 그는 스테판 아르카지치에게 물어보고 싶은 말이 있었지만 도저히 입을 뗄 수 없었다. 게다가 언제 그 질문을 해야 할지 적절한 시기도 방법도 찾을 수가 없었다. 스테판 아르카지치는 아래층에 있는 손님방으로 내려가 씻고 잠옷을 갈아입은 후 자리에 누웠다. 그 역시 레빈에게 물어보고 싶은 것을 묻지 못하고서 뜬눈으로 혼잣말만 중얼거렸다.

"이런 비누를 만들다니, 정말 멋지군!"

레빈은 아가피야 미하일로브나가 손님용으로 준비해 둔 향기로운 비누를 보다가 포장을 뜯었다. 오블론스키는 비누를 쓰지 않고 아껴 두던 것이다.

"이건 정말 예술이군."

"그래, 요즘 세상에는 뭐든 전부 좋아지고 있다니까."

스테판 아르카지치는 촉촉한 눈으로 늘어지게 하품을 하며 말했다.

"연극도 그렇고 유흥도…… 아아!"

그는 다시 하품을 했다.

"가는 곳마다 전깃불이 놓이고…… 아아!"

"전깃불이라!"

레빈이 말했다.

"그래, 그런데 브론스키는 지금 어디에 있나?"

그는 비누를 내려놓더니 물었다.

"브론스키?"

스테판 아르카지치가 하품을 멈추고서 물었다.

"그는 페테르부르크에 있어. 자네가 떠난 뒤 그도 떠났지. 그 후로는 모스크바로 돌아오지 않더군. 이봐, 코스챠, 자네에게 할 얘기가 있다네."

그는 테이블에 팔꿈치를 대고서 한 손으로 붉게 물든 잘생긴 얼굴을 받치고 말했다. 그의 얼굴에서는 마치 사람의 마음을 녹일 듯한 순수하면서도 묘한 눈동자가 별처럼 빛났다.

"잘못은 바로 자네에게 있어. 연적을 보고 겁을 냈지. 그때도 나는 자네에게 말했네. 누가 더 유리했을지는 지금도 모르겠군. 아무튼 왜 강하게 밀고 나가지 않았지? 그때 내가 말했다시피……."

그는 입을 크게 벌리지 않고 턱만 조금 움직이며 하품을 했다.

'이 친구는 내가 청혼했다는 사실을 알고 있는 걸까? 아니면…….'

레빈은 그의 얼굴을 마주 보며 생각에 빠졌다.

'음, 이 친구에게는 뭔가 교활하고 외교적인 구석이 있어.'

레빈은 얼굴을 붉히며 스테판 아르카지치의 눈을 똑바로 쳐다보았다.

"그때 처제에게 무슨 일이 있었느냐 하면, 바로 사람의 겉모습에 홀렸다는 거야."

오블론스키가 말을 이었다.

"자네도 알겠지만, 그 완벽한 귀족적인 외모와 전도유망한 사회적 지위에 그녀보다는 그녀의 어머니가 끌렸던 거지."

레빈은 얼굴을 찌푸렸다. 그녀에게 거절당했던 치욕이 떠올라 그의 심장을 다시 후벼 팠다. 그는 자기 집 안에 있었고 거기서는 벽돌도 그를 돕기 마련이었다.

"제발 그만하게."

그가 오블론스키의 말을 막았다.

"귀족적 외모? 자네는 대체 브론스키든 그 누구든 그 대단한 귀족적 외모라는 게 뭐라고 생각하나? 내게 수모를 준 그 귀족적 외모라는 게 뭐지? 자네는 브론스키가 귀족이라고 생각하나? 난 아니야. 그의 아버지는 교활한 수작으로 하찮은 신분을 겨우 벗었고, 그의 어머니는 같이 정을 나눈 남자가 수도 없이 많을 정도로……. 글쎄, 미안하지만 나는 나 같은 사람이야말로 진정한 귀족이라고 생각해. 가문의 역사를 보아도 적어도 삼사 대 정도는 정직하게 귀족 신분을 이어 온 사람, 높은 수준의 교양을 갖춘 사람, 나의 할아버지나 아버지처럼 결코 남에게 해를 끼치거나 의지하지 않는 사람들 말이야. 난 그런 사람들을 알아보지. 내가 숲의 나무를 일일이 세야 한다는 게 자네에게는 천해 보일지도 모르지. 하지만 자네는 랴비닌에게 삼만 루블을 갖다 바쳤어. 물론 자네는 임대료와 다른 수입들을 받고 있겠지, 난 그렇지 못하고. 그래서 난 조상에게 물려받은 것과 내가 열심히 얻은 것들을 소중히 여겨. 귀족은 바로 우리 같은 사람이라고. 권력층에게 아첨을 떨어 먹고살거나 이십 코페이카로 매수하는 그런 인종들이 아니라."

"대체 누구 이야기를 하는 거야? 나도 자네 생각에 동의해."

스테판 아르카지치는 레빈이 이십 코페이카로 매수하는 그런 인종이라는 말로 자신을 공격했다고 생각하면서도 그에게 다정하게 말했다. 그는 레빈의 혈기를 좋게 생각했다.

"누구 얘기냐고? 자네가 브론스키에 관해 한 말 중에는 틀린 것도 있어. 하지만 그에 대해서 얘기할 필요는 없겠지. 아무튼 솔직히 말하겠네. 내가 만약 자네라면, 나와 모스크바로 가서……."

"아니, 자네가 아는지 모르는지는 모르지만, 난 이제 그 일에 관심이 없어. 그래, 아예 모두 말해 주지. 나는 그녀에게 청혼했다가 거절당했어. 이제 카체리나 알렉산드로브나는 내게 고통스럽고 치욕스러운 기억일 뿐이야."

"왜 그런 바보 같은 소리를 하나?"

"이제 그만하지. 그리고 내가 무례한 이야기를 했다면 용서해 주게."

레빈이 말했다. 모든 것을 털어놓자, 그는 다시 아침의 모습으로 돌아갔다.

"내게 화가 났나, 스티바? 제발 화내지 말아 주게."

그는 이렇게 말하고 미소를 지으며 오블론스키의 손을 꼭 잡았다.

"전혀 그렇지 않아. 그럴 이유도 없고. 난 이런 이야기를 서로 나눌 수 있어서 기쁘다네. 참, 그러고 보니 아침 사냥도 괜찮겠군. 함께 가겠나? 난 밤을 새우고 사냥터로 갔다가 곧바로 기차역으로 가겠네."

"그래."

18

브론스키의 내적인 삶은 온통 열정으로 가득했지만, 그의 외적인 삶은 사교계와 연대의 인맥과 이해라는 어쩔 수 없는 관계에 따라 흘러가고 있었다. 연대의 이해관계는 브론스키의 삶에서 아주 중요했다. 그가 연대에 애착을 갖고 있기도 했지만 무엇보다 연대 사람들이 그를 따랐다. 연대 사람들은 브론스키를 좋아하고 그를 존경스러워했으며 자랑스러워했다. 막대한 재산을 가지고 훌륭한 재능과 교양을 갖춘 이 사내, 앞날이 창창하고 성공이 눈앞에 보이는 그리고 야망과 허영까지 두루 갖춘 이 사내가 모든 것을 뒤로하고 모든 이해관계 속에서 연대와 동료들의 이해관계를 가장 우선적으로 생각했기 때문이다. 브론스키는 자신에게 향하는 동료들의 시선에 항상 신경 쓰고 있었다. 그래서 그는 이 생활을 즐겼고, 그에 대한 고정관념을 무너뜨리지 않는 것 또한 자신의 중요한 의무라고 여겼다.

물론 그는 자신의 열정을 동료들에게 이야기하지 않았고, 거나하게 취한 자리에서 자제력을 잃고 그것을 입 밖에 낸 적도 없었다. 무엇보다 그는 이성을 잃을 만큼 취하지는 않는 선에서 술을 마셨다. 아무튼 입이 경솔한 동료들 중 몇몇은 그의 불륜에 대해 은근히 아는 척을 했고, 브론스키는 즉시 그들의 입을 막았다. 하지만 그의 열정이 도시 전역에 알려졌다. 모두가 그와 카레니나의 관계를 알고 있었다. 대부분의 청년들은 그의 사랑이 이루어질 수 없다는 것을, 그러니까 카레닌의 높은 지위와 그 때문에 이들의 불륜이 사교계 사람들의 이목을 끈다는 것을 꺼림칙하게 생각했다.

안나를 원래부터 질투해 왔거나 그녀를 정숙한 여자로 보는 데 질려온 젊은 여자들은 대부분 일이 이렇게 흘러가는 것을 좋아했고, 온갖 멸시로 그녀를 해하기 위해서 세간의 평판이 어서 굳어지기를 기다렸다. 그들은 언젠가 그녀에게 던지기 위한 진흙 덩이를 뭉쳐 두고 있었다. 나이가 지긋하거나 높은 신분을 가진 대부분의 사람들은 점차 추악하게 드러날 이 사회적 추문을 못마땅한 시선으로 바라보고 있었다.

브론스키의 어머니는 아들의 불륜을 알고 처음에는 기뻐했다. 그녀의 생각에 매력적인 청년으로 전성기를 맞는 일은 사교계에 불륜을 낳는 것밖에 없었다. 또한 자신이 그토록 애정했던, 어린 아들에 대해 많은 이야기를 나누었던 그 카레니나도 결국 브론스카야 백작 부인의 눈에는 고상하고 아름다운 사교계의 여자들과 다를 바가 없었다. 그러나 그녀는 최근 아들이 출세에 중요한 지위를 보장받고서도 카레니나 때문에 이를 거절하고 연대에 남았다는 사실을 알았다. 또 고위층 인사들이 이 일로 적잖이 당황했다는 것을 알았다. 이 일은 그녀의 생각을 바꾸어 놓았다. 게다가 그녀가 꺼림칙하게 여긴 점은 그동안의 일로 비추어 보았을 때 그들의 정사가 자신이 생각하는 우아하고 화려한 사교계의 불륜이 아니라, 아들을 어리석은 행동에 빠뜨릴 수 있는, 사람들이 흔히 말하는 베르테르식 열정이라는 점이었다. 그녀는 브론스키가 모스크바를 떠난 뒤로 아들을 만난 적이 없었다. 그래서 그녀는 큰아들을 시켜 브론스키에게 집에 들르라는 전갈을 보냈다.

형도 동생의 행동이 마음에 들지 않았다. 그것이 사랑이든, 크든 작든,

정열이든 아니면 죄악이든, 그런 것은 중요하지 않았다. 그 자신도 자식을 낳아 기르면서 무용수를 정부로 두고 있었기 때문이었다. 하지만 그들이 아부를 떨어야 할 고위층들이 이 정열을 못마땅하게 여긴다는 것이 그의 신경에 거슬렸다. 그는 동생의 불륜을 인정하지 않았다.

연대와 사교계 활동 외에도 브론스키에게는 다른 관심사가 있었다. 그는 열렬한 말 애호가였던 것이다.

마침 올해에는 장교들의 장애물 경주가 있을 예정이었다. 브론스키는 경마에 참가 신청을 했고, 영국산 순종 암말도 새로 샀다. 비록 불륜에 빠져 있었고 자제를 하려고 무진 애를 썼지만 그는 눈앞으로 다가온 경마에 빠져 버리고 말았다……

두 열정이 모두를 망가뜨리지는 않았다. 오히려 그에게는 사랑 이외에 관심을 새로 쏟을 무언가가 필요했다. 그에게 생기를 되찾게 해 주고 자신을 지나치게 흥분시키는 그 무엇으로부터 해방시켜 줄 그런 것 말이다.

19

크라스노예 셀로에서 경마가 열리던 날, 브론스키는 조금 이른 시간에 연대의 식당으로 가서 비프스테이크를 먹었다. 대회에 신청한 자신의 몸무게는 사 푸드 반이었기 때문에 지나치게 식사 조절을 할 필요는 없었다. 하지만 쓸데없이 살이 찌면 안 되기 때문에 그는 밀가루와 단 음식을 피했다. 그는 하얀 조끼 위에 입은 프록코트의 단추를 풀고 테이블에 팔꿈치를 괴고 앉아 비프스테이크를 기다리면서 프랑스 소설책을 읽고 있었다. 그는 식당을 오가는 장교들과 쓸데없는 대화를 나누고 싶지 않아 책을 읽는 척하면서 딴생각에 빠져 있었다.

그는 오늘 경기가 끝나고 안나를 만나러 갈 생각을 하고 있었다. 그는 사흘째 그녀를 만나지 못했다. 그런데 그녀의 남편이 오늘 외국에서 돌아오기 때문에 과연 그녀를 만날 수 있을지 알 수 없었고, 알아볼 수 있는 방법도 몰랐다. 그가 마지막으로 그녀를 만난 곳은 사촌 누이 벳시의 별장이었다. 그는 카레닌가의 별장은 되도록 피했다. 그런데 그는 지금 그곳에 어떻게 하면 갈 수 있을까 하는 생각에 빠져 있었다.

'물론 벳시의 핑계를 대야 하겠지. 벳시의 부탁을 받고 안나가 경마장에 올지 물어보러 왔다고 하면 돼. 그래, 난 거기에 가야겠다.'

그는 고개를 들고 혼자서 다짐을 했다. 그녀와 다시 만나는 것을 상상해 보자 행복에 겨운 미소가 얼굴에 비쳤다.

"우리 집으로 사람을 보내서 삼두마차에 말을 매 두라고 해."

그는 뜨거운 은 접시에 비프스테이크를 날라 온 사환에게 이렇게 말한 뒤 접시를 가까이 끌어당기고 음식을 먹기 시작했다.

옆에서는 당구대에서 당구 치는 소리, 시끌벅적한 이야기 소리와 웃음소리가 들렸다. 입구에 장교 두 사람이 나란히 나타났다. 얼굴이 갸름하고 약해 보이는 젊은 장교는 얼마 전 중앙 육군사관학교를 졸업하고 이 연대에 부임했다. 손목에 팔찌를 찬 나이 많은 장교는 살이 워낙 많이 찐 탓에 눈이 작아 보였다.

브론스키는 그들을 보고는 얼굴을 구겼다. 그는 그들에게 시선을 떼면서 책장을 넘기는 척하며 식사와 독서를 함께했다.

"뭐 하나? 원기를 회복하러 왔나?"

뚱뚱한 장교가 그의 옆자리에 앉으면서 말했다.

"보다시피."

브론스키가 인상을 잔뜩 구기고 그에게는 눈길도 주지 않으며 입가를 닦았다.

"살이라도 찌면 어쩌려고?"

그는 젊은 장교에게 의자를 돌려 주며 말했다.

"뭐라고?"

브론스키는 화가 난 듯 얼굴을 찡그리고 이를 드러내며 거센 목소리로 말했다.

"살찌는 게 무섭지 않아?"

"여기, 셰리주를 주게."

브론스키는 그의 말을 무시하고 셰리주를 시킨 뒤 책장을 넘겨 같은 곳을 읽고 또 읽었다.

뚱뚱한 장교는 주류 메뉴판을 들고 젊은 장교를 바라보았다.

"무엇을 마실지 골라 보게."

그는 젊은 장교에게 메뉴판을 건넸다.

"라인 포도주로 할까요?"

젊은 장교가 말했다. 그는 브론스키에게 곁눈질을 하면서 풋풋한 콧수염을 짚으려 애썼다. 젊은 장교는 브론스키가 무시하는 것을 보고는 자리에서 일어났다.

"당구장으로 갈까요?"

그가 말했다.

뚱뚱한 장교는 자리에서 일어났다. 그들은 문가로 향했다.

그때 훤하고 늘씬한 기병 대위 야쉬빈이 식당으로 들어왔다. 그는 무시하는 듯한 태도로 두 장교를 쳐다보며 브론스키 가까이로 왔다.

"여기 있었나?"

그는 큰 소리로 말하면서 손으로 견장을 건드렸다. 브론스키는 화가 나서 고개를 돌렸지만, 그의 얼굴은 침착하고 부드러운 미소를 잃지 않았다.

"현명한 알료샤!"

기병 대위는 바리톤 음색으로 외쳤다.

"지금은 조금만 먹고 가볍게 한잔하게."

"그렇지 않아도 더 먹고 싶은 생각이 없어."

"저기, 단짝이 지나가는군."

야쉬빈은 그때 식당을 나가는 두 장교를 무시하듯 쳐다보며 덧붙였다. 통이 좁은 승마 바지를 입은 그는 낮은 의자가 불편해서 긴 허벅지와 종아리를 꺾어 브론스키 옆에 앉았다.

"어젯밤에는 왜 크라스노예 극장에 오지 않았지? 누메로바가 꽤 멋졌는데. 어디 있었어?"

"트베르스코이 공작 집에 있었지."

브론스키가 대답했다.

"아, 그랬군!"

야쉬빈이 대답했다.

타고난 노름꾼이자 방랑아인 야쉬빈은 모든 규칙을 거부하고 부도덕한 생활을 즐기는 사람이었다. 야쉬빈은 연대에서 브론스키의 가장 친한 친구이기도 했다. 브론스키가 그를 좋아하는 이유는 강한 체력 때문이었다. 야쉬빈은 그 놀라운 체력을 무기로 밤새 술을 들이마시고도 다음 날이면 말짱했다. 브론스키는 야쉬빈의 남다른 정신력도 높이 샀다. 그는 상관과 동료 사이에서 강한 이미지와 존경심을 불러일으켰다. 또 몇 만 루블을 건 카드게임에서 고주망태가 된 상태에서도 영국 클럽 최고의 도박사로 손꼽힐 만큼 노련하게 처신할 최고의 정신력을 갖고 있었다. 브론스키는 야쉬빈이 자신의 배경이나 재산이 아닌 그 자신을 좋아해 준다고 생각했고, 그래서 더 그를 좋아했다. 브론스키는 모든 사람 가운데 오직 그에게 자신의 열정을 털어놓고 싶었다. 그는 야쉬빈이 이런 감정을 혐오하는 것처럼 보여도 자신의 삶 전체를 뒤흔들고 있는 이런 강렬한 감정을 분명 이해해 줄 거라고 믿었다. 게다가 야쉬빈은 유언비어나 추문 따위에 관심을 두지 않고, 자신의 감정을 제대로 들어 주고 이해해 줄 거라고, 무엇보다 이 열정이 가벼운 장난이 아니라 아주 진실하며 중요한 것을 믿어 주리라 생각했다.

브론스키는 자기의 열정에 대한 이야기를 나눠 본 적은 없지만, 그가 이미 모든 것을 알고 있고 어느 정도 제대로 파악하고 있다는 사실을 알아챘다. 그는 야쉬빈의 표정에서 그것을 읽는 게 즐거웠다.

"그래!"

그는 브론스키가 트베르스코이 공작의 집에 있었다는 말에 이렇게 대답하고, 검은 눈동자를 반짝거리면서 왼쪽 콧수염을 잡고 그의 지저분한 버릇 그대로 그것을 입속에 집어넣었다.

"그건 그렇고, 어제는 어땠나? 좀 땄어?"

브론스키가 물었다.

"팔천 정도? 그런데 삼천은 뜯긴 것 같아. 좀처럼 줄 것 같지가 않네."

"그럼, 내게 건 돈은 좀 잃어도 되겠군?"

브론스키가 웃으며 말했다. 야쉬빈은 브론스키에 많은 돈을 걸었던 것이다.

"잃을 리가 있나?"

"마호친의 말 한 마리가 좀 마음에 걸려."

이야기는 오늘의 경주로 넘어갔다. 브론스키는 이제 그것 외의 다른 것을 생각할 틈이 없었다.

"갈까? 난 다 먹었어."

브론스키는 이렇게 말하고는 자리에서 일어나 문가로 갔다. 야쉬빈도 긴 다리와 등을 펴며 자리에서 일어났다.

"식사는 좀 이르고, 술은 한잔할까 하네. 금방 올게. 여기, 포도주!"

그는 지휘 때문에 익숙해진, 유리창도 떨리게 할 특유의 굵은 저음으로 말했다.

"아니, 괜찮아."

그는 곧 다시 외쳤다.

"자네, 집으로 가나? 나도 같이 가세."

그는 브론스키를 따라나섰다.

20

브론스키는 넓고 쾌적한 핀란드풍의 오두막집에서 묵고 있었다. 칸막이로 공간을 둘로 나눈 이 집에는 페트리츠키도 함께 묵고 있었다. 브론스키와 야쉬빈이 오두막에 막 들어섰을 때 페트리츠키는 잠을 자고 있었다.

"그만 일어나, 언제까지 잘 셈이지?"

야쉬빈이 칸막이 안쪽에서 코를 처박고 산발을 하고 잠들어 있는 페트리츠키의 어깨를 툭 쳤다.

페트리츠키는 벌떡 자리에서 일어나 사방을 둘러보았다.

"자네 형님이 오셔서 말이지."

그는 브론스키에게 말했다.

"날 깨우고서는 젠장 다시 온다나 만다나."

그는 다시 누워 베개를 받치고 담요를 끌어당겼다.

"그만둬, 야쉬빈."

야쉬빈이 담요를 걷자 그는 화를 내며 소리 질렀다.

"하지 말라고!"

그는 몸을 일으키고 눈을 떴다.

"그보다 뭐 마실 거나 없는지 말해 봐. 입속이 타들어 가는군."

"그럴 땐 보드카가 딱이지."

야쉬빈이 낮은 목소리로 말했다.

"테레쉬첸코! 보드카하고 오이를 갖다 드려."

그는 자기 목소리를 즐기는 듯이 외쳤다.

"뭐? 보드카?"

페트리츠키는 눈을 부비고 오만상을 찌푸리면서 되물었다.

"자네도 한잔하겠나? 같이 마시지! 브론스키, 한잔하겠어?"

페트리츠키는 자리에서 일어나 호피 담요로 몸을 감싸면서 말했다.

그는 칸막이 벽에 딸린 문으로 나와 손짓을 하며 프랑스어 노래를 하기 시작했다.

"옛날 옛날 툴레에 왕이 있었다네. 브론스키, 마실 텐가?"

"아니."

브론스키는 하인이 가져온 프록코트를 입으며 대답했다.

"어딜 나가려고?"

야쉬빈이 물었다.

"그래, 마차가 오고 있군."

그가 창밖을 보며 말했다.

"마구간에 가야 해. 그리고 말 때문에 브랸스키한테도 가야 하지."

브론스키가 말했다.

브론스키는 페테르고프에서 십 베르스타 정도 떨어진 곳에 있는 브랸스키에게 말값을 전해 주기로 했기 때문에 잠깐 짬을 내어 들르려던 차였다. 그러나 친구들은 그가 거기에만 들르려는 게 아니라는 것을 알았다.

페트리츠키는 노래를 계속 부르면서 브론스키에게 윙크를 날리고 자기는 무슨 일이 있는지 다 안다는 듯이 입을 씰룩거렸다.

"너무 늦으면 안 돼."

야쉬빈은 그렇게 말하고서 얼른 다른 이야기를 꺼냈다.

"내 구렁말은 어떤가? 좀 도움이 돼?"

그는 창밖을 보며 자기가 넘겨준 멍에말에 대해 물었다.

"잠깐!"

페트리츠키는 밖으로 나가던 브론스키를 불렀다.

"자네 형님이 자네한테 편지와 어떤 쪽지를 남긴 것 같은데. 잠깐 기다려 봐. 어디 있더라?"

브론스키는 자리에 섰다.

"어디에 두었나?"

"어디에 두었느냐, 그것이 문제로다!"

페트리츠키는 집게손가락을 올려 세우면서 엄숙한 말투로 말했다.

"얼른 꺼내, 장난하지 말고!"

브론스키가 미소를 띠며 말했다.

"난로는 피우지 않았으니, 여기 어디쯤 있을 거야."

"이봐, 거짓말하지 말고 얼른 내놓으라고! 편지는 어디에 있지?"

"없어졌어. 정말 있었는데 말이지! 내가 꿈을 꾸었나? 그래도 그렇게까지 투덜댈 것까지는 없잖아? 자네가 나같이 어제 한꺼번에 네 병을 마셔 보게나 정신을 못 차리는 게 당연하지. 잠깐 기다려 봐. 생각 좀 해 보게."

페트리츠키는 칸막이 안쪽 자기 침대로 가서 누웠다.

"그래, 난 이렇게 자고 있었지. 그는 저기에 서 있었고. 그래, 맞아! 그러니까 바로 여기!"

페트리츠키는 이불 아래에 두었던 편지를 꺼냈다.

브론스키는 편지와 형의 쪽지를 그제야 받았다. 그의 예상대로 요즘 뜸했던 것을 나무라는 어머니의 잔소리가 담긴 편지와 상의할 일이 있다는 형의 뜻이 적힌 쪽지였다. 브론스키는 그 모든 것이 그 때문이라는 것을 알았다.

'다들 왜 상관을 해 대는지!'

브론스키는 생각했다. 그러고는 가는 길에 읽어 보기 위해서 편지를 접어 프록코트 단추 사이로 쑤셔 박았다. 오두막집 입구에서 그는 두 사관과 마주쳤다. 한 사람은 같은 연대였고, 다른 한 사람은 다른 연대의 장교였다.

브론스키의 숙소는 늘 모든 장교들의 사랑방처럼 쓰였던 것이다.

"어딜 가시는지?"

"페테르고프에 가야 해."

"말은 차르스코예에서 잘 왔나?"

"그렇네. 아직 보진 못했지만."

"마호틴 글라디아토르는 절뚝거린다든데?"

"그럴 리가! 그런데 온통 진흙밭이 된 길을 어떻게 가려고 하나?"

다른 한 사람이 말했다.

"오! 자네들 왔는가?"

사관들을 보고 페트리츠키가 소리쳤다. 그의 앞에는 보드카와 절인 오이를 날라 온 당직병이 서 있었다.

"야쉬빈이 주는 걸세!"

"우린 괜찮아, 어제 자네한테 대접을 받았잖나."

한 장교가 말했다.

"도대체 잠을 자게 내버려 두질 않더군."

"그런데 결국 어떻게 끝난 줄 아나?"

페트리츠키가 말했다.

"볼코프 말이야. 그 녀석이 지붕으로 기어올라 가더니 '슬프단 말이야.' 하고 소리를 지르더군. 그래서 나도 외쳤지. '음악을 연주해라! 장송곡으로!' 그랬더니 그 녀석은 장송곡이 울려 퍼지는 와중에 지붕에서 잠이 들었지."

"얼른 마셔, 보드카가 필요한 때야. 그리고 레몬을 잔뜩 넣은 소다수
도 마시게나."

야쉬빈은 페트리츠키 위로 몸을 굽히고는 어린아이에게 억지로 약을
먹이는 어머니처럼 굴었다.

"그리고 샴페인을 이렇게 조금 마셔 주는 거야."

"그것참 훌륭한데? 브론스키, 한잔하자!"

"아니, 이만 실례하겠네. 오늘은 사양하지."

"왜 그러나? 체급 때문에 그런가? 그럼 우리들끼리 마시지. 자, 레몬하
고 소다수 좀 줘 봐."

"브론스키!"

그때 누군가가 외쳤다.

"왜?"

"머리나 깎는 게 좋을 거다. 그게 무게를 줄이는 데 도움을 주겠지. 특
히 벗어져 가는 그 부분."

브론스키의 머리숱은 나이에 비해 민둥해 보일 만큼 적었다. 그는 가
지런한 이를 드러내며 여유 있게 웃었다. 그러고는 벗어진 머리 위에 모
자를 쓰고는 밖으로 가서 마차에 올랐다.

"마구간으로 가세."

그는 이렇게 말하고는 편지를 천천히 읽어 보려다가 말을 검사하는 데
신경을 쓰기로 하고 편지를 집어넣었다.

'그래, 그다음에 읽는 게 좋겠어.'

21

임시 마구간으로 쓰이는 목조 바라크는 경마장 바로 옆에 있었다. 그의 말은 어제 이곳에 도착했다. 그는 아직 자기 말을 보지도 못했다. 지난 며칠 동안은 직접 말을 몰지 않았고 조마사에게만 맡겨 두었기 때문이었다. 지금 그는 자기 말의 상태가 어떤지 잘 알지 못했다. 그가 마차에서 내리자마자 마부는 멀리서 마차를 알아보고는 조마사를 불렀다. 긴 부츠에 짧은 재킷을 입고 턱 밑에만 수염을 기른 무뚝뚝한 영국인이 팔꿈치를 옆으로 벌리고는 경마 기수 같은 서툰 걸음으로 그에게 다가왔다.

"프루프루는 어떻습니까?"

브론스키가 영어로 물었다.

"좋습니다. 아무 문제 없지요, 나리."

영국인이 목을 울리는 찌렁찌렁한 목소리로 말했다.

"가지 않는 게 좋을 겁니다."

그가 가볍게 모자를 들며 말했다.

"재갈을 방금 물려 놔서 말이 흥분해 있거든요. 지금 가면 말이 더 불안해할 겁니다."

"아니요, 들어가 보고 싶군요. 내 눈으로 봐야겠습니다."

"그럼, 함께 가실까요?"

그는 여전히 입은 크게 벌리지 않고 미간을 찌푸리고는 팔꿈치를 흔들며 마치 나사 풀린 것 같은 걸음걸이로 앞섰다.

그들은 바라크 앞마당으로 갔다. 깔끔한 재킷을 걸친 훤한 옷차림에 체격이 좋은 당직 소년이 빗자루를 들고서 두 사람에게 인사를 하고 그들을 뒤따랐다. 바라크 안에는 우리당 말 다섯 마리씩을 두고 있었다. 브론스키는 아주 중요한 경쟁자인 마호친의 백육십 센티미터짜리 밤색 말 글라디아토르가 와 있다는 것을 알고 있었다. 브론스키는 자기의 말보다 한 번도 본 적이 없는 글라디아토르를 보고 싶었다. 하지만 그 말을 보는 것은 결례였고, 그에 대해 묻는 것조차 상식에 어긋난다는 것을 알고 있었다. 그가 통로를 지날 때 소년이 왼쪽에서 두 번째 우리의 문을 열었다. 그때 커다란 밤색 말과 흰 두 다리가 브론스키의 시야에 들어왔다. 그는 그 말이 글라디아토르라는 것을 알았지만, 책상 위에 펼쳐져 있는 다른 사람의 편지를 읽어 보지 않는 것 같은 기분으로 고개를 돌려 프루프루가 있는 다른 우리로 갔다.

"여기 있는 말이 바로 마…… 마…… 마크……. 휴, 도저히 발음하기가 힘들군요."

영국인이 어깨 너머로 커다란 손바닥을 들어 글라디아토르의 우리를 가리켰다.

"마호친? 내게는 그 말이 유일한 경쟁 상대입니다."

브론스키가 말했다.

"나리가 저 말을 타신다면……."

영국인이 말을 이었다.

"제가 나리에게 돈을 걸 겁니다."

"프루프루는 다른 말보다 좀 예민하지만 힘이 세죠."

브론스키는 자신의 승마 실력을 치켜세우는 말에 싱긋 웃으면서 말했다.

"장애물 경주에서 중요한 것은 승마 실력과 담력이지요."

영국인이 말했다.

브론스키는 자기 안에 담력이 충분하다고 생각했다. 그리고 이 세상 어느 누구도 자신보다 담력이 세지 않을 거라고 생각했다.

"그럼, 당신 생각에는 좀 더 단련하지 않아도 될 것 같습니까?"

"그렇지요."

영국인이 대답했다.

"큰 소리로 말씀하시면 안 됩니다. 말들이 놀라서요."

그가 빗장을 질러 둔 우리를 보며 말했다. 짚 위를 구르는 말발굽 소리가 들렸다.

그가 문을 열자, 브론스키는 작은 창에서 희미하게 빛이 비치는 작은 우리로 들어갔다. 그 안에는 재갈을 물고 새로 덮은 짚 위에서 발을 구르는 멋진 흑갈색 말이 있었다. 우리 안을 비추는 희미한 빛에 익숙해진 브론스키는 자연스럽게 말의 몸을 한눈에 훑어보았다. 프루프루는 중키의 말로 완벽한 몸매를 가졌다고 할 수는 없었다. 이 암말은 골격이 전체적으로 좀 좁았다. 흉골은 툭 튀어나왔지만 가슴팍이 꽤 작았다. 엉덩이는 약간 아래로 처졌고, 앞다리나 뒷다리가 약간 안쪽으로 굽은 것도 흠이었다. 앞다리와 뒷다리의 근육도 그리 탄탄하지 않았다. 하지만 뱃대끈 쪽이 유난히 넓었다. 특히 잘 단련된 몸체와 홀쭉한 배 때문에 유난히 그렇게 보였다. 무릎 밑의 다리뼈는 손가락 하나 굵기처럼 보였지만 옆에서 보면 아주 굵었다. 늑골을 빼면 전체적으로 양쪽을 꽉 조이고 길게 늘인 것처럼 보이기까지 했다. 하지만 이 말은 이 모든 결점을 극복하게 하는 최고의 장점이 있었다. 그것은 바로 혈통으로, 영국식으로 말하자면 스스로 자신의 진가를 발휘하는 혈통이었다. 얇고 연하고 매끄러운 피부 속에 그물처럼 뻗어 있는 혈관 아래에서부터 툭 튀어나온 근육은 뼈처럼 탄탄해 보였다. 눈망울이 반짝이는 머리는 콧마루에서 콧구멍 쪽으로 갈수록 넓게 퍼졌다. 특히 머리 부분이 힘차고 표정이 부드러웠다. 이 말은 입 모양 때문에 말을 하지 않는 것처럼 보이는 동물 중 하나였다.

브론스키는 지금 말을 보며 느끼는 이 모든 것을 말이 이해할 거라고 생각했다.

브론스키가 우리 안으로 들어가자, 맞은편에 있던 말은 깊은 숨을 내쉬고 핏발이 선 큰 눈알을 굴리며 우리로 들어서는 사람들을 보면서 재갈을 흔들고는 제자리걸음을 걸었다.

"조금 흥분한 듯 보이는군요."

영국인이 말했다.

"그래, 그래, 착하지?"

그가 말을 달랬다.

그러나 가까이 갈수록 말은 더 흥분했다. 그가 머리 쪽으로 가니 말은 조금 잠잠해졌다. 가늘고 부드러운 털 밑 근육이 파르르 떨려 왔다. 브론스키는 말의 목을 쓰다듬고 목덜미를 매만지고는 다른 방향으로 간 갈기를 정리한 뒤 박쥐 날개처럼 얇게 늘어진 콧구멍에 뺨을 갖다 댔다. 말은 요란하게 숨을 쉬더니 콧구멍으로 숨을 크게 내뱉고 몸을 파르르 떨었다. 그리고 귀를 눕히며 브론스키의 소매를 잡을 것처럼 탄탄한 검은 입술을 브론스키에게 내밀었다. 그때 재갈에 묶여 있다는 것을 깨닫자 말은 다시 재갈을 흔들어 대며 조각 같은 다리를 굴리기 시작했다.

"진정해라. 착하지?"

그는 한 손으로 말의 엉덩이를 쓰다듬고 말의 상태가 최상이라는 것을 확인하고 기쁜 마음으로 우리를 나섰다.

말이 흥분하는 모습을 직접 본 브론스키는 마음이 떨려 왔다. 피가 심장으로 몰려왔고 자기도 말처럼 힘껏 내달리며 온갖 것들을 물어뜯고 싶었다. 두렵고도 유쾌한 기분이 교차했다.

"그럼, 잘 부탁드리겠습니다."

그가 영국인에게 말했다.

"여섯 시 반에 봅시다."

"그러지요."

영국인이 말했다.

"어디로 가십니까, 나리?"

그는 지금까지 거의 써 본 적 없는 호칭을 들어 가며 말했다.

브론스키는 영국인의 발칙한 질문에 깜짝 놀라서 그의 눈이 아닌 이마 쪽을 쳐다보려 애썼다. 하지만 그는 그가 질문을 한 이유는 그를 주인이 아니라 기수로 보았을 거라고 생각하고 이렇게 대답했다.

"브랸스키한테 가야 하지요. 한 시간 뒤에는 집에 있을 겁니다."

'오늘만 벌써 몇 번째 같은 질문이지?'

그는 속으로 이렇게 말하며 얼굴을 붉혔다. 이렇게 당황하는 것은 그에게는 좀처럼 없는 일이었다. 영국인은 그를 유심히 바라보았다. 마치 브론스키가 어디로 가는지 훤히 안다는 듯 이렇게 말했다.

"경마 전에는 마음을 안정시키는 게 가장 중요하지요. 기분을 망치거나 신경 쓰이는 일이 없도록 하세요."

"알겠습니다."

브론스키는 가볍게 웃으며 대답했다. 그는 마차에 올라 페테르고프로 가자고 말했다.

마차가 움직이자마자 갑자기 폭우가 쏟아져 내리기 시작했다.

'골치 아프게 됐군.'

브론스키는 마차의 덮개를 올리면서 생각했다.

'안 그래도 땅이 질퍽한데 이러다간 늦이 되겠어.'

그는 마차에 홀로 앉아 어머니의 편지와 형의 쪽지를 꺼내서 읽었다.

편지와 쪽지의 내용은 온통 똑같았다. 어머니나 형 모두 자신의 연애 문제를 간섭하고 나선 것이다. 그들의 이런 행동은 그에게 반항심을 일으켰다. 이런 감정은 그가 좀처럼 느껴 보지 못한 것이었다.

'그들이 이 일에 웬 상관이람? 왜 나를 걱정해야 한다고 생각하는 거야? 왜 내 신경을 거슬리게 할까? 그건 그들이 이 일을 이해하지 못할 만한 것으로 생각하기 때문이야. 만약 이것을 사교계에서 일어나는 평범하고 저속한 불륜이라고 생각한다면 그들은 나를 내버려 두었을지도 몰라. 하지만 그들도 알고 있는 거야. 이건 뭔가 다르다는 걸. 이건 한낱 불장난이 아니며 그녀가 내게 목숨보다 더 소중하다는 것을. 그들은 이런 것들을 용납할 수 없기 때문에 화를 내는 거야. 우리의 앞날이 어떻든지, 어떻게 되든지 간에 그 운명은 우리가 함께 만든 것이니 우리는 그에 대해 불평하지 않을 거야.'

그는 그와 안나를 '우리'라고 칭하며 혼잣말을 했다.

'아니, 그들은 우리가 어떻게 살아야 한다고 가르치려 들지. 그들은 사실 행복이 무엇인지 몰라. 우리에게 이 열정이 없으면 행복도 불행도 없다는 것, 완전히 삶 자체가 사라진다는 것을 그들은 몰라.'

그는 이렇게 생각했다.

사실 그가 사람들이 간섭하는 것에 반항심이 든 이유는 그들과 다른 모든 사람의 생각이 옳다는 것을 알고 있었기 때문이다. 그는 그의 사랑이 흔히 일어나는 사교계의 불륜, 그저 즐겁거나 불쾌했던 기억으로 스쳐 지나가는 한순간의 감정이 아니라는 것을 알고 있었다. 그는 자신과 그녀가 짊어진 괴로움과 사교계 내에서 사람들의 눈을 속이고 따돌려야 하는 것에 힘겨워하고 있었다. 그들을 하나로 묶어 준 마음은 너무나 열렬하여 그 두 사람은 모든 것을 잊고 자신들에게 집중하는 순간조차 계속 거짓말을 하고, 남에게 다른 이야기를 퍼뜨리는 등 끊임없이 남을 의식해야 했다.

그는 자신의 천성에 맞지 않는 거짓말과 위선을, 어쩔 수 없이 숱하게 저질러야만 했던 일들을 떠올렸다. 그는 그녀 역시 이런 어지러움으로 괴로워하는 것을 절실히 느끼고 있었다. 그에게도 그 일은 어제의 일처럼 선명하게 떠올랐다. 그리고 안나와 관계를 맺은 이후에 가끔 느끼는 불안감에 대해 생각했다. 그것은 무언가를 향한 극도의 혐오감이었다. 그게 알렉세이 알렉산드로비치를 향한 것인지, 아니면 자신을 향한 것인지, 사교계 전체를 향한 것인지, 그는 구분할 수 없었다. 그리고 가끔 찾아오는 그런 공포로부터 벗어나기 위해 애를 썼다. 그렇지만 지금 그는 몸을 부들부들 떨면서 자기 생각에서 빠져나오지 못하고 있었다.

'예전의 그녀는 늘 당당하고 침착했어. 하지만 지금은 그녀의 내면에서부터 점점 침착함과 품위가 사라지고 있지. 그래, 이런 불안함은 이제 그만 잘라 내야 해.'

그는 굳게 다짐했다.

그러자 이런 거짓과 위선은 속히 해결해야 하고 그건 빠르면 빠를수록 좋다는 생각이 처음으로 들었다.

'그녀와 나는 모든 것을 버리고 단지 우리 자신을 위해서 어딘가로 도망쳐야 해.'

22

폭우는 곧 멈추었다. 브론스키가 마차를 전속력으로 몰며 고삐 없이
진흙탕을 달리는 부마들을 몰고 목적지에 닿았을 때, 해는 다시 떠올랐
고 큰길 양편으로 쭉 늘어선 별장의 지붕과 정원의 보리수들은 비에 젖
어 촉촉했으며 나뭇가지 끝에서 물방울이 똑똑 떨어지고 지붕 끝에서는
물줄기가 흘러내렸다. 이제 소나기 때문에 경마장이 엉망진창일 거라는
생각은 그의 머릿속에서 사라졌다. 그는 이 비 때문에 그녀 혼자 집에 있
을 거라는 생각에 들떠 있었다. 그는 얼마 전 온천에서 돌아온 알렉세이
알렉산드로비치가 아직 페테르부르크에서 이곳으로 오지 않았다는 것
을 알고 있었다.

그녀와의 만남을 기대하면서, 브론스키는 늘 그랬듯 다른 사람의 이목
을 피해서 다리를 건너기 전 마차에서 내려 그녀의 집으로 걸어갔다. 그
는 현관으로 곧장 향하지 않고 안마당으로 갔다.

"주인 나리께서는 오셨나?"

그가 정원사에게 물었다.

"아니요, 마님께서는 계십니다. 현관으로 들어가시면 거기 있는 하인
이 문을 열어 줄 겁니다."

정원사가 대답했다.

"아니, 정원 쪽으로 가지."

그녀가 혼자 있다는 것을 확실하게 안 브론스키는 그녀 앞에 불쑥 나타나 그녀를 놀라게 하고 싶었다. 그는 오늘 그녀를 보러 오겠다고 약속하지도 않았고, 그녀 역시 경기를 앞두고 그가 찾아올 거라고는 생각하지 못했을 것이다. 그는 군도를 누르고 꽃들이 심어진 보도의 모래를 조심스럽게 밟으면서 정원으로 트여 있는 테라스 쪽으로 갔다. 브론스키는 어느새 이곳으로 오는 도중 느꼈던 자신의 갈등과 혼란을 모두 잊은 듯했다. 그는 오직 한 가지, 그러니까 늘 생각해 온 그녀가 아니라 이제 현실 속에 살아 있는 그녀의 모습을 보게 된다는 것만 생각했다. 그는 소리를 내지 않으려고 테라스 계단을 천천히 걸어 올라가면서, 자신이 잊고 있었던 것, 그와 그녀의 관계에서 괴로웠던 것, 무언가 궁금해하고 따져 묻는 듯하고 적대감을 드러냈던 그녀의 아들을 떠올렸다.

그 소년은 누구보다 그들의 관계에서 장애물이었다. 소년이 있으면 브론스키와 안나는 사람들 앞에서 속삭이지 못하는 말들을 나눌 수 없었으며, 소년이 알아듣지 못할 말이라도 일절 이야기하지 않았다. 그들이 이를 서로 의논한 적은 없었지만 상황은 자연스럽게 그렇게 흘러갔다. 소년의 눈을 따돌리는 일은 그들에게 수치스러웠다. 그들은 소년 앞에서 편안한 지인 사이처럼 이야기를 나누었다. 하지만 그렇게 행동했음에도 브론스키는 가끔씩 자신을 대하는 소년의 태도에서 기묘함을 느꼈다. 소년은 가끔 의심스러운 눈빛으로 브론스키를 쳐다보았으며, 어쩔 때는 다정하게 굴다가도 가끔씩 차갑게 화를 내는 등 변덕을 부렸다. 마치 소년은 남자와 자기 어머니 사이에 무언가 이상한 것이 숨겨져 있다고 생각하는 것 같았다.

소년은 스스로의 힘으로는 그와 어머니의 관계를 납득할 수 없었다. 그래서 소년도 그에 대해 어떤 입장을 취하고 싶었지만 그것이 불가능했다. 단지 아이들이 가진 예민함에 의지해서 소년은 그 누구도, 그러니까 아버지도 가정교사도 보모도 그를 좋아하지 않는다는 것을 알았다. 또 그에 대해서 누구도 이야기하지 않지만 다들 그를 증오심 어린 눈으로 쳐다본다는 것도 알았다. 그런데 어머니만은 그를 친한 친구로 여기며 편하게 대하고 있었다.

'이게 대체 무슨 분위기람? 저 남자는 누구지? 저 남자와 어떻게 지내야 하지? 난 어떻게 해야 하는 건지 잘 모르겠어. 다 내 잘못이야. 내가 나쁜 걸까? 멍청한 걸까?'

아이는 이렇게 생각했다. 브론스키를 압박하며 유심히 바라보던 그 표정과 무언가를 집요하게 물어보던 말투와 눈빛, 그리고 가끔씩 드러내는 적개심과 어색한 변덕은 다 이 때문이었다. 소년의 존재는 브론스키의 마음속에 큰 부담으로 다가왔고 이제는 혐오스럽기까지 했다. 소년은 브론스키와 안나로 하여금 자신들이 함께 가야 할 방향으로부터 자꾸 멀어진다는 것, 하지만 아무리 애를 써도 아무 소용이 없다는 것, 결국 이런 것들을 스스로 인정하는 것은 완전한 파멸을 인정하는 것과 같다는 것을 나침반을 보며 깨닫는 항해자의 심정을 느끼게 했다.

천진난만하고 순수한 눈으로 세상을 바라보는 아이는 두 사람이 모두 알면서도 피하려는 것, 바로 그것으로부터 얼마나 그들이 빗나가고 있는지를 알려 주는 나침반이었다.

세료쟈는 집에 없었다. 그녀는 모처럼 혼자 테라스에 앉아서 산책을 갔다가 비를 맞고 돌아올 아들을 기다리고 있었다. 그녀는 하인과 하녀를 한 명씩 보내 아들을 데려오게 했다. 넓게 수를 놓은 흰옷을 입은 그녀는 테라스 끝에서 꽃송이들 뒤에 앉아 있었기 때문에 그가 오는 것을 알지 못했다. 검고 곱슬곱슬한 머리를 숙이고서 아름다운 반지를 낀 가녀린 손으로 물뿌리개를 들고 있었다. 그녀의 아름다운 몸매와 머리와 목덜미, 그리고 팔의 여성스러운 선은 항상 브론스키를 놀라게 했다. 그는 걸음을 멈추고 황홀함에 젖어 그녀를 바라보았다. 하지만 그가 그녀에게 다가가려고 걸음을 내딛는 순간, 그녀는 그가 왔다는 것을 알아채고 물 뿌리개를 옆으로 밀더니 그를 쳐다보며 얼굴을 붉혔다.

"무슨 일 있나요? 어디가 아파요?"

그는 그녀에게 다가가면서 프랑스어로 말했다. 그는 그녀에게 달려가고 싶었지만 혹시 다른 사람이 보고 있을까 봐 발코니 문만 쳐다보고 있었다. 그는 경계심을 갖고 주위를 둘러볼 때면 매번 얼굴을 붉혔다.

"아니요. 괜찮아요."

그녀는 자리에서 일어나 그의 손을 마주 잡았다.

"이렇게 올 줄 몰랐어요. 난 당신이……."

"잠깐만, 손이 너무 차요."

그가 말했다.

"지금 너무나 놀라서."

그녀가 말했다.

"난 세료쟈를 기다리고 있었어요. 그 애는 산책을 나갔어요. 곧 사람들이 올 거예요."

그녀는 평정심을 찾으려고 애썼지만 그녀의 입술은 파르르 떨렸다.

"이렇게 찾아온 나를 부디 용서해요. 난 하루도 당신을 보지 않고는 견딜 수 없을 것 같았어요."

그는 언제나처럼 프랑스어로 말했다. 그것은 러시아어로 너무나 딱딱한 '븨(친근하지 않은 상대에게 하는 호칭_옮긴이)'라는 호칭과 가벼울지도 모를 '띄(친근한 상대에게 하는 호칭_옮긴이)'라는 호칭을 피하기 위해서였다.

"왜 용서를 구하나요? 난 이렇게 기뻐요!"

"몸이 좀 안 좋거나 뭔가 괴로운 일이 있는 것처럼 보여서요."

그는 그녀의 손을 계속 잡고서 그녀에게 몸을 숙이며 말했다.

"무슨 생각을 하고 있었지요?"

"항상 같은 생각이지요."

그녀가 미소 지으며 말했다.

그녀의 말은 사실이었다. 언제 어느 때나 무슨 생각을 하느냐는 질문을 받는다면 그녀는 항상 같은 대답을 했을 것이다. 오직 그것, 자신의 행복과 불행에 대해 생각했다고……. 그가 그녀를 만나러 온 이 순간에도 그녀는 이 생각을 하고 있었다. 그녀는 사교계의 다른 사람들이 남의 이목을 피해 쉽게 저지르는 그 일이 자신에게는 왜 이토록 괴로운지 생각해 보았다. 그녀 벗 벳시만 하더라도 양심의 가책 없이 투슈케비치와 은밀한 관계를 맺고 있었다. 오늘은 유난히 그런 생각이 들어 그녀의 마음을 어지럽혔다. 그녀는 그에게 경마에 대해 물었다. 그는 그녀의 질문에 그녀가 두려움에 사로잡혀 있다는 것을 알고는 마음을 풀어 주기 위해 자상하게 경마의 준비 상황을 전해 주기 시작했다.

'말할까, 하지 말까?'

그녀는 그의 아늑하고 포근한 시선을 보며 생각했다.

'지금 이 사람은 너무나 행복해 보여. 게다가 경마에 온 신경을 쏟고 있지. 그러니 이 일을 이야기한들 제대로 이해하지 못할 거야. 그게 우리에게 어떤 의미를 지니는지도.'

"그런데, 당신은 내가 왔을 때 무슨 생각을 하고 있었죠? 아직 말하지 않았어요."

그가 이야기를 멈추고 불쑥 물었다.

"어서 말해 봐요."

그녀는 고개를 살짝 숙이고는 긴 속눈썹 아래 검은 눈동자를 반짝이며 그를 쳐다보았다. 낙엽을 만지던 그녀의 손이 파르르 떨렸다. 그 역시 그것을 보았다. 그의 얼굴에는 늘 그녀를 향하는 순종적이고 노예 같은 표정이 드리워졌다.

"무슨 일이 있었던 게 분명해요. 내가 알지 못하는 당신의 슬픔이 있다면 말해 줘요. 어떻게 내가 그걸 덮어 두고 편하게 지낼 수 있다고 생각하나요? 어서 말해 줘요."

그는 애원하듯 말했다.

'그래, 이 남자가 만약 이 일을 이해하지 못한다면 난 이 남자를 용서할 수 없겠지. 그러니 말하지 않는 게 좋을 거야. 왜 이 사람을 위험한 시험에 들게 해야 하지?'

그녀는 그를 물끄러미 쳐다보며 낙엽을 쥔 손이 더욱 떨려 오는 것을 느꼈다.

"어서!"

그가 그녀의 손을 잡고 다시 한 번 애원했다.

"말할까요?"

"그럼요."

"나 임신했어요."

그녀가 낮은 목소리로 말했다.

그녀가 들고 있던 낙엽이 더욱 파르르 떨렸다. 하지만 그녀는 그가 어떤 표정을 짓는지 놓치지 않기 위해 유심히 그를 지켜보고 있었다. 그의 얼굴이 한순간에 창백해졌다. 그는 무슨 말을 하려다가 다시 입을 다물고 그녀의 손을 놓더니 고개를 숙였다.

'그래, 그는 이 일의 모든 것을 이해했구나.'

그녀는 이렇게 생각하고 그에게 고마워하면서 그의 손을 잡았다.

하지만 그가 이 일을 여성인 그녀가 이해한 것과 똑같이 받아들였다고 믿은 것은 그녀의 착각이었다. 그는 그녀의 말을 듣고서 가끔씩 공포처럼 다가오던, 그 누군가에 대한 혐오스러움이 전보다 열 배는 더 크게 솟구치는 것을 느꼈다. 그러나 그는 자신이 기다려 오던 그 위기가 다가왔다는 것과 더는 남편을 속일 수 없다는 것, 그리고 어떻게든 이 상황을 마무리 지어야 한다는 것을 깨달았다. 하지만 그보다 그녀의 흥분 상태가 그에게 육체적으로 전달되었다. 그는 선하고 순종적인 얼굴로 그녀를 보면서 그녀의 손에 입을 맞추고는 자리에서 일어나 테라스를 거닐었다.

"그렇죠."

그는 다시 그녀에게 다가서며 말했다.

"나도 그리고 당신도 우리의 관계를 장난처럼 여기지 않았어요. 이제 비로소 우리의 운명이 정해진 거예요. 우리는 결정을 해야 해요."

그는 주위를 둘러보며 말을 이었다.

"우리가 살았던 이 거짓에서 벗어나기로……."

"결정을 짓는다면? 그렇다면 어떻게 한다는 거죠, 알렉세이?"

그녀가 낮은 목소리로 물었다.

그녀는 다시 평정심을 찾았다. 곧 그녀의 얼굴이 밝은 미소로 빛났다.

"남편을 떠나서 우리의 삶을 합쳐야지요."

"우리의 삶은 이미 합쳐져 있어요."

그녀가 작은 목소리로 말했다.

"그래요. 하지만 완전히, 떼어 버릴 수 없게 만들어야 해요."

"하지만 어떻게 하죠? 알렉세이, 대답해 줘요. 어떻게 해야 하는지를."

그녀는 답답한 자신의 처지에 슬픈 미소를 띠며 말했다.

"내가 과연 여기에서 벗어날 수 있을까요? 내가 내 남편의 아내에서 벗어날 수 있을까요?"

"어떤 상황에서든 벗어날 방법은 있죠. 이제는 결정을 내려야 해요."

그가 말했다.

"어떤 상황이든 지금보다는 낫겠지요. 난 당신이 사교계, 남편, 그리고 아들 때문에 얼마나 괴로워하고 있는지 알아요."

"하지만 남편에 대해서는 달라요."

그녀는 솔직히 말했다.

"난 그를 모르겠어요. 난 그에 대해 생각하고 싶지 않아요. 그는 내 마음속에 존재하지 않아요."

"마음에도 없는 소리를 하는군요. 난 당신을 알아. 당신은 남편 때문에 무척 괴로워하고 있어요."

"남편은 아무것도 몰라요."

그녀의 볼에 홍조가 올라왔다. 그리고 곧 뺨과 이마, 목까지 붉어졌다. 참을 수 없는 수치심에 그녀는 눈물을 흘렸다.

"이제 그 사람 이야기는 하지 말아요."

23

지금처럼 단호한 태도를 보이지는 않았지만 브론스키는 이미 수차례 그녀에게 자신의 처지를 생각해 보라고 해 왔다. 하지만 그는 그때마다 지금 그녀가 그런 것처럼 현실감이 없고 진중하지 않은 답변을 듣곤 했다. 마치 그것은 그녀가 이해할 수 없거나 그러고 싶어 하지 않는 문제인 것 같았다. 그 문제를 말하기만 하면 그녀는 어디론가 사라지고 그녀 아닌 다른 여자, 그에게 아주 낯선 여자, 그가 사랑할 수도 없고 그를 두렵게 만드는 또 그에게 저항하는 누군가가 나타나는 것 같았다. 하지만 그는 모든 것을 말하리라 결심했다.

"그가 알든 모르든 간에……"

브론스키는 평소대로 차분하고 진지한 어조로 말했다.

"그가 알든지 모르든지, 그건 생각하지 말기로 합시다. 아무튼 당신은 계속 이렇게 지내서는 안 돼요. 특히 지금과 같은 상황에서는."

"그럼 나는 어떻게 해야 하지요? 당신의 생각을 말해 주세요."

그녀는 가벼운 미소를 드리운 채 말했다. 그가 임신 소식을 가볍게 생각할까 봐 두려움에 떨었던 그녀가 지금은 이 일에서 무언가를 해야만 한다는 결론을 내자 화가 났다.

"그에게 모든 걸 밝히고 그를 떠나요."

"그러면 좋겠죠. 하지만 내가 정말로 그렇게 한다면 어떻게 될까요?"

그녀가 말을 이었다.

"당신은 그게 어떤 결과를 낳을지 알고 있나요? 내가 한번 말해 보죠."

방금 전까지도 선했던 그녀의 눈이 무섭게 변했다.

"그래, 당신이 다른 남자를 사랑해서 그자와 죄악의 관계를 맺었다는 거요? 난 당신에게 결혼의 신성함에 대해 분명히 이야기했소. 그게 종교와 사회 내에서 어떤 결과를 낳을지 설명해 주었지. 당신은 내 말을 듣지 않았어. 난 내 명예가 땅에 떨어지는 것을 용납할 수 없소. 내 아들에 대해서도……."

그녀는 알렉세이 알렉산드로비치의 목소리를 내며 더 떠들고 싶었지만 차마 아들에 대해서는 더 이야기할 수가 없었다.

"내 명예가 땅에 떨어지다니……."

"그런 말들을 늘어놓겠죠."

그녀는 덧붙였다.

"그는 정치가답게 차가운 태도로 정확하고 분명하게 말할 거예요. 나를 놓아줄 수 없다고, 하지만 추문은 막아 주겠다고요. 그는 자신의 말을 그대로 수행해 낼 거예요. 분명 그렇게 할 사람이죠. 그는 인간이 아니라 기계에 가까우니까요. 화가 날 때면 한층 더 사악해지는."

그녀는 이렇게 덧붙였다. 그러면서 알렉세이 알렉산드로비치의 외모와 억양, 성격 등을 하나하나 말해 가며 자신이 그에게 느낀 그의 단점을 모조리 비난했고, 자신을 죄인으로 만든 그 결점들을 절대 이해하려하지 않았다.

"안나."

브론스키가 그녀를 진정시키며 부드럽고 애절한 목소리로 말했다.

"하지만 그에게 말해야 해요. 그러고 나서 그가 시키는 대로 하는 척

해요."

"그다음엔 어떻게 하나요? 도망이라도 갈까요?"

"그게 어때서요? 난 여기 이대로 있는 건 더 불가능할 거라고 생각해요. 나를 위해서 이러는 게 아니에요. 당신이 괴로워하는 모습이 너무 가슴 아파요."

"그렇게 도망친다면 나는 당신의 정부인가요?"

그녀가 사악한 눈빛을 띠며 말했다.

"안나!"

그의 목소리는 여전히 부드러웠다.

"그렇겠죠!"

그녀가 말을 이었다.

"난 당신의 정부가 되어서 모든 사람을 망치고 말 거예요……."

그녀는 아들에 대해 이야기하고 싶었다. 그러나 차마 입이 떨어지지 않았다.

브론스키는 강인하고 진실한 성품을 가진 그녀가 왜 이 거짓된 상황에서 빠져나오지 못하며, 왜 빨리 헤어나려 하지 않는지 이해가 되지 않았다. 그는 그 원인이 그녀가 차마 입 밖에 내지 못한 '아들'이라는 말 때문이라는 것은 상상조차 하지 못했다. 아들을 생각하면, 먼 훗날 아들이 아버지를 떠난 어머니와 만난다면, 그녀는 자신이 저지른 일들이 너무나 두려웠다. 그래서 현실을 제대로 파악하지 못하고 모든 것이 아무것도 변하지 않은 것처럼 하기 위해, 그래서 아들이 잘못되지 않을까 하는 두려움을 잊기 위해 거짓된 위안으로 마음을 달래려고만 했다.

"제발 이렇게 부탁할게요."

갑자기 그녀는 그의 손을 잡더니, 지금까지와는 전혀 다른 분위기의 부드럽고 여린 태도로 말했다.

"이 문제는 더 말하지 말아 줘요."

"안나!"

"절대로 말하지 말아요. 모두 내게 맡겨 주세요. 내가 얼마나 끔찍한 지경에 이르렀는지는 나도 잘 알고 있어요. 하지만 이건 당신 생각처럼 그렇게 간단하지가 않아요. 이 일은 더 말하지 말아요. 약속할 수 있겠죠? ……이제 약속해요."

"뭐든 약속하겠어요. 하지만 난 불안하군요. 당신의 말을 듣고 나니 더욱더. 당신의 마음이 불편하다면 나도 마찬가지일 거예요."

"내가요?"

그녀가 말했다.

"그렇죠. 난 가끔씩 너무나 두려워요. 하지만 당신이 이런 이야기를 꺼내지 않는다면 난 이대로 버틸 수 있어요. 이런 이야기를 꺼내지 않는다면 난 괜찮을 거예요."

"이해할 수 없군요."

그가 말했다.

"나도 알아요."

그녀가 말했다.

"당신처럼 정직한 사람에게 이런 위선적인 상황들이 얼마나 힘들지. 당신이 너무나 불쌍해요. 난 당신이 나 때문에 스스로를 파멸로 몰고 갈까 봐 두려워요."

"나도 당신과 같은 생각을 했어요."

그가 말했다.

"당신은 나를 위해 모든 걸 희생했어요. 난 당신이 불행하기 때문에 나 자신이 미워요."

"내가 불행하다고요?"

그녀는 이렇게 말하며 그에게 가까이 가서 미소를 지으며 그를 바라보았다.

"난 마치 굶주려 있다가 먹을 것을 찾은 사람과 같아요. 어쩌면 아주 추웠을지도 몰라요. 옷은 너덜너덜하고 수치감에 떨었을지도 모르죠. 하지만 그 사람은 불행하지 않답니다. 내가 불행하다고 하셨나요? 아니요, 난 행복해요……."

그녀는 집으로 들어오는 아들의 목소리를 듣고 자리에서 벌떡 일어섰다. 그녀의 눈빛은 그가 익히 보아 오던 그 분위기로 돌아갔다. 그녀는 아름다운 반지를 낀 두 손으로 그의 얼굴을 매만지며 깊이 들여다보더니, 미소를 지으며 입술을 살짝 벌리고 자신의 얼굴을 가까이 내밀어 그의 입술과 두 눈에 키스를 하고는 그를 밀어냈다. 그녀는 어서 자리를 뜨려 했지만 그가 그녀를 붙들었다.

"언제?"

그가 그녀를 바라보며 속삭였다.

"오늘 밤 한 시요."

그녀는 이렇게 말하고는 묵직한 한숨을 쉬더니 다시 경쾌한 발걸음으로 아들에게 갔다.

세료쟈는 큰 공원에서 놀다가 비가 오는 바람에 보모와 한동안 정자에 있다가 돌아왔다.

"그럼, 이따가."

그녀는 브론스키에게 말했다.

"이젠 경마장에 가야 해서요. 벳시가 날 데리러 온다고 했어요."

브론스키는 시계를 본 뒤 급히 집으로 향했다.

24

카레닌가의 발코니에서 시계를 보았을 때 브론스키는 극도로 불안하고 자기 생각에 몰입해 있어서 시곗바늘을 보고서도 몇 시인지 알지 못했다. 그는 자갈길을 걸어 나와 조심스럽게 진흙탕을 지나서 마차로 갔다. 그의 마음은 온통 안나로 가득 차 있어서 지금이 몇 시인지, 브랸스키에게 갈 시간이 되었는지도 전혀 알지 못했다. 가끔 있는 일이었지만, 그의 기억에는 다음의 일정과 그다음의 일정이라는 아주 피상적인 고리만 남아 있을 뿐이었다. 그는 무성한 보리수 그늘 아래서 마부석에 기대어 졸고 있는 마부에게 갔다. 그는 땀에 젖은 말들 뒤로 무성하게 모여 있는 모기떼를 바라보다가 마차에 올라 브랸스키의 집으로 가자고 지시했다. 칠 베르스타를 가서야 시계를 볼 마음의 여유를 찾은 그는 지금이 벌써 다섯 시 반이며, 자기가 늦었다는 걸 알았다.

그날은 여러 경주가 있었다. 호위대 군인들의 경주와 장교들이 나서는 이 베르스타 경주와 그가 출전하는 경주는 사 베르스타 경주가 있었다. 그는 자신의 경주에는 늦지 않게 갈 수 있었다. 하지만 브랸스키의 집에 들렀다 간다면 아마 간신히 도착할 터였다. 그리고 그때에는 여러 대신들이 이미 자리를 차지한 뒤일 것이다. 그것은 피해야 했다. 하지만 브랸스키에게 방문하겠다고 얘기했기 때문에 어쩔 수 없이 가기로 마음먹고서 마부에게 속력을 내라고 지시를 했다.

그는 브랸스키의 집에 오 분 정도 들렀다가 왔던 길로 전력을 다해 말을 몰았다. 그러면서 그는 평정심을 되찾았다. 안나와의 사이에 있는 큰 괴로움과 그들의 대화에서 드러난 불안함, 그 모든 것이 그의 머릿속에서 떨쳐졌다. 이제 그는 만족과 흥분감에 들떠 경주에 대한 생각에 몰입했고, 경주에 늦지 않겠다고 생각했다. 그리고 가끔은 오늘 밤의 밀회에 대한 기대감이 그를 짜릿하게 만들었다.

그는 별장들과 경마장으로 향하는 마차들을 앞서며 경마 분위기를 한껏 즐겼다. 그럴수록 다가오는 경주 출발 시각에 대한 압박이 그를 죄어 왔다.

숙소에는 이미 아무도 없었다. 모두 경마장으로 떠나고 그의 하인만이 대문 앞에 덩그러니 서 있었다. 그가 옷을 갈아입는 동안, 하인은 벌써 두 번째 경주가 시작되었다고 알렸다. 많은 신사들이 그의 소식을 물으러 왔으며, 마구간에서도 소년이 두 차례나 왔다고 했다.

그는 서두르지 않고 침착하게 경주복으로 갈아입은 뒤 바라크 쪽으로 마차를 몰려고 했다. 바라크 쪽을 보니 이미 경마장 주위에는 마차와 사람들과 군인들로 발 디딜 틈이 없었다. 관람석은 만석이었다. 그가 바라크로 들어갈 때 벨 소리가 난 것으로 보아 아마 두 번째 경주가 한창 진행되고 있는 듯했다. 마구간으로 가던 그는 다리가 하얀 밤색 말 글라디아토르와 마주쳤다. 글라디아토르는 마치 푸른색으로 테를 두른 듯한 큰 귀를 자랑하며 주황색과 푸른색이 섞인 덮개를 쓰고 경마장으로 가고 있었다.

"코르드는 어디 있지?"

그는 마구간 인부에게 물었다.

"마구간에 있습니다. 안장을 얹고 있지요."

문이 열린 우리 안의 프루프루는 이미 안장을 얹고 있었다. 사람들이 프루프루를 끌고 나가려 하고 있었다.

"늦었습니까?"

"아니요. 아무 문제 없습니다."

영국인이 말했다.

"절대 흥분하시면 안 됩니다."

브론스키는 온몸을 떨어 대는 아름답고 사랑스러운 말을 한 번 더 훑어보고는 이 만족감을 얼른 털어 버리고 바라크를 나왔다. 그는 사람들의 관심을 끌지 않을 만한 적당한 자리로 갔다. 이 베르스타 경주가 끝나 갈 무렵이어서 모든 사람의 시선은 트랙을 향해 있었다. 근위 기병이 전속력으로 결승 푯말을 향해 질주하고 있었고 그 뒤를 경기병이 따르고 있었다. 트랙 주위에 있던 사람들은 모두 결승점으로 몰렸다. 근위 기병대의 장교와 병사들은 서로 자기 동료를 응원하며 함성을 지르고 기쁨을 표출했다. 브론스키는 경주의 끝을 알리는 벨이 울릴 때 군중들 가운데로 갔다. 흙탕물을 쓰고서 선두를 차지한 키 큰 근위 기병은 안장에 몸을 굽히고 땀으로 범벅이 되어 거친 숨을 몰아쉬는 회색 종마의 고삐를 풀었다.

종마는 힘겹게 걸으면서 그 큰 몸뚱이의 속도를 천천히 줄여 갔다. 근위 기병 장교는 마치 악몽에서 깬 사람처럼 주위를 둘러보며 어색한 미소를 지어 보였다. 동료와 사람들의 무리가 그를 감쌌다.

브론스키는 관람석 앞에서 조심스럽고 차분하게 움직이면서도 일부러 최상류층의 시선은 피하려 애썼다. 그곳에 카레니나와 벳시, 그의 형수가 있다는 것을 알았지만 혼란스러워지지 않기 위해서 그들을 찾지 않았다. 하지만 지인들은 계속 그를 불러 대면서 지난 경주를 설명해 주며 왜 늦게 왔는지를 따져 물었다.

경주에 출전한 사람들이 시상을 하러 관람석으로 가고, 모든 이의 시선이 그쪽으로 쏠렸을 때 브론스키의 형 알렉산드르가 술에 불콰하게 취한 얼굴과 소탈한 미소로 그에게 다가왔다. 견장을 단 이 대령은 보통 키에 알렉세이만큼이나 탄탄한 체격을 갖추고 얼굴은 알렉세이보다 더 잘생겼으며 더욱 건강해 보였다.

"내 편지를 받았니? 너를 만나기가 어려우니 어쩔 수가 있나."

그가 말했다.

알렉산드르 브론스키는 방탕하고 술에 전 생활을 하는 것으로 알려져 있었지만 완벽한 궁정 사람이기도 했다. 지금 그는 동생과의 대화가 내키지는 않지만 다른 사람들이 자기들을 보고 있을지도 모른다고 의식하고는 동생과 허튼소리를 하며 농담을 주고받는 것처럼 행동하고 있었다.

"잘 받았어. 그런데 형이 왜 그렇게 지나치게 걱정하는지는 잘 모르겠어."

알렉세이가 대답했다.

"내가 걱정스러워하는 건 바로 이거야. 조금 전까지 네가 이 자리에 없었다는 걸 내가 알고 있다는 것, 그리고 월요일에 페테르고프에서 널 본 사람이 있다는 것!"

"일 때문에 들른 거야. 일의 당사자들이 모여서 의논해야 하는 그런 일들. 형이 걱정하는 그런 건⋯⋯."

"그래, 하지만 만약 그러려거든 일을 그만두고⋯⋯."

"부탁인데 내 일에 관여하지 말았으면 해. 내가 부탁하고 싶은 건 그뿐이야."

알렉세이 브론스키의 우울한 얼굴이 조금씩 창백해지더니 나중에는 조금 튀어나온 그의 아래턱이 덜덜 떨리기 시작했다. 이것은 좀처럼 없던 일이었다. 그는 아주 선한 마음을 가진 사람의 특징처럼 남에게 화는 내는 법이 없었다. 그러나 일단 그가 화를 냈고 아래턱까지 떨리기 시작했다면, 알렉산드르 브론스키가 너무나 잘 알듯이 그는 아주 위험한 사람으로 변한다. 알렉산드르 브론스키는 유쾌하게 웃었다.

"난 어머니의 편지를 전하려 했을 뿐이야. 어머니에게 꼭 답장을 전해. 경기 전인데 너무 흥분하지 말고. 행운을 빈다!"

그는 미소를 지으면서 이렇게 말하고는 자리를 떴다.

그러나 곧이어 다른 인사가 브론스키에게 알은체를 했다.

"나를 모른 척하다니! 잘 지냈나, 친구여?"

스테판 아르카지치가 말했다. 이곳 페테르부르크의 눈부신 찬란함 속에서도 그는 모스크바에 있을 때처럼 늠름하고 단정한 신사처럼 나타났다.

"어제 도착했지. 자네의 승리를 곧 보게 될 거라고 생각하니 몹시 기쁘군. 우리는 언제쯤 만날까?"

"내일 장교 식당에서 만나지."

브론스키가 말했다. 그는 오블론스키의 외투 소매를 잡고 인사를 한 뒤 경마장 가운데로 나갔다. 이미 장애물 경주를 위한 말들이 나오고 있었다.

경주를 끝낸 말들이 모든 힘을 소진하고 땀으로 범벅이 된 채로 마구간지기의 손에 이끌려 마구간으로 끌려가고 난 뒤, 다음 경주에 출전할 말들이 차례로 나왔다. 말들은 대부분 영국산으로, 머리에 두건을 두르고 배를 끈으로 매어 단단히 조였는데, 그 모습이 마치 괴상한 새처럼 보였다. 날씬한 미녀 말 프루프루도 모습을 드러냈다. 프루프루는 길고 탄력 있는 발목으로 용수철을 단 듯 걸어왔다. 프루프루와 그리 멀지 않은 곳에서는 마구간지기들이 커다란 귀를 늘어뜨린 글라디아토르의 몸뚱이에서 덮개를 떼고 있었다. 멋지고 탄탄한 엉덩이, 발굽 바로 위에 있는 듯 유난히 짧은 발목, 크고 아름다우면서 완벽하게 균형 잡힌 몸매는 브론스키의 눈길을 끌었다. 그는 자기 말 가까이로 가려고 했다. 그때 아는 사람이 다시 그를 붙잡았다.

"저기 카레닌이 오고 있군요!"

그는 브론스키와 이야기를 나누다가 소리쳤다.

"부인을 찾는 것 같군요. 부인은 관람석 중앙에 있는데 말이지요. 당신은 카레니나 부인을 못 봤나요?"

"아니요. 보지 못했습니다."

브론스키는 이렇게 간단히 대답하고 나서 지인이 카레니나 쪽을 가리키는 것을 무시하고는 자기 말이 있는 쪽으로 갔다.

브론스키는 안장을 살펴보려고 했지만, 갑자기 관람석 쪽에서 번호와 출발 지점을 정해 준다면서 기수들을 불렀다. 열일곱 장교들의 표정은 한결같이 딱딱하게 굳어 있었다. 물론 몇몇의 표정은 창백하기까지 했다. 그들은 모두 관람석 쪽에 모여 번호를 뽑았다. 브론스키는 칠 번을 뽑았다.

"말에 오르시오!"

브론스키는 관중들의 시선이 자신과 다른 기수 모두에게 집중된 것을 느꼈다. 그는 긴장을 억누르며 말 앞으로 다가갔다. 그는 긴장할 때면 항상 몸동작이 느려지면서 더욱 침착해졌다. 코드르는 경마를 축하하기 위해서 화려한 옷으로 차려입었다. 단추를 꽉 채운 검은 프록코트와 빳빳한 옷깃, 검고 둥근 모자, 긴 부츠. 그는 말 앞에 서서 늘 그랬듯이 차분하고도 거만한 태도로 양쪽 고삐를 꽉 움켜쥐고 있었다. 프루프루는 열병을 앓듯이 자꾸 몸을 파르르 떨었다. 또랑또랑한 눈동자가 가까이 다가오는 브론스키를 마주 보았다. 브론스키는 말의 배띠 아래로 손바닥을 넣었다. 말은 더욱 브론스키에게 눈짓을 하면서 이를 드러내고 귀를 눕혔다. 영국인은 자신이 안장을 채웠음을 검사받고는 미소를 지으려고 입꼬리를 올렸다.

"얼른 타시지요. 그래야 흥분이 가라앉을 테니까요."

브론스키는 다시 한 번 경쟁자들을 쳐다보았다. 그는 경주가 시작되고 나면 그들을 볼 수 없다는 것을 잘 알았다. 이미 두 사람은 출발 지점까지 말을 몰아가고 있었다. 위협적인 경쟁자 중 한 명이자 브론스키의 친구이기도 한 골리친은 기수를 태우지 않으려는 화난 종마 앞에 서 있었다. 몸에 딱 달라붙는 승마 바지를 입은 작은 경기병은 영국인 흉내를 내려는 고양이처럼 등을 구부리고 질주하고 있었다. 쿠조블레프 공작은 창백해진 얼굴로 그라보프 종마 사육장에서 데려온 순종 암말에 올라타 있었으며, 그 고삐는 영국인이 쥐고 있었다. 브론스키와 다른 동료들은 모두 쿠조블레프를 잘 알고 있었다. 그의 나사 빠진 정신 상태와 유난한 자존심은 그들 사이에서 유명했다. 게다가 그는 겁이 많고 군마를 타는 것 또한 꺼렸다. 그런 그가 지금 이 경주가 아주 두려운 것일 텐데도 가끔 부상을 당해 목이 부러지기도 하지만 모든 장애물 앞에 의사와 구급차, 간호사가 대기한다는 이유 하나로 경주에 출전한 것이었다. 그들과 시선이 마주치자 브론스키는 그들을 독려하듯 온화한 미소를 지었다. 그는 최고의 경쟁자인 마호친과 글라디아토르 쪽은 보지도 않았다.

"천천히, 서두르지 마십시오."

코르드가 브론스키에게 말했다.

"이것 하나만 기억하세요. 장애물 앞에서 머뭇거리지 말고 절대 억지로 넘으려고 하지 마세요. 그저 말이 하게끔 내버려 두면 됩니다."

"알았어요."

브론스키가 고삐를 잡으며 말했다.

"될 수 있으면 선두 자리를 지키세요. 만약 뒤처졌다 하더라도 마지막까지 기회를 노려야 합니다."

말이 끝나기도 전에 브론스키는 여유롭고 힘찬 동작으로 톱니처럼 돌기가 삐죽 튀어나온 강철 등자를 밟고 삐거덕거리는 가죽 안장에 자신의 탄탄한 몸을 경쾌하게 실었다. 브론스키가 오른발을 등자에 끼우고는 익숙한 몸동작으로 손가락 사이로 고삐를 고르자 코르드는 손을 놓았다.

어느 쪽 발부터 내딛을까 망설이듯 프루프루는 긴 목으로 고삐를 잡아당겨서 기수를 용수철처럼 흔들어 대며 앞으로 나아가기 시작했다. 코르드는 빠른 걸음으로 그들을 따라갔다. 말은 흥분을 한 나머지 기수를 겁주려고 고삐를 잡아당겼고, 브론스키는 말을 진정시키기 위해 말로 달래고 손으로 쓰다듬는 등 갖은 노력을 했다.

이미 그들은 시냇물 쪽으로 다가섰고 어느새 출발 지점에 닿았다. 한 무리는 앞에서 다른 무리는 뒤에서 말을 몰았다. 그런데 갑자기 브론스키의 뒤에서 진흙탕을 질주하는 소리가 들리더니 마호친이 흰 다리와 큰 귀를 뽐내는 글라디아토르를 힘 있게 몰며 그를 앞질러 갔다. 그는 이를 드러내며 웃었다. 하지만 브론스키는 화난 눈빛으로 그를 쏘아보았다. 브론스키는 마호친에게 호감이 없었고 지금은 그를 가장 큰 경쟁 상대로 생각하고 있었다. 그가 브론스키를 스쳐 지나가며 말을 놀라게 하자, 그는 화가 있는 대로 치밀었다. 프루프루는 왼발을 차며 갤럽으로 뛰다가 두 번쯤 도약하고는 화를 내며 팽팽하게 매어진 고삐를 당기면서 마치 기수를 떨어뜨릴 것처럼 불안하게 걸었다. 코르드는 얼굴을 일그러뜨린 채 거의 달리다시피 하면서 그들의 뒤를 따라갔다.

25

경주에 참가한 장교는 열일곱 명이었다. 경주는 관람석 앞쪽의 사 베르스타 길이의 큰 타원형 트랙에서 열렸다. 트랙에는 아홉 개의 장애물이 있었다. 개울, 관람석 바로 앞에 있는 이 아르신짜리 울타리, 물 없는 호, 물 채운 도랑, 비탈, 아일랜드 뱅크. 특히 아일랜드 뱅크는 가장 어려운 장애물 중 하나였는데, 가운데에 있는 아일랜드 뱅크는 마른 나뭇가지를 채워 넣은 흙더미였고, 그 뒤에는 말의 시야에 보이지 않는 도랑이 있었다. 말이 두 장애물을 한 번에 넘지 못한다면 기수의 목숨은 위태로웠다. 아일랜드 뱅크를 무사히 통과하면 다시 물을 채운 도랑 두 개와 물 없는 호를 지나 관람석 맞은편의 결승점으로 돌아온다. 그러나 출발 지점은 원 코스 밖으로 백 사젠 떨어진 곳이었다. 그리고 그 사이에 첫 번째 장애물이 있었다. 그것은 폭이 삼 아르신 정도 되고 양옆에 둑이 있는 개울이었다. 개울은 뛰어넘든 걷든 상관이 없었다.

기수들은 세 차례나 출발 지점에 나란히 섰으나 매번 말 한 마리가 불쑥 튀어나와 다시 한 번 출발선상에 섰다. 마침내 네 번째 출발 신호를 외칠 때에는 출발 신호원 세스트린 대령이 화가 머리끝까지 나 있었다. '출발' 소리가 나자, 기수들은 질주하기 시작했다.

기수들이 나란히 정렬할 때 모든 사람의 시선과 망원경이 기수들에게 쏠렸다.

"출발이다! 달린다! 달려!"

사람들의 목소리가 여기저기서 들려왔다.

관중들은 경기를 더 잘 보려고 삼삼오오, 또는 혼자서 자리를 옮겨 다녔다. 출발할 때 밀집해 있던 기수들이 조금씩 옆으로 퍼졌다. 그들은 둘씩 혹은 셋씩 나란히 개울에 근접했다. 관중의 눈에는 기수들이 거의 동시에 출발한 것처럼 보였지만, 기수들로서는 몇 초간의 차이가 크게 느껴졌다.

프루프루는 워낙 흥분한 상태인 데다 긴장한 나머지 출발 순간을 놓쳐 선두권을 놓치고 말았다. 그러나 개울에 근접하기도 전에 브론스키는 고삐를 성나게 잡아당기는 말을 능숙하게 제어했고 그들은 세 마리를 무사히 앞질렀다. 이제 그들의 앞에는 경쾌하게 엉덩이를 흔드는 마호친의 밤색 말 글라디아토르와 제대로 살아 있는지 가늠하기 힘든 쿠조블레프를 싣고 선두에서 달리는 아름다운 말 디아나만 있었다.

초반에는 브론스키도 말을 제어하기가 힘들었다. 그래서 첫 번째 장애물인 개울에 가기 전까지는 말의 움직임을 완전히 제어하지 못했다.

글라디아토르와 디아나는 거의 비슷하게 개울에 도착했다. 두 말은 차례로 개울을 넘었다. 프루프루 역시 그들 뒤를 따라 높이 비상했다. 그런데 브론스키는 공중에 떠 있다고 느낀 그 순간에 문득 발아래 개울 건너에서 뭉개져 있는 쿠조블레프와 디아나를 보았다. 쿠조블레프가 공중에 뜨면서 그만 고삐를 놓았고 그들은 모두 곤두박질치고 만 것이다. 브론스키가 이런 사정을 안 것은 경기가 끝난 후였고, 그때는 프루프루가 착지할 자리에 디아나의 머리가 있는지 다리가 있는지 헷갈렸을 뿐이었다. 프루프루는 다행히 땅에 날렵하게 착지하는 고양이처럼 다리와 등에 힘을 주고 디아나를 피했다.

'기특한 것!'

브론스키는 생각했다.

개울을 넘자, 브론스키는 말을 완전히 제어하기 시작했다. 그는 마호친의 뒤를 이어서 커다란 울타리를 넘었고, 장애물이 없는 이백 사젠 정도 되는 구간에서 그를 따라잡을 계획이었다.

커다란 울타리는 차르의 관람석 바로 앞이었다. 그와 마호친이 커다란 울타리에 접근했을 때, 군주와 모든 관리와 군중은 일제히 브론스키와 말 한 마리만큼 앞서 있는 마호친을 바라보았다. 브론스키는 사방에서 쏘아 대는 따가운 시선을 느꼈다. 그러나 자신의 눈에는 오직 프루프루의 귀와 목, 자기 쪽으로 솟구치는 땅, 발 빠르게 자신을 앞서 달리는 글라디아토르의 엉덩이와 흰 다리만이 보일 뿐이었다. 높이 비상한 글라디아토르는 성공적으로 울타리를 넘고 어느새 브론스키의 시야에서 사라졌다.

"좋았어!"

누군가의 목소리가 들려왔다.

그때 브론스키의 코앞에 울타리의 판자가 보였다. 말은 기수의 미세한 동작 변화에 신경 쓰지 않고 공중을 날았다. 판자가 시야에서 사라졌다. 다만 뒤에서 쿵하고 떨어지는 소리가 들렸다. 글라디아토르와 가까워져 갑자기 흥분한 말이 너무 일찍 뛰어오르는 바람에 뒷발굽과 판자가 부딪힌 것이다. 그러나 말은 속력을 유지했고, 브론스키는 얼굴에 진흙덩이를 묻히고서 다시 글라디아토르와 거리가 벌어졌다는 것을 느꼈다. 그는 다시 앞선 글라디아토르의 엉덩이와 꼬리를 보고 달렸고, 그 말과 일정한 간격을 두고서 빠르게 내달리는 흰 다리에 시선을 두었다.

브론스키가 마호친을 앞질러야 한다고 판단한 그때, 프루프루도 그런 생각을 했는지 아무런 지시가 없었는데도 갑자기 속력을 내면서 가장 좋은 쪽, 그러니까 밧줄을 친 쪽으로 파고들어 마호친 가까이 접근했다. 그러나 마호친은 밧줄 쪽을 내어 주지 않았다. 브론스키가 바깥으로 추월할까 생각했을 때 프루프루는 방향을 바꾸어 브론스키의 생각대로 질주하기 시작했다. 이미 땀으로 범벅이 되어 짙어진 프루프루의 어깨가 글라디아토르의 엉덩이쯤에 미쳤다. 얼마 동안 그들은 나란히 달렸다. 그러나 다시 장애물 앞에서 브론스키는 바깥쪽으로 처지지 않기 위해 고삐를 들었고 결국 비탈에서 마호친을 추월했다. 브론스키는 진흙을 맞은 마호친의 얼굴을 돌아보았다. 마호친이 그를 비웃는 듯하다고 느꼈다. 그는 마호친을 추월했지만 바로 뒤에서 바짝 쫓아오고 있다는 것을 알았다. 등 뒤에서 아까와 같은 규칙적이고 쾌활한 글라디아토르의 말발굽 소리와 숨소리가 들려왔다.

다음 도랑과 울타리는 쉽게 넘어갔다. 그러나 어쩐지 글라디아토르의 거친 숨소리는 더욱 가깝게 들렸다. 그는 전속력으로 달렸고 말이 쉽게 속도를 높이자 가슴이 벅차올랐다. 그러나 어느새 글라디아토르의 발굽 소리가 전과 똑같이 들려왔다.

브론스키는 선두를 유지했다. 그것은 그가 간절히 원한 것이고 또 코르드가 그토록 바랐던 것이었다. 그는 거의 승리를 확신했다. 흥분과 기쁨, 그리고 프루프루에 대한 애정이 그의 마음속에서 뒤섞였다. 그는 뒤를 돌아보고 싶었지만 그럴 수 없었다. 그는 다시 차분하게 마음을 가라앉히고 말을 재촉하지 않으려고 애를 썼다. 글라디아토르에게 있을 것 같은 뒷심을 자기 말에게서도 뽑아내기 위해서였다. 이제 남은 것은 가장 어려운 장애물이었다. 그 장애물을 가장 먼저 성공적으로 넘는다면 우승은 그의 것이었다. 그는 아일랜드 뱅크로 향했다. 그는 프루프루와 함께 아직은 먼 거리에 있는 뱅크를 보았다. 그때 브론스키와 프루프루의 뇌리에 의심이 들었다. 그는 말의 귓가에서 주저하는 기색을 보고는 채찍을 흔들었다. 그러나 그는 곧 이것이 착각임을 알았다. 말은 이제 어떻게 해야 하는지를 정확히 알고 있었다. 말은 그가 예상한 그 속력에 맞추어 침착하게 땅을 박차고 공중을 날았다. 그 힘은 그들을 도랑 너머로 띄웠다. 바로 그런 리듬감과 보조로 프루프루는 계속해서 질주했다.

"좋아, 브론스키!"

장애물 옆에 있던 사람들이 소리를 쳤다. 그는 그들이 연대 동료들과 친구들이라는 것을 알아챘다. 야쉬빈의 목소리도 들었지만 그를 자세히 볼 수는 없었다.

'오, 기특한 것!'

그는 프루프루에게 온 마음을 쏟으며 뒤에서 들릴 소리에 귀를 기울였다.

'넘었군!'

그는 글라디아토르가 도약하는 소리를 들으며 이렇게 생각했다. 이제 남은 것은 이 아르신 너비의 도랑이었다. 브론스키는 그 도랑에 신경을 쓰지 않았다. 그러나 이등과의 격차를 월등히 벌리고 싶은 마음에 리듬에 맞춰 고삐를 둥글게 움직였다. 그는 말이 마지막 힘을 다하고 있음을 느꼈다. 말의 목과 어깨는 땀으로 흥건했고 말갈기와 머리, 뾰족한 귓가에도 땀이 맺혔다. 말은 아주 거칠고 가쁜 숨을 몰아쉬었다. 그러나 남은 힘으로도 이백 사젠 정도는 충분히 달릴 수 있을 터였다. 브론스키는 자신의 몸이 땅에 더욱 가까워졌으며 동작이 더욱 가벼워졌다는 느낌을 받으며 얼마나 말의 속도가 빠른지 느끼고 있었다. 말은 도랑이 있었는지도 몰랐다는 듯 무심히 훌쩍 뛰어넘었다. 말은 한 마리 새처럼 도랑을 넘었다. 그런데 그때, 브론스키는 말의 움직임에 리듬을 맞추지 못한 자신이 착지를 하면서 되돌릴 수 없는 잘못을 저질렀다는 것을 깨달았다. 그는 왜 그렇게 되었는지 도저히 알 수가 없었다. 갑자기 그의 위치가 바뀌고 두려운 일이 벌어졌다는 것만이 느껴졌다. 어떻게 된 것인지 파악하기도 전에 밤색 종마의 흰 다리가 그의 시야에 들어오더니 마호친이 빠르게 질주하며 그를 앞질렀다. 브론스키는 한쪽 발이 땅에 닿았고, 이

옥고 말이 그 발 위로 쓰러졌다. 그는 말에 깔리기 직전에 가까스로 발을 뺐다. 말은 신음 소리를 내면서 몸을 일으키다가 땀범벅이 된 목을 움직였는데, 갑자기 브론스키의 발아래서 총에 맞은 새처럼 파르르 떨기 시작했다. 브론스키의 잘못된 동작 때문에 말의 등뼈가 부러진 것이다. 그가 이 사실을 안 것은 나중의 일이었다. 지금 그의 눈에 보이는 것은 빠르게 내달리는 마호친의 뒷모습이었다. 그는 진흙탕에 발을 박고 비틀거리며 서 있었고, 땅바닥에는 푸르푸르가 거친 숨을 몰아쉬며 그 아름다운 눈동자로 그를 바라보고 있었다. 무슨 일이 벌어진 건지 전혀 알지 못했던 브론스키는 말의 고삐를 당겼다. 말은 안장의 양 날개를 흔들면서 물고기처럼 몸부림을 치다가 앞다리를 디뎠다. 그러나 이내 비틀거리며 엉덩이를 일으키지도 못하고 옆으로 쓰러졌다. 브론스키는 창백하게 질린 얼굴로 아래턱을 덜덜 떨면서 발뒤축으로 말의 배를 걷어차며 말의 고삐를 세게 잡아당겼다. 그러나 말은 꿈쩍도 하지 않았다. 말은 콧잔등을 땅에 묻고서 애원하는 눈빛으로 주인을 응시했다.

"이럴 수가!"

브론스키는 머리를 움켜쥐고 중얼거렸다.

"아! 내가 무슨 일을 벌인 거지?"

그가 소리 질렀다.

"결국 이렇게 지다니. 게다가 굴욕적이고 용서받지 못할 잘못까지 저질렀어! 이 가엾고도 사랑스러운 말을 죽이다니! 대체 내가 무슨 일을 저지른 거지?"

군중들과 의사, 위생병, 연대 동료들이 일시에 달려왔다. 불행하게도 그는 어느 한군데 다친 곳이 없다는 것을 알았다. 등뼈가 부러진 말은 총살하기로 결정됐다. 브론스키는 사람들의 질문에 차마 대답할 수 없었고 누구와도 말할 수 없었다. 그는 획 돌아서서 바닥에 떨어진 군모를 줍지도 않고 목적지도 없이 그저 경마장을 떠났다. 그는 자신이 너무나 불행

하다고 생각했다. 태어나서 가장 불행한, 그것도 자기 자신의 잘못으로
그런 순간을 맞은 것이다.

아쉬빈은 군모를 집어 들고 쫓아와서 그를 집까지 바래다주었다. 브
론스키는 삼십 분쯤 지난 뒤 겨우 정신을 차렸다. 그러나 이 경주에서
있었던 일은 평생 그에게 가장 고통스러운 기억으로 남아 오래도록 그
를 괴롭혔다.

26

알렉세이 알렉산드로비치가 아내를 대하는 태도에는 표면적으로는 변화가 없는 듯했다. 만약 달라진 게 있다면, 그가 훨씬 더 바빠졌다는 것뿐이었다. 여느 해와 같이 그는 봄을 맞아 겨울 동안 과로로 피로해진 몸 상태를 회복하기 위해 외국으로 온천 여행을 떠났다. 그리고 여느 해처럼 칠월에 돌아와서 다시 왕성하게 업무에 매달렸다. 늘 그랬듯이 아내는 별장으로 갔고 그는 페테르부르크에 있었다.

트베르스카야 공작 부인 집에서의 만찬이 있고 대화를 나눈 날 이후로 그는 더 이상 안나에게 자신의 질투와 의심에 대해 말하지 않았다. 누군가를 흉내 내며 따라 하는 듯한 그의 말투는 아내와의 관계가 지금 같을 때 적절하게 어울렸다. 그는 아내에게 조금 차가웠다. 그는 그녀가 그토록 피했던 그날 밤의 대화로 그녀에게 불만을 품은 것 같았다. 그녀를 대하는 그의 태도는 노여움처럼 보였으며 그것을 넘어서지는 않았다.

'당신은 나와 진실하게 대화하려 하지 않는군.'

그는 그녀에게 그렇게 말하는 듯했다.

'그럴수록 당신은 괴로워져. 그러면 당신은 내게 부탁하겠지? 하지만 그 순간이 오면 난 내 속을 털어놓지 않겠어. 그러면 당신에게 좋을 게

없겠지.'

그는 속으로 이렇게 생각했다. 그의 모습은 끌 수 없는 불을 꺼뜨리려고 부질없이 노력한 사람이 자신의 행동에 화를 내며 '그것참 잘됐군! 모두 다 태워 버려!'라고 말하는 것 같았다.

업무에서는 특출하게 총명하고 빈틈이 없었지만, 그는 아내에게 이런 태도를 보이는 것이 얼마나 잘못되었는지는 전혀 생각하지 못했다. 그가 이것을 미처 깨닫지 못한 이유는 자신의 처지를 인정하는 것이 너무나 두려웠기 때문이었다. 그는 마음속에서 가족에 대한 것, 그러니까 아내와 아들에 대한 감정이 담긴 상자를 닫고 자물쇠를 채운 뒤 봉인해 두었다. 다정한 아버지였던 그는 겨울이 끝날 즈음부터 냉정해지기 시작했고, 아들에게도 아내를 대할 때와 같은 조롱하는 듯한 말투를 썼다. 그는 아들을 '어이! 거기!'라고 불렀다.

알렉세이 알렉산드로비치는 올해만큼 업무에 치인 적이 없다고 생각했고, 자주 그렇게 말했다. 하지만 그는 자신이 올해에 일거리를 사서 만들었다는 것, 그게 아내와 가족에 대한 감정 상자를 영원히 닫아 두는 길이라는 것, 그리고 이 모든 것은 시간을 끌수록 더 큰 두려움의 대상이 된다는 것을 알지 못했다. 만약 누군가 알렉세이 알렉산드로비치에게 다가가서 아내의 행실을 어떻게 생각하느냐고 물어본다고 해도 늘 차분하고 온화한 알렉세이 알렉산드로비치는 아무런 대답도 하지 않았을 것이며, 오히려 그런 질문을 한 사람에게 화를 냈을 것이다. 그래서 그런지 누군가가 그에게 아내의 안부를 묻기라도 하면 알렉세이 알렉산드로비치의 표정에는 영락없이 거만하고 엄격한 기색이 돌았다. 알렉세이 알렉산드로비치는 아내의 행실을 생각하고 싶지 않았고, 실제로도 생각하지 않았다.

알렉세이 알렉산드로비치의 별장은 페테르고프에 있었다. 리디야 이바노브나 백작 부인은 해마다 여름을 그곳에서 지내면서 안나와도 가깝게 교제했다. 그러나 올해 리디야 이바노브나 백작 부인은 페테르고프로 떠나기를 거부했고, 안나 아르카지예브나를 찾지도 않았다. 그리고 알렉세이 알렉산드로비치에게는 안나와 벳시와 브론스키가 가까이 지내는 것이 탐탁지 않다고 돌려서 말했다. 알렉세이 알렉산드로비치는 그녀의 충고를 흘려 버리며 자신의 아내는 의심할 필요가 없다고 말했다. 그러고는 그 자신도 리디야 이바노브나 백작 부인을 피했다. 그는 사교계의 수많은 이목들이 이미 그의 아내를 비웃고 있다는 것을 알고 싶지도 않았고 잘 알지도 못했다. 그리고 그는 아내가 왜 벳시가 살고 있으며, 브론스키의 연대의 야영지에서 가까운 차르스코예로 가겠다며 고집을 부리는지 이해하고 싶지 않았고 이해하지도 못했다. 그는 이 문제를 깊게 생각하고 싶지 않았고 실제로 그렇게 했다. 이 문제를 속으로 생각한 적도 없었고 어떤 증거를 찾거나 의심을 하지도 않았으면서도 그는 자신이 배신당했다는 것을 명백히 알았고 그 때문에 불행했다.

아내와 행복하게 살던 팔 년 동안, 알렉세이 알렉산드로비치는 아내에게 배반당한 남편들을 보면서 속으로 한탄한 적이 많았다.

'저렇게 될 때까지 무얼 했을까? 어째서 저런 꼴이 벌어지도록 놔두었을까? 왜 문제를 해결하지 않았을까?'

하지만 그런 재앙을 현실에서 경험한 지금, 그의 마음속에는 이 상황을 어떻게 이해하고 받아들이고 해결해야 할지 아무런 대책이 없었다. 또한 굳이 이 문제를 깊이 생각해 보고 싶지도 않았다. 그 이유는 그것이 너무나 두렵고 또 꺼려졌기 때문이었다.

외국에서 돌아온 알렉세이 알렉산드로비치는 별장에 두어 번 다녀왔다. 한 번은 식사를 했고, 다른 한 번은 손님들과 저녁 시간을 보냈다. 하지만 다른 해처럼 그곳에서 밤을 보내는 일은 하루도 없었다.

경마가 있던 날 알렉세이 알렉산드로비치는 유난히 바빴다. 하지만 그는 아침에 하루의 일정을 다시 조율했다. 일찌감치 식사를 끝내고 아내를 보러 별장에 갔다가 경마장에 가기로 한 것이다. 그곳에는 모든 관리들이 참석하기로 되어 있었기 때문에 그도 꼭 가야 했다. 아내에게 일주일에 한 번은 들르기로 마음을 먹은 탓도 있었고, 십오 일이 바로 월급을 주는 날이기 때문이었다.

그는 생각을 흐트러짐 없이 절제할 줄 아는 사람이었고, 아내에 대한 생각을 확실히 끝낸 이후로는 더 이상 그 생각을 하지 않도록 했다.

아침부터 알렉세이 알렉산드로비치는 너무 바빴다. 전날에 리디야 이바노브나 백작 부인은 중국에 다녀와서 페테르부르크에 머물고 있는 어느 여행가의 책자와 함께 여러 가지 면에서 대단히 흥미로운 이 여행가를 잘 접대해 달라는 편지를 보냈다. 알렉세이 알렉산드로비치는 다 읽지 못한 그 책자를 이날 아침에 마저 읽었다. 그 뒤에는 청원자들이 물밀듯 들이닥쳤다. 보고와 접견, 임명, 파면, 그리고 포상, 연금, 봉급, 편지 등 알렉세이 알렉산드로비치의 시간을 잡아먹는 지루한 일들이 이어졌다. 다음에는 의사와 관리인이 찾아오는 개인적인 용무가 있었다. 관리인은 그리 오래 머물지 않았다. 그는 알렉세이 알렉산드로비치에게 필요한 돈을 건네고 현재 좋지 않은 그의 재정 상태를 보고하고 돌아갔다. 재정 상태가 그 지경이 된 것은 과도한 여행 경비 때문에 적자가 났기 때문이었다. 그런데 페테르부르크의 유명한 의학박사이자 알렉세이 알렉산드로비치의 친구인 의사는 꽤 오랜 시간 머물렀다. 그가 오늘 찾아오리라고는 생각하지 못한 알렉세이 알렉산드로비치는 무척 놀라워했다. 더욱 놀라운 것은 그가 알렉세이 알렉산드로비치의 건강에 대해 이것저것 묻고는 가슴에 청진기를 대보고 간 쪽을 두들겨 보기도 했다는 것이다. 알렉세이 알렉산드로비치는 그의 벗 리디야 이바노브나가 올해 그의 건강이 좋지 못하다고 하면서 의사에게 특별히 진찰을 청한 것을 모르고 있었다.

"날 위해서라도 꼭 그렇게 해 주세요."

리디야 이바노브나 백작 부인은 의사에게 이렇게 말했던 것이다.

"내가 이 일을 하는 것은 모두 러시아를 위해서입니다, 백작 부인."

의사는 대답했다.

의사는 알렉세이 알렉산드로비치를 몹시 꾸짖었다. 그는 환자의 간이 몹시 비대해졌고 식사량이 줄어 온천 여행이 아무 효과가 없었다고 말했다. 그리고 운동을 많이 하고 스트레스를 줄이고, 특히 마음을 편히 가지라고 했다. 즉, 알렉세이 알렉산드로비치가 절대로 할 수 없는 일을 주문한 것이다. 그는 알렉세이 알렉산드로비치가 자신의 몸 상태를 민감하게 느끼며 어디가 좋고 어디가 나쁜지 잔뜩 의심하는 상태로 그를 남겨 두고서 떠나 버렸다.

의사는 알렉세이 알렉산드로비치의 집을 나오면서 현관 계단에서 슬류진과 부딪쳤다. 그는 알렉세이 알렉산드로비치의 사무장으로 그와도 잘 알았다. 그들은 대학 동창으로, 절친하게 어울리지는 못했지만 서로를 존경하며 좋은 관계를 유지해 왔다. 그래서인지 의사는 슬류진에게 아무에게도 못 했을 이야기, 바로 환자에 대한 자신의 소견을 그대로 말해 주었다.

"당신이 알렉세이 알렉산드로비치를 찾아 주어 얼마나 다행인지 모르겠습니다."

슬류진이 말했다.

"그분은 지금 건강 상태가 좋지 않아요. 제가 보기에도…… 병세는 좀 어떻습니까?"

"그게……."

의사는 슬류진의 등 뒤편으로 자기 마부에게 손을 흔들면서 마차를 가까이 대라는 신호를 보냈다.

"그러니까 말이지요."

의사는 흰 손에 새끼 염소 가죽 장갑을 끼며 말했다.

"만약 현을 팽팽히 조이지 않고 끊으려고 해 보세요. 과연 그게 쉬울까요? 하지만 현을 팽팽히 잡아당긴 뒤에 손가락만 한 추를 올린다면 금세 끊어지겠지요? 그런데 그는 일에 너무나 집중한 나머지 극한 긴장 상태에 있습니다. 그리고 스트레스가 심합니다. 아주 심해요."

의사가 의미심장한 미소를 지으며 말을 마쳤다

"경마에 가시나요?"

그는 현관에 도착한 마차로 가면서 말했다.

"네, 그럼요. 좀 시간이 걸릴 겁니다."

의사는 슬류진이 한 말에 그렇게 답했다. 의사가 한참 시간을 빼앗고 돌아간 뒤 이번에는 유명한 여행가가 들어왔다. 알렉세이 알렉산드로비치는 방금 읽은 책자와 그에 대한 자신의 식견을 활용해 깊이 있는 대화를 이끌어 여행가를 놀라게 했다.

한편 여행가와 이야기를 나눌 때, 페테르부르크에 현지사가 방문했다는 보고가 왔다. 그는 현지사와도 이야기를 나누어야 했다. 그 뒤로는 사무장과 함께 지루한 업무를 끝냈고, 어떤 심각한 문제를 해결하기 위해 어느 유명 인사를 만나러 가야 했다. 알렉세이 알렉산드로비치는 다섯 시가 되어서야 겨우 돌아왔다. 그는 사무장과 식사를 하고서 그에게 별장에 함께 갔다가 경마장에 가자고 했다.

그 자신은 미처 모르고 있었지만 알렉세이 알렉산드로비치는 아내를 보러 갈 때면 늘 다른 사람과 동행하곤 했다.

27

안나는 이 층의 거울 앞에 서서 안누슈카의 도움을 받으며 나비 리본을 드레스에 핀으로 고정하는 중이었다. 문득 현관 입구에서 바퀴 소리가 들렸다.

'벳시가 오기에는 아직 이른데.'

그녀는 이렇게 생각하고 창밖을 내다보았다. 그런데 마차와 그 속에서 나오는 검은 모자와 너무나도 익숙한 알렉세이 알렉산드로비치의 귀가 보였다.

'하필 이런 때에 오다니…… 혹시 자고 가나?'

그녀는 이렇게 생각했다. 그러자 그로 인해 꼬일 일들이 갑자기 떠올라 끔찍하고 두려운 생각이 들었다. 그녀는 망설임 없이 최대한 밝은 표정으로 그를 마중하러 나갔다. 그리고 그녀는 이미 거짓과 위선으로 물든 자신의 영혼을 느끼면서 그 영혼이 시키는 대로 말을 하기 시작했다.

"이렇게 반가울 수가!"

그녀는 남편에게 한쪽 손을 내밀고, 이제는 가족과도 같은 슬류진에게 미소를 지으며 인사했다.

"여기서 자고 가겠어요? 그러신다면 좋겠어요."

거짓의 영혼이 그녀에게 시킨 첫마디는 이것이었다.

"지금 나와 함께 가죠? 그런데 벳시와 약속을 해 놓은 게 좀 마음에 걸리네요. 벳시가 나를 데리러 오기로 약속했거든요."

알렉세이 알렉산드로비치는 벳시의 이름을 듣자 기분이 상해 버렸다.

"오, 내 마음대로 당신들을 떼어 낼 수는 없지."

그는 평소처럼 농담 섞인 어조로 말했다.

"난 미하일 바실리예비치와 가겠어. 의사도 걷는 걸 추천했으니 나는 산책을 하면서 온천지에 와 있다는 상상을 좀 해야겠군."

"서두르지 말아요."

안나가 말했다.

"차를 드시겠어요?"

그녀가 벨을 울렸다.

"차를 가지고 와요. 세료쟈에게도 알렉세이 알렉산드로비치가 왔다고 알리고요. 그런데, 요즘 당신의 건강은 어떻죠? 미하일 바실리예비치, 여기는 처음 오셨죠? 발코니에서 이곳이 얼마나 멋진지 한번 둘러보세요."

그녀는 말했다.

그녀는 아주 자연스럽고 태연하게 말했지만, 너무 말이 많고 또 빨랐다. 그녀 자신도 그것을 느낄 정도였다. 게다가 미하일 바실리예비치의 눈망울에서 그가 자신을 유심히 관찰하고 있다는 인상을 받았다.

미하일 바실리예비치는 발코니로 나갔다.

그녀는 남편 옆에 앉았다.

"안색이 좋지 않아 보여요."

그녀가 말했다.

"그래, 오늘 의사 친구가 와서 한 시간 정도 있었지. 지인들 가운데 누가 보내 준 것 같아. 그만큼 내 건강이 귀중하다는 건데……."

그가 말했다.

"의사가 뭐라고 했죠?"

그녀는 그에게 건강과 업무에 대해 묻더니 별장 근처로 와서 휴식을 취하기를 권했다.

그녀는 이런 말을 최대한 밝고 빠르게 했다. 그러나 알렉세이 알렉산드로비치는 더 이상 그녀의 지나친 말투와 속도에 아무런 관심도 두지 않았다. 그는 그녀의 말을 들으며 그 말이 가리키는 일차적인 의미를 생각할 뿐이었다. 그도 그녀에게 농담을 섞어 가며 무엇이든 답했다. 이 대화에서 특별한 점은 없었다. 그러나 나중에 안나는 이 일을 회상하면서 수치스럽고 괴로워했다.

세료쟈는 가정교사와 함께 들어왔다. 만약 알렉세이 알렉산드로비치가 관심 있게 보았다면, 아버지를 쳐다보고는 다시 어머니를 보는 세료쟈의 겁에 질린 눈빛을 느꼈을 것이다. 그러나 그는 아무것도 보지 않았고, 그 무엇에도 관심이 없었다.

"어이, 거기! 잘 있었나? 이젠 슬슬 사내 티가 나는데? 어이, 거기!"

그는 놀란 세료쟈에게 손을 내밀었다.

세료쟈는 아버지 앞에서는 늘 겁을 냈다. 그런데 이제 알렉세이 알렉산드로비치가 자신을 '어이! 거기!'라고 부르는 데다 브론스키가 아군인지 적군인지 의문이 든 이후부터는 아버지와 더욱 서먹해지고 말았다. 그는 도움을 구하기라도 하듯 어머니를 바라보았다. 그는 어머니와 함께 있을 때 가장 마음이 편안했다. 그사이에 알렉세이 알렉산드로비치는 가정교사와 이야기를 나누며 아들의 어깨를 꽉 잡고 있었다. 안나의 눈에는 세료쟈가 금방이라도 울음을 터뜨릴 것처럼 불편한 표정을 짓는 것이 보였다.

아들이 들어오자 얼굴이 붉어졌던 안나는 세료쟈가 불편해하는 것을 느끼고 얼른 아들의 어깨에서 알렉세이 알렉산드로비치의 손을 떼었다. 그러고는 아들에게 입을 맞추며 그를 테라스로 데리고 나갔다가 조금 뒤에 들어왔다.

"벌써 시간이 이렇게 됐네요."

그녀는 자기 시계를 바라보면서 말했다.

"그런데 벳시는 왜 아직도……."

"그렇군."

알렉세이 알렉산드로비치는 자리에서 일어나 손가락 깍지를 끼고는 뚝뚝 소리를 내기 시작했다.

"내가 온 건 생활비 때문이기도 했어. 꾀꼬리도 옛날이야기만 먹고는 살 수 없을 테니."

그가 말했다.

"당신은 이게 필요했을 텐데."

"아뇨……. 그래요, 필요하지요."

그녀는 그를 마주 보지 못하고 머리카락 뿌리까지 붉어졌다.

"경마 후에 여기로 다시 올 거죠?"

"그렇지."

알렉세이 알렉산드로비치가 말했다.

"저기 페테르고프의 미녀, 트베르스카야 공작 부인이 오시는군."

그는 창밖을 내다보며 말했다. 말에 눈가리개를 덮고 마차를 용수철로 높게 올린 영국식 사륜마차가 오고 있었다.

"정말 훌륭하군! 자, 우리도 이제 나가도록 하지."

트베르스카야 공작 부인은 마차에서 나오지 않았다. 각반 달린 부츠와 두건 달린 외투, 그리고 검은 모자를 쓴 하인이 현관 입구에 내려섰다.

"그럼 다녀올게, 안녕!"

안나는 아들에게 이렇게 말한 뒤 입을 맞추었다. 그리고 알렉세이 알렉산드로비치에게 손을 내밀었다.

"당신이 와서 너무나 기뻐요."

알렉세이 알렉산드로비치는 그녀의 손에 입을 맞추었다.

"그럼, 이따 만나요. 차 드시러 오실 거죠? 아이, 좋아라!"

그녀는 이렇게 말하고 밝은 모습으로 나갔다. 그러나 이내 그녀는 자기의 손에 남편의 입술이 남긴 감촉을 느끼며 혐오감에 몸을 파르르 떨었다.

28

알렉세이 알렉산드로비치가 경마장에 들어섰을 때, 안나는 상류층들이 모여 있는 관람석에 벳시와 나란히 앉아 있었다. 그녀는 멀리서도 한눈에 남편을 알아보았다. 남편과 연인, 그 두 남자는 그녀의 삶에서 두 개의 중심축과도 같았다. 그녀는 외부적인 감각 신호 없이도 그들의 접근을 알 수 있었다. 그녀는 아주 멀리서부터도 남편의 입장을 느끼고는 군중 속을 파헤치는 그의 움직임을 무의식적으로 눈으로 좇았다. 그녀는 그가 예의상 건네 오는 인사를 부드럽게 받아 주고, 동료들과 다정하게 인사하는 것과 세력가들에게 인사할 기회를 넘보다가 귀 끝에 닿아 있는 커다랗고 둥근 모자를 벗고 악수를 나누면서 관람석으로 다가오는 것을 보았다. 그녀는 익숙하게 몸에 밴 그의 태도를 잘 알고 있었고, 그 모든 것에서 혐오감을 느꼈다.

'오직 야욕에 사로잡혀 있어. 성공에 대한 강한 집착, 그의 마음속에는 오직 그것뿐이야. 고지식한 생각, 학문에 대한 관심, 종교적 신념, 그 모든 것은 그저 자신의 성공을 위한 무기일 뿐이야.'

그녀는 부인석을 향한 그의 시선을 느꼈다. 그는 그녀를 찾고 있었지만 그녀를 정면에서 마주 보면서도 모슬린과 명주 레이스, 리본과 깃털,

그리고 수많은 양산들 속에서 부인을 찾지 못했다. 그녀는 일부러 그의 눈길을 피했다.

"알렉세이 알렉산드로비치!"

벳시 공작 부인이 소리쳤다.

"당신 눈에는 아내가 보이지 않나요? 안나는 바로 여기에 있어요!"

그는 특유의 차가운 미소로 말했다.

"여기는 정말 눈부시게 화려하군요."

그는 이렇게 말하며 자리로 들어섰다. 그는 아내에게 미소를 건넸다. 그것은 방금 전에 만났던 아내에게 보여야 할 그 정도의 미소였다. 그는 공작 부인과 다른 사람들에게도 의무적으로 인사를 건넸다. 부인들에게는 장난스러운 농담을 던졌고 남자들에게는 인사말을 나누었다. 아래쪽 관람석에는 알렉세이 알렉산드로비치가 평소 존경하던 시종무관장이 있었다. 그는 뛰어난 지성과 폭넓은 교양으로 명성이 자자한 인사였다. 알렉세이 알렉산드로비치는 그에게 정중하게 인사를 건넸다.

마침 그때는 경주 사이의 휴식 시간이었으므로 누구도 그들의 대화를 방해하지 않았다. 시종무관장은 경마를 비난했고, 알렉세이 알렉산드로비치는 그를 조금 반박하면서 경마를 옹호했다. 안나는 그들의 대화를 유심히 들었다. 그녀에게는 남편의 모든 말이 위선적으로 느껴졌고, 한 마디 한 마디에 소름이 돋았다.

사 베르스타 장애물 경주가 시작되자, 안나는 온 신경을 트랙에 집중하고는 말 위에 올라타는 브론스키의 모습을 뚫어지게 바라보았다. 동시에 그녀는 끊임없이 들려오는 남편의 소름 끼치는 목소리를 듣고 있어야 했다. 그녀는 브론스키를 향한 어지러운 마음 때문에 무척 괴로웠다. 그러나 그녀를 더욱 괴롭힌 것은 익숙하고도 소름 끼치는 말투로 끝없이 지껄이는 남편의 목소리였다. 다른 누가 그렇게 생각하지 않을지라도 적어도 그녀에겐 그랬다.

'나는 나쁜 여자다. 나는 타락한 여자야.'

그녀는 생각했다.

'난 거짓으로 살고 싶지 않아. 난 이것을 더 이상 이것을 감당해 내기 힘들어. 그런데 이런 거짓된 삶은 알렉세이 알렉산드로비치에게는 일상적인 삶이지. 그는 모든 걸 다 알고 있고 지금 눈으로도 다 보고 있어. 그런데 어떻게 저렇게 태연할 수 있을까? 그에게는 감정이 없을까? 그가 만약 나를 죽이려 한다면, 그리고 브론스키를 죽이려고 한다면 차라리 나는 그를 이해할 수 있을 거야. 그를 존경하고 싶을 거야. 그렇지만 이건 아니야. 그는 오직 거짓과 체면을 위해 살고 있어.'

안나는 그녀가 진정으로 남편에게 바라는 것이 무엇인지, 남편을 어떻게 생각하고 싶은지는 전혀 따지지 않고 혼잣말을 했다. 그녀는 유독 오늘따라 이상하게 말이 많은 그의 모습, 안나를 너무나도 자극하는 그의 모습을 보면서 그것이 그의 반작용임을, 그러니까 그의 내면에 들끓는 불안함과 초조함 때문이라는 것을 몰랐다. 아이가 크게 다쳤을 때 너무나 아파 팔짝팔짝 뛰는 것처럼 알렉세이 알렉산드로비치는 아내 때문에 생긴 괴로움을 떨치려는 정신적인 노력이 필요했다. 아내와 브론스키를 눈앞에 두고, 또한 브론스키의 이름이 계속 들려오는 이 경마장 안에서 그는 괴로워 미쳐 버릴 지경이었던 것이다. 팔짝팔짝 뛰는 것이 어린 아이 같은 동작이듯이, 그에게는 고귀하고 지적인 말을 하는 것이 그다운 행동이었다. 그는 말했다.

"경마에서는 불가피하게 군인들과 기병들에게 위험이 따를 수밖에 없지요. 영국이 전쟁사에 가장 훌륭한 기병대 전투를 보였다면, 그것은 역사적으로 볼 때 영국이 경마를 국가적으로 폭넓게 발전시켜 왔기 때문이지요. 스포츠의 의의는 아주 큽니다. 그런데 우리는 이것을 그저 피상적으로 이해하고 있지요."

"피상적이라니요."

트베르스카야 공작 부인이 말했다.

"어느 장교는 늑골이 두 개나 부러졌다고 하더군요."

알렉세이 알렉산드로비치는 이를 드러내며 웃을 뿐 의미를 드러내지 않는 그 특유의 미소를 보였다.

"공작 부인, 그게 피상적인 게 아니라 본질이라고 한다면 어떨까요?"

그가 말했다.

"하지만 문제는 그게 아닐 겁니다."

그는 자신과 심각하게 이야기를 주고받던 장군에게 말했다.

"경마에 참가한 사람들은 군인으로서의 삶을 선택한 사람들입니다. 모든 직업인은 그에 따라 짊어져야 할 몫을 견뎌 내야 하지요. 군인의 의무 또한 마찬가지입니다. 권투나 에스파냐 투우 같은 스포츠는 야만스러운 역사성을 드러내지요. 하지만 이런 스포츠는 역사의 발전을 상징합니다."

"아뇨, 전 다시는 오고 싶지 않아요. 경마는 너무나 위험해요."

벳시 공작 부인이 말했다.

"안나, 그렇지 않나요?"

"정말 아슬아슬하죠. 하지만 그래서 눈을 뗄 수 없게 만들어요."

다른 부인이 말했다.

"내가 로마인이었다면, 한 경기도 놓치지 않았을 것 같아요."

안나는 아무 말도 하지 않고 쌍안경을 들여다보고 있었다.

바로 그때 키 큰 장군이 관람석을 지나갔다. 알렉세이 알렉산드로비치는 갑자기 일어서서 장군에게 정중하게 인사를 건넸다.

"당신은 경주에 참가하지 않으셨습니까?"

장군이 농담조로 물었다.

"제 경주가 훨씬 힘들지요."

알렉세이 알렉산드로비치가 정중하게 대답했다.

별 뜻 없이 건넨 말이었지만, 장군은 마치 현자에게 지혜로운 말을 들었다는 듯이 마치 프랑스 음식에서 소스의 풍미를 충분히 즐긴 듯한 표정을 지었다.

"두 가지를 생각해 봐야 합니다."

알렉세이 알렉산드로비치는 자리에 앉으며 말했다.

"선수와 관람자의 입장이지요. 이런 것을 즐기는 것은 관람자들의 낮은 수준을 보여 주기도 하지요. 저도 그에 대해서는 이렇게 생각합니다만……."

"공작 부인, 내기를 할까요?"

아래쪽에서 스테판 아르카지치가 벳시에게 소리쳤다.

"당신은 누구에게 걸겠습니까?"

"나와 안나는 쿠조블레프 공작에게 걸 거예요."

벳시가 대답했다.

"난 브론스키에게 장갑 한 켤레를 걸지요!"

"그래요!"

"정말 장관이로군요, 그렇지 않습니까?"

알렉세이 알렉산드로비치는 사람들이 이야기를 나누는 동안 입을 다물었다. 그렇지만 다시 이야기를 꺼내기 시작했다.

"아무튼 이렇게 생각하지만, 남성적인 경기라는 것이……."

그는 계속 말을 이었다.

하지만 마침내 그때 기수들이 출발했고, 대화는 모두 중단되었다. 알렉세이 알렉산드로비치는 입을 다물었고, 모두가 개울 쪽으로 시선을 돌렸다. 알렉세이 알렉산드로비치는 경주에 별 관심이 없었기 때문에 기수들을 보지 않고서 퀭한 눈으로 관람석을 둘러보았다. 그의 시선은 안나에게 꽂혔다.

그녀의 얼굴은 매우 창백하게 질려 있었다. 분명 그녀는 오직 한 사람만을 쳐다보고 있는 게 분명했다. 그녀는 부채를 쥐고서 숨을 죽이고 경기에 집중했다. 그는 그녀를 보던 시선을 황급히 거두고 다른 사람들 쪽을 쳐다보았다.

"그래, 저 여자나 다른 여자나 지금은 모두가 흥분해 있어. 그건 당연한 거야."

알렉세이 알렉산드로비치는 낮은 목소리로 중얼거렸다. 그는 그녀를 보고 싶지 않았다. 그러나 그의 시선은 자꾸만 그녀에게 쏠렸다. 그는 그녀의 얼굴에 분명히 드러나는 그것들을 읽지 않으려고 노력하면서 그녀의 얼굴을 바라보았다. 그러나 자신의 뜻과는 반대로 그녀의 얼굴에서 그가 두려워했던 그 모든 것을 읽고 말았다.

개울에서 쿠조블레프가 말에서 떨어진 것 때문에 모든 사람이 흥분했다. 그러나 알렉세이 알렉산드로비치는 안나의 창백하고도 도도한 표정에서 그녀가 바라보고 있는 단 한 사람이 떨어지지 않았다는 사실을 똑똑히 보았다. 마호친과 브론스키가 커다란 울타리를 뛰어넘고 그들을 뒤따르던 장교가 바로 그 자리에서 낙마하며 치명상을 입었을 때 관중석의 모든 사람이 공포감에 휩싸여 술렁거렸을 때에도 알렉세이 알렉산드로비치는 안나가 이것을 전혀 알지 못했다가 주위 사람들의 기색과 말을 듣고서야 뒤늦게 깨달았음을 지켜보고 있었다. 그는 더욱 온 신경을 집중하여 그녀를 응시했다. 안나는 브론스키가 달리는 모습에 완전히 빠져 있었으면서도 자신을 쏘아보는 남편의 차가운 태도를 느낄 수 있었다.

그녀는 잠깐 남편을 돌아보더니 얼굴을 찌푸리고는 트랙으로 시선을 던졌다.

'이젠 어떻게 되든 상관없어요.'

그녀는 마치 이렇게 말하듯이 더는 알렉세이 알렉산드로비치에게 눈길을 주지 않았다. 경주는 처참했다. 열일곱 기수 중에서 절반 이상이 낙마했다. 경주가 종반으로 치닫자, 모든 관중이 흥분하고 있었다. 그 흥분은 차르가 불만족스러워한다는 사실로 인해 더 뜨거워졌다.

모두가 한목소리가 되어 경주를 비난하는 말을 퍼부으면서 누군가 선창한 '오직 사자와의 싸움이 아섭다.'는 말을 합창했다. 모든 사람이 공포에 휩싸여 있었다. 그래서 브론스키가 말에서 떨어졌을 때 안나가 너무나도 큰 소리로 비명을 질렀어도 이상할 게 없었다. 하지만 곧 안나의 얼굴에는 너무나 명백하고도 부적절한 변화가 나타났다. 그녀는 완전히 이성을 잃었다. 마치 붙잡힌 새처럼 그녀는 파르르 몸을 떨기 시작했다. 그녀는 몇 번이나 어딘가로 가려는 자세를 취했고 자꾸만 벳시를 돌아보았다.

"가요. 어서 가요!"

그녀는 말했다.

하지만 벳시는 그녀의 말을 듣지 못하고 있었다. 그녀는 몸을 숙여 앞쪽에서 서 있던 장관과 이야기를 나누고 있었다.

알렉세이 알렉산드로비치는 안나에게 가서 부드럽게 손을 내밀었다.

"안나, 나와 같이 갑시다."

그는 프랑스어로 이야기했다. 하지만 안나는 장군의 말을 듣느라 남편이 가까이 온 것도 알아채지 못했다.

"다리가 부러졌다는군요."

장군이 말했다.

"어떻게 이런 일이."

안나는 남편에게 대답을 하지도 못하고 쌍안경으로 브론스키가 말에서 떨어진 곳을 보았다. 하지만 워낙 멀리 있는 데다 너무나 많은 사람이 모여 있어 아무것도 제대로 볼 수 없었다. 그녀는 쌍안경을 놓고 얼른 자리를 뜨려 했다. 그러나 바로 그때 한 장교가 말을 타고 와서 차르에게 무언가를 보고했다. 안나는 몸을 숙이고 장교의 말에 귀를 기울였다.

"스티바!"

그녀가 오빠를 불렀다.

하지만 그녀의 오빠는 그녀의 목소리를 듣지 못했다. 그녀는 어서 그 자리를 뜨고 싶었다.

"당신에게 한 번 더 청하겠소. 원한다면 함께 갑시다."

그녀는 강한 혐오감을 드러내면서 그의 얼굴을 외면한 채 이렇게 말했다.

"나를 그만 내버려 두세요. 나는 여기 있을 테니."

그녀는 브론스키가 떨어진 자리로부터 트랙을 가로지르며 관람석으로 달려오는 장교를 보고 있었다. 벳시가 그에게 손수건을 흔들었다.

장교는 기수가 다치지 않았지만 말의 등뼈가 부러졌다고 알려 주었다.

이 말을 들은 안나는 자리에 주저앉아 부채로 얼굴을 가렸다. 알렉세이 알렉산드로비치는 그녀가 눈물을 흘리는 것과 가슴 깊이 흐느끼는 것을 느꼈다. 알렉세이 알렉산드로비치는 그녀가 진정할 수 있을 때까지 몸으로 그녀를 가려 주었다.

"세 번째로 청하겠소."

얼마 뒤 그가 그녀에게 말을 꺼냈다. 안나는 그를 마주 보았지만 무슨 말을 해야 할지 몰랐다. 벳시 공작 부인이 그녀를 도왔다.

"알렉세이 알렉산드로비치, 내가 안나를 바래다주겠어요. 그렇게 하기로 약속하기도 했고요."

그녀가 끼어들었다.

"말씀은 감사합니다만 죄송합니다, 공작 부인."

그는 부드럽게 미소를 지으면서도 단호한 눈빛으로 그녀를 바라보았다.

"안나의 상태가 그리 좋지 않으니 내가 데리고 가겠습니다."

안나는 놀란 얼굴로 주변을 살피더니 자리에서 일어나 남편의 팔에 손을 얹었다.

"사람을 시켜 상황을 알아본 뒤 당신에게 다시 알려 줄게요."

벳시가 안나에게 속삭였다.

늘 그랬듯이 알렉세이 알렉산드로비치는 관람석 입구에서 마주친 사람들과 다시 유쾌하게 이야기를 나누었다. 그 자리에 있던 안나 역시 그 사람들과 이야기를 주고받아야만 했다. 그러나 그녀는 걷잡을 수 없는 감정을 추스리며 조용히 남편에게 의지해 관람석을 빠져나갈 수밖에 없었다.

'다쳤을까? 괜찮을까? 그가 올 수 있을까, 아니면 못 올까? 그를 오늘 볼 수 있을까?'

그녀는 생각에 빠졌다.

그녀는 조용히 알렉세이 알렉산드로비치의 마차에 몸을 싣고 마차들 틈을 빠져나가는 동안 입을 열지 않았다. 알렉세이 알렉산드로비치는 모든 것을 명백히 지켜보면서도 여전히 아내의 모습을 냉정하게 생각하지 않았다. 그는 그녀가 필요 이상의 반응을 보였고, 그러니 그에 대해 일깨워 줘야겠다고 생각했다. 하지만 더 이상의 이야기를 꺼내지 않으면서 그 이야기만을 전달하기는 어려울 것 같았다. 그는 그녀의 잘못된 행동을 짚어 주기로 하고 결국 말을 꺼냈다. 하지만 대화는 전혀 엉뚱하게 흘러갔다.

"인간의 속성에는 이런 잔인함에 열광하는 면모가 분명히 있지."

그가 말을 이었다.

"내 생각에는……."

"그게 무슨 얘기죠? 도저히 이해할 수가 없군요."

안나가 경멸하는 표정을 지으며 말했다.

그는 순간 모욕감이 치밀어 올라 참을 수 없었다.

"도저히 말을 안 하려야 안 할 수가 없군."

'결국 이렇게 되는구나.'

안나는 이렇게 생각하며 두려움에 떨었다.

"당신은 이걸 알아야 하오. 오늘 당신의 행동이 얼마나 잘못되었는지를."

그가 프랑스어로 말했다.

"내 행동의 어떤 점이 잘못되었다는 거죠?"

그녀는 그의 눈을 똑바로 응시하면서 말했다. 무언가를 감춘 듯한 이전의 태연함을 잃고서 그녀는 차가움으로 가장한 그녀의 모습 아래 두려움을 숨겨 두고 있었다.

"생각해 보시오."

그는 마부석 쪽의 창문이 열린 것을 보며 말했다.

그는 유리창을 닫았다.

"뭐가 잘못이라는 거죠?"

그녀가 다시 물었다.

"기수들 가운데 어느 한 사람이 떨어졌을 때 당신이 드러냈던 그 절망 말이오."

그는 그녀의 대답을 기다렸다. 하지만 그녀는 아무 말이 없었다.

"난 사람들의 입방아에 오르지 말라고 이미 여러 번 당신에게 부탁하고 경고했소. 한때 내가 우리 두 사람의 관계를 이야기한 적도 있었지만 지금 내가 말하려는 것은 그게 아니오. 내가 말하는 건 표면적인 것이오. 당신의 행동은 잘못되었소. 다시는 이런 잘못이 반복되지 않기를 바라오."

그녀는 그의 말을 제대로 듣지 않았다. 그녀는 단지 브론스키가 다치지 않았다는 말이 사실인지에만 신경이 쓰였다. 기수는 다치지 않았고 말의 등뼈만 부러졌다는 게 브론스키의 이야기가 맞나? 그가 말을 마쳤을 때 그녀는 딴생각에 잠겨 있었기 때문에 경멸적인 눈빛만 보였을 뿐 아무런 대답도 없었다. 알렉세이 알렉산드로비치는 적나라하게 이야기를 꺼냈지만 자신이 무슨 말을 했는지를 깨닫자 그녀가 느끼는 것과 비슷한 공포감을 느꼈다. 아내의 경멸적인 미소를 보자 이상한 생각에 사로잡혔다.

'이 여자는 내 말을 무시하고 있어. 그래, 지난번에 늘어놓았던 말을 이번에도 똑같이 늘어놓겠지. 내 의심을 무시하며 우습게 여길 거야.'

파멸이 눈앞으로 다가온 지금, 그는 그의 의심을 그녀가 예전처럼 아무 근거도 없는 헛소리라며 비웃어 주기를 바랐다. 그는 자기가 느낀 것이 너무나 두렵고 무서워서 그녀가 해 주는 말에 의지하고 싶어졌다. 하지만 우울함과 두려움에 사로잡힌 그녀는 이제 거짓을 말할 기운조차 없는 것 같았다.

"내가 다시 착각한 것인지도 모르겠군."

그가 말했다.

"그렇다면 부디 나를 용서해 주기를 바라오."

"아니요. 당신은 착각하지 않았어요."

그녀는 그의 얼굴을 차갑게 바라보며 말했다.

"당신은 착각하지 않았어요. 나는 고통에 빠져 버렸어요. 고통에서 벗어날 길이 없군요. 나는 지금 당신의 말을 들으면서도 그를 생각하고 있어요. 나는 그를 사랑해요. 우리는 연인이에요. 난 당신을 견딜 수가 없어요. 당신이 무섭고 당신을 너무나 증오해요. 그러니 이제 당신 마음대로 해요."

그녀는 마차 구석에 몸을 내맡기고 두 손으로 얼굴을 가린 채 흐느꼈다. 알렉세이 알렉산드로비치는 시선을 한곳에 고정한 채 꼼짝도 하지 않았다. 그의 얼굴은 시체처럼 장엄한 분위기를 내며 굳어 있었고 별장에 도착할 때까지 변하지 않았다. 별장에 다다라서 그는 여전히 음울한 표정으로 아내에게 말했다.

"그렇구려. 하지만 당분간은 체면이라는 외적 조건을 지켜 주길 바라겠소."

그가 떨리는 목소리로 말했다.

"내 명예를 지킬 수 있는 방법을 생각해 보겠소. 그때까지는."

그는 마차에서 내리며 그녀를 내려 주었다. 그는 모든 하인이 보는 앞에서 그녀의 손을 한번 꼭 잡았다 놓고는 다시 마차에 올라 페테르부르크로 떠났다.

잠시 뒤 벳시 공작 부인의 하인이 안나에게 편지를 가져왔다.

'알렉세이에게 사람을 보내 그의 건강 상태가 어떤지 알려 달라고 했어요. 그랬더니 자신은 아주 무사하며 단지 절망에 빠져 있다는 답신이 왔답니다.'

'그는 올 거야.'

안나는 생각했다.

'모든 걸 말해 버린 건 아주 잘한 일이야!'

그녀는 시계를 보았다. 아직 세 시간 정도 여유가 있었다. 그를 보았던 마지막 순간이 떠올라 그녀는 욕망에 사로잡혔다.

'아, 찬란하여라. 두렵기도 하지만, 난 그와 함께 있는 게 좋아. 이 황홀함……. 남편! 그래…… 그 덕에 남편과도 이젠 깨끗이 끝났어!'

30

쉐르바츠키가의 사람들이 거처를 옮긴 독일의 작은 온천은 사람들이 많이 모여 있는 곳이라면 어디나 그렇듯, 이 사회를 이루는 그 모든 것이 잘 채워져 있었다. 그러한 오랜 관습은 그 사회에 속한 사람들에게 불면의 지위를 누리게 해 준다. 물방울이 얼어 어떤 일정한 모양의 눈 결정체를 이루듯, 온천에 새로 온 사람은 곧 자신에게 맞는 일정한 지위를 갖게 된다.

쉐르바츠키가의 사람들도 그들이 머무는 숙소와 그들의 이름, 그리고 그들이 만난 사람들에게 부여받은 일정한 지위 속에서 하나의 결정체로 굳어졌다.

올해 이 온천에는 독일의 대공비가 와 있었고, 그녀로 인해 이 사회의 교류는 더욱 활발했다. 공작 부인은 자신의 딸에게 대공비와의 친분을 맺어 주고 싶어 했다. 그리고 이튿날 기어이 이를 실현시켰다. 키티는 파리에서 맞춘 세련되고 아주 화려한 축에 드는 여름 드레스를 입고서 우아하고 겸손한 태도로 무릎을 굽혀 인사했다. 대공비는 말했다.

"어서 빨리 그 아름답고 자그마한 얼굴에 장밋빛 생기를 되찾길 바랍니다."

그리하여 쉐르바츠키가의 사람들에게는 일정한 행동 양식이 생겼고, 이제는 그에 맞게 생활해야 했다. 쉐르바츠키 일가는 영국 귀부인 가족, 전쟁에서 부상당한 아들을 쉬게 하려고 데려온 독일 백작 부인, 스웨덴 학자, 카넛 가의 오누이들과 친해졌다. 하지만 쉐르바츠키 일가와 절친하게 지낸 가족은 모스크바의 귀부인 마리야 예브게니예브나 르치쉐바와 그녀의 딸, 그리고 모스크바의 대령이었다. 그 집안의 딸 역시 키티처럼 상사병을 앓았기에 키티는 그녀를 피했다. 어렸을 때부터 그 대령을 보아 와서 그의 견장 달린 군복 차림에 익숙했던 키티는 이곳에서 그의 작은 눈과 맨살이 드러난 목 위의 넥타이가 너무나 우스웠다. 게다가 그녀는 찰거머리처럼 눈앞을 왔다 갔다 하는 그가 너무나 싫었다. 이 모든 것이 어쩔 수 없이 생활이 되어 가자 키티는 무척 괴로워지기 시작했다. 게다가 공작이 카를스바트로 떠나는 바람에 어머니와 둘이 남겨지자 키티는 무척 외로웠다. 그녀는 지인들에게 전혀 관심이 없었고, 그들과 친해져 봤자 더 따분해질 뿐이라고 여겼다. 이제 온천에서 그녀가 흥미를 느낄 만한 건 잘 모르는 사람을 관찰하면서 그들이 어떤 사람일지 추측하는 것뿐이었다. 그녀는 사람들이 가진 저마다의 신비감에 빠져드는 경향이 있었는데 특히 모르는 사람에게 그랬다. 그녀는 항상 '저 사람은 어떤 사람일까?' '저 둘은 어떤 관계일까?' 하고 추측하면서 가장 신비롭고 멋진 사람을 꼽아서 자신이 그렇게 믿을 수밖에 없는 이유들을 생각해 보곤 했다.

그녀는 많은 사람 가운데 특히 슈탈 부인이라는 병든 러시아 귀부인과 함께 온 러시아 아가씨에게 관심을 가졌다. 슈탈 부인은 상류층 인사였다. 하지만 그녀는 한 걸음도 걷지 못할 만큼 병이 깊어서 아주 맑은 날에만 겨우 휠체어를 타고 온천에 나올 정도였다. 하지만 공작 부인은 슈탈 부인이 러시아 사람들과 교류하지 않는 것이 건강 상태 때문이 아니라 특유의 거만함 때문이라고 생각했다. 러시아 아가씨는 성실히 슈탈 부인을 간호했는데—그 온천에는 슈탈 부인 외에도 많은 환자들이 있었고—그들과 스스럼없이 친하게 어울리며 돌봐 주었다. 그녀는 키티가 보기에 슈탈 부인의 친인척 같지도 않았고, 고용 간병인도 아니었다. 슈탈 부인은 그녀를 바렌카라고 불렀고, 다른 사람들은 마드모아젤 바렌카라고 불렀다. 키티는 급속도로 이 아가씨와 슈탈 부인의 관계에, 그리고 다른 사람들과의 관계에 빠져들었다. 키티는 마드모아젤 바렌카에게 깊은 호감을 느꼈고 가끔 마주칠 때마다 그녀도 자신에게 호감이 있다는 것을 느꼈다.

마드모아젤 바렌카는 막 피어오르는 꽃송이 같은 나이였지만 마치 젊음의 생기를 모르는 것 같았다. 그녀는 어느 때는 열아홉처럼 보였지만 어느 때에는 서른 살처럼 보이기도 했다. 그녀의 얼굴을 가만히 보면, 얼굴에 옅은 병색이 있었지만 평범한 얼굴 속에 아름다움을 간직하고 있었다. 마른 몸매나 보통 키, 큰 얼굴만 아니라면 그녀는 아름다운 얼굴에 균형 잡힌 몸매를 가진 여성으로 꼽혔을 것이다. 하지만 그녀는 남자들에게 매력적으로 보이지 않았다. 한창 싱그럽게 꽃잎을 틔울 나이였지만 이미 향기를 잃어 가는 꽃처럼 보였다. 그리고 그녀가 남자들에게 인기가 없던 이유는 키티에게 지나치게 많았던 그것, 그러니까 넘칠 듯한 생기와 그 자신의 매력에 대한 당당함이 그녀에게 부족했기 때문이었다.

그녀의 일상은 매우 바쁘게 돌아갔다. 그래서 그녀는 다른 일에는 전혀 관심이 없는 것 같았다. 그녀의 이러한 상황에 키티는 호감을 느꼈다. 키티는 그녀를 통해서, 그녀의 그런 생활 방식 속에서 자신이 갈구하는 그것, 바로 삶에 대한 욕구와 가치를 되찾을 수 있을 거라는 희망을 가졌다. 그것은 키티가 그토록 혐오하는 사교계의 남녀 사이, 특히 키티에게는 진열장 안의 상품과 상품을 저울질하는 손님처럼 혐오스럽게 보이는 그런 관계 바깥에 있었다. 새로운 친구를 가까이에서 지켜보면서 키티는 그녀야말로 자신이 기다려 오던 완벽한 벗이라는 것을 확신했고, 그녀와 친해지고 싶어졌다.

두 아가씨는 하루에도 몇 번씩 마주쳤는데, 그럴 때마다 키티는 이렇게 생각했다.

'당신은 누구죠? 무슨 일을 하나요? 당신은 내 상상 속에서처럼 다정하고 아름다운 사람인가요? 하지만 제발……'

그녀의 시선은 이렇게 말했다.

'내가 친구가 되고 싶어 안달이 났다는 생각은 하지 말아 줘요. 난 그저 가까이에서 당신에게 호감을 느끼는 사람일 뿐이랍니다.'

낯선 아가씨의 시선은 마치 이렇게 답하는 것 같았다.

'나도 당신이 좋답니다. 당신은 정말이지 사랑스러운 사람이에요. 내게 조금이라도 여유가 있다면 당신과 친해질 수 있을 텐데……'

그녀는 늘 바빴다. 그녀는 러시아인 가족의 아이들과 온천 밖으로 놀러 나가기도 했고 병든 남자의 이야기를 들어 주고 커피와 함께 곁들일 비스킷을 사러 나갔다 오기도 했다.

쉐르바츠키가의 사람들이 온천 마을에 온 직후, 따가운 눈총을 받으며 아침 시간에 들른 두 사람이 있었다. 한 사람은 키가 크고 등이 굽었으며 커다란 손을 가진 남자였다. 그는 짧은 듯한 코트를 입고 무섭고 검은 눈동자를 갖고 있었다. 또 한 사람은 얼굴이 살짝 패었지만 무척 아름다운 여자로, 매우 초라한 차림을 하고 있었다. 키티는 이들이 러시아 사람이라는 것을 알고 속으로 아름답고 슬픈 로맨스를 떠올리고 있었다. 하지만 공작 부인은 방명록을 통해 이들이 니콜라이 레빈과 마리야 니콜라예브나라는 것을 알았고, 키티에게 그 남자가 얼마나 잔인하고 무서운 사람인지 알려 주었다. 키티의 착각은 와르르 무너지고 말았다. 어머니에게 전해 들은 이야기 때문이기도 했지만, 그가 콘스탄친 레빈의 형이라는 사실 때문에 그녀는 불안해지기 시작했다. 레빈이라는 성을 가진 그 남자는 늘 경련을 일으키기라도 할 듯 머리를 흔들면서 그녀에게 끝없이 혐오감을 주었다.

그녀는 그의 무서운 눈동자에 드리워진 증오의 기운을 느꼈다. 그녀는 되도록 그와 마주치지 않기 위해 애썼다.

31

어느 흐린 날이었다. 오전 내내 비가 내렸고 회랑은 우산을 든 병자들로 넘쳤다.

키티는 어머니와 모스크바 대령과 함께 걷고 있었다. 모스크바 대령은 프랑크푸르트에서 가져온 유럽식 프록코트를 입은 탓에 들떠 있었다. 그들은 회랑 한편을 따라 천천히 걸으면서 반대쪽을 걷는 레빈을 피했다. 검은 드레스를 입고 챙이 긴 검은 모자를 쓴 바렌카는 맹인인 프랑스인 부인을 부축해서 회랑을 걷고 있었다. 바렌카와 키티는 마주칠 때마다 서로에게 고운 눈빛을 보냈다.

"어머니, 저분과 이야기를 해 보고 싶어요."

키티가 말했다. 새로운 친구를 눈으로만 좇던 키티는 그녀가 샘으로 가는 것을 보더니 자신도 따라가 보고 싶었다.

"그래, 네가 원한다면 좋아. 하지만 그 전에 내가 직접 그녀를 만나 볼게."

어머니가 대답했다.

"저 여자가 마음에 드니? 아마 귀부인의 말 상대로 여기에 온 걸 거야. 네가 좋다고 한다면 내가 슈탈 부인과 친해져 볼게."

공작 부인은 거만하게 말했다.

키티는 공작 부인이 슈탈 부인에게 모욕감을 느낀다는 것을 눈치챘다. 슈탈 부인은 공작 부인과의 교제를 꺼리는 듯했다.

"괜찮은 아가씨 같아요. 아주 다정하고요!"

그녀가 바렌카를 보며 말했다. 그녀는 프랑스 부인에게 컵을 건네주고 있었다.

"저것 좀 보세요. 얼마나 상냥하고 아름다운가요?"

"내 눈에는 네 태도가 참 이상해 보이는구나."

공작 부인이 말했다.

"자, 이제 되돌아갈까?"

그녀는 레빈과 그와 동행한 부인이 독일 의사와 같이 이쪽으로 오는 것을 보더니 말했다. 레빈은 불편한 점이 있는지 의사에게 화를 내고 있었다.

그들이 몸을 돌렸을 때, 아주 큰 고함 소리가 들려왔다. 레빈은 갑자기 멈추어 서서 있는 대로 소리를 내질렀고, 의사도 흥분한 듯 보였다. 사람들이 하나둘씩 모여들었다. 공작 부인은 키티를 데리고 얼른 자리를 떴다. 대령은 무슨 일인지를 보려고 사람들과 함께 가까이 접근했다.

몇 분 뒤 대령이 돌아왔다.

"왜 그랬던 건가요?"

공작 부인이 물었다.

"너무나 부끄러운 일입니다."

대령이 말을 이었다.

"외국에서 러시아인들을 만나는 것만큼이나 두려운 게 없지요. 저 키 큰 남자가 의사와 말싸움을 벌이면서 의사의 치료법이 잘못되었다고 화를 내더군요. 욕설을 퍼부으면서 지팡이를 던지고요. 보는 사람도 어찌나 민망하던지."

"아, 정말 소름 끼치는군요."

공작 부인이 말했다.

"그래서 어떻게 됐지요?"

"다행히 그때 한 여자가, 그 버섯처럼 생긴 모자를 쓴 아가씨 말입니다, 그 아가씨가 끼어들더군요. 러시아 사람 같았어요."

대령이 말했다.

"마드모아젤 바렌카요?"

키티가 물었다.

"네, 그녀가 아주 능숙하게 해결하더군요. 그녀가 신사의 팔을 잡고 다른 곳으로 데려갔으니까요."

대령이 말했다.

"어머니, 제 말이 맞잖아요. 어머니께서는 제가 그녀에게 관심을 보이는 게 이상하다고 하셨지만요."

다음 날 키티는 온천에서 새로운 친구를 유심히 보다가, 바렌카가 레빈과 그와 함께 있던 여자에게도 자신이 돌보는 다른 사람들과 똑같이 대하는 것을 보았다. 그녀는 그들과 다정하게 이야기를 나누고, 외국어를 못하는 여자를 위해 통역을 해 주기도 했다.

키티는 바렌카와 친구가 되고 싶다고 어머니를 졸랐다. 공작 부인은 무척 거만해 보이는 슈탈 부인에게 자신이 먼저 호감을 내비치는 것이 내키지 않았다. 하지만 바렌카를 유심히 지켜보면서 그녀와 교류하는 게 크게 나쁘지 않겠다는 결론을 내렸다. 그녀는 바렌카에게 다가가 그녀와 직접 친분을 맺기로 했다.

공작 부인은 딸이 샘터로 나가고 바렌카가 빵집 앞에 있을 때 기회를 틈타 그녀에게 갔다.

"당신과 알고 지내고 싶어서요. 괜찮을까요?"

그녀는 기품 넘치는 우아한 미소를 지으며 말했다.

"내 딸이 당신에게 큰 호감을 갖고 있답니다."

그녀가 말했다.

"내가 누군 줄 잘 모르죠. 나는……."

"제가 더 영광이지요, 공작 부인."

바렌카가 대답했다.

"어제 당신은 같은 러시아 사람인 그들에게 친절을 베풀었어요."

공작 부인이 말했다.

바렌카는 얼굴을 붉히며 말했다.

"전 아무것도 도운 게 없는데요."

그녀가 말했다.

"당신이 레빈을 그런 상황에서 구했잖아요."

"네, 그 부인이 저를 부르셨어요. 그래서 그분을 진정시켜 드린 것뿐이랍니다. 그분은 건강이 무척 나쁩니다. 그래서 의사에게 불만을 털어 놓으신 거죠. 전 환자들에게 익숙해서 괜찮았어요."

"그렇군요. 당신은 슈탈 부인과 멘토나에 살았지요? 슈탈 부인은 당신의 친척인가요?"

"아니요. 전 그분을 어머니라고 부르지만 친척은 아니랍니다. 그분이 저를 길러 주셨어요."

바렌카가 얼굴을 붉혔다.

공작 부인은 키티가 왜 바렌카에게 호감을 가졌는지 알 것 같았다. 그녀는 너무나 진실하고도 순수해 보였다.

"그 레빈이라는 사람은 어떤가요?"

공작 부인이 물었다.

"곧 떠날 것 같아요."

바렌카가 대답했다.

그때 키티가 자신의 어머니와 바렌카가 다정히 이야기를 나누는 모습을 보더니 밝은 미소를 띠며 가까이로 다가왔다.

"어머, 저기 키티가 보이네요. 얘야, 네가 그토록 사귀고 싶어 하던 마드모아젤……."

"바렌카예요."

바렌카가 미소를 지으며 말을 이었다.

"다들 그렇게 부르죠."

키티는 기쁨에 젖어 오랫동안 친구의 손을 꼭 잡았다. 새로운 친구는 키티의 손을 마주 잡지는 않았지만, 키티의 손안에서 가만히 있어 주었다. 바렌카의 얼굴에는 약간 슬픈 기색이 있었지만 온화하고 아름다운 미소가 돌았다. 그러자 큼직하고 가지런한 이가 드러났다.

"저도 참 기쁘답니다."

그녀가 말했다.

"당신이 늘 바쁜 것 같아서요……."

"아니요. 그렇지 않아요."

바렌카가 대답했다. 그때 환자의 어린 딸인 러시아 소녀 둘이 달려왔기 때문에 그녀는 자리를 떠나야 했다.

"바렌카, 어머니가 찾으세요."

소녀들이 아우성을 쳤다.

그러자 바렌카는 그들과 함께 자리를 떴다.

32

바렌카의 과거와 슈탈 부인과의 관계, 그리고 슈탈 부인에 대해 조사한 공작 부인은 다음과 같은 사실들을 알게 되었다.

어떤 사람들은 슈탈 부인이 남편을 괴롭혔다고 했고, 또 어떤 사람은 남편이 부도덕한 짓을 저질러 슈탈 부인에게 고통을 주었다고도 했다. 아무튼 슈탈 부인은 늘 병을 앓았고 제대로 된 판단을 내릴 수 없는 지경이 되었다. 그녀가 첫아이를 낳았을 때는 남편과 이미 이혼한 상태였는데, 아기는 태어나자마자 죽었다. 슈탈 부인의 지인들은 그녀가 특유의 예민한 성격 탓에 무슨 짓을 저지를까 두려워 그날 밤 페테르부르크의 같은 집에서 태어난 궁중 요리사의 딸과 그녀의 딸을 맞바꾸었다. 그 아기가 바로 바렌카였던 것이다. 슈탈 부인은 나중에 바렌카가 자기 딸이 아니라는 것을 알았지만 계속 그녀를 길렀다. 얼마 지나지 않아 바렌카의 가족들도 모두 떠나 바렌카는 슈탈 부인 밑에서 자라게 되었다.

슈탈 부인은 십 년째 남쪽의 이국땅에서 집에만 틀어박혀 침대 위에서 살았다. 어떤 사람들은 슈탈 부인이 스스로 덕이 높고 종교심이 깊은 척하면서 사회적 지위를 높였다고 말했지만, 다른 사람들은 그녀가 실제로 이웃을 먼저 생각하는 바른 삶을 살아왔다며 그녀를 극히 고결

한 존재로 여겼다. 그녀가 가톨릭인지 프로테스탄트인지 러시아 정교인
지에 확실히 아는 사람은 없었다. 그러나 한 가지만은 확실했다. 그녀는
모든 교회와 종교의 최고층들과 절친한 사이라는 건 논란의 여지가 없
는 사실이었다.

바렌카 역시 부인을 따라 외국에서 자랐다. 슈탈 부인을 아는 사람이
라면 누구나 그녀를 마드모아젤 바렌카라고 부르며 진심으로 사랑하고
아꼈다.

이러한 모든 것을 알게 된 공작 부인은 자신의 딸과 바렌카가 절친하
게 지내는 것을 더 이상 경계하지 않았다. 오히려 바렌카는 무척 예의가
바르고 뛰어난 교양을 갖추고 있었다. 프랑스어와 영어에도 능통했다.
무엇보다 중요한 것은 슈탈 부인이 바렌카를 통해서 자신의 병세가 깊
어 공작 부인과 활발히 교제하지 못한 것을 무척 아쉬워하는 의사를 전
해 왔다는 것이었다.

바렌카와 친구가 된 뒤부터 키티는 그녀에게 더욱 빠져들었고, 그녀의
좋은 점들을 나날이 새롭게 발견했다.

공작 부인은 바렌카가 노래를 잘한다는 이야기를 듣고서 저녁 무렵 숙
소로 초대해 노래를 해 달라고 부탁했다.

"키티가 반주를 해 줄 거예요. 별로 좋은 건 아니지만, 우리 숙소에 피
아노가 있어요. 아무튼 우리에게 즐거움을 주겠지요?"

공작 부인은 특유의 가식적인 미소로 말했다. 키티는 오늘따라 왠지
그 미소가 마음에 걸렸다. 바렌카가 별로 노래하고 싶어 하는 것 같지 않
았기 때문이었다. 하지만 바렌카는 저녁에 악보집을 갖고 왔다. 공작 부
인은 마리야 예브게니예브나와 그 딸, 그리고 대령을 초대했다.

바렌카는 자신이 잘 모르는 사람이 와 있다는 것은 별로 상관하지 않
고서 피아노 쪽으로 갔다. 그녀는 직접 반주를 하지는 못했지만 아름다
운 목소리로 악보를 읽어 내려갔다. 피아노 솜씨가 뛰어난 키티가 그녀

의 노래에 반주를 붙였다.

"정말 훌륭한 재능이군요."

바렌카가 첫 곡을 마치자 공작 부인이 말했다.

마리야 예브게니예브나와 그 딸도 무척 기뻐하며 찬사를 보냈다.

"밖을 보십시오."

대령이 창밖을 가리키며 말했다.

"당신의 노랫소리를 듣고서 이렇게 많은 사람이 모였어요."

창 밑에는 많은 인파가 모여 있었다.

"제가 여러분께 즐거움을 드렸다니, 무척 기쁘군요."

바렌카가 대답했다.

키티는 자랑스러운 눈빛으로 친구를 바라보았다. 키티는 바렌카의 노래 솜씨와 목소리, 그리고 그 얼굴에 흠뻑 매료되었다. 무엇보다 자신의 노래 실력에 우쭐하지 않고 또 사람들의 칭찬에도 겸손한 태도를 보이는 그녀의 모습에 매력을 느꼈다. 그녀는 사람들의 생각에 개의치 않고 '더 부를까요? 아니면 그만둘까요?' 하고 묻는 듯했다.

'내가 만약 그녀였다면……'

키티는 속으로 생각했다.

'무척 나 자신을 드러내며 잘난 척을 했을 텐데! 그리고 창문 아래 모인 수많은 사람을 보고서 마음껏 기뻐했을 텐데! 그런데 그녀는 초연하구나. 그녀가 노래를 부른 것은 어머니의 부탁을 공손하게 받아들였기 때문이야. 어머니를 기쁘게 해 드리기 위해서. 그녀는 대체 어떤 사람일까? 모든 것으로부터 초연하고도 냉정하고 침착해. 그녀는 어쩜 그렇게 멋질 수 있을까? 난 그걸 알아내고 싶어. 그리고 나 자신도 그렇게 되고 싶어!'

키티는 친구의 얼굴을 바라보며 생각에 빠졌다. 공작 부인은 바렌카에게 노래를 한 곡 더 신청했고, 바렌카는 피아노 옆에 서서 메마르고 검은 손으로 박자를 맞춰 피아노 위를 탁탁 두들기면서 조금 전처럼 아름답게 노래를 불렀다.

악보집에 있는 다음 곡은 이탈리아 가곡이었다. 키티는 전주를 치고서 바렌카를 마주 보았다. 키티는 그 전주 부분을 무척 좋아했다.

"이 곡은 좀……."

바렌카가 얼굴을 붉혔다.

키티가 깜짝 놀라며 바렌카의 얼굴을 바라보았다.

"그럼 다른 곡을 칠까요?"

키티는 악보를 황급히 넘기며 말했다. 그녀는 마치 이 노래에 말 못 할 사연이 있는 것 같았다.

"아니에요."

바렌카가 한 손으로 악보를 잡으며 조용히 웃으며 대답했다.

"이 곡을 부르겠어요."

그녀는 조금 전처럼 차분하고 아름답게 노래를 불렀다.

그녀가 노래를 부르자, 모두들 또 한 번 그녀에게 찬사를 보냈다. 그러고는 차를 마시기 위해 자리를 옮겼다. 키티와 바렌카는 둘이서 숙소 앞에 있는 작은 정원으로 나갔다.

"그 노래에 특별한 기억이 있나요?"

키티가 물었다.

"아, 곤란하면 대답하지 않아도 좋아요."

그녀는 이렇게 덧붙였다.

"하지만 기억이 있는지 없는지 그것만 알려 주면 좋겠어요."

"괜찮아요. 말해 줄게요."

바렌카가 솔직하게 말했다.

"추억이 있답니다. 한때는 무척 괴로웠죠. 사랑하는 남자에게 이 노래를 불러 주곤 했답니다."

키티는 눈을 크게 뜨고서 말없이 바렌카의 말을 들었다.

"난 그를 몹시 사랑했고, 그도 나를 사랑했어요. 하지만 어머니의 반대로 그는 다른 여자와 결혼했답니다. 그는 여기서 그리 멀지 않은 지역에 있어요. 그래서 이따금 보곤 한답니다. 당신은 내게 이런 로맨스가 있을 거라고는 생각하지 않았죠?"

그녀가 말했다. 그녀의 아름다운 얼굴 속에서 환한 미소가 보였다. 키티의 생각에 추억 속의 그때 그 환한 미소는 그녀의 얼굴 전체를 비추었을 듯했다.

"왜 그렇게 생각하나요? 내가 남자라도 당신을 알았다면 당신을 사랑할 수밖에 없었을 거예요. 다만 한 가지, 왜 그가 어머니를 위해서 당신을 잊고서 다른 여자와 결혼했는지 모르겠어요. 마치 심장이 없는 사람처럼요."

"아니에요. 그는 정말 좋은 사람이랍니다. 나는 불행하지 않아요. 정말 행복하답니다. 그럼, 오늘의 노래는 이제 끝난 거지요?"

그녀가 숙소로 가며 이렇게 말했다.

"당신은 정말 아름다운 사람이에요. 정말 좋아요!"

키티가 이렇게 외치더니 그녀에게 가서 입을 맞추었다.

"나도 당신을 닮고 싶어요."

"어째서 당신이 그런 생각을 하죠? 당신도 충분히 아름다워요."

바렌카는 특유의 곱고 지친 듯한 미소를 띠며 말했다.

"아니요. 난 좋은 사람이 못 돼요. 자, 잠깐 여기 앉았다 갈까요?"

키티는 작은 벤치를 가리키며 말했다.

"듣고 싶어요. 당신은 정말 괜찮은가요? 아무런 모욕감도 느끼지 않았나요? 한 남자가 당신의 사랑을 저버렸고, 그가 더 이상 당신을 원하지 않는다면……."

"그는 날 무시하지 않았어요. 그는 날 진심으로 사랑했답니다. 하지만 그는 착한 사람이기에……."

"그래요. 하지만 어머니의 말을 들은 게 아니라 자기 자신이……."

키티는 이렇게 말하면서 그만 자신의 비밀을 말해 버렸다는 것을 알았다. 이미 붉어진 얼굴 또한 키티의 이런 마음을 온전히 드러내고 있었다.

"만약 그렇다면 그는 나쁜 사람이에요. 나라면 그런 남자에게 미련을 갖지 않을 거예요."

바렌카가 대답했다. 그녀는 지금 나누는 이 이야기가 자신이 아니라 키티의 이야기임을 알아차렸다.

"모욕감은 어쩌죠?"

키티가 말했다.

"정말이지 잊을 수가 없어요. 잊히지가 않아요."

그녀는 마지막 무도회를 생각했다. 그녀는 음악이 멈춘 동안 그를 쳐다보던 자기 자신을 떠올렸다.

"왜 모욕감을 느끼죠? 당신이 나쁜 짓을 한 것도 아니잖아요."

"그보다 더 못한 짓을 했답니다. 무척 수치스러운 일이었죠."

바렌카가 키티의 손 위에 자신의 손을 포갰다.

"무엇이 그렇게 수치스러웠나요?"

그녀가 말했다.

"당신은 당신에게 무관심한 그에게 사랑한다고 고백하지도 못했을 텐데요."

"그랬죠. 난 그에게 고백할 수 없었어요. 하지만 그는 알고 있었으니까요. 눈빛과 몸짓으로 얼마든 알 수 있죠. 난 백 년이 지나도 절대 이 일을 잊을 수 없을 거예요."

"그럼 어떻게 할 거죠? 난 잘 이해가 되지 않네요. 당신은 그를 아직도 사랑하나요?"

"아니요. 난 그를 증오해요. 그리고 나 자신을 사랑하지 않는답니다."

"왜 그렇죠?"

"모든 게 다 수치스럽고 모욕적이니까요."

"당신은 너무나 여리고 예민해요."

바렌카가 말했다.

"그런 일은 누구나 겪기 마련입니다. 그런 일을 겪었다는 건 중요하지 않아요."

"그럼 중요한 건 뭐죠?"

키티가 물었다.

"정말 많은 것이 있지요?"

바렌카가 부드럽게 웃으며 말했다.

"그게 뭔가요?"

"많지요."

바렌카는 딱히 뭐라고 말해야 할지 몰라서 이렇게 답했다. 그때 창문 너머로 공작 부인의 목소리가 들렸다.

"키티, 날씨가 춥구나! 숄을 가져가든지 얼른 들어오너라."

"정말, 이제 들어가 봐야겠어요."

바렌카가 자리에서 일어났다.

"난 베르테 부인에게 가 봐야 한답니다. 그분이 부르셨어요."

키티는 그녀의 손을 잡고서 호기심 어린 눈망울로 애원하듯이 물었다.

'도대체 무엇일까요? 당신이 중요하다고 했던 그것들은? 당신은 어떻게 이토록 평화롭게 살 수 있죠? 당신이 알고 있는 것들을 내게도 알려 주세요!'

하지만 바렌카는 키티의 속마음을 읽을 수 없었다. 그녀는 베르테 부인을 만난 뒤 어머니와 차 마실 시간에 맞춰 열두 시까지 집으로 돌아가야 한다는 것을 떠올렸다. 그녀는 다시 숙소로 들어가 사람들과 인사를 나누고 악보를 챙겨 나왔다.

"당신을 모셔다 드릴 수 있도록 허락해 주십시오."

대령이 말했다.

"그렇게 하세요. 시간이 너무 늦었어요."

공작 부인이 거들었다.

"파라샤라도 데려가세요."

키티는 바렌카가 그 말을 듣고 웃음을 간신히 참는 것을 보았다.

"괜찮아요, 저는 늘 혼자 다닌답니다. 그래도 지금까지 아무 일도 없어요."

그녀는 모자를 들고 이렇게 말했다. 그리고 키티에게 입맞춤을 한 뒤 무엇이 중요한지에 대해서는 아무런 말도 남기지 않고서 겨드랑이 사이에 악보를 끼고 쾌활하게 걸으며 여름밤의 어둠 속으로 모습을 감추었다. 무엇이 중요한 것인지, 무엇이 그녀로 하여금 평온함과 자신감을 주는지, 그녀는 모든 비밀을 간직한 채 사라져 버렸다.

33

키티는 슈탈 부인과도 가까워졌다. 그리고 그러한 교제는 바렌카와의 우정을 한층 돈독하게 만들었으며 그녀의 마음속 깊은 곳에 있던 상처도 위로해 주었다. 그녀는 그들과의 교류 덕분에 자신의 마음을 짓눌렀던 무거운 과거와 전혀 관계가 없는 새로운 세계, 자신의 과거를 멀리서 차분하게 바라볼 수 있는 높고도 아름다운 세계가 자신 가까이에 와 있다는 것을 발견하고 거기에서 깊은 위로를 얻었다. 키티는 그때까지 자신이 살아온 본능적이고 일상적인 삶 외에 정신적인 삶이 존재한다는 것을 깨달았다. 그녀에게 이런 삶에 눈뜨게 해 준 것은 바로 종교였다. 하지만 그것은 키티가 어릴 적부터 알아 오던 종교, 그러니까 브도비 돔에서 하루 종일 열리던 예배나 신부와 함께 슬라브어 성서 구절을 외우던 그런 종교가 아니었다. 그것은 아름답고도 훌륭한 사상과 감정이 융화된 고고하고 비밀스러운 종교였고, 고의성이나 의무감 없이 그에 대한 사랑이 가능하게 하는 종교였다.

키티가 이 모든 것을 알게 된 것은 설득 때문이 아니었다. 슈탈 부인은 키티와 이야기를 할 때면 사랑스러운 아이에게 넋을 잃은 듯이, 마치 자신의 젊은 날을 떠올리는 것처럼 그녀를 보았다. 슈탈 부인은 사랑과 믿음이란 인간의 상처를 치유해 주며 우리를 불쌍히 여기시는 그리스도는 모든 이의 마음을 어루만진다는 말을 했을 뿐 종교에 관한 이야기는 별로 하지 않았다. 하지만 키티는 그녀의 몸짓과 말, 그리고 마치 거룩해 보이는 그 눈빛에서 특히 바렌카와 관련된 그녀의 일생과 그 모든 것을 통해서 결국 중요한 것이 무엇인지를 알게 되었다.

하지만 슈탈 부인의 성품이 아무리 아름다워도, 그녀의 일생이 아무리 드라마틱해도, 키티는 그녀에게서 조금 이상한 점을 발견했다. 슈탈 부인에게 그녀의 친척들에 관해 물어볼 때면 눈빛에 조롱의 기운이 느껴졌다. 그것은 그리스도교의 신자다운 착한 모습과는 무척이나 달랐다. 키티는 슈탈 부인이 숙소에서 가톨릭 사제와 있을 때 전등갓 그늘 밑에 표정을 숨기고 약간 특이하게 웃는 것을 보았다. 아무리 이런 것들이 사소한 것이라 해도 그녀는 이를 보고 무척 당황했다. 그리고 점점 슈탈 부인을 의심하게 되었다. 바렌카는 친척도 친구도 없는 입장이기에 울적한 마음을 가지고서 무엇도 원망하지 않고 무엇도 바라지 않았다. 그녀는 키티가 꿈에서 그리던 완벽한 사람이었다. 그녀는 바렌카를 보면서 자신을 버리고 다른 사람을 사랑하는 사람이 진정 행복하고 아름답다는 것을 깨달았다. 그리고 키티도 그렇게 되고 싶었다. 키티는 가장 중요한 것이 무엇인지 이제야 깨달았던 것이다. 하지만 그녀는 자신이 깨달은 바를 그저 마음의 울림으로 남겨 두지 않고 새로운 삶을 살기로 마음을 먹었다. 그녀는 바렌카에게서 슈탈 부인과 다른 여러 사람들이 한 일을 듣고 행복한 자신의 인생을 설계했다. 바렌카는 슈탈 부인의 조카 알린에 대한 이야기를 들려주었다. 키티는 알린처럼 불행한 사람이 있는 곳이라면 어디든 찾아가서 그들을 힘껏 돕고 복음을 전하며 병자와 죄인들을 위해 복음을 읽어 주고 싶었다. 키티는 알린처럼 죄인들에게 복음서를 읽어 주는 상상을 하며 평화로움을 느꼈다.

하지만 키티는 이것을 누구에게도, 어머니는 물론이고 바렌카에게도 털어놓을 수 없었다. 하지만 자신의 은밀한 계획을 실현할 필요도 없이, 아픈 환자로 붐비는 이 온천 마을에서도 바렌카처럼 다른 사람을 도울 기회가 아주 많았다.

공작 부인은 단순히 키티가 슈탈 부인, 특히 바렌카에게 심취해 있는 줄로만 알았다. 그러나 그녀는 키티가 점차 바렌카의 행동뿐만이 아니라 바렌카의 걸음걸이나 말투에서부터 눈을 깜빡이는 사소한 버릇까지 완전히 닮아 가고 있음을 알아챘다. 공작 부인은 또한 딸이 이러한 외면적 변화들과는 상관없이 내면적으로도 중요한 변화가 일어나고 있음을 알았다.

공작 부인은 키티가 매일 저녁때마다 슈탈 부인에게 받은 프랑스어 복음서를 읽는 것을 보았다. 전에는 그런 일이 한 번도 없었다. 그녀는 키티가 사교계 사람들을 멀리하고 바렌카가 간호하는 사람들, 특히 페트로프라는 병든 화가 가족과 어울리는 것을 보았다. 키티는 이 가난한 가족들에게 간호사 노릇을 하는 데서 보람을 찾는 것 같았다. 이것은 물론 기특한 일로 공작 부인은 거기에 반대하고 싶은 생각은 없었다. 페트로프의 부인은 아주 예의 바른 여자였다. 게다가 대공비는 키티의 이러한 활동을 보고 천사라고 칭하며 칭찬했다. 도를 넘지 않는다면 장려해 줄 만한 일이었던 것이다. 하지만 공작 부인은 가끔 키티가 너무 정열적으로 그 일에 힘쓸 때면 이따금씩 한마디 하곤 했다.

"무엇이든 극으로 치달으면 좋지 않다."

그때마다 딸은 아무런 대답도 하지 않았다. 다만 마음속으로 그리스도교의 일에 지나친 것은 없다고 생각했다. 누가 한쪽 뺨을 때리면 다른 쪽 뺨을 내어 주고, 누가 카프탄을 달라고 하면 루바슈카까지 내어 주라는 가르침을 알고서 어떻게 지나침을 생각할 수가 있을까? 하지만 공작 부인은 이 점이 마음에 들지 않았다. 또한 키티가 자신에게 속마음을 좀처럼 털어놓으려 하지 않는다는 점이 불쾌했다. 키티는 그녀가 품은 새로운 사고와 감정들을 어머니에게 알리지 않았다. 그것은 어머니를 더 이상 존경하지 않거나 사랑하지 않는 게 아니라 단지 그녀가 자신의 어머니이기 때문이었다. 만약 그녀가 그녀의 결심을 밝히고자 한다면 그것은 어머니가 아니라 무조건 다른 사람들이었을 것이다.

"요즘 왜 안나 파블로브나가 찾아오지 않을까?"

공작 부인은 페트로바에 대해 말을 꺼냈다.

"그녀를 초대했는데 뭔가 불만스러워하는 듯 보이더구나."

"네? 전 잘 모르겠던데요, 어머니."

키티는 얼굴을 붉혔다.

"너도 그 집에 가지 않지?"

"내일 그 집 사람들과 산에 가기로 했어요."

키티가 대답했다.

"그래, 다녀오렴."

공작 부인은 딸의 당황한 표정을 보고 무슨 이유 때문일지 곰곰이 생각해 보았다.

그날 저녁, 바렌카가 식사를 하러 왔다가 안나 파블로브나가 산행을 취소했다고 알렸다. 그때 공작 부인은 키티가 또 얼굴이 붉어진 것을 똑똑히 보았다.

"키티, 페트로프 부부와 무슨 일이 있었니?"

공작 부인은 딸과 단둘이 남았을 때 이렇게 넌지시 물었다.

"왜 우리 집에 놀러 오지도 않고 아이들을 보내지도 않는지 이상하구나."

키티는 그들 부부와 아무 일도 없었고, 자신도 왜 안나 파블로브나가 불만이 있는 사람처럼 행동하는지 잘 모르겠다고 말했다. 키티는 진실을 말했다. 그녀는 안나의 태도가 변한 이유를 정확히 알지 못했다. 다만 짐작만 했을 뿐이었다. 그러나 그것을 어머니에게 전할 수는 없었다.

또한 자신에게 스스로 말할 수도 없었다. 그것은 알고 있다고 해도 절대 입에 담아서는 안 되는 말이었다. 만약 실수라도 한다면 너무나 부끄러운 일이기 때문이었다.

그녀는 머릿속으로 그들 부부에게 자신이 어떻게 대했는지 수차례 다시 생각해 보았다. 그녀는 가족들을 만날 때마다 항상 안나 파블로브나의 얼굴에 떠오르던 순박하고 순수한 미소를 기억했다. 또한 그녀는 환자들과 함께 나누었던 이야기, 의사가 금지한 일에서 환자의 관심을 돌리기 위한 노력, 억지로라도 산책을 시키기 위해 둘이서 발휘한 재치, 그녀의 이름을 부르며 잠자리에 들기 전 꼭 그녀를 찾았던 막내아들의 얼굴을 떠올렸다. 모든 것이 더할 나위 없이 좋았다. 그녀는 페트로프의 마른 몸과 긴 목, 갈색 프록코트와 숱이 적은 고수머리, 첫인상에서 무섭게 느껴졌던 하늘색 눈동자, 그녀 앞에서 애써 활기차게 보이려고 했던 그의 노력을 떠올려 보았다. 그녀는 폐병 환자를 대할 때마다 고통을 느꼈지만, 그에게는 진심으로 대했으며 늘 정성껏 돌보고 친절을 베풀기 위해 했던 그녀의 노력을 떠올렸다. 그녀는 자신을 바라보던 그의 눈길과 연민의 감정과 어색함들, 그리고 자신 스스로를 대견하게 느꼈던 그 모든 것을 떠올렸다. 그 모든 것이 얼마나 좋았던지! 하지만 그것은 오래 유지되지 않았다. 며칠 전 그것은 엉망이 되었다. 안나 파블로브나는 무척 어색하게 키티를 대하면서 키티와 자기 남편의 관계를 유심히 살폈다.

그녀가 한발 다가설 때마다 그가 보여 준 노력들이 안나 파블로브나의 마음을 차갑게 만든 걸까?

'그랬는지도.'

그녀는 생각에 잠겼다. 그저께 그녀가 짜증을 내며 말했지.

'봐요. 몸이 저렇게 약해졌는데도 저 사람은 줄곧 당신만을 기다리면서 혼자서는 커피 한 모금 마시려 하지 않더군요.'

그렇게 말하면서 안나 파블로브나는 아주 차갑고 냉정하게 굴었던 것을 생각해 냈다.

'그래, 어쩌면 내가 그에게 덮개를 준 게 그녀를 화나게 했는지도 모르겠어. 그건 정말 별일 아니었지. 그런데 그는 내가 아주 불편해질 정도로 쑥스러워하더니 고맙다는 말을 입이 닳도록 했어. 그리고 그가 놀라운 솜씨로 그린 내 초상화. 그리고 그의 눈길들. 그 부드러우면서도 당혹스러워하는 눈길. 그래, 바로 그거야!'

키티는 공포감을 느끼며 속으로 말했다.

'아, 그래서는 안 돼. 그럴 수는 없어. 그가 너무 불쌍해.'

그녀는 이렇게 중얼거렸다.

그녀는 계획했던 새로운 삶에 대한 희망을 조금씩 잊어 갔다.

34

온천 요양이 끝날 무렵, 러시아의 공기를 마시고 오겠다며 카를스바
트에서 바덴과 키신켄으로 친척을 방문하러 떠났던 쉐르바츠키 공작이
돌아왔다.

외국 생활에 대한 공작과 공작 부인의 의견은 정반대였다. 공작 부인
은 모든 것이 더할 나위 없이 훌륭하다고 느꼈다. 그녀는 러시아 사회에
확실한 기반을 두고 있으면서도 외국에 있는 동안은 유럽의 귀부인처럼
보이려고 애썼다. 그러나 그녀는 너무나 전형적인 러시아인이었기 때문
에 유럽의 귀부인은 될 수 없었다. 그녀가 흉내 내는 유럽식 귀부인의 모
습은 어색하기 짝이 없었다. 그러나 공작은 외국의 문물에 애정이 없을
뿐더러 유럽식 생활을 불편하게 생각했다. 그는 러시아식 생활 방식을
고수하면서 외국에서는 자신에게 조금이나마 있는 유럽인의 모습을 전
혀 드러내지 않기 위해 애썼다.

공작은 눈에 띄게 마르고 볼이 푹 꺼진 모습으로 돌아왔지만 표정만
은 밝았다. 건강을 완전히 되찾은 키티를 보며 그는 무척 만족스러워했
다. 키티가 슈탈 부인이나 바렌카와 깊이 사귀면서 내적인 변화를 겪었
다는 소식을 공작 부인에게 전해 듣고는 상당히 당황했다. 그가 모르는

사이 키티의 마음을 사로잡은 것들에 그는 질투를 느꼈고, 딸이 자기 품에서 벗어나 새로운 영역으로 들어가면 어떡할지 불안한 마음이 들었다. 하지만 그런 마음들은 그의 넓은 마음속에서 특히 카를스바트 온천에서 느낀 유쾌함 속에서 점점 잊혀 갔다.

여행에서 돌아온 바로 다음 날, 공작은 긴 외투를 입고 러시아인답게 축 늘어진 볼을 빳빳하게 풀 먹여 다린 깃으로 받치고 즐거운 마음으로 딸과 함께 온천에 갔다.

눈부시게 아름다운 날이었다. 작은 정원이 딸린 깔끔하고 예쁜 집들, 몸속을 맥주로 가득 채우고서 붉은 손과 얼굴로 활발하게 일하는 독일 하녀들, 밝은 햇빛, 이런 것들이 한데 어우러져 마음을 밝게 만들었다. 하지만 온천과 가까워질수록 병자들이 많이 보였다. 그들의 모습은 독일의 차분하고 질서 있는 일상과 비교되며 무척 애처롭게 보였다. 키티는 이런 모순이 더 이상 놀랍지 않았다. 밝고 눈부시게 빛나는 태양, 푸른 잎사귀들의 반짝임, 멀리서 울려 퍼지는 음악 소리는 마치 병세가 좋아지거나 나빠지거나 하듯이 그저 그녀의 마음속 변화들과 그녀가 돌보는 사람들을 둘러싼 자연현상일 뿐이었다. 하지만 공작은 유월 아침의 태양과 발랄한 왈츠를 연주하는 오케스트라 소리, 건강한 하녀들의 움직임이 유럽 각지에서 모인 병자들 속에서 무언가 불경스럽고 무례하다는 느낌을 지울 수 없었다.

공작은 딸과 다정하게 팔짱을 끼고 거닐면서 기쁨을 느끼면서 마치 다시 젊어진 듯한 느낌을 받았다. 그러나 그는 자신의 힘찬 발걸음과 살찐 팔다리 때문에 무언가 부끄러운 생각이 들었다. 왠지 모르게 많은 사람 앞에서 발가벗겨진 듯한 느낌이 들었다.

"너의 새로운 친구들을 만나고 싶구나. 소개해 주겠니?"

그는 팔꿈치로 딸의 팔을 살짝 건드리며 말했다.

"난 이 혐오스러운 소젠을 좋아하게 된 것 같다. 너의 건강을 되돌려 주었으니까. 다만 이곳은 무척 우울한 곳이구나. 그런데 저 사람은 누구지?"

키티는 아는 사람이든 아니든 길에서 만난 사람들을 아버지에게 소개했다. 정원 입구에서 두 사람은 맹인인 베르테 부인과 간병인을 만났다. 공작은 키티의 목소리를 알아듣고 감동을 느끼는 프랑스 노부인을 보며 무척 기뻐했다. 그녀는 프랑스인다운 상냥함을 보이면서 그에게 인사를 건넸다. 그러면서 딸에 대한 칭찬을 입이 마르게 늘어놓고, 키티를 칭해 보물, 진주, 천사 같은 단어를 쓰면서 키티를 칭송했다.

"그럼, 제 딸이 두 번째 천사인가요?"

공작이 웃으며 말했다.

"제 딸은 마드모아젤 바렌카를 늘 천사라고 부른답니다."

"오! 마드모아젤 바렌카, 그녀 또한 천사이지요. 함께 걸으실까요?"

베르테 부인이 환호했다.

두 사람은 회랑에서 바렌카를 마주쳤다. 그녀는 예쁜 빨간색 가방을 들고 맞은편에서 걸어왔다.

"아버지께서 돌아오셨답니다."

키티가 그녀에게 말했다.

바렌카는 늘 그렇듯이 수수하고 소박하게 무릎을 굽히고 고개를 숙여 인사를 하고는 다른 모든 사람을 대할 때처럼 순수하게 대화를 나누었다.

"물론 당신에 대한 얘기는 많이 들어 알고 있답니다."

공작은 미소를 지으며 말했다. 키티는 그 미소에서 아버지가 자신의 새 벗을 마음에 들어 한다는 것을 알았다.

"당신은 어디를 가는 중이었죠?"

"어머니 때문에요."

그녀는 키티를 보며 말했다.

"어머니께선 밤새 한숨도 못 주무셨어요. 그래서 의사 선생님이 외출을 권하셨답니다. 난 일거리를 들고 어머니께 가는 중이에요."

"정말 천사 1호답구나!"

바렌카가 가자 공작이 입을 열었다.

키티는 공작이 바렌카를 비웃으려다가 그녀를 보고 마음을 빼앗겨 그러지 않았다는 것을 알았다.

"이제 네 친구들을 모두 만나겠구나."

그가 말했다.

"슈탈 부인도 만나겠군. 만약 그녀가 날 알아봐 준다면 말이다."

"아버지, 그분을 아시나요?"

키티가 물었다. 그녀는 아버지가 슈탈 부인의 이름을 말하면서 약간 비웃는 듯한 느낌을 받았다.

"그녀의 남편을 알고 있지. 그리고 그녀가 경건주의자가 되기 전의 모습도 조금 알아."

"경건주의가 뭐예요, 아버지?"

키티는 자기가 반한 슈탈 부인의 행동에 명칭이 있다는 것을 처음 듣고는 깜짝 놀라서 물었다.

"나도 잘은 모른단다. 그저 하느님께 모든 걸 감사할 거라는 것 정도는 알지. 모든 불행에도 마찬가지일 거야. 남편이 죽은 일도 마찬가지지. 그들 부부 사이는 정말 나빴단다. 그러더니 결국은 모두 망했지.

저 사람은 누구냐? 어떻게 저런 꼴로 있을 수가!"

그는 벤치에 걸터앉은 키 작은 환자를 보고서 말했다. 그는 갈색 코트에 흰 바지를 입고 있었는데 어찌나 다리가 말랐는지 바지에서 주름만 보일 정도였다.

그 신사는 밀짚모자를 비스듬히 쓰고 있었다. 모자 자국 사이로 병들어 붉게 달아오른 이마가 보였다.

"저분은 페트로프, 화가세요."

키티는 얼굴을 붉히며 말했다.

"옆에 계신 분은 부인이시고요."

그녀는 안나 파블로브나를 가리키며 말했다. 안나 파블로브나는 두 사람이 가까이 오자 일부러 그러는 듯 티를 내며 샛길에서 놀던 아이를 쫓아다녔다.

"정말 불쌍해 보이는구나. 하지만 무척 자상해 보여!"

공작이 말했다.

"왜 그에게는 가까이 가지 않니? 네게 할 말이 있어 보이는데."

"그럼 가 볼까요?"

키티는 이렇게 말하며 몸을 돌렸다.

"오늘은 몸이 좀 어떠세요?"

그녀가 페트로프에게 물었다.

그는 지팡이를 짚고 일어나 공작을 물끄러미 바라보았다.

"이 아이가 바로 내 딸이랍니다."

공작이 말했다.

"서로 알고나 지낼까요?"

화가는 인사를 하더니 묘한 웃음을 지었다.

"우리는 어제 당신을 하루 종일 기다렸답니다."

그는 키티에게 말했다.

그는 말을 하며 약간 비틀거렸는데 일부러 그런 것처럼 한 번 더 크게 비틀거렸다.

"저도 가고 싶었답니다. 하지만 안나 파블로브나에게 산책을 취소했다는 연락을 받았어요."

"그게 무슨 말이죠? 우리가 안 가다니요."

페트로프는 당황해서 아내를 불렀다.

"아네타! 이리 와 봐, 아네타!"

그가 큰 목소리로 외쳤다. 그의 흰 목에 핏줄이 도드라졌다.

안나 파블로브나가 왔다.

"당신은 왜 우리가 산행을 가지 않는다고 아가씨에게 전갈을 보냈지?"

그는 목소리가 떨리자 그녀에게 화난 표정으로 속삭였다.

"아가씨, 안녕하세요?"

안나 파블로브나가 가식적인 미소를 지었다. 그것은 예전의 안나와는 너무나 다른 모습이었다.

"반갑습니다."

그녀는 공작을 보았다.

"뵙게 되어 영광입니다, 공작님."

"왜 안 간다는 전갈을 아가씨에게 보냈느냐고!"

화가는 쉰 목소리로 다시 한 번 말했다. 그는 목소리도 잘 나오지 않는데다 속이 답답해서 더 화가 난 것 같았다.

"아, 그게, 전 우리가 못 갈 거라고 생각해서요."

아내가 짜증을 내며 대답했다.

"왜 그런⋯⋯."

화가가 기침을 하면서 손을 내저었다.

공작은 모자를 벗고 인사를 하고는 딸과 다시 길을 걸었다.

"세상에!"

그는 무겁게 한숨을 쉬었다.

"정말 불쌍하구나!"

"네, 아버지!"

키티가 대답했다.

"저 부부는 아이가 셋이나 있지만 하녀는 없답니다. 재산도 거의 없고요. 화가는 아카데미에서 보조를 받고 있죠."

키티는 울적해진 마음을 달래려고 일부러 발랄하게 말했다. 그녀가 울적해진 것은 안나 파블로브나의 태도가 변했기 때문이었다.

"저기, 슈탈 부인이 계세요."

키티가 휠체어를 가리켰다. 휠체어 안에는 하늘색과 회색 천을 걸친 여인이 양산 아래에서 쿠션을 받치고 누워 있었다.

슈탈 부인이었다. 그녀 뒤로는 우울한 표정의 독일인 하인이 보였다. 그리고 옆에는 금발의 스웨덴 백작이 있었다. 그들은 모두 키티를 알고 있었다. 휠체어 옆의 병자들은 무슨 보물이라도 보는 듯한 표정으로 귀부인을 쳐다보고 있었다.

공작은 그녀 옆으로 다가갔다. 그때 키티는 그의 눈에서 아까와 같은 비웃음의 표정을 다시 발견했다. 그는 슈탈 부인에게 가서 고상한 프랑스어로 정중하게 이야기를 하기 시작했다. 요즘은 그런 프랑스어를 하는 사람이 드물었다.

"날 기억할는지는 모르겠지만 어쨌든 내 딸을 예쁘게 봐 주어 무척 고맙군요."

그는 모자를 벗고 그녀에게 말했다.

"알렉산드르 쉐르바츠키 공작님."

슈탈 부인이 고개를 들어 그를 마주 보며 말했다. 키티는 그 눈빛에서 당황한 기색을 엿보았다.

"정말 반갑군요. 난 당신 딸이 정말 마음에 든답니다."

"건강은 어떻습니까?"

"좋지 않아요. 하지만 괜찮답니다. 이젠 익숙하니까요."

슈탈 부인은 이렇게 말하면서 스웨덴인 백작을 소개했다.

"당신은 여전히 그대로군요."

공작은 그녀에게 말했다.

"우리가 마지막으로 본 게 십 년 전쯤 되나요?"

"그렇죠. 하느님은 우리에게 십자가를 주시고 그것을 짊어질 용기도 주셨지요. 저도 가끔은 왜 이런 삶을 살고 있는지 돌이켜볼 때가 있답니다…… 저쪽이야!"

그녀가 바렌카에게 짜증을 냈다. 바렌카는 그녀의 다리를 덮개로 감싸는 데 애를 먹고 있었다.

"착한 일을 하라는 뜻인가 봅니다."

공작이 미소를 지었다.

"그건 우리가 판단할 수 있는 게 아니지요."

슈탈 부인이 공작의 미소를 보고서 말했다.

"그럼 내게 이 책을 보내 주세요, 백작님!"

그녀가 젊은 스웨덴인 남자에게 말했다.

"아!"

공작은 옆에 있던 모스크바 대령을 보더니 슈탈 부인에게 인사를 건네고 대령과 딸을 데리고서 자리를 떴다.

"이것이 우리나라의 현실입니다, 공작님."

슈탈 부인이 자신과 교류를 하지 않는 것을 불만스럽게 여기는 모스크바 대령이 그녀를 탓하듯 말했다.

"저 여자는 옛날이나 지금이나 똑같군요."

공작이 말했다.

"공작님께서는 저분이 병에 걸리기 전부터 아셨나요?"

"네, 아마 내가 그녀를 알게 됐을 무렵에 그녀는 병을 얻었어요."

공작이 말했다.

"그녀는 십 년 동안 자리에서 일어서 본 적이 없다고 하더군요."

"다리가 짧아서 그렇겠지. 그녀의 몸은 얼마나 추한지……."

"아버지, 그런 말 마세요."

키티가 외쳤다.

"내 귀여운 딸아, 세상 사람들이 다 그렇게 말하더구나. 아무튼 너와 바렌카가 고생이 많았겠다."

그가 말을 이었다.

"오, 병든 부인들이란!"

"아니에요, 아버지!"

키티가 말했다.

"바렌카는 그분을 존경해요. 그분은 정말 좋으신 분이라고요. 아무에
게나 물어보세요. 그분과 알린 슈탈을 모르는 사람은 없으니까요."

"그러니?"

그는 팔꿈치로 그녀의 팔을 건드리며 말했다.

"하지만 그런 일은 모르게 하는 게 좋은 법이지."

키티는 말을 하려다가 그만두었다. 더 하고 싶은 말은 많았지만 아버
지에게도 자신의 은밀한 계획을 말하고 싶지가 않았다. 하지만 그녀는
아버지의 말을 믿지 않으면서도, 또 아버지에게 마음의 문을 열지 않으
면서도 한 달 동안 품어 온 슈탈 부인에 대한 존경심이 와르르 무너져 내
리는 것을 느꼈다. 마치 벗어 놓은 옷에 씐 형상이 그저 옷 한 벌에 불과
하다는 것을 깨달았을 때의 기분과 비슷했다. 키티의 마음속에는 몸매
가 추해서 평생 일어나기를 포기하고, 덮개를 잘 덮지 못한다고 바렌카
를 혼내는 다리 짧은 여자의 모습만 남았다. 그래서 어떤 상상으로도 예
전의 슈탈 부인의 모습을 다시 떠올릴 수 없었다.

35

공작은 가족과 지인들, 그리고 쉐르바츠키가족들이 묵고 있는 숙소의 독일인 안주인에게까지 자신의 기쁘고 들뜬 마음을 전해 주었다.

키티와 온천에 다녀와서 공작은 대령과 마리야 예브게니예브나, 그리고 바렌카에게 커피를 마시러 오라고 초대했다. 그리고 정원에 있는 밤나무 아래에다 테이블과 의자를 놓고 거기에 아침 식사를 차리라고 지시했다. 집주인도 하녀도 그의 활기찬 음성을 듣고는 덩달아 활기를 냈다. 그들은 그의 넉넉한 성품을 잘 알고 있었다. 삼십 분 뒤에 이 층에 묵고 있던 함부르크 출신 의사가 그들의 재미있는 러시아식 모임을 관심 있게 내려다보았다. 그들은 팽그르르 도는 나뭇잎 아래 흰 천을 깐 테이블을 놓고, 커피주전자와 빵, 버터, 치즈, 고기를 놓고 식사를 했다. 연보라색 리본을 단 두건을 쓴 공작 부인은 옆 사람들에게 차와 샌드위치를 나누어 주었다. 맞은편에 있던 공작은 배가 부른지 유쾌하게 떠들어 댔다. 공작은 칼로 조각한 상자들과 장식품, 페이퍼 나이프 등 온천 마을에서 사들인 온갖 물건들을 그곳의 사람들에게 다 나누어 주었다. 그들 가운데는 하녀 리스헨과 숙소 주인도 있었다. 공작은 주인과 서툰 독일어를 주고받으며 키티를 치료한 것은 온천물이 아니라 주인의 훌륭한 요리, 그중에서도 특히 자두 수프 때문이었다고 칭찬했다. 공작 부인은 남편의 러시아인다운 농담을 비웃었지만 온천에 온 뒤로 보인 적 없는 명랑하고 쾌활한 웃음을 지었다. 대령은 늘 그랬듯이 공작의 농담을 받아주었지만 그가 신중한 관점을 지녔다고 생각하는 유럽에 관한 대화에서는 공작 부인의 편을 들었다. 착한 마리야 예브게니예브나는 공작이 농담을 할 때마다 웃음을 터뜨렸다. 바렌카도 농담을 들으며 마음껏 웃었다. 키티는 이렇게 밝은 바렌카의 모습을 처음 보았다.

키티는 아침 식사를 하며 유쾌한 기분이 들었지만, 한편으로는 여러 가지 걱정에 빠져 있었다. 아버지는 왜 그녀가 그토록 애정을 지닌 생활과 그녀의 친구들을 유쾌하게 만들어 주는가에 풀리지 않는 의문을 갖게 되었다. 그녀는 스스로의 힘으로 도저히 그것을 풀 수가 없었다. 그리고 페트로프 가족이 이상하게 변한 것도 마음의 짐이 되었다. 그들의 변화는 너무나 느닷없고도 분명했다. 모두가 즐거워했지만 키티만은 마냥 즐겁지가 않았다. 키티는 갈수록 괴로워졌다. 마치 어린 시절, 벌을 받느라 자기 방에 갇혀 있는데 밖에서 언니들의 웃음소리가 명랑하게 들려왔을 때의 기분이 들었다.

"왜 그렇게 많이 사셨죠?"

공작 부인은 웃으며 남편에게 커피 잔을 건넸다.

"당신도 길가의 상점에 들어가 봐. 점원들이 물건을 사 달라고 사정을 해 댈 테니까. '각하', '저하', '전하'. 점원들이 심지어 전하라고 불러 대니 지갑을 닫아 둘 수가 없더군. 그러고 나서 십 탈레르가 사라졌어."

"시시해서 그런 거예요."

공작 부인이 말했다.

"물론 그렇기도 했지. 정말 얼마나 지루한지 괴로울 지경이더군."

"그렇게 지루하셨나요, 공작님? 요즘은 독일에도 재미있는 게 많은데요."

마리야 예브게니예브나가 말했다.

"그래요, 나도 그런 것들을 알고 있답니다. 자두 수프도 또 완두콩 박힌 소시지도요."

"아니요, 공작님. 하지만 그들의 제도는 분명 흥미롭지요."

대령이 말했다.

"뭐가 그렇다는 건가? 그들은 다들 한 푼짜리 구리 동전처럼 만족스러워해. 적들을 죄다 무찔렀으니까. 하지만 내가 왜 만족해야 하나? 난 누구도 무찌르지 않았어. 그저 여기서 혼자 부츠를 벗어서 그것을 손수 문밖에 내놓는 처지라네. 아침에 일어나 옷을 갈아입고 살롱에 나가 싸구려 차를 마시고 말이야. 하지만 내 집에서는 달라. 느긋하게 아침에 일어나 괜히 투정을 부리다 다시 정신을 차리고 모든 일을 찬찬히 살피지. 힘들 게 살 필요가 없어."

"시간은 돈과 같습니다. 공작님은 혹시 그 점을 잊고 계시는 건 아닌지요?"

대령이 말했다.

"그렇지 않네! 오십 코페이카에 한 달을 팔아 버리고 싶을 때가 있고, 아무리 돈을 주어도 삼십 분조차 내 마음대로 얻지 못할 때가 있지. 그렇지 않니, 카첸카? 그런데 너는 꽤 지루해 보이는구나."

"아니에요, 아버지."

"좀 더 있다 가지요."

공작이 바렌카에게 말했다.

"그만 숙소로 가야 해요."

바렌카가 일어서며 말하고는 다시 큰 소리로 웃었다.

그녀는 사람들과 작별 인사를 하고 모자를 가지러 집으로 들어갔다. 키티도 그녀를 따라갔다. 키티의 눈에는 바렌카가 마치 다른 사람처럼 보였다. 그녀를 나쁘게 생각한 것은 아니지만, 그저 그녀는 키티가 생각하던 것과는 다른 것 같았다.

"이렇게 웃어 보기는 정말 오랜만이에요!"

바렌카가 양산과 가방을 들며 말했다.

"당신의 아버님은 정말 재미있어요."

키티는 말이 없었다.

"언제 또 볼까요?"

바렌카가 물었다.

"엄마가 페트로프 씨 댁에 가고 싶어 하신답니다. 당신은 거기 안 갈 건가요?"

키티가 바렌카를 시험하듯이 넌지시 물었다.

"가지요."

바렌카가 대답했다.

"그분 가족들은 이곳을 떠나신다고 해요. 그래서 짐 싸는 걸 도와드린다고 했어요."

"그럼, 나도 갈게요."

"아니에요. 당신이 왜……?"

"왜? 왜? 왜요?"

키티가 눈을 동그랗게 뜨며 바렌카의 양산을 붙잡았다.

"기다려요, 그 말이 무슨 뜻이죠?"

"글쎄요. 당신의 아버님도 돌아오셨고 또 그 집 사람들도 당신을 좋아하지 않으니까요."

"아니요. 말해 줘요. 당신은 내가 페트로프 씨 댁에 가는 걸 좋아하지 않았지요. 당신은 분명히 그랬어요. 그 이유를 말해 줘요. 왜죠?"

"난 그렇게 말한 적 없는데요."

바렌카가 낮은 목소리로 말했다.

"아뇨, 어서 말해 줘요!"

"전부요?"

바렌카가 물었다.

"그래요, 전부 다!"

키티가 말했다.

"글쎄요. 특별한 건 없어요. 미하일 알렉세예비치가 원래는 이곳을 빨리 떠날 예정이었는데 이제는 떠나려 하지 않아요. 그것뿐이에요."

바렌카가 미소를 지으며 말했다.

"그래서요?"

키티가 어두운 얼굴로 바렌카를 바라보며 말했다.

"왜 그런지는 모르겠지만 안나 파블로브나는 그 이유가 당신이 여기에 있기 때문이라고 생각해요. 말도 안 되는 소리죠. 하지만 그 때문에 다툼이 일어났어요. 이런 환자들이 얼마나 쉽게 흥분을 하는지 당신도 알겠지만요."

키티는 얼굴을 찌푸렸다. 바렌카는 당장 폭발할 것 같은 화를 꾹 눌러 참는 그녀를 보고서 그녀를 달래며 계속 중얼거렸다. 바렌카는 그녀가 결국 눈물을 터뜨릴지도 모르겠다고 생각했다.

"그러니까 안 가는 게 좋을 거예요……. 그러니 여기에 있어요."

"다 내 잘못이에요. 그런 대접을 받는 것도 당연하죠."

키티는 바렌카의 손에서 양산을 뺏고는 그녀의 얼굴을 피한 채 말했다. 바렌카는 그녀가 어린아이처럼 화내는 것을 보자 너무나 우스웠다. 그러나 그녀는 친구에게 모욕을 줄까 봐 꾹 참았다.

"그게 왜 당신 탓이죠? 난 잘 모르겠어요."

그녀가 말했다.

"모든 게 다 거짓이었으니까요. 마음에서 우러나온 행동이 아니라 전부 꾸며 낸 것이니까요. 다른 사람의 일이 내게 뭐가 중요하다고. 결국 다른 가정에 부부 싸움을 일으키고 말았어요. 모든 게 다 위선 때문이에

427

요! 그 위선! 위선 때문에!"

"왜 거짓 행세를 했나요?"

바렌카가 물었다.

"그건 정말이지 너무나 바보 같고 어리석은 짓이었어요! 모든 게 다 위선이었어요!"

키티는 양산을 접었다 폈다 하면서 말했다.

"도대체 무엇을 위해서?"

"남들과 나에게, 그리고 하느님에게 좋은 사람인 것처럼 보이고 싶었어요. 모든 이들을 속이려고 그랬나 봐요. 하지만 이제는 그렇게 하지 않겠어요. 더욱 바보 같고 추하게 보일지라도 거짓말쟁이나 사기꾼이 되지는 말아야겠어요."

"누가 사기꾼이라는 거죠?"

바렌카가 말했다.

"당신은 왜……."

하지만 키티는 이미 화를 참을 수 없는 지경이었다.

"당신에 대한 말은 아니었어요. 난 당신에 대해서 말하지 않았답니다. 당신은 완전한 사람이니까요. 그래요. 당신은 정말 완전한 사람이에요. 나는 나쁜 사람이고요. 그게 사실이죠. 만약 내가 나쁜 사람이 아니었다면 이런 일은 벌어지지 않았을 거예요. 그러니 난 원래의 내 모습으로 돌아가겠어요. 난 더 이상 착한 척하지 않겠어요. 내가 안나 파블로브나와 무슨 상관이 있어요? 그 사람들은 그 사람들 마음대로, 난 내 마음대로 살면 돼요. 난 다른 사람이 될 수 없어요. 모든 게 다 헛짓이었어요. 쓸모없는 짓거리였다고요!"

"왜 쓸모없다고 말하죠?"

바렌카가 망설이는 듯한 표정으로 물었다.

"다 착각이었어요. 난 내 마음이 가는 대로 행동하지만 당신은 당신의 신념에 따라 살지요. 난 당신이 참 좋았어요. 하지만 당신이 날 좋아한 것은 나를 훈계하고 그리로 날 이끌기 위해서였어요."

"그렇지 않아요."

바렌카가 말했다.

"나는 나 자신에 대해 말하고 있어요. 바로 나 자신에 대해서만!"

"키티!"

그때 어머니의 목소리가 들렸다.

"아버지께 네 산호를 보여 드려라."

키티는 친구를 그대로 내버려 두고서 거만한 태도로 책상 위에 있던 산호 상자를 들고 방을 나갔다.

"무슨 일이니? 왜 그렇게 얼굴이 붉어졌지?"

아버지와 어머니가 모두 그렇게 말했다.

"아무 일도 없었어요."

그녀가 말했다.

"금방 다시 올게요."

그녀는 이렇게 말하고 다시 집으로 갔다.

'아직 저기 있구나!'

그녀는 생각에 잠겼다.

'하지만 뭐라고 하지? 아, 하느님, 도와주세요. 내가 무슨 일을 벌인 거지? 왜 그녀에게 모욕감을 주었을까? 이제 뭐라고 말해야 하지?'

키티는 이렇게 생각하면서 문가에 섰다.

바렌카는 모자를 쓰고 양손을 쥐고서 테이블 앞에 앉아 키티가 망가뜨린 손잡이를 물끄러미 바라다보고 있었다. 그녀가 고개를 들었다.

"바렌카, 부디 나를 용서해요."

키티가 그녀에게 다가가 말했다.

"내가 방금 전까지 무슨 말을 했지요? 나조차도 무슨 말을 했는지 모르겠어요."

"난 당신을 슬프게 하고 싶지 않답니다."

바렌카가 미소를 지었다.

그들은 화해를 했다. 하지만 아버지가 돌아오고 나서 키티가 꿈꾸었던 새로운 세계는 변색되었다. 물론 그녀는 자신이 알게 된 모든 것을 버리지는 않았다. 하지만 그녀가 자신의 희망에 이끌려 자신을 속였다는 것을 깨달았다. 그녀는 잠에서 깨어난 기분이 들었다. 그녀는 위선과 허위 없이 오직 자기가 꿈꾸는 대로 사는 것이 얼마나 어려운지 몸소 느꼈다. 그리고 그녀가 찾아온 세계, 질병과 슬픔으로 힘겨워하는 사람들로 가득 찬 이 세계의 무거움을 체험했다. 그녀는 이 세계를 껴안기 위해 홀로 노력하는 것이 괴롭다고 생각되었다. 그래서 어서 빨리 상쾌한 러시아로, 예르구쇼보로 가고 싶어졌다. 언니 돌리는 아이들과 함께 예르구쇼보로 거처를 옮겼다고 전갈을 보내 왔었다.

바렌카에 대한 우정은 그대로였다. 작별 인사를 하면서 키티는 나중에 러시아에 있는 자기 집에 꼭 와 달라고 바렌카에게 부탁했다.

"당신이 결혼을 하면 찾아갈게요."

바렌카가 말했다.

"난 절대로 결혼 같은 건 안 할 거예요."

"그럼, 나도 절대로 안 할게요."

"당신을 오게 하려면 꼭 결혼을 해야겠네요. 약속 꼭 잊지 말아요."

키티가 말했다.

의사의 말은 이루어졌다. 키티는 건강을 되찾고 러시아로 되돌아왔다. 예전의 티 없이 맑은 모습은 조금 사라졌지만 그녀는 평정심을 되찾았다. 모스크바에서의 불행한 일은 추억으로 남았다.

안나 카레니나

옮긴이 장영재

조선대학교 러시아어과를 졸업하고 한양대학교 콘텐츠학과 석사를 마쳤다. 학부 때부터 러시아 문학과 어학에 깊은 관심을 가져 대학원 입학 후부터 다수의 러시아 관련 도서 집필 및 번역을 하기 시작했다. 지은 책으로 《러시아어 회화급소 80》《여행 러시아어》《러시아 여행》《패턴 러시아어 101》《후다닥 러시아어 회화》《러시아어 처음 글자 쓰기》 등이 있으며, 옮긴 책으로는 《톨스토이 단편선》《고골 단편선》 등이 있다. 현재 국내에 아직 소개되지 않은 톨스토이 단편을 번역하는 중이다.

안나 카레니나 1

개정 1쇄 펴낸 날 2021년 1월 30일

지 은 이   레프 니콜라예비치 톨스토이
옮 긴 이   장영재
펴 낸 이   장영재
펴 낸 곳   (주)미르북컴퍼니
자 회 사   더클래식
전   화   02)3141-4421
팩   스   02)3141-4428
등   록   2012년 3월 16일(제313-2012-81호)
주   소   서울시 마포구 성미산로32길 12, 2층 (우 03983)
E-mail   sanhonjinju@naver.com
카   페   cafe.naver.com/mirbookcompany

* (주)미르북컴퍼니는 독자 여러분의 의견에 항상 귀 기울이고 있습니다.
* 파본은 책을 구입하신 서점에서 교환해 드립니다.
* 책값은 뒤표지에 있습니다.

더클래식

세계문학
컬렉션

* 더클래식 세계문학 컬렉션은 계속 출간될 예정입니다.